ウイングス・
オブ・
ファイア

3

かくされた王国

雨の翼のグローリー

トゥイ・タマラ・
サザーランド
田内志文＝訳

平凡社

ドラゴンが住まうピリア大陸《たいりく》には、七つの種族《しゅぞく》がいる。
時《とき》は砂《すな》の翼《つばさ》〈サンドウイング〉の女王が殺《ころ》され、
ピリア全土は、バーン、ブリスター、ブレイズの三姉妹が後継《こうけい》を争《あらそ》う戦《いくさ》のさなか。
多くのドラゴンが炎《ほのお》にやかれ、血にまみれ、しかばねとなったが、
五頭の〈運命のドラゴンの子〉があらわれ戦を止めるという予言があった。
そして、予言を信じる〈平和のタロン〉がひそかにドラゴンの子を育てていた。
予言が実現《じつげん》するまで、残《のこ》すところあと二年……。
この物語は、家族を知らず「予言」に選《えら》ばれた運命の子たちが
平和のために立ちあがり、波乱《はらん》に満《み》ちた運命をのりこえる冒険譚《ぼうけんたん》である。

スカーレット女王の
宮殿《きゅうでん》
ダイヤモンド・
スプレー川
ダイヤモンド・
スプレー・
三角州《デルタ》
大
陸
海の王国《シーキングダム》
千のうろこ湾《わん》
泥の王国《マドキングダム》
ゴミあさりの
すみか
ゴミあさりの
すみか
雨の王国《レインフォレストキングダム》
PYRRHIA

グレイシャー女王の宮殿《きゅうでん》
氷の王国《アイスキングダム》
空の王国《スカイキングダム》
バーンの要《よう》さい
山の底《そこ》
ピ リ ア
砂の王国《サンドキングダム》
N
サソリの巣《スコーピオン・デン》
ジェイド山
M A P O F

ピリアのドラゴンたち

砂の翼〈サンドウイング〉

特徴《とくちょう》
砂漠《さばく》の砂《すな》のような、うすい金色か白のうろこ。毒《どく》のトゲがついたしっぽと、ふたつにわかれた黒い舌《した》を持つ。

能力《のうりょく》
水を飲まなくても長い間生きることができ、サソリのようにしっぽを使って敵《てき》に毒を打ちこむ。砂漠の砂をかぶってすがたをかくし、炎の息をはく。

女王
オアシス女王が死んでから、一族のうち三頭、バーン、ブリスター、ブレイズの三姉妹が次の女王になろうと争っている。

味方
バーンはスカイウイング、マドウイングとともに戦《たたか》う。ブリスターはシーウイングと手を組んでいる。そしてブレイズは最《もっと》も多くのサンドウイングの応援《おうえん》を受け、さらにアイスウイングを味方につけている。

泥《どろ》の翼〈マドウイング〉

特徴
ぶあついよろいのような茶色いうろこを持ち、その下にはく色や金色のうろこを生やしていることもある。平《ひら》べったい大きな頭を持ち、鼻のてっぺんに鼻のあながあいている。

能力
暖《あたた》かければ炎をはき、一時間呼吸《こきゅう》をせずに、泥だまりの中にかくれていることができる。とても強いドラゴンだ。

女王
モアヘン女王

味方
現在《げんざい》はバーン、スカイウイングの味方となり大戦《たいせん》を戦っている。

空の翼〈スカイウイング〉

特徴
銅色《あかがねいろ》かオレンジ色のうろこにおおわれ、巨大《きょだい》な翼を持つ。

能力
たくましい戦士《せんし》であり、空を飛ぶ名手。炎の息をはく。

女王
スカーレット女王

味方
現在はバーン、マドウイングの味方となり大戦を戦っている。

海の翼〈シーウイング〉

特徴 ――
青、緑、アクアマリン色のうろこにおおわれ、指の間には水かきが生えている。首にはエラがあり、しっぽ、鼻、おなかには暗いところで光るしまもようがついている。

能力 ――
水の中でも息ができ、暗やみでも目が見える。たくましいしっぽをひとふりし、大きな波を起こすことができる。泳ぐのがとてもうまい。

女王 ――
コーラル女王

味方 ――
現在はブリスターと手を組み大戦を戦っている。

氷の翼〈アイスウイング〉

特徴 ――
月のような銀色か、氷のようなうすい青のうろこを持ち、氷の上でもすべらないよう手にはみぞのようなもようがいくつもある。ふたつにわかれた青い舌を持ち、しっぽの先はムチのように細くなっている。

能力 ――
氷点下《ひょうてんか》にもまばゆい太陽《たいよう》にもたえることができ、おそろしいほど冷《つめ》たい息をはく。

女王 ――
グレイシャー女王

味方 ――
現在はブレイズと手を組み、最も多くのサンドウイングを味方につけて大戦を戦う。

雨の翼〈レインウイング〉

特徴 ――
たえず色が変わり続《つづ》けるうろこを持つが、ふだんは天国に住む鳥のようにあざやかな色をしている。器用《きよう》なしっぽを持つ。

能力 ――
まわりの風景《ふうけい》にあわせてうろこの色を変え、すがたをかくす。器用なしっぽで山や木を登《のぼ》ることもできる。どんな武器《ぶき》をかくしているかは不明《ふめい》。

女王 ――
ダズリング女王

味方 ――
大戦にはくわわっていない。

夜の翼〈ナイトウイング〉

特徴 ――
むらさきをおびた黒いうろこにおおわれているが、翼の下には銀のうろこがちりばめられており、まるで星がいっぱいにまたたく夜空のようだ。黒い舌はふたつにわかれている。

能力 ――
炎をはき、暗やみの中にすがたを消すことができる。相手の心を読んだり、未来《みらい》を予知《よち》したりする力を持つ。

女王 ――
ひみつであり、だれも知らない。

味方 ――
なぞに満ち、とてつもない力を持つこのドラゴンは、大戦にはくわわっていない。

CLAY » MUDWINGS

クレイ

泥の翼〈マドウイング〉のオス

目 温かみのある茶色
首から背中《せなか》は
がっちりとして筋肉質《きんにくしつ》。
いちばん大きい
翼 茶色で力強い

能力
呼吸をせずに1時間水の中にいられる
炎をはく

性格《せいかく》
やさしく責任感《せきにんかん》が強い
根がまじめで好奇心《こうきしん》おうせい
思っていることがすぐ顔に出てしまう
少しドジでどん感
おなかがすくともんくを言う食いしんぼう

ツナミ

海の翼〈シーウイング〉のメス

能力

- 水中で息ができる
- 暗やみで目が見える
- しっぽをひとふりして大きな波を起こせる
- 泳ぎがとてもうまい

性格

- 大たんで勇かん、目的に向かってつき進む
- さわがしく、あと先を考えずに行動することも
- けんかっ早いが正義《せいぎ》のために戦う
- 心をゆるしたドラゴンには情《じょう》があつい

GLORY » RAINWINGS

グローリー

雨の翼〈レインウイング〉のメス

能力

- まわりの風景にあわせてうろこの色を変えてすがたをかくす
- 器用なしっぽで山や木を登る

性格

- ゆうがなクールビューティー
- 感情《かんじょう》を表にださず、何を考えているかわからないと思われている
- 命知らずな行動をとることもある
- 礼儀《れいぎ》ただしく頭がよい
- 短気で皮肉っぽい

スターフライト

夜の翼〈ナイトウイング〉のオス

能力

- 暗やみにすがたをかくす
- 相手の心を読んだり、未来を予知したりする力を持つ

性格

- 読書好《ず》きの優等生《ゆうとうせい》
- 知ったかぶりで説教《せっきょう》好き
- 心配性《しょう》でドジ
- 弱い者をかばい戦う心意気がある

SUNNY » SANDWINGS

サニー

砂の翼〈サンドウイング〉のメス

能力
砂漠に身をカモフラージュできる
水なしで長い間生きることができる
炎をはく

性格
いつもニコニコ。だれからも好かれる
暴力《ぼうりょく》がきらい
芯《しん》が強く負けずぎらい
仲間に対等にあつかってほしい
情熱《じょうねつ》的で思いやりがある

この本に登場するドラゴンたち

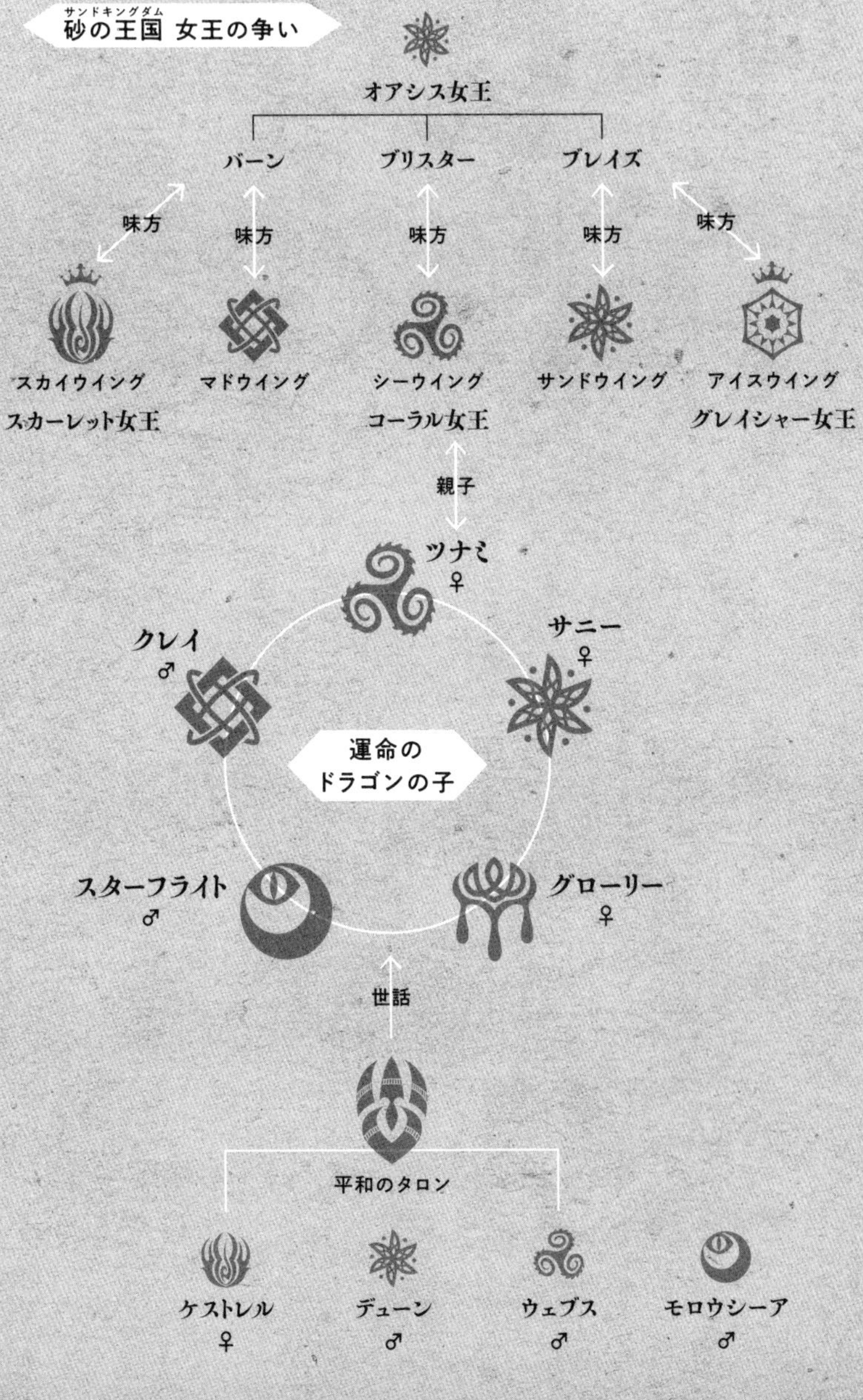

戦《いくさ》が二十年続いたら……
ドラゴンの子らがあらわれる。
大地が血と涙《なみだ》にまみれたとき……
ドラゴンの子らがあらわれる。

最も深き青をした、海の翼《シーウイング》の卵《たまご》を見つけよ。
そなたのもとに、夜の翼《ナイトウイング》がおとずれよう。
山のいただきにある最も大きな卵は
そなたに空の翼《スカイウイング》をあたえよう。
大地の翼を求《もと》めるならば泥の中、
ドラゴンの血の色をした卵をさがせ。

F FIRE

そして争いあう女王たちの目をのがれ
砂の翼《サンドウイング》の卵はだれにも見つからぬ場所に。

炎をつかさどる三頭の女王のうち
二頭は死に、一頭は学ぶだろう。
おのれより強く高き運命にしたがえば
炎の翼《ウイングス・オブ・ファイア》の力を得《え》ることを。

極光《オーロラ》の夜、五つの卵がかえり
戦を終わらせる五頭のドラゴンが生《せい》を受ける。
暗やみに立って光をもたらす。

ドラゴンの子らがあらわれる……。

ウイングス・オブ・ファイア

3

かくされた王国

雨の翼のグローリー

トゥイ・タマラ・サザーランド
田内志文=訳

WINGS

この本にでてくるような、
すばらしいドラゴンの年に生まれてきてくれた
エリオットに。

CONTENTS

プロローグ

五頭のドラゴンの子たちは戦《たたか》っていた。またただ。

地面に転がる大きな岩の間を、かぎ爪《づめ》と牙《きば》をきらめかせながらかけぬけていくおさないドラゴンたちのうろこに、のぼり始めた朝日が緑に、赤に、金色に反射《はんしゃ》する。口からはふたつにわかれた舌《した》がのぞき、怒《いか》りのにじむ息づかいがシュウシュウと音をたてながらもれている。五頭の向こう、断崖《だんがい》の下の砂浜《すなはま》には、ドラゴンたちのさけびと争《あらそ》う気はないとでもいうかのように、音もなく波が打ちよせていた。

重苦しい気まずさが流れていた。ノーチラスは不安《ふあん》そうに、となりに立つ黒い巨体《きょたい》のドラゴンを見あげた。ドラゴンの子たちはたがいにどなりあうのに夢中《むちゅう》で、そのドラゴンの存在《そんざい》にはまだ気づいてもいない。ノーチラスは、自分にもモロウシーアの心が読めたらいいのにと思った。モロウシーアのほうはまちがいなく、自分の心を読んでいるのだ。

もっと〈平和のタロン〉のドラゴンたちがそばにいてくれればいいのにと彼《かれ》は願《ねが》ったが、

他の者たちはモロウシーアが来ると聞くやいなや、急な任務《にんむ》があると言って、どこかに飛《と》び去ってしまっていた。海辺《うみべ》のがけにあるタロンのかくれ家はこの朝、ほとんどもぬけのからだった。ときおり、どうくつのひとつからドラゴンの鼻先がでてきたが、モロウシーアの姿《すがた》を見つけるとすぐにまた引っこんでしまった。

がけの上にいるのはドラゴンの子が五頭、それだけだった。他にも〈平和のタロン〉のもとには若《わか》いドラゴンたちがいたはずだが、どこかに姿をくらませてしまったのだろう。

だが、モロウシーアが見つめるドラゴンの子たちに、彼がやって来ることや、これから調査《ちょうさ》を受けることを知らせた者は、だれもいなかったようだ。

「ふむ……。活《い》きがいい連中《れんちゅう》だな」モロウシーアが言った。

「あの子たちは、予備《よび》の計画にすぎませんよ」ノーチラスは、言いわけするように答えた。「本当に必要《ひつよう》になるなんて、だれも思ってなかったんです。しかも、全員だなんてね。――軍《ぐん》になにかあった場合、一頭か二頭は投入することになるかもしれない、くらいには思ってましたがね。訓練《くんれん》なんて、たいして受けさせてもいないんです」

「そんなことは見ればわかる」モロウシーアは顔をしかめた。メスの〈砂の翼《サンドウイング》〉のヴァイパーが岩のわれ目に落ち、オスの〈泥の翼《マドウイング》〉のオーカーがつまずいて彼女《かのじょ》の上にたおれこむ。ヴァイパーはいかく音をたてながらぱっと身をかわし、オーカーのしっぽにかみついた。オーカーがなさけない悲鳴をあげる。

「ちょっと失礼《しつれい》」ノーチラスが言った。ここからの展開《てんかい》は、よくわかっている。彼は歩みでるとヴァイパーの耳を引っぱっておしおきし、それからスクイッド――緑色をした小さなオスの〈海の翼《シーウイング》〉だ――をつかんでその場から引きはなした。うかうかしてたら、だれかにスクイッドのしっぽを燃《も》やされてしまう。

「やめるんだ！」ノーチラスは、小さな声でしかりつけた。「見られているんだぞ！」

赤い体の〈空の翼《スカイウイング》〉の子、オスのフレイムはらんぼうに口を閉《と》じるとぱっと横を向き、海岸にならぶねじくれた岩に目を走らせた。モロウシーアが太陽の光の下に進みでて、いかにもえらそうにフレイムの顔を見おろした。

「やっぱりだ！」小さな〈夜の翼《ナイトウイング》〉の子、メスのフェイトスピーカーが、じまんげに羽ばたきながら石の柱から飛びおりてきた。「あたい、ナイトウイングが来るってちゃんと知ってたよ！　ね、みんなにもそう言ったでしょ？」

「そうだったっけ？」オーカーが大きな茶色い頭をポリポリとかいた。

「言ってなかったよ」ヴァイパーが首を横にふった。

「言ってなかったと思うけど」スクイッドが、ノーチラスの後ろで言った。

「ほんとに言ったのかもしれないけどさ、君は大じしんがくるとか、新しい〈平和のタロン〉が出現《しゅつげん》するとか、今週の朝ごはんはカモメじゃなくなるとか、他にもいろいろ言ってたろ？」フレイムが言った。「でも、どれもほんとにならなかったんだから、おれたちが聞く耳持たなくなったのだってなっとくだろ？」

「でもあたい、ちゃんと知ってたもん」フェイトスピーカーは、へっちゃらな顔で言った。

「あたいの能力《のうりょく》のおかげで見えたんだから！　あのドラゴンが、すてきな朝ごはんを持ってきてくれることだってお見通しだよ。ね、持ってきてくれたんでしょう？」そう言って、目をキラキラさせながらモロウシーアを見る。

モロウシーアはゆっくりまばたきをした。「ふむ……。ノーチラス、ちょっと話せるかね？」

「あたいも行っていい？」フェイトスピーカーはモロウシーアのほうに、黒い体でピョンピョンはねていった。「他のナイトウイングに会うの、初《はじ》めてなんだもの！　でも、同じ種族《しゅぞく》の仲間《なかま》たちとはすごく深い心のつながりをちゃんと感じているけどね」

「ここで大人しくしていろ」モロウシーアはかぎ爪を一本のばし、その先で彼女の胸《むね》をおすようにして、仲間たちのところにもどらせた。彼女はすわりこむと、ふんと鼻をならして足元にしっぽをまきつけた。

モロウシーアは転がる岩の間をぬけるようにして、ぬすみ聞きされないところまで歩いていった。ふり返り、ノーチラスがすぐ後ろにいるのをたしかめる。だが、そのしっぽにシーウイングの子がしがみついているのが見えた。

モロウシーアは、けわしい顔でスクイッドをにらみつけた。

「他の子たちと置《お》いておくわけにはいかないんですよ」ノーチラスは、ばつが悪そうに言った。「わたしが見ていないと、だれかにかみつかれてしまうものだから」

「**だれか**じゃなくて、**みんな**がかむんだよ」緑色の小さなドラゴンが、むかついたように鼻をならした。

モロウシーアはじっと考えこんだ顔でチロチロと舌をだしてから引っこめ、しばらくしてから口を開いた。「はっきりとわかった。〈運命のドラゴンの子〉らを〈平和のタロン〉にまかせたのはまちがいだった。本物とにせもの、どちらもな」

「だれのこと?」スクイッドがきょとんとした。

「シー!」ノーチラスは、片手《かたて》でスクイッドの口をふさいだ。そしてモロウシーアの顔色をうかがってから、急いでつけ加《くわ》えた。「ほら、スクイッド。予言のことを教えたの、覚《おぼ》えているだろう? すべての種族のドラゴンたちが戦っている、あの戦争《せんそう》の話だよ」

「タロンが止めようとしてる戦争のことだね」スクイッドが答えた。「ぼくたちはいいやつだからね! みんな平和が大好《だいす》きなんだ!」

「そのとおり。だいたい正しいぞ」ノーチラスがうなずいた。「予言によればおよそ六年前、五頭のドラゴンの子たちが卵《たまご》からかえった。シーウイング、スカイウイング、マドウイング、サンドウイング、そしてナイトウイング……戦争を終わらせる運命を持った子どもたちだ。バーン、ブリスター、そしてブレイズ。姉妹《しまい》のだれが新たなサンドウイングの女王にふさわしいかを選《えら》ぶんだよ」

「わあ、ぼくがかえったのも六年前ぐらいだよ」

「本当かね」モロウシーアが言った。「どう見ても、せいぜい三歳《さい》くらいにしか見えんぞ」

「ぼくは**うつわ**がでかいんだ」スクイッドはまるで、みんなにさんざん言われてきたし、今さら言うまでもない話だとでもいわんばかりの顔で言ってみせた。

「それに、おまえの仲間たちもみんなだいたい六歳ってとこだな」ノーチラスがあわてて口をはさんだ。

「仲間なもんか」スクイッドがぼやいた。「みんないじめっ子じゃないか。フェイトスピーカーだけはちがうけど、でもあいつは頭がどうかしちゃってる」

モロウシーアは、ナイトウイングの子、フェイトスピーカーにちらりと目をやった。彼女はねじくれた形の石柱のてっぺんにすわっていた。聞き耳を立てようとモロウシーアたちのほうに思いきり体をかたむけており、今にも柱から落ちてしまいそうだ。

「なあスクイッド」ノーチラスが言った。「もしおまえが〈運命のドラゴンの子〉だったとしたらどうだ？　おまえはどう思う？」

シーウイングは、なにか下心でもありそうな目でモロウシーアを見た。「お宝《たから》が手に入ったりする？」

「名声と権力《けんりょく》が手に入るだろう」モロウシーアは答えた。「おまえが言われたとおりにしていれば、の話だがな」

「お宝は?」スクイッドはしつこくたずねた。

モロウシーアは、あきれ顔でノーチラスを見た。「このガキ、おれと取り引きしようとしてるのか?」

「お宝が大好きなんだよ」スクイッドが言った。「〈平和のタロン〉はみんなお宝なんか持ってなくて、ほんとにださいよ」

「尊《とうと》い目的《もくてき》のために、わたしたちはそんなくだらないものは捨《す》て去《さ》ったのさ」ノーチラスが言った。「平和は、宝石《ほうせき》や黄金なんかよりもずっと大切なものだからな」

「へえ、ぼくは黄金のほうがいいな」スクイッドが言った。

「おれたちの言うとおりに、サンドウイングの女王を選ぶ気はあるか?」モロウシーアが質問《しつもん》した。「おまえにそうする気があるのなら、黄金の話を聞いてやれるかもしれん」

「いいとも」スクイッドは目をキラキラさせた。「でも、フレイムには仲間に入ってほしくないな。あいつはここに居残《いのこ》りじゃなきゃだめだよ」

「どういうことだ? おまえのスカイウイングは、どこかおかしいのか?」モロウシーアはノーチラスの顔を見た。

「どこもおかしくなど」ノーチラスは首を横にふった。「たまたま今日、スクイッドとけんかしてるんですよ」

「毎日だよ！」スクイッドがさけんだ。「だって、あいついじわるなんだよ！」

「スカイウイングについては、言うことは聞いてやれない」モロウシーアが言った。

「**こっちこそ**、言うことなんて聞けないよ！」スクイッドが言い返した。

「スクイッド、無礼《ぶれい》だぞ」ノーチラスは、うんざりした声で言った。

「やれやれ、われながら後悔《こうかい》する姿が見えるわ」モロウシーアは、けわしい顔でスクイッドを見おろした。「だが、〈運命のドラゴンの子〉たちの訓練は、これからこのおれが受けつぐぞ。あまりにも長い時間、役にも立たぬ訓練についやしてしまったようだ。もっとはっきりと教えてやらなくてはならんのは、火を見るより明らかだ」

「どういう意味ですか？」ノーチラスがたずねた。全身に、ぞわぞわといやな予感が広がっていく。ちらりとスクイッドに目をやる。もしかしたら、にせものの〈運命のドラゴンの子〉たちには、別《べつ》のシーウイングを選ぶべきだったのかもしれない。**もしモロウシーアがスクイッドになにか手だしをしたなら……もしスクイッドの身になにか起きたなら……あの母親に殺《ころ》されてもふしぎではない。**ノーチラスはぞっとした。

「全員おれが連《つ》れていくという意味さ」モロウシーアがさっとしっぽをふった。

「どこに？」スクイッドが首をかしげた。

「なに、行けばわかるさ」モロウシーアは答えた。「ぐだぐだつまらん質問などせず、言われたとおりにするのが身のためだぞ」

「かまわないけど、フレイムとヴァイパーには気をつけなよ」スクイッドが答えた。「あと、フェイトスピーカーのやつにもね」

「いや、だめだ」ノーチラスが言った。モロウシーアに心を読まれないよう、必死《ひっし》にあれこれと考えて頭の中をいっぱいにする。「あの子たちを連れていくなんて、それはいけません。フェイトスピーカーはあなたからあずかった子ですが、他の子の親はみんなタロンなんです……だからこそ、そもそも卵を手に入れることができたんです。連れていくなんて聞いたら、親たちがどう思うか」

「オーカーは別だけどね」スクイッドが言った。「あいつの母さんは気にしやしないよ。なんたってマドウイングだからね」

「黙《だま》れ」モロウシーアはそう言うと、黒い目を細めてノーチラスをじろじろとながめた。

考えるな。考えるな。考えるな。ノーチラスは何度も自分に言い聞かせた。

「こいつはおどろいた」モロウシーアが、はき捨《す》てるように言った。「このガキはおまえの息子《むすこ》なのか」

ノーチラスは自分の両手をじっと見つめた。タロンが予備のドラゴンの子たちを用意すると決めたと聞いたときには、こいつは名案《めいあん》だと思ったものだ。スクイッドはぴったり〈極光《オーロラ》の夜〉ではないが、ちょうど**そのころ**に卵からかえった。ということは、この計画に加えられたなら、だれもが自分と同じようにスクイッドを大切な存在としてあつかってくれるのだ。

「当たり前じゃないか」スクイッドが言った。「すごいぐうぜんだと思わない？　ぼくは〈平和のタロン〉のリーダーの息子で、そのうえ〈運命のドラゴンの子〉なんだからね！」そう言って、とくいげに胸をはってみせる。「自分がそんな大物だなんて、想像《そうぞう》もしてなかったよ」そして、彼がいかにえらいかを話しても仲間たちにいやがられるだけで、すぐに鼻っつらを炎《ほのお》でこがされるのだということもすっかり忘《わす》れ、他の子たちのほうにのしのしと歩いていった。

ノーチラスは、なんでこんなひどいことになってしまったのかと思いながら、スクイッドの背中《せなか》を見送っていた。なぜタロンは、モロウシーアに協力《きょうりょく》するなどと決めたりしたのだろう？　そもそも、なぜ予言なんかに関《かか》わることに決めてしまったというのだろう？　そして、どうして本物の〈運命のドラゴンの子〉たちの脱走《だっそう》を許《ゆる》してしまったのだろう？

そんなことを考えると、ノーチラスは頭がどうにかなってしまいそうだった。

ケストレル、デューン、ウェブスの三頭は、あの五頭をうまくあつかえるはずだった。ひみつのどうくつに閉じこめていたのだから、なおさらだ。だというのにあの五頭は脱走し、スカイウイングのスカーレット女王を殺したなどとうわさされ、〈空の王国《スカイキングダム》〉を混乱《こんらん》におとしいれ、コーラル女王に同盟国《どうめいこく》とは手を切らせ、シーウイングの宮殿《きゅうでん》を崩壊《ほうかい》させ、そしてふたたびピリアのどこかにこつぜんと姿をくらませてしまったのだ。

さらに悪いのは、ばつをあたえるべきドラゴンがだれもいないことだ。ケストレルとデューンは死んでしまったし、ウェブスは〈タロン〉からぬけだして行方《ゆくえ》知れずになってしまった。そして、〈運命のドラゴンの子〉たちが今どこにいるか、いつまた姿をあらわして騒乱《そうらん》と混乱をまき起こすものすごい才能《さいのう》を発揮《はっき》するのか、だれにもわからないのだ。

「まったく**たいした**ぐうぜんだ」モロウシーアはまったく興味《きょうみ》のなさそうな声で、スクイッドの言葉をくり返した。

「なんというか……かまわないと思ったんですよ。この五頭は、〈極光の夜〉に孵化《ふか》したわけではありません。もし孵化していたなら、この子たちこそ本物の〈運命のドラゴンの子〉になりますから。けれど年齢的《ねんれいてき》にはだいたい合っていますし、後のことは、他のドラゴンたちも知りますまい」

「このガキどもの孵化に立ち会った者たちをのぞけばな」モロウシーアが考えこむように言った。「その目撃者《もくげきしゃ》たちさえ殺してしまえば、より安全なのだが」

ノーチラスは青ざめた。**目撃者というのは、両親もふくむのだろうか？** 頭にうかびかけたその疑問《ぎもん》を、必死に追いはらう。

「そのときがおとずれたら、そうするしかないな」モロウシーアはそっけなく言った。

「とにかくまだ、どちらの五頭を使い、どちらを捨てるかはっきりと決めてはいないのだ」彼は顔をしかめ、夢中になってスクイッドを質問ぜめにしているフェイトスピーカーを見つめた。

ノーチラスは、本当に気を失《うしな》ってしまいそうだった。「捨てる……？」とくり返す。

モロウシーアは鼻で笑《わら》った。「まあいい。きさまの子どもは無事《ぶじ》に帰すよう努力《どりょく》はしてやるよ」鼻すじにしわをよせ、ノーチラスが見たこともないほどゆかいそうな顔をしてみせる。「だが、シーウイングよ……平和よりも大事なものなど他になにもないだろう？この戦争を終わらせるためにはどんな犠牲《ぎせい》だろうとはらわなくてはならぬと、おまえはいつもタロンに言っているんじゃないかね？」

「それはそうですが……」

「予備のガキどもを用意するというのは、だいたいおまえの考えたことだったろう。本物が役に立たんとわかった以上《いじょう》、まさしく名案だったとはっきりしたな」モロウシーアは静《しず》かな声でささやいた。「だから、危険《きけん》なほうを排除《はいじょ》するのさ。おれが自分で、予備のガキどもを訓練してやる」

彼が笑《え》みをうかべ、ノーチラスは爪《つめ》の先までぞっとした。

「そして、予言を確実《かくじつ》に、あるべき形で実現《じつげん》させるのだよ」

第1部

熱帯雨林《レインフォレスト》の怪物《かいぶつ》たち

1

もう五日間も雨がふり続《つづ》いていた。

　グローリーはそれがいやでたまらなかった。

　仲間《なかま》たちから、〈雨の翼《レインウイング》〉なんだからこの天気が好《す》きなはずだと口々に言われるのも、まったく好きではなかった。

　彼女《かのじょ》はこの天気が、たまらなくいやだった。〈山の底《そこ》〉のどうくつにいたころは、みんな雨にふられたことなど一度もなかった。だからこのひどい雨はひどく不自然《ふしぜん》なものに感じられたし、やんでくれないし、ずぶぬれになって最悪《さいあく》の気分になるばかりだった。

　雨のしずくが顔を流れ落ちていく。体じゅう水びたしになっているせいで、背中《せなか》の翼《つばさ》がずっしりと重い。本物のレインウイングがどれだけ雨を好きだとしたって、わたしにはどうでもいいわ。こんなもんが好きなんて、どうかしてるのよ。飛《と》ぶのだってひと苦労《くろう》のこんな天気、まともなドラゴンだったら好きになんてなるはずないじゃない。

ああ、三つのお月様。どうかみんなをまともなドラゴンにしてあげてください。

レインウイングは役立たずでなまけ者なのだと、だれもが口をそろえて言う。けれどレインウイングはだれにも見つからない熱帯雨林《レインフォレスト》でくらしているのだから、きっとみんなが言っていることがまちがいなのだ。

グローリーは心のそこから、まちがいであってほしいと思った。

全身をぶるぶるとゆすって、きりのたちこめる空をにらみつける。彼女が見たいのは、もっとよく晴れた空だ。あのどうくつをぬけだした日、初《はじ》めて太陽の光を体に感じてからというもの、グローリーはずっとあの温《ぬく》もりを求《もと》めていた。もっとずっと長く、晴れた日が続いてくれたらいいのにと思っていた。

だが、このありさまだ。雨。泥《どろ》。また雨。また泥。

そのうえ、苦しげにうめき声やうなり声をもらしながらのろのろとついてくる、けがをした水びたしの〈海の翼《シーウイング》〉がいるのだ。

「ひと休みさせてくれないか？　もう歩けない」ウェブスがぜえぜえと息を切らしながら言った。もがくようにして泥の中を進み、少しだけかわいた木かげにたどり着く。

青緑色の巨体《きょたい》が地面にたおれこむのを、グローリーは目を細めて見つめた。他の仲間たちも顔を見合わせている。けがをしたウェブスが歩きのほうがいいというものだから、今日は空を飛ばずに歩くことにした。だというのにウェブスは、十歩も進んだらすぐに休みたいと言いだすのだ。グローリーは、彼《かれ》が本当に熱帯雨林に行きたがっているのかも、信《しん》じられなくなり始めていた。

でも、なんで？　ウェブスのやつ、なにかかくしてるの？　わたしの両親と関係《かんけい》あること？　グローリーは心の中で言った。

ウェブスは自分をレインウイングたちのもとから連《つ》れ去《さ》った本人なのだから、彼女のふるさとについてもなにか役に立つことを知っているはずだ。けれど熱帯雨林に住むドラゴンのことをだれかが質問《しつもん》すると、ウェブスはいつでも言葉をにごし、忘《わす》れたふりをしてみせるのだった。

クレイはウェブスに歩みより、彼のきず口の様子をたしかめた。できるだけ、海水にひたした海草できずをくるんできたが、こう海からはなれてしまうともう手に入れることはできない。しっぽのそばにできた毒《どく》のきず口は見るもむざんに口を開き、周《まわ》りが黒ずんでしまっていた。しかもその黒ずみは、日ましに広がっているようだ。〈砂の翼《サンドウイング》〉の毒の治《ち》療法《りょうほう》など、だれも知らなかった。

それにしてもブリスターはなんで、あんなにこいつを殺《ころ》したがってるんだろう？　まあ、こいつが最低《さいてい》なのはわたしも同意するけど、ブリスターはウェブスのことなんてなにも知らないはずだもの。　グローリーはスターフライトに目を向けた。この黒い〈夜の翼《ナイトウイング》〉は、彼女が知るかぎりいちばん頭がいいドラゴンだ――もっとも、ちゃんと知っているドラゴンは四頭しかいなかったが、それでもきっといちばんにちがいない。スターフライトなら、ブリスターとウェブスのことがなにかわかるのではないだろうか？

クレイは心配そうな顔をしながら、泥をかきまぜるようにしっぽをゆらゆらとふった。

「レインウイングたちが毒をどうにかできればいいんだけどな。この毒はレインウイングの毒とはちがうけど、それでもぼくたちよりいい方法《ほうほう》を知ってるかもしれない」

グローリーは翼をばさりとふってから顔をそむけた。彼女には、どうでもいい話だった。他の仲間たちは、かつて世話係《マインダー》だったウェブスを助けるのは自分たちの役目だとでも言わんばかりに、見当はずれの忠義心《ちゆうぎ》を持っているようだった。

自分たちがどんな目にあおうともウェブスがただぼけっと見ているだけだったことや、殺されそうになっても助けてくれなかったことも、みんな忘れてしまったみたいだ。

グローリーの卵《たまご》をぬすみだそうと思いついたのもウェブスだった。予言に記されているのは〈空の翼《スカイウイング》〉だったが、まだかえる前のスカイウイングの卵をタロンが失《うしな》ってしまったとき、かわりにレインウイングの卵を使おうと決めたのがウェブスだったのだ。グローリーが家族から遠くはなれた〈山の底〉で、自分が予言とは関係ないことを知りながら育たなくてはならなくなったのは、そもそもウェブスのせいなのだ。

他のみんなは、そんな苦しみも知りはしない。自分が持って生まれた宿命に、疑問《ぎもん》を持つ必要《ひつよう》なんてないからだ。だが、グローリーはちがう……もし自分が世界をすくう運命《さだめ》なのだとしたら、なぜ予言にレインウイングと記されていないのだろう？　そして、この壮《そう》大《だい》な運命に自分が必要ないのだとしたら、自分の人生にいったいどんな意味があるというのだろう？

　もしかしたらなにもかも、とんでもないまちがいだったのかもしれない。けれど、そんなことを考えていると、グローリーはウェブスをやつざきにしてしまうおそろしい夢《ゆめ》を見るのだった。そんな夢を見るくらいなら、考えないほうがましだ。運命なんて、そのうちきっと勝手になんとかなるにちがいない。

　とにかく今は、ふるさとに帰るのだ。

と、グローリーの真上でいきなり大きな枝《えだ》がはでにゆれ、湖ひとつ分もあるかと思うほど大量《たいりょう》の水がふりかかってきた。はっと息をのんでとびのき、木の上をにらみつける。

「シー！」枝の上でツナミが言った。ツナミは地面におりてくると、うす暗い湿地帯《しっちたい》を見回した。「二頭の〈泥の翼《マドウイング》〉がこっちに向かってきてるよ。こんな天気じゃ、こっちを見つけられっこないけどね」

　ぶあつい灰色《はいいろ》のきりが泥におおわれた湿地帯の上にたれこめていた。まるでドラゴンの角にまとわりつくけむりのように、育ちそこなったような弱々しい木々をつつみこんでいる。今が昼なのか、夜なのかもわからない。どの方角を見ても空は果《は》てしなく灰色で、けっしてやむことのないような霧雨《きりさめ》がしとしとふり続いているのだった。グローリーは、ツナミの言葉になっとくした。このきりでは、自分の翼の先も見えやしない。ましてや、他のドラゴンの姿《すがた》なんて見えるわけがない。

「それでもかくれなきゃだめだよ」スターフライトがびくびくした顔で言った。「モアヘン女王の城《しろ》までたった一日のところまで来てるんだからさ。もしつかまったりしようものなら——」

「また牢屋《ろうや》行きってわけだね」クレイがため息をついた。

今までに出会ったドラゴンの女王たちはみんな、なんとしても自分たちのもとに〈運命のドラゴンの子〉たちを閉《と》じこめておこうとしているようだった。グローリーの毒液《どくえき》——必要なときがおとずれるまで、彼女自身も知らなかったひみつの武器《ぶき》だ——がなかったら、みんなスカーレット女王の牢獄《ろうごく》からにげることはできなかったはずだ。

グローリーはふたつに分かれた舌《した》の先で牙《きば》にふれながら空を見あげた。あの毒液を浴《あ》びたスカーレット女王の生死は、いまだにわかっていない。これまで運が味方してくれなかったことを思えば、グローリーにはスカーレットがまだ生きており、おそろしい復讐《ふくしゅう》をくわだてているのはまちがいないことのように思えた。

空の牢獄を脱走《だっそう》したドラゴンの子たちは、次にツナミの母、シーウイングのコーラル女王に守ってもらうために旅をした。だがコーラル女王はさも当たり前のように、みんなを牢屋に閉じこめようとしたのだ。グローリーには、意外でもなんでもなかった。あの予言がからむとなれば、家族であろうとも信用《しんよう》なんてできはしない。この戦争《せんそう》をどんな形で終わらせるか、すべてのドラゴンがちがう計画をえがいているのだ。

つまり、もしマドウイングのモアヘン女王が自分の領地《りょうち》で〈運命のドラゴンの子〉を見つけたとしても、お茶でも飲ませてすんなり見送ってくれるようなことは、まずありえないということだ。

マドウイングの女王の居城《きょじょう》は、〈泥の王国《マドキングダム》〉の南にある大きな湖のほとりに立っている。グローリーは頭の中にピリアの地図を広げると、背《せ》すじがゾクゾクした。もしスターフライトの言うとおり、一日飛んでその城にたどりつけるのならば、熱帯雨林までも同じく一日の距離《きょり》のはずだ。熱帯雨林……つまり、グローリーの種族《しゅぞく》が住むふるさとまで。

そうしたら、わたしにも居場所《いばしょ》ができるんだ。わたしが予言に関係なくたって、レインウイングたちは気にしないはずだもの。

「グローリー！」ツナミがしかりつけるようによびかけた。「そんな明るい黄色のうろこ、あいつらに見つかっちゃうよ。早く目立たない色にして！」

自分の体を見おろしたグローリーは、星の形をした金色のもようが体じゅうにうかんでいるのに気がついた。めったにあらわれるもようではないので、彼女はこれを、よろこびや興奮《こうふん》を表すもようだと思っていた。自分でも気づかないうちに体にもようがうかんでしまうのは、いやでたまらなかった。こんなことがしょっちゅう起きるのだ。大きく心が動くたびに、感情《かんじょう》が爆発《ばくはつ》してしまわないよう、グローリーはなにもかもおし殺してしまわなくてはいけなかった。

辺《あた》りの湿地からポタポタとたえまなく聞こえてくる雨音に集中しながら、足元を見おろした。足の指の間から、こい茶色の泥がにじみだしてくる。きりが翼を取りまき、うろこのすきまから入りこみ、空をつっ切る灰色の雲みたいにどんどん広がっていくのを彼女は想像《そうぞう》した。

「ふう、行ったみたいだね」ツナミがため息をついた。

「まだあそこにいるよ！」サニーが言った。グローリーのほうに少しだけ近づき、彼女の翼にぶつかる。「ほら。あそこだよ」そう言ってグローリーにふれようと手をのばしたが、彼女はそれからのがれるように体をはなした。サニーはしばらく宙《ちゅう》を手さぐりしていたが、やがてふれるのをあきらめた。

小さなサンドウイングのサニーは、ここ何日か妙《みょう》に静《しず》かだった。グローリーは、きっと彼女もこの雨がきらいなのだと思っていた――砂漠《さばく》のドラゴンにとっては、焼《や》けつくような暑さや、照《て》りつける太陽や、いつまでも続くカンカン照《で》りの日々が当たり前なのだ。サニーはふつうのサンドウイングとは少し見た目こそちがうが、それでも種族の本能《ほんのう》はちゃんとそなわっているのだ。

この天気の中、うれしそうにしているのはクレイだけだった。湿地を進んでいくたびに足元でグチャグチャと音をたてる泥を楽しめるのは、マドウイングくらいのものなのだ。

とつぜん、スターフライトがさっとふり向いた。「だれか近づいてくる気配がするよ」とささやく。角の先から爪先《つまさき》まで、ガタガタとふるえている。

「落ちついて」ツナミが小声で言った。「クレイ、あたしとサニーをかくして。スターフライトはかげを見つけて、ナイトウイングらしくその中にひそんでて。グローリーはウェブスの姿を消してやって」

「えんりょしとく」グローリーがすぐに答えた。ウェブスに近づくだけでもいやなのに、命を助けるだなんてとんでもない。「わたしはサニーをかくす」他のドラゴンにふれるのはいやだが、サニーならウェブスよりもましだ。

「でも――」ツナミは言葉が続かず、足をふみ鳴らした。

グローリーは無視《むし》すると片方《かたほう》の翼を広げて小さなサニーをそばに引きよせた。そしてまた翼をおろすと、周りの景色《けしき》に合わせて灰色をおびた茶色に変《か》わったその翼につつまれて、サニーの姿がすっかり見えなくなった。

「うわ、なんだかおっかないや」クレイが言った。「なんだかサニーがきりに食べられちゃったみたいだよ」

食べられたという言葉で、彼のおなかがあわれにもグウグウと鳴った。クレイがはずかしそうに、大きな足をもじもじさせる。

スターフライトはサニーがいた場所をじっと見つめながら、足のかぎ爪《づめ》を泥の中に食いこませた。

「食べられるわけないじゃない。だいじょうぶだよ」グローリーが言った。「さあみんな、いい子にして言われたとおりにするの。じゃないとツナミに、ウナギの群《む》れに放りこまれちゃうよ」

ツナミが彼女をぎろりとにらみつける。スターフライトはそっとその場をはなれると、暗い木の**うろ**の中にとけこむように黒い体をかくしていった。

もうグローリーにもその音が聞こえていた。どすんどすんと巨大《きょだい》な足がたてる重い足音と、グチャグチャと泥がはねる音が近づいてくる。すぐとなりにいるサニーの体温が、居《い》心地《ごこち》悪く感じるほど温かかった。

みんなが話している間、ウェブスはぴくりとも動かなかった。木の根本で体を丸めて鼻先をしっぽにのせ、なんともみじめな姿だ。

クレイはツナミをウェブスのとなりにおしていくと、泥の色をした翼を広げて二頭をおおった。完璧《かんぺき》にかくせたとはいえなかった——翼の片《かた》はしから青いしっぽの先がはみだしているし、もう片側《かたがわ》からは青緑色の翼がちらりとのぞいている。それでもこのきりの中ではほとんど泥のかたまりにしか見えないし、問題なくごまかせるだろう。

泥をふむ重い足音が近づいてくる。

「まったく、この見回りは好きになれないよ」いかにもめんどうそうにぼやく低《ひく》い声が聞こえた。グローリーは思わずさけびそうになった。まるで、すぐそばから聞こえてくるように感じたのだ。「あのおっかない熱帯雨林のすぐそばなんだからな」

「本当にのろわれてるわけじゃないさ」別《べつ》の声が聞こえた。「なんたってあそこに住んでるのは鳥と、なまけ者のレインウイングどもだけなんだからな」

グローリーは何年もかけてきたえあげた自制心《じせいしん》で、怒《いか》りをおさえこんだ。あの〈山の底〉でもさんざん、世話係たちから「なまけ者のレインウイング」と言われ続けたのだ。それでも、まったく知らないドラゴンが口にしたその言葉は、まるでぐさりと心につきささるようだった。

「それが本当なら、女王陛下《へいか》もおれたちに中まで行けって命令《めいれい》されるはずだろ。安全じゃないってご存《ぞん》じなんだよ。それに、夜中に聞こえるあの音を、おまえも聞いたことあるだろ？　あれ、レインウイングのさけび声だったんじゃないのか？」最初《さいしょ》の声が言った。

さけび声？　グローリーの翼の下、サニーがまるでもっとよく聞こうとするかのように少しだけ首をのばした。

「それに、あの死体だってそうさ」最初の声がぶつぶつと言った。

「熱帯雨林の怪物《かいぶつ》のせいなんかじゃないってば」二頭目の見回りが言ったが、どこか自信《じしん》がなさそうに聞こえた。「今は戦争が起きてるんだ。おれたちをおどそうとしてるゲリラかなにかがいるのさ」

「わざわざこんな遠くにかい？　なんでわざわざシーウイングや〈氷の翼《アイスウイング》〉がこんなところに来て、ちょこちょこマドウイングを殺したりするんだよ？　ここからでれば、そこかしこでもっと大きな戦闘《せんとう》が起きてるっていうのにさ」

「とにかく、ちょっと急ぐとしようぜ」ふたつ目の声が不安《ふあん》そうに言った。「まったく、ほんとなら二頭じゃなくて三、四頭で見回りをするべきだよ」

「まったくだよ」あの重たい足音と泥がはねる音が続く。「で、スカイウイングの件《けん》だけど、おまえはどう思う？　ルビー派《は》か、それとも……」

グローリーは息を殺して聞き耳をたてたが、見回りたちが遠ざかっていくにつれて、言葉はきりの中に消えていってしまった。後を追うことさえできたなら――。彼女は、**スカイウイングの件**とはなんのことなのか、知りたくてたまらなかった。ほんの少しるすにするくらいなら、仲間たちにも気づかれないのではないだろうか。

「すぐもどる」彼女はサニーに小声でそう伝《つた》えると翼をあげ、その場から立ち去ろうと足をふみだした。

サニーは目を丸くして、彼女のしっぽをつかんだ。「だめだよ！　あぶないよ！　さっきの話、聞こえたでしょう？」とささやく。

「熱帯雨林の怪物のこと？」グローリーは肩《かた》をすくめた。「あんまり気にならないかな。

遠くまで行くわけじゃないからね」サニーをふりはらい、泥をはねて音をたてないよう、しんちょうにかわいた地面を選《えら》びながら、見回りの兵隊《へいたい》の後を追い始める。

きりが音という音をほとんどかき消し、湿地帯はぶきみな静けさにつつまれていた。グローリーは遠くから聞こえてくるくぐもった声と、マドウイングたちの足が泥をふむ音らしきものをたよりに進んでいった。だがまもなく、声も音もすっかり聞こえなくなってしまった。

足を止め、聞き耳をたてる。木々からポタポタと水が落ちていた。枝のすきまから、どんよりと雨がふりそそいでいた。そこかしこで泥の中からぶくぶくと小さなあわがたち、まるで湿地帯がしゃっくりでもしているかのようだった。

とつぜん、辺りを悲鳴が切りさいた。

グローリーの耳のヒレが恐怖《きょうふ》にさかだち、体にうすい緑色のストライプがジグザグに走る。彼女は恐怖をおさえこみ、体を灰色と茶色にもどそうと集中した。

「グローリーー！」どこか後ろから、サニーがさけぶのが聞こえた。

だまってて！　いるのがバレるじゃないの！　わたしたちがいるのを、だれかに気づかれたらまずいのよ！　グローリーは心の中で毒づいた。

たぶん他の仲間たちも同じことを考えて、サニーを止めてくれたのだろう。それっきりさけび声は聞こえなかった。

もしかしたら、仲間のだれかがさっきの悲鳴をあげたのだろうか。いや、そんなはずはない。悲鳴はどこか前のほうから聞こえてきたのだ。

グローリーはもう一度自分の体を見て周囲《しゅうい》の色としっかり同化しているのを確認《かくにん》すると、木々の間をぬけて、悲鳴が聞こえたほうへと急いだ。

こいきりにじゃまをされているせいで、グローリーはあわや、地面に転がる二本の丸太のようなものにつまずくところだった。ふみつけたものがまちがいなくドラゴンのしっぽであるのに気づき、あわててとびのく。

泥だまりの中に茶色いドラゴンが二頭たおれていた。雨が洗《あら》い流《なが》し始めているが、周りは血の海だった。どちらものど笛が残《ざん》にんに引きさかれており、今にも首が胴体《どうたい》からはなれてしまいそうだった。

グローリーはうごめく灰色のきりをにらみつけたが、空から落ちてくる雨のほかに動くものはなにも見えなかった。

マドウイングの見回りたちが死んだ。なのに、殺した者の気配がまったくないのだ。

2

「どうしてぼくたちわざわざ、怪物《かいぶつ》がいて、悲鳴がきこえて、正体不明《ふめい》のドラゴン殺《ごろ》しがひそんでいるようなところに向かってるのさ？」クレイがみんなに声をかけた。

「目的地《もくてきち》をどっか他のところに変《か》えてもいいんじゃないかなあ？」スターフライトがおずおずと言った。「ほら、アイスウイングの国とかさ」

「アイスウイングか！　いいね！」クレイが顔をかがやかせた。「名案《めいあん》じゃないか。そうしようよ。〈氷の王国《アイスキングダム》〉なら、なぞのドラゴン殺しもいないしさ。だろ？　たしか〈アイスキングダム〉にはなにか動物がいたはずだけど、なんだったっけ？　ペンギンだったたっけ？　ペンギンの一羽《わ》や二羽なら、ぼくだって戦《たたか》っても勝てるよ。そう思わない？　大きさはどんなのかな？　大きさによっては、二羽は無理《むり》かもしれないないな」

「で、殺《ころ》されないかわりにこごえ死のうってわけね」グローリーが言った。ふるさとは目と鼻の先なのだ。つまらないうわさ話や死体ふたつくらいで、やすやすと引き返すわけにはいかない。「ほんとに名案ね、スターフライト。〈アイスキングダム〉まで大陸《たいりく》の半分もはなれていて、熱帯雨林《レインフォレスト》が目の前なのを別《べつ》にすればね」

「それに、〈アイスキングダム〉までウェブスを連《つ》れてくなんて無理だよ」サニーも話に加《くわ》わると、そびえたつ木々を不安《ふあん》そうに見あげた。進めば進むほど、どんどん木々が高くなっていくようだ。

さらに進んでいくとだんだんと暑くなり、見あげれば、頭上をおおうツタのすきまにチラチラと色とりどりの光が見えた。まばゆい夏の黄色やむらさき、青いのは鳥か花だろうか。とにかく、茶色づくしの〈マドキングダム〉ではお目にかかれない色だ。確信《かくしん》こそなかったものの、グローリーは、自分たちは今本物の熱帯雨林に近づいているのだと感じていた。

ねじれたかぎ爪《づめ》のような湿地帯《しっちたい》の木々や、あのマドウイングたちの死体をはなれ、もう半日も進み続《つづ》けていた。ツナミは少しだけあの場で足をとめて手がかりをさがしたいと言ったのだが、二頭もドラゴンが殺された現場《げんば》の辺《あた》りでつかまったりしたらまずいことになるし、殺した犯人《はんにん》もまだ近くにいるはずだとスターフライトが言うと、みんな彼《かれ》に賛成《さんせい》してしまったのだった。そこで、けがをしたウェブスをふくめて夜どおし飛《と》び続け、朝になったら地面におりて食べるものをさがし、また歩きにもどすことにしたのだった。

「ほら。サニーでさえ、あなたたちよりも勇《ゆう》かんだわ」グローリーは、クレイとスターフライトに言った。

「サニーでさえ?」サニーがむっとした。「どういう意味? わたし、もともと勇かんだもん! 昔からずっとだよ!」しっぽをばたばたとふり、ぱっと身を引いて、頭をなでようとするクレイの手をよける。

頭上をおおう木の葉のすきまから暖《あたた》かな太陽が差《さ》しこみ、みんなのうろこをきらめかせた。グローリーは、体じゅうのうろこが色を変えるにまかせた。緑色にかがやく甲虫《かぶとむし》のようなもようが全身にうきあがり、あちこちにこはく色のうずまきもようができる。木々や日差《ひざ》しととけ合っている感覚《かんかく》が、彼女《かのじょ》は最高《さいこう》に気持ちよかった。

もうすぐ着くんだ。グローリーは、期待に胸《むね》をふるわせた。でも、期待しすぎないようにしなくちゃ。思ってたようなところじゃないかもしれないしね。でもせめて、にくしみたっぷりの世話係《マインダー》たちに閉《と》じこめられてた、あの〈山の底《そこ》〉よりはましな場所であってほしい……。これ、高望《たかのぞ》みなんかじゃない……よね?

みんなの左のほうで、なにかがガサガサと音をたてた。グローリーはぱっとふり向いたが、そこには木からぶらさがって彼女を見ながらねむたそうにまばたきしている、毛がボサボサのナマケモノが一匹《ぴき》いるだけだった。

「なんだかここ、うすきみ悪くてぞわぞわするなあ……」クレイが言った。

「さっきからそればっかり。もう千回は聞かされたわ」グローリーが言った。

「あのマドウイングたちの話が聞こえてればよかったのになあ」サニーが言った。「熱帯雨林のすぐそばに住んでるのに、なんであぶない理由を知らないんだろう？」

「レインウイングが住んでるのに、そんなに危険《きけん》な場所だなんてありえる？」グローリーは反論《はんろん》した。

ウェブスが小さく鼻で笑《わら》うと、ずいぶんとひさしぶりに口を開いた。「そいつは、連中《れんちゅう》がレインウイングだからさ。きっと、危険に気づいてもいないんだろう」

グローリーは、ぎろりと彼をにらんだ。「反対側《はんたいがわ》にもおそろいの、毒《どく》のきずをつけてあげようか？」

ツナミがさっとふり返り、ウェブスの鼻すじをわしづかみにする。巨体《きょたい》のウェブスはおどろいて鼻をならし、急いで身を引こうとしたが、ツナミががっしりとつかんだまま彼の顔をにらみつけた。

「もううんざりだよ。知ってることを全部はきなさい」おどすようにツナミが言う。「熱帯雨林に行ったことがあるのは、あんただけなんだ。あそこには、なんか怪物がいるの？」つかんだ鼻をらんぼうにゆさぶる。「ぬれたシダみたいにしょぼくれてないで、知ってることを洗《あら》いざらい話すんだよ」

「ひゃひもひらない」口も開けられないまま、ウェブスは必死《ひっし》に首を横にふった。

「しっぽをふみつけたりきずをつついたりしてやったら、話す気になるかもよ」グローリーが言った。

「ひどいことしないで」サニーがそう言うと、ウェブスの肩《かた》を鼻先でつついた。「ウェブス、知ってることがあるなら教えて。あなたの安全もかかってるんだから」

ウェブスがため息をつき、ツナミはつかんでいた手をはなした。

「怪物のことなんて、わたしはなにも知らないよ。本当だ」ウェブスが言う。「グローリーの卵《たまご》をぬすむためにしのびこんだときも、危険なものなんてなにも見なかった。びっくりするくらい、すんなり入れちまったくらいだ。もう〈極光《オーロラ》の夜〉の前夜だったから、孵《ふ》化《か》しそうな卵なんてひと目見ればすぐにわかった。わたしはさっさとそれをぬすんで、山に飛んで帰っただけだよ。レインウイングなんて一頭も見かけなかったし、ましてや怪物なんてかげも形もありゃしなかったよ」

「わたしの親は、巣《す》を守ってたんじゃないの？」グローリーがたずねた。

ウェブスは自分の手を見おろし、首を横にふった。

これだけじゃ、なにもわからないわ。グローリーはそう思ったが、マドウイングの村とクレイの母親のことはよく覚《おぼ》えていた。あの母親は牛二頭と引きかえに、クレイの卵を〈平和のタロン〉に売りわたしたのだ。クレイを大事になんて思っていなかったし、もどってきてほしいとさえ考えていなかったのだ。自分の両親はちがいますようにと、グローリーは祈《いの》った。

クレイもツナミも、ひどく落ちこんでいた。もしかするとドラゴンの親というものは、いつも期待をうらぎるのかもしれない……特《とく》に、長きにわたりずっと、どんな両親なのだろうかと夢《ゆめ》にえがき続けていると……。

ともあれグローリーは自分の両親が、世界で最高のドラゴンであってほしいなどと思っているわけではなかった。ただ自分以外《いがい》のレインウイングたちと出会い、みんな果物《くだもの》をかじりながらなまけているだけではないということを、仲間《なかま》たちにしめしてやりたいだけだ。体の色を変えて姿《すがた》をかくす能力《のうりょく》やひみつの毒を持っているからには、きっとみんなが思っているよりずっと強くたくましい種族《しゅぞく》のはずなのだ。

「もしかしたら、新しい怪物なのかもしれないよ」クレイが言った。「ウェブスがここに来た六年前には、まだいなかったやつだよ」

「かもしれん」ウェブスがうなずいた。「あれっきり、タロンはここにだれもよこしてないからな」

「この場所については、おいらもろくになにも知らないんだ」スターフライトが自分の爪《つめ》をいじくり回しながら言った。「熱帯雨林やここに生息するドラゴンについて書かれたまき物なんて、ほとんどなかったからね」

それはグローリーにもわかっていた。レインウイングについて書かれたまき物はすべて暗記していたが、それをすべて合わせたところでたいしたことはわからなかったのだ。その中に『熱帯雨林の危険』というまき物が一本あり、それを読んだ彼女は、流砂《りゆうさ》や、毒ヘビ、動物の命すらうばうほど危険な昆虫《こんちゆう》についてはかなりの知識《ちしき》を得《え》ることができた。だが、そのまき物にもレインウイングについてはほとんどなにも書かれていなかったし、ましてやマドウイングの兵士《へいし》を惨殺《ざんさつ》してしまうようなおそろしい生物の記事などひとつも見当たらなかった。

いきなり頭上の枝《えだ》がガサガサと大きな音をたてたものだから、みんなはとびあがるほどおどろいた。

「ただのサルだよ」グローリーがそう言うと、体の色が変わらないよう自分の恐怖《きようふ》をおさえた。「じゃなきゃ、オオハシっていう鳥かなにかね」

「オオハシって食べられる？」クレイが目をキラキラさせた。

「もしもつかまえられたらね」ツナミはそう言うと翼《つばさ》をのばし、頭上をおおう枝やツタを見あげた。

ようやく太陽が顔をだし、グローリーの空腹《くうふく》も消えていた。日差しにふれるたびに、牛を食べるよりもずっと心地《ここち》よさが心を満《み》たしてくれるのだ。そしてかすかな罪悪感《ざいあくかん》を覚えながら、スカイウイングの宮殿《きゆうでん》や、スカーレット女王がまるで財宝《ざいほう》のひとつを見せびらかすかのようにグローリーを飾《かざ》るために用意した、彫刻《ちようこく》の木を思いだした。

あそこには、さんさんと太陽があふれていた。〈山の底〉のくらしではけっして味わえなかった太陽が。スカーレット女王はグローリーを日光のもとへだし、気ままに色を変えていく彼女を日がな一日ながめていた。なにも話しかけてはこなかった。手をふれもしなかったし、どなったり、しかったり、だれかとくらべたりもしなかった。スカーレットはただグローリーに、美しい姿をさらしながらねむりこけていることだけを望《のぞ》んでいたのだ。

でもあんなの最悪《さいあく》だったわ。グローリーは、心の中で毒づいた。**味わったことがない、新しい経験《けいけん》だっただけ。味わったことがない新しい形でとらわれの身になって、だれかの言いなりになってただけ。でもわたしは、財宝のかたまりなんかじゃないんだ。ま、スカーレットも痛《いた》い思いをしてそれがわかっただろうけどね。**

「**カー！　カー！**」いきなり大きな鳴き声がひびいた。

ツナミはきばをむいてとび起き、どこからおそわれてもいいように身がまえた。すぐ後ろにクレイもいる。仲間たちは、身じろぎひとつしていない。ツナミは声のでどころをさがして、辺りを見回した。

「言ったでしょ？」グローリーが言った。「ただのオオハシだってば。こわがることなんてないよ。みんな、ビクビクしすぎ」

「ビクビクする理由があるからでしょ」ツナミが言った。「たとえば、ふたつも**死体**が見つかったこととかさ」

「話さないよりマシでしょ？　〈海の王国《シーキングダム》〉じゃ、知り合いの死体を見つけたのにわたしたちにだまってただれかさんもいたけどね」グローリーは、耳のヒレをさかだたせながら言い返した。

「ねえ、ちょっと――」スターフライトがおろおろと二頭の顔を見回した。

「あれは話が別でしょ？　ケストレルだったんだから！」ツナミがさけんだ。「どうやってちゃんと伝《つた》えればいいのか、考えなきゃいけなかったんだよ！」

「たしかに、最高の仕事をしたものね」グローリーが皮肉を言った。

「**ちょっと！**」スターフライトがさけんだ。ツナミとグローリーが、いっしょに彼のほうをふり返る。スターフライトは木々に目をやりながら、なにかを必死にさがすようにぐるぐると歩き回っていた。しばらくその様子を見ていたグローリーは、なにをさがしているのかに気がついた。「サニーはどこだ？」スターフライトが言う。

サニーの姿がこつぜんと消えてしまっていたのだった。

3

「サニー！」クレイがせいいっぱいの大声でよびかけた。

「すごくおこってたし、おいらたちに愛想《あいそ》をつかして、どこかに行っちゃったのかもしれないよ」スターフライトが心配そうに言った。

「おこってたの？　なんでおこってたのさ？」クレイがふしぎそうに言った。それは、グローリーにも思いだせなかった。

「ひとりだけで、こんな見知らぬ熱帯雨林《レインフォレスト》ではぐれるなんて、あの子らしくないね……」ツナミが言った。

グローリーはまぶたを閉《と》じ、必死《ひっし》にあれこれと考えた。**毒《どく》ヘビでしょ。危険《きけん》な軍隊《ぐんたい》アリでしょ。他に『熱帯雨林の危険』ってなにがあったっけ？　流砂《りゅうさ》とか？**　目を開け、周《まわ》りの地面をさぐってみたが、ただの土や、折《お》れた枝《えだ》や、からみ合うようにのびた根っこしか見えなかった。流砂など、かげも形も見当たらない。

「**サニー！　サニー！**」クレイがまた大声でよびかけた。

ツナミは歯ぎしりした。「〈空の王国《スカイキングダム》〉でも〈シーキングダム〉でも、だれも失《うしな》うことなく切りぬけてきたっていうのに、熱帯雨林に入ってたった二分で仲間《なかま》が消えてしまったというの？」

「消えたりなんかしてないよ」スターフライトは、パニックに声をふるわせた。「サニーが消えるわけないだろ！　きっとその辺《へん》にいるはずだよ。ついさっきこの目で見たばかりなんだから！」

グローリーは木々を見あげた。そばの枝からさっきとは別《べつ》のナマケモノがぶらさがり、あくびをしていた。彼女《かのじょ》には、今まで目にしてきた中で最《もっと》も危険とはほど遠い生きものに見えた。けわしい顔で、じっとナマケモノを見つめる。

「ウェブス、なにが起きたかわからない？」ツナミが、グローリーの視線《しせん》を追いながらたずねた。

だが、返事はなかった。全員がふり向く。

ウェブスの姿《すがた》も消えていた。

「うそだろ！」クレイが翼《つばさ》をふくらませた。「そこにいたじゃないか。サニーが消えたのに気づいたとき、顔を見たばかりだよ。十秒前にね。たった十秒で消えちまうなんてありえないよ」

「でも消えちゃったんだよ」スターフライトがさけんだ。「ウェブスも、そしてサニーも、あとかたもなくさ！」

「痛《いた》い！」ツナミが大声をだし、片手《かたて》で首をたたいた。「なにかにさされた！」

クレイも飛《と》びあがり、自分の首に手をあてた。スターフライトが目を見開いて地面に身を投げだし、そばのしげみの下に転がりこむと頭を翼でおおった。

「ちょっと、いったいなにして――」グローリーは身をかがめてスターフライトを見ながら、そう言いかけた。その瞬間《しゅんかん》、耳元で虫の羽音が聞こえたかと思うと、すぐ背後《はいご》の木にぶつかるバチンという音がした。

グローリーが急いでふり向くと、目の前でクレイの姿が消えていくのが見えた。まるで森が葉の生《お》いしげる腕《うで》をのばし、そっと彼《かれ》をつつみこんでさらっていってしまうかのようだった。今の今までそこでまばたきをしていた彼が、あっというまに消えてしまった。そして次の瞬間には、ツナミまで消えてしまったのだ。

そういうことだったの。グローリーは心の中で言った。

スターフライトがかくれている場所のとなりに立ち、耳のヒレをさかだてる。体じゅうにうすいオレンジとこい赤の波が走っているのを感じたが、もうそれをかくそうともしなかった。この怒《いか》りをだれに気づかれようと、かまうものか。

「いいかげんにしなさいよ！」グローリーがどなった。「でてきて姿を見せなさい！」

すると、しばらくしてすぐとなりで空気がゆらめいたかと思うと、いきなりラズベリー色をしたドラゴンがうす笑《わら》いをうかべながら目の前にあらわれた。

グローリーは、自分のように体の色を変《か》えて姿をあらわすドラゴンなど、見たことがなかった。おどろきと不安《ふあん》、そしてこんなにすごいものを見たのは初《はじ》めてだという気持ちが同時におそってくる。

なんてすごいの。わたしたちの能力《のうりょく》。わたしと同じ、レインウイングの能力！

ラズベリー色のドラゴンのとなりに、金色のまだらもようをちりばめた深い青のメスのドラゴンがあらわれた。さっきのドラゴンと同じ笑《え》みをうかべている。

頭上で葉がガサガサと音をたて、グローリーが見あげた。

いつのまにか、木々には無数《むすう》のドラゴンたちがいた。

レインウイングたちが木のみきにまきついたり、しっぽを使って枝にぶらさがったりしている。グローリーが今まで見たことのない色のドラゴンもまざっていた。深いむらさきや、にじのようにかがやくピンク、あわいひすい色、それから、目にささるほどまばゆい太陽のような黄色のドラゴンもいる。

わたしたち、なんて美しいの！

「おい、ごらんよ！　あの子、ぼくたちに会えてよろこんでるぞ！」ラズベリー色のドラゴンがそう言うと、グローリーに笑いかけた。彼女は自分の爪先《つまさき》から翼にかけて、バラ色をした小さなあわが立ちのぼっているのに気がついた。

「かわいそうな子」深い青のレインウイングがつぶやいた。「この子のうろこ、どうしてこんなにくすんでるのかしら？」

グローリーは、目をぱちくりさせた。**わたしのこと言ってるの？**

「やめろよ、失礼《しつれい》だろ」最初《さいしょ》のレインウイングが言った。「やあ、初めまして。ぼくはジャンブーで、こいつはリアナだよ。君の名前は？　なんで今まで会ったことがなかったんだろう？」

「わたしはグローリー。で、こっちのすぐビビっちゃうのがスターフライトよ」彼女は答えた。後ろをふり向くと、スターフライトがしげみから顔をだしているのが見えた。「わたしの仲間たちはどこにいるの？」

深い青のドラゴン、リアナが翼をあげ、木々をさした。頭上に集まっているドラゴンたちの間に、ツタで編《あ》まれたあみが四つつりさげられているのが見えた。それぞれサニー、ウェブス、クレイ、ツナミが閉じこめられている。みんな目を閉じ、ふくろづめにされた魚みたいにぐったりしていた。

「みんな、だいじょうぶかい？」スターフライトがさけんだ。

「ねむりの矢さ」ラズベリー色のジャンブーがそう言うと、首にさげたふくろから小さなふき矢を取りだした。「この辺《へん》には、なめたら大変《たいへん》なことになるアマガエルが住んでてね。

お友達《ともだち》は、何時間かすればちゃんと目を覚《さ》ますよ」

「初めてのドラゴンに会うときは、こうするほうが安全だからね」リアナが言った。「前に何頭か、感じの悪い茶色いドラゴンがここに迷《まよ》いこんできたことがあったのよ。なんだか知らないけど、あいさつもしないうちからこっちにかみつこうとしてね。でもこの方法《ほうほう》なら、まだ相手の頭がくらくらしてるうちに話ができるってわけよ」

「それに、こっちのほうが楽しいしね」ジャンブーが言った。「仲間を相手にふき矢の練習をするのとは別モノだからね」

「つかまるほうは、そんなに楽しくないだろうけどね」グローリーが言った。「特《とく》にあの青い子なんて、ちょっときげんが悪くなるかもよ。先に言っておくけど」

「つまり……おいらたちは君たちの捕虜《ほりょ》になったってことかい?」スターフライトがしょんぼりと答えた。

深い青のドラゴン、リアナが大声で笑いだした。木の上にいるドラゴンたちもつられて、いっせいに笑いだす。

「レインウイングは捕虜なんて取らないわ。おかしな黒いドラゴンさん」リアナは、ひとしきり笑ってから言った。「捕虜なんて取っても、なんにもならないもの」

「尋問《じんもん》して情報《じょうほう》を聞きだしたりさ」グローリーが言った。「人質《ひとじち》や武器《ぶき》と交換《こうかん》したりさ。敵に言うこと聞かせるためにつかまえておくとかさ」

レインウイングたちは、グローリーがいきなりオオハシ語でも話し始めたかのように、きょとんとした。

「そんなこともありえるってだけよ」彼女は肩《かた》をすくめてみせた。

「捕虜じゃないなら、おいらたちをどうする気なの？」スターフライトがおずおずとたずねた。

「そうだな……」ラズベリー色のドラゴンは、木の葉にかくれている太陽の辺《あた》りを見あげた。「だれか、おなかすいてない？」

そのとき、木々がさけびをあげ始めた。

4

スターフライトは、とびあがるほどおどろいた。グローリーは、ジャングルの中にかけこんでしまわないよう、足のかぎ爪《づめ》を葉のつもった泥《どろ》に食いこませた。

さけび声がやんだ。グローリーは、レインウイングたちがふしぎそうに自分を見つめているのに気づいた。

「だいじょうぶかい？」ジャンブーがたずねた。「うわ、ものすごくこわがってる色だね。ぼくたちに会ったときよりずっとこわがってるじゃないか！　どうやら、もっとこわがらせる訓練《くんれん》をしなくちゃいけないな」

「こわがってなんかないよ」グローリーは、体をもとの色にもどそうとしながら歯ぎしりした。

「おいらはおっかないよ」スターフライトが声をしぼりだした。「あの……あの音はなんだったの？」

「ああ！　あれはさけびザルよ」リアナが上を指さす。見あげたグローリーは、枝《えだ》の上でくつろぐ二匹《ひき》の茶色い大きなサルを見つけた。「何年か前から、ああしてさけぶようになってね」

「ぼくたちも最初《さいしょ》はびっくりしたんだぜ」ジャンブーが、気持ちはわかるよと言わんばかりにうんうんとうなずいた。「前はもっと低《ひく》いうなり声だったんだけど、まるでドラゴンが殺《ころ》されるみたいな悲鳴やさけび声ばかりになったのさ。まあ、そのうちなれるよ」

「へえ、そうだったの」グローリーは言った。とりあえずこれで、あの見回りの兵士《へいし》たちが熱帯雨林《レインフォレスト》で聞いた音の正体がわかった。だが、あの兵士たちが死んだ理由はわからない。それに、なぜサルたちはいきなり、前とちがう声で鳴くようになったのだろう？　さらに、なぜレインウイングたちはそれを奇妙《きみよう》に思わないのだろう？

「さ、ぼくたちの村においでよ」ジャンブーが言った。「もしなんだったら、飛《と》んでく間ねむらせておいてあげてもいいよ、そっちのほうが楽かもしれないし。なんといっても、やたらと枝があってなれてないと飛びにくいからね」

「えんりょしておくよ」スターフライトが言った。

「ぜったいにおことわりね」グローリーも同時に答える。

ジャンブーは肩《かた》をすくめた。「わかったよ。じゃあついてきな」そう言ってゆうがに舞《ま》いあがり、木々のてっぺん目がけて旋回《せんかい》しながら上昇《じょうしょう》していった。残《のこ》りのドラゴンたちもそれに続《つづ》く。まるでにじが爆発《ばくはつ》して森に色とりどりのはへんをまき散《ち》らしているかのようだった。

グローリーとスターフライトは、彼《かれ》らの後について森の上まで飛んでいった。地面ははるか下だ。辺《あた》りは明るく太陽に照《て》らされ、エメラルドグリーンと小さくささやくような羽音につつまれていた。レインウイングのようにあざやかな色をした鳥たちが、周《まわ》りを飛《と》び回《まわ》っていた。少しでもグローリーが動きを止めると、むらさきや金色のチョウが爪先《つまさき》や頭に止まった。もしかしたら、彼女《かのじょ》を花とまちがえているのだろうか。やみよりもなお黒いうろこのスターフライトには近づこうともしない。

レインウイングたちは、しっぽを使ったり翼《つばさ》を広げて滑空《かっくう》（羽ばたかずに風の力を利用《りよう》して飛ぶこと）したりしながら、独特《どくとく》のゆうがさでこずえをわたり、木々の間をぬけていった。飛ぶというよりも、まるで宙《ちゅう》を泳いでいるかのようだ。グローリーは、自分もあんなふうに飛べるのか自信《じしん》がなかった。

だが、風変《ふうが》わりではあっても、理にかなった飛びかただった。ドラゴンのような大きな生きものには、すきまなく生えた木々の間をまっすぐに飛ぶのがむずかしいからだ。スターフライトはなんとかついていこうとしながら、しょっちゅうツタにぶつかっている。グローリーは、彼が「やっぱりあみの中にいる仲間《なかま》たちのように、ねむらせてもらっておけばよかった」と、申し出をことわったことを後悔《こうかい》しているのではないかと思った。目の前ではレインウイングたちが、サニーを閉《と》じこめたあみを手から手へすいすいとわたしながら飛んでいく。

グローリーはちらりと目を配ってだれにも見られていないのをたしかめると、他のレインウイングたちがしているようにしっぽを枝にまきつけてぐるりと円をえがくように飛んでみた。

「もうすぐ着くよ」ジャンブーが彼女のとなりにおりてきた。彼の重みで枝がゆれ、グローリーは動きをみだされるとしっぽでさかさまに宙づりになってしまった。ジャンブーがにやりと笑《わら》い、手をかしてくれる。彼女の後ろ足のかぎ爪が、ごつごつとした枝をしっかりとつかむ。まるで、年を取ったドラゴンのうろこみたいな感触《かんしょく》だった。

「君、ほんとにこの辺《へん》の出身じゃなかったんだな」ジャンブーが言った。

「そうよ」グローリーが答えると、スターフライトも不器用《ぶきよう》に枝におりてきた。「わたしの卵《たまご》は六年前、レインウイングのもとからぬすまれたんだ」

「もし森林滑空の練習がしたいなら、いつでもつき合ってあげるよ。君ならまちがいなく、すぐにコツを覚《おぼ》えられるさ」ジャンブーはにっこり笑うと、また翼を広げて飛び去っていった。

グローリーは、遠ざかっていくピンクのしっぽを見て顔をしかめた。

「ふむ、なんか変《へん》だったね」スターフライトは、彼女の心を読んだかのように言った。

「だよね？　ぜんぜん気にならなかったみたい」グローリーがうなずく。「わたしの卵がだれにぬすまれたのかも、どこで育てられたのかも聞かないし、卵がぬすまれたのだってまるで覚えてなかったみたい。ときどき卵が消えるのなんて当たり前みたいな感じだったわ」そう言って、耳のヒレをわしゃわしゃとかき回しながらじっと考えこんだ。「まあ、気にしてもしょうがないね。もしかしたら本当に熱帯雨林の怪物《かいぶつ》がいて、卵をぬすまれるのなんてふつうになっちゃってるのかもしれないし」

「やれやれ、そんなのぜんぜん安心できないよ」スターフライトはため息をついた。黒い翼をきつく体にはりつかせ、まるでものすごい牙《きば》を持つ怪物がでてきてかみつきにくるのを待つかのように、森を見おろす。

なぐさめ——自分がさらわれたことを話してもジャンブーがまったく興味《きょうみ》をしめさなかった理由をどれだけ考えてみても、グローリーにはまったくなぐさめにならなかった。**もしかしたらあいつが、子どもや卵にぜんぜん興味がない、変《か》わったドラゴンなのかもしれない。他のレインウイングは、きっと気にしてくれるはず。**

「さあ、追いつこう」スターフライトが言った。

レインウイングたちはさらに何度か**森林滑空**をするといっせいに上昇し、さらに高いこずえへと飛んでいった。気を失《うしな》った仲間たちを閉じこめたあみが風を切って飛んでいくのを見て、スターフライトは不安《ふあん》そうに声をもらした。

そのとき、ドラゴンたちが着陸《ちゃくりく》に向けて高度をさげ始め、グローリーにもレインウイングのふるさとが見えてきた。

「わあ……」思わず声をもらし、彼女はすべてを見わたそうと宙に止まった。

村はレインウイングと同じくらいたくみにかくされていたが、ドラゴンたちのにじ色のうろこがひみつの里をうかびあがらせた。

葉におおわれた高台がいくつもならんでおり、ドラゴンの手ほども大きなオレンジ色のランの花をつけた広々としたツタの歩道橋がそれをつないでいる。ツリーハウスの中には壁《かべ》が低く、草を編《あ》んで作られた屋根のものもいくつかあったが、他の家々は屋根もなく、まるで空から落ちてきた雲のような白くやわらかな花がしきつめられていた。グローリーは、灰色《はいいろ》のナマケモノたちがねむそうに、歩道橋をぶらついたり他の歩道橋との間にぶらさがったりしているのを見つけた。今にも自分たちを食べてしまうかもしれないドラゴンに囲《かこ》まれているというのに、もしかしてそんなに頭が悪いのだろうかと、グローリーはふしぎに思った。

こんなにすごい場所、見たことないわ。グローリーはほこらしい気持ちだった。**ここがわたしの居場所《いばしょ》なんだ！**

「お客さんだよ！」リアナが大声で言った。そして、クレイが入ったあみの片方《かたほう》を持ったまま、他のレインウイングたちといっしょにゆっくりと高台のひとつへとおろしていった。

ドラゴン二十頭はのれそうなほど広い高台だ。グローリーはクレイのとなりに着陸すると、他の仲間たちをやさしくおろしてくれるレインウイングたちを見つめた。

村のあちらこちらから、ドラゴンたちが顔をだした。グローリーは、ほとんどのドラゴンたちがハンモックのようなつりベッドの上にいるのに気がついた。いちばん近くのドラゴンをよく観察《かんさつ》してみる。つりベッドは二本の木の間にはられていた。しっかりとツタで編《あ》まれ、むらさきの羽と青い花びらで飾《かざ》られている。ねそべっているドラゴンは頭をつきださないかぎり姿《すがた》がまったく見えず、体そのものが周りを取りまく緑とむらさきにすっかりとけこんでしまっていた。

「頭いいなあ」スターフライトは感心したようにハンモックを見つめ、それからはるか下の地面をちらりと見てふるえた。「ああいうのがなかったら、とてもじゃないけどこんな高いところでねむる気になんてなれないよ。ほら、あのハンモックの作りをよく見てごらん。あれなら落ちないし、レインウイングの力で周りの色にとけこめば、敵《てき》にもそうそう見つからないよ」

グローリーは自分の体を見おろし、これまで見たこともない色がうねっているのに気づいた。そのあざやかな青むらさきを見た彼女は、これは自分のほこりを表す色なのかもしれないと感じた。彼女は、自分の種族《しゅぞく》をほこらしく思っていた。まだ出会ったばかりだが、それでも彼女が夢見《ゆめみ》ていたとおり、本当にすごい種族だ。**見てみなさいよ、世話係《マインダー》ども。**

彼女は心の中で言った。何年も何年もあんなごつごつした最低《さいてい》な岩の上でねかせてさ！ まったく、どっちが時代おくれドラゴンかわからないわね！

「でしょう？ わたしたちみんな、この村が大好《だいす》きなんだ」リアナは、グローリーの耳に口がつきそうなほど近くで言った。グローリーが、警戒《けいかい》するようにしっぽをゆらしながらとびのく。ひとつだけ、ひどく落ち着かないことがあった。グローリーの体の色を見ただけで、レインウイングたちが彼女の気持ちを読み取ったかのような目で見つめてくることだ。彼女は気持ちをおし殺し、木々のこずえと同じ緑色に体を変えて背景《はいけい》にとけこんだ。

リアナはグローリーの反応《はんのう》などおかまいなしに、頭上に生《お》いしげる葉を見あげた。空の色や銅《あかがね》の色をした小さなドラゴンたちが五頭、葉の間をぬけるようにしておりてくるのを、ほほえみながら見つめている。

「おなかすいてるでしょ？」リアナがそう言うと、ドラゴンたちが手を開いた。奇妙な形をしたものが高台の上をはずんだり転がったりし、ねむりこけているグローリーの仲間たちにぶつかって止まった。

グローリーは、いちばん手近なひとつを拾いあげてみた。ライムグリーンで星の形をしており、パイナップルとバジルのようなにおいがする。皮をむくべきかどうか悩《なや》みながら、グローリーは爪の先でつついてみた。

〈山の底《そこ》〉にいたころはみんな、果物《くだもの》なんてほとんど食べたことがなかった。ときどきウエブスがベリーをいくつか持ち帰ってきてくれたが、まき物で学んだ知識《ちしき》のほうが多いくらいだった。パイナップルを食べさせてくれたのは、スカーレット女王だった。

スカーレットのことは考えちゃだめ。

スターフライトはがっかりした顔で、高台を見回した。「全部果物なのかい？　お肉はぜんぜんないの？」

リアナは鼻先にしわをよせた。「ほしかったら狩《か》りに行けばいいけど、そんなことしても体力のむだ使いだよ」そう言って、また空を見あげる。「それに、もうすぐお日さまタイムだから、どうしても行くならうるさくしないようにね」

「お日さまタイム？」グローリーは首をかしげた。

「ああ、かわいそうに」リアナは首を横にふった。「あなた、ずっと大変《たいへん》な問題をかかえ続《つづ》けてきたのね」

「自分になにか問題があるなんて、思ったことありませんけど」グローリーは、うろこの色が変わらないよう気をつけながら答えた。「すくなくとも、レインウイングとしてはね」

「あなたのうろこの話よ」リアナが続けた。「なんていうか……ネズミみたい……」

グローリーは、まじまじとリアナを見つめ返した。

ネズミみたい……？

「ほら」リアナは申しわけなさそうに続けた。「ちょっとくすんでるの。わたしたちとちがって」そう言って翼を広げると、にじ色が滝《たき》のように翼じゅうにわたった。

この子、わたしが他のレインウイングみたいにきれいじゃないって言ってるの？　たしかにレインウイングたちはとてもあざやかでかがやいている。ひょっとすると、グローリーのうろこは少しだけくすんでいるかもしれない。

けれどグローリーは、それをどう受け止めればいいのかわからなかった。むしろ、まったく気になどならなかった。今までずっと「きれいな子」と言われてきたけれど、それでなにかがどうにかなったことなどない。せいぜいスカイウイングの宮殿《きゅうでん》で飾《かざ》り物《もの》の木に鎖《くさり》でつながれたくらいのものだ。

「で、お日さまタイムっていったいなんなの？」彼女は肩をすくめ、質問《しつもん》した。

ほんの一瞬《いっしゅん》、リアナの体にオレンジとエメラルド色のすじが走り、すぐにまたもとの深い青にもどった。オレンジとエメラルド色。もしグローリーのうろこと同じ仕組みなのだとしたら、リアナが少しおどろき、そしていらだっているという意味になる。グローリーをもっとおこらせようとしていたのだろうか？

色の読み合いなら、こっちだってできるのよ。おあいにくさま。

「さあ、お日さまタイムよ」リアナは、自分の体の色が変わったことなど気にもしていないように言った。「お日さまがいちばん高くのぼる時間のことよ。みんなでできるだけ高いところにのぼって、そこでねむるんだ」

「なるほど！」スターフライトが、なぞをとき明かしてやろうといわんばかりの顔でわりこんできた。「グローリー、君がいつもお昼を食べてから昼寝《ひるね》するみたいなものさ。きっとレインウイングの習性《しゅうせい》だと思ってたよ。でも、どうしても理由がわからなかったんだ。なんでわざわざ一日のまん中にねむったりするんだろう？　みんな、もっと大事な用事だってあるはずだろう？」

グローリーはしっぽをふり、スターフライトをきつくにらみつけたが、リアナは気にした様子もなかった。

「ねている間に、太陽を浴《あ》びて体力がみなぎるのよ」彼女が説明する。「そうすると力がわきだして、姿を消す能力《のうりょく》もあがって、頭も切れるようになって、そして楽しい気持ちになるんだ。それよりも大事なことなんて、なにかあるの？」

「そうだったのか……」スターフライトがまた口を開いた。まるで、ようやく解読《かいどく》できたまき物を見るような目で、グローリーをじろじろ見つめる。「おっと。楽しい気持ちっていうのは、つまり……ふきげんじゃなくなってるってことかい？」

「だまりなさいよ」グローリーは、スターフライトをこづいた。彼女は口にこそださないものの、前からあるていどの見当はついていた。世話係たちの手により、生まれてからずっと太陽を浴びることもできずに地下に閉じこめられていたせいで、自分は気が短くて力の弱いドラゴンになってしまったのではないかと想像《そうぞう》していたのだ。仲間たちになにも言わなかったのは、いちいち同情《どうじょう》なんてしてほしくなかったからだ。

あんな育てられかたをしていなかったらどんなドラゴンになっていたかなんて、だれにもわかりはしない。けれどグローリーは、とげとげしい性格《せいかく》は自分の個性《こせい》なのだと思っていた。

だれにも言ったことはないが、〈スカイキングダム〉でスカーレット女王に一日じゅう太陽のもとにだされていたあのとき、グローリーはかつてないほど幸せで、おだやかな気分だった……まるで自分ではなくなってしまったかのようだった。太陽が持つ力のせいにちがいないとは、自分でもわかっていた。まるで生まれてからずっとおなかをすかせ続けていたのに、やっと必要《ひつよう》なだけ食べることができたような感覚《かんかく》だった。そして、スカーレット女王は邪悪《じゃあく》なドラゴンで、グローリーなど女王にとってはただのきれいな財宝《ざいほう》のひとつでしかないのは、彼女にもわかっていた。

心のどこかでは、たまらなくいやだった――感じたことのない眠気《ねむけ》におそわれるのも、なにもやる気がしないまま満足《まんぞく》してしまっているのも、なんだかナメクジになってしまった気分だったのだ。

けれど、そのまま永遠《えいえん》にそうしていたい気持ちも、心のどこかにあったのだ。

グローリーはぶんぶんと首を横にふった。「さ、もうねなさいよ」とリアナに言う。「わたしたちは、どこにも行ったりしないわ」あみを運んできた他のレインウイングたちは、もうこずえの中にならぶ高台へと飛び去っていた。さんさんと日がふりそそぐところで手《て》脚《あし》を広げてねそべっている者も、あのハンモックに横になってのびのびといびきをかいている者もいる。

「ま、どこにも行けないでしょうね。わたしたちのほうが、あなたのお友達《ともだち》より先に目を覚《さ》ますから」リアナが言った。

「その前に、聞きたいことを聞いておかなくていいのかい？」スターフライトがグローリーの顔を見た。「君の家族の居場所のこととか、それに――」

「急ぐ必要なんてないわ」グローリーが彼をさえぎった。「どうせみんなねちゃってるんだしさ。何時間か待ってから聞いたって、答えが変わるわけじゃないでしょ」なにも気にしていないようにふるまうのが得意《とくい》な自覚《じかく》が、彼女にはあった。そして特《とく》にリアナには、なにも気にしていないと思わせておきたかった。

幸いにも感情《かんじょう》とちがい、疑問《ぎもん》は体の表面にあらわれたりしない。でなければ、今ごろは全身を疑問でうめつくされてしまっていたことだろう。グローリーは、出会ったばかりの種族にいきなり必死《ひっし》な自分を見せたりする気はなかった。彼らのほうもグローリーに対し、山ほど質問があるようには見えない。ならば彼女のほうも、ふるさとへの帰還《きかん》なんてたいしたことじゃないという顔をしていてもいいだろう。

もしかするとレインウイングはもともと、クールで無関心《むかんしん》な種族なのかもしれない。ピリアに住む他の種族たちのように、ピリピリして大声でさわぎたてたりするような性格ではないのだ。

スターフライトはポリポリと頭をかいた。「とりあえず、怪物のことだけは聞かせてもらってもいいかい？」

「怪物？」リアナが笑った。「怪物なんているわけないじゃない」

「本当かい？」スターフライトは彼女の顔を見た。「じゃあ、国境《こっきょう》辺りでマドウイングの兵士を殺してるのは何者なんだい？」

「ああ、**あの**怪物のことか」リアナが言った。

スターフライトは翼をふくらませ、両目を月のように丸く見開いた。リアナが思わずふきだす。「その顔！　最高《さいこう》だわ！　ただのじょうだんよ、黒いおチビさん。マドウイングが殺されたのは知らなかったけど、とにかくここに怪物なんていないのはたしかよ」

「落ち着いて、スターフライト。図書館かなにかのこと考えるのよ」グローリーが言った。

「おい、チビドラゴン」ジャンブーが、グローリーの頭上にのびる高い枝の上からよびかけてきた。彼女がそれを見あげ、彼の赤むらさき色を反射《はんしゃ》した光に目を細める。「君もいっしょにお日さまタイムなんてどうだい？　ハンモックをかそうか？　高台でねそべるのもいいいぜ」

グローリーは仲間たちの顔を見回した。クレイは、レインウイングを全員合わせたよりも大きないびきをかいていた。ツナミはねむっているのにけわしい顔で、夢《ゆめ》の中でも戦《たたか》っているかのようにかぎ爪をピクピクと動かしていた。サニーは居眠《いねむ》りするチンチラみたいに大人しく丸くなっており、ウェブスはひどく呼吸《こきゅう》が浅《あさ》く、見た目も呼吸音も、まるで今にも死んでしまいそうだった。

どうせ、みんなしばらく目を覚《さ》まさないのだったら……。

「行ってきなよ」スターフライトは答えた。「おいらはいいよ。みんなの番をしてるからさ」バサバサと翼をふり、威厳《いげん》たっぷりに見えるように胸《むね》をはる。だが、どこからどう見ても、いかくしているカエルみたいにしか見えなかった。

「なんかあったら起こしてよね」グローリーが言った。「チビのゴミあさり《スカベンジャー》みたいな悲鳴が聞こえたら、あなただと思うことにするわ」

スターフライトはむっとした。グローリーは見たこともない果物をいくつか手に取り、ジャンブーのいる枝へと飛《と》び立《た》っていった。

「わたしは高台のほうに行くわ」ピンクのレインウイングのとなりにおりながら、彼女が言う。

「本当かい？　ふつう子どもたちは、ねむってる間に転がり落ちてしまったりしないよう、ハンモックのほうでねむるんだ。さすがに地面にぶつかる前に目が覚めるだろうけど、なにかにぶつかっちまうかもしれないからね。死んだりはしなくても、かなり痛《いた》いはずさ」

「わたしならだいじょうぶよ」グローリーは答えた。六年間もぞっとするような地底《ちてい》の岩だなでねていても落ちたことなんて一度もなかったし、〈スカイキングダム〉で太陽を浴びすぎるくらい浴び続けていたときにも、大理石の木に乗ったまま完全《かんぜん》にバランスを取っていたのだから。

「超安眠《ちょうあんみん》タイプなんだね」ジャンブーが言った。「心は清《きよ》らか、夢も平和って感じかな？」

「そんなところかな」グローリーは答えた。**知り合ったばかりのドラゴンに夢の話なんてするわけないじゃない。自分がおかしたつみの話なんて、なおさらね。**

「それじゃあ、いっしょに来なよ」ジャンブーは枝から飛びおりると、高台におりていった。高台には無数《むすう》の葉が重ねあわせてしきつめられており、まるで巨大《きょだい》な一枚《まい》の葉のような形になっている。そのうえで二頭のドラゴンが、ねむたそうな顔で彼女にうなずきかけた。グローリーは宙をぐるりと一回りしてから着地すると、めいっぱい太陽を浴びられるように翼を広げて身を横たえた。

まるでとけた黄金にひたっているかのように、体の中がぽかぽかと温《ぬく》もりに満《み》たされていく。

これだわ……。わたしだって、毎日ずっとこうしてお日さまを浴びながら居眠りできたはずだったんだ……。グローリーはまぶたを閉じた。体じゅうの筋肉《きんにく》から力がぬけていく。**予言なんて、もう忘《わす》れちゃおう。わたしのたどるべき運命は、これだったんだもの。**

5

グローリーはすっきりとリラックスした気持ちで目が覚《さ》めたが、またまぶたを閉《と》じてうとうとしていると、自分への奇妙《きみょう》な怒《いか》りがもくもくと胸《むね》にわき起こってきた。

はあ……。たしかにわたしは、あの偉大《いだい》なるドラゴンの子の予言にはふくまれてないわ。もしかしたら、レインウイングが登場する予言なんて、だれも書かないかもしれない。わたしたちが大事な運命を持ってるとか、すごいことをするとか期待してるドラゴンなんて、ピリアじゅうさがしたって一頭もいないかもしれない。

でも、こんなのでいいの？　一日じゅうお日さまを浴《あ》びて居眠《いねむ》りしてるだけ？　わたし、そんなもんだったの？　レインウイングって、そんなもんだったの？

ううん、きっとこんなもんじゃないはず。

わたしはきっと、こんなもんじゃないはずだよ。

グローリーは、自分をけとばしたくなった。ふるさとを見つけたほとんどその瞬間《しゅんかん》に、ねむりこけてしまうとは……レインウイングは居眠りばかりのなまけ者だと、仲間《なかま》たちに思われたくなかったはずだ。**お日さまタイム**にはなにか、もっとちゃんとした理由があるのだと、みんなにしめさなくては。ずっと頭が切れてたくましくなるとか、そんなふうに。

翼《つばさ》をもぞもぞ動かし、グローリーはぴたりと止まった。
翼と肩《かた》の間で、なにかが丸くなっている。日差《ひざ》しよりも暖《あたた》かく、深くおだやかな呼吸《こきゅう》を続《つづ》けている。

少しだけ頭を動かし、横目で見てみる。
背中《せなか》でねむっていたのは、一匹《ぴき》のナマケモノだった。

いつのまにかグローリーの肩のくぼみによじのぼってぴったりとくっつき、片腕《かたうで》を彼女《かのじょ》の首に回しつつ、自分のまくらがわりにしている。緑色をしたグローリーの体に、銀色の長い毛がかかっていた。ナマケモノはまぶたを閉じ、安らかな笑《え》みをうかべながらねむりこけていた。

なんてバカな生きものなんだろう。恐怖心《きょうふしん》というものがないの？　それとも頭悪いの？　いや、もしかしたらすごくずるがしこい作戦《さくせん》なのかもしれない……。もうすっかり、食べてやろうなどとは思えなくなっていた。こんな笑みをうかべた動物を、食えるはずがない。ナマケモノを見ていると、ちょっとだけサニーを思いだした。サニーもきっと、自分を丸のみにしてもおかしくないような大きなけものの上でも気にせず、平気でねむってしまうだろう。

グローリーはナマケモノを起こさないように気をつけながら、ゆっくりと頭をあげた。高台に集まった他のレインウイングたちは、まだすやすやとねむっている。太陽は少しかたむき始めていたが、まだ日ぐれまでには何時間かありそうだった。そよ風が枝《えだ》から落ちた葉をそよそよと舞《ま》わせていた。近くの枝では太ったアオガエルが二匹《ひき》、ねむたげにケロケロと話をしていた。

「ブルルルップ」いきなりナマケモノが鳴いた。大きな黒い目を見開いてグローリーの目を見つめ、がばりと口を開けてゆうがなあくびをしてみせる。「ブルルルルルルップル」

「わたし、ちゃんと起きてるのよ」グローリーが言った。「こわいなら、今すぐにげたほうがいいわよ」

「ルルルルルンブル。ルルルルンプ。ルルルルリップ」ナマケモノが満足《まんぞく》そうに言った。そしてさらにぴったりとグローリーによりそい、もうひとつあくびをした。

「わたしはその辺《へん》にいるドラゴンとはちがうの。やらなきゃいけないことがあるんだ」グローリーは、ナマケモノに声をかけた。「だから、そんなとこでねられたら困《こま》るのよ」

「ムン……フルルンブル」ナマケモノは、わかったとでも言うかのように答えると、まぶたを閉じた。

ジャンブーがくすくすと笑《わら》いだし、その体とともに高台が小さくゆれた。ごろりとねがえりを打ち、あごをしゃくってナマケモノをしめしてみせる。「こいつ、君を選《えら》んだみたいだ。いやあ、早かったな」

「悪いけどごめんだわ」グローリーがため息をついた。「選ばれるなんて、わたしはまっぴら。しかも相手がナマケモノだよ？」彼女は体を起こそうとしたが、ナマケモノはふり落とされてたまるかとばかりに彼女の首に両腕《りょううで》を回して背中にぶらさがった。

「すごく気に入られたじゃないか」ジャンブーが言った。「ほら、名前をつけてあげなよ。女王様は、自分のナマケモノをシャギーってよんでるよ」

「第一、なんていうか、ありえないわ。ドラゴンの女王がナマケモノを飼《か》うだなんて、あまりにも威厳《いげん》にかけるもの。それに、ナマケモノは愛《あい》くるしすぎて、毛《シ》む《ャ》く《ギ》じゃ《ー》らなんて名前にあわないわ」グローリーは、自分の言葉にはっとした。「だいたい飼う気もないんだから、名前なんてつけるはずがないでしょう？　ずっと無視《むし》してたら、この子だってどっか行っちゃうわよ」

ジャンブーは、ゆかいそうに鼻で笑ってみせた。

「じゃなきゃ、わたしが食べちゃうかもね」グローリーが続けた。「あなたたちは、どうして食べないの？」さっとナマケモノに視線《しせん》を向けたが、ナマケモノはまったく気にした様子もなくのんびりしていた。

ジャンブーが肩をすくめる。「だって、かわいいじゃないか。それに毛むくじゃらで、ほとんど毛みたいなもんだよ。食べたりしたら、何日もおなかをこわしちまうよ」

「ルルルルブル」まるでくすぐられたかのように、ナマケモノが身をよじった。

「遊んであげてるんじゃないの」グローリーが言った。「もう、どっか行ってよ。わたし、大事な用事があるんだから。親をさがしたりとかさ」

ジャンブーが首をかしげ、グローリーを見た。ラズベリーピンクの体に、あわいピンクのうずまきもようがうかんでいる。グローリーはそんな色になったことがなかったし、そのうずまきがどんな意味なのかまったく想像《そうぞう》できなかった。ときどき幸せなときにピンクが体に表れることはあっても、ジャンブーのように頭のてっぺんから足の先までピンクになるようなことはないのだ。そんなに幸せなドラゴンなんて、この世にいるはずがない。

「親をさがす?」ジャンブーは、彼女の言葉をくり返した。「どうやって?」

「教えてほしいのはわたしのほうだよ」グローリーはため息をついた。「わたしの卵《たまご》がいつぬすまれたのかはちゃんとわかってるわけだし、あそこでねてるシーウイングがどこからぬすんだかも教えてくれるわ。それだけ情報《じょうほう》があれば十分じゃない」

「ははっ!」ジャンブーは、彼女がじょうだんを言っているものだと思いこんでふきだしたが、グローリーがまじめに言っているのだとわかると笑いをこらえて真顔になった。

「なにを言ってるのさ。レインウイングに親なんていやしないよ」

グローリーは、胸のおくからこみあげてくる失望《しつぼう》をなんとか無視しようとした。こうなるかもしれないってわかってたじゃない。マドウイングだってそうだもの。レインウイングだって、親じゃなくって同じときに生まれたドラゴン……はらからたちに育てられるのかもしれない。

「でも、なんで親なんて見つけたいのさ？」ジャンブーがたずねた。

「で――」彼女が口を開いた。

グローリーは、体に怒りがうかびあがらないよう必死《ひっし》にこらえた。「理由はふたつあるわ。まず、自分がどこから来たのか、どんなことを経験《けいけん》できなかったのかを知りたいの。そして、ふたつめ。わたしが元気にしてるって家族に伝《つた》えたいんだ。卵がぬすまれて、きっとすごく心配したはずだもの」彼女は、ジャンブーをじっと見つめて反応《はんのう》をさぐった。

ジャンブーは首を引き、まごついた表情《ひょうじょう》をうかべた。「ご両親は、卵のこと、知らないと思うけどなあ。たぶん君は……なんていうか……」一度言葉を止め、周《まわ》りでねているドラゴンたちを見回す。もう起きて村を歩き回っているドラゴンもいたが、ほとんどはまだ寝息《ねいき》をたてていた。

「まあいい、見せてあげるよ」ジャンブーはそう言って、ばさりと翼を広げた。

グローリーもそうする。「さあナマケモノさん、おりてね。じゃないとあなたも、空を飛《と》ぶことになっちゃうよ」

「ブルルルップ」ナマケモノは、さらにきつくグローリーの首にしがみついた。

「この子たち、ドラゴンの言葉がわかるの？」彼女がたずねた。

「あやしいもんだな」ジャンブーが答える。「ぼくたちの体の動きを読み取って反応してるだけだよ」体にからまったツタをはらい落とし、高台から飛びおりていく。

グローリーはもう一度、ナマケモノを見た。たしかに笑いかけてきているように見える。もしかしてこの子は熱帯雨林《レインフォレスト》に住む他のナマケモノよりもかしこくて、彼女の言うことがわかるのではないだろうか。

グローリーはジャンブーのあとを追って飛びおりると、木々やつりさがるツタを注意深くかわしながら滑空《かっくう》していった。自分にしがみついている毛むくじゃらの生きもののことは頭から追いだそうとしていたが、ふと気づけばナマケモノが落ちてしまわないように障害物《しょうがいぶつ》をさけながら、いつもよりゆっくり飛んでいるのだった。

ほんとわたし、バカだな。いくらかわいくたって、こんなのただのエサじゃない。

ジャンブーは、村の中心から少しはなれた辺《あた》りを目指して飛んでいるようだった。ねむるドラゴンたちがねそべっているいくつもの高台や、大きな葉を編《あ》み合わせて作ったトランポリンのようなもののそばを通りすぎていく。トランポリンでは小さな子どものレインウイングたちが翼をばたばたさせ、ぴょんぴょん飛びはねながら飛びかたを学んでいるところだった。

どのドラゴンも幸せそうだ。グローリーが他の国々で目にしてきたような、戦争《せんそう》でひどいきずを負ったドラゴンは一頭もいない。ピリピリ緊張《きんちょう》したり、おびえたりしている様子もない。命を落とすまで無理《むり》やり戦《たたか》わされたり、衛兵《えいへい》の役目に失敗《しっぱい》してばつを受けたりするドラゴンもいない。

争《あらそ》いもない。戦争の不安《ふあん》もない。食べものに困ることもないし、頭のおかしい女王にペコペコ頭をさげる必要《ひつよう》もない……まあ、わたしに見えるかぎりは、の話だけど。

こんなふるさとでくらせるなら、予言なんて必要ないじゃない。

ジャンブーが高度をさげ始めた。行く手には、卵みたいな形をした緑色の巨大《きょだい》な建物《たてもの》が見える。屋根のように建物をおおうたくさんの葉には、太陽の光が差《さ》しこむようあちこちにあなが開けられていた。そこの部分はがっしりと編まれたツタや枝でしっかり補強《ほきょう》されており、グローリーが今までに見たことのあるどんな建物よりもがんじょうそうだった。彼女はふと、ここが宮殿《きゅうでん》だろうかと思ったが、それにしては小さすぎる。今のところ、レインウイングの女王の宮殿にふさわしいほど大きくてりっぱな建物は、どこにも見当たらなかった。

ふたりは窓《まど》がわりのあなの横にのびた枝におりたった。中をのぞいてみろと、ジャンブーが合図する。

ゆかをおおいつくすように、白い卵がところせましとならべられていた。上から差しこんでくる太陽の光を浴びると、うすいからの中でまだ生まれていないドラゴンの赤ちゃんたちが動くたびに、卵は色とりどりにかがやいた。グローリーは、おそらく外側《そとがわ》にならべられている卵のほうが孵化《ふか》が近いのではないかと思った。中身が大きく動いているように見える卵が多いし、もうてっぺん辺りにひびが入っている卵もちらほら見える。

「なるほど。孵化室があるのはわかったよ」グローリーが言った。「でも、どの女王だって自分の孵化室くらい持ってるわ。たしかにこんなにたくさん卵をならべてる女王なんていないけど……待って、つまりここが、わたしがぬすまれた孵化室だっていうこと？」**まさかわたしも女王の子だというの？** たとえそうだとしてもたいした意味などありはしない。だが、もし本当だとしたらツナミのびっくりした顔がおがめるにちがいないし、そうなったら最高《さいこう》におもしろいはずだ。

「さあ、どうだろうな」ジャンブーが言った。「孵化室は三つあるから、そのどれかだろうね。でも、君は大事なことを見落としてるよ。この卵はすべてひとりの女王のものでも、一頭の母親のものでもないんだ。ぼくたちは、みんなの卵をこうしてまとめて保管《ほかん》してるんだ」

グローリーは、ずらりとならんだつやつやの白い卵を見て息をのんだ。「じゃあここにあるのは、村にある卵の三分の一ってことだね。それがここに、まとめて置《お》かれているっていうことか」

「そういうこと」ジャンブーがうなずいた。「卵はおたがいに温めあって、いずれ時がおとずれたら孵化するんだ。ぼくたちは、新しくかえった赤ちゃんがいないかをたしかめるために、何日かに一回様子を見にくるくらいだよ。ふだんは卵のことを気にかける必要もないんだ。ここにあれば、まず安全だからね」

「わたしの卵はちがったみたいだけど。ぬすまれちゃったわけだし」グローリーはそう言うと、妙《みょう》なことに気づいて言葉を止めた。まるで体の下から風がすい取られ、翼が役に立たなくなって墜落《ついらく》し始めてしまったような気持ちだ。

「そして、だれも気がつかなかった……」ゆっくりと、彼女が続けた。「あなたの話はそういうことだよね？　わたしの卵なんて、なくなったことさえだれも気がついてくれなかった」

ジャンブーが肩をすくめた。ばつが悪そうな顔すらしていない。「なんで気づいたりするのさ。見てのとおり、卵は山ほどあるんだ。そして、新しい卵が毎週どんどんやってくるんだよ。わざわざ数える必要なんてあるかい？」

「だってわたしの卵、勝手にここに転がりこんで、勝手にでていったわけじゃなかったのよ？」グローリーは耳のヒレをさかだたせた。「中には、本物の生きたドラゴンが入ってたの。六年間も、家族からも熱帯雨林からも、そして太陽からも引きはなされたドラゴンの子がね」

「ルルルルルルップ」ナマケモノが同情《どうじょう》するように声をあげ、グローリーの首にだきついた。彼女は、ナマケモノがいるのをすっかり忘《わす》れていた。

ジャンブーの足元から体じゅうに、どんよりとした青灰色《せいかいしょく》がゆっくりと広がっていった。こっけいなほど悲しげな顔をしてグローリーを見つめている。「太陽がなかったの?」

「それでもわたし、ちゃんと生きのびたよ」グローリーが答えた。ジャンブーがのばした手からのがれるように後ずさる。「かわいそうだから同情してほしいなんて言ってるわけじゃないの。ここの卵たちと中にいる赤ちゃんたちを、もうちょっとちゃんと気にかけてあげなさいって言ってるんだよ」

「ちゃんと気にかけてるよ」ジャンブーが答えた。不安をしめす緑色が、その体にちらちらとあらわれる。「赤ちゃんたちのことは、とても大事に世話をするんだよ！　卵の心配をしないのは、なくしたことが一度もないからなんだ」

「なんでなくしたことがないなんてわかるのよ?」グローリーがさけんだ。「わたしの卵だってかんたんにぬすまれちゃったんだから、他にもなくなった卵があるかもしれないじゃない！」

ジャンブーは、何度か口をぱくぱくさせた。あまりにもまぬけな顔で、グローリーは鼻をなぐりつけてやりたい気持ちになった。これは、自分の卵を両親が愛してくれなかったなどより、ずっとひどい話だ。彼女がいなくなっても、だれも気にかけてくれなかったのだ。グローリーの身になにが起きたのか、心配してくれる家族はいなかったのだ。彼女が消えてしまっても、だれも気にしていなかったのだ。

ウェブスは、レインウイングがこんな性格《せいかく》なのだと知っていたにちがいない。だからこの熱帯雨林まで、卵をぬすみにやってきたのだ。ここに来るまでの間、その真実が言いたくなくて彼《かれ》はかくしてきたのだ。

レインウイングは、ひそかにくらす最高の種族《しゆぞく》などではなかった。彼女がおそれていたよりも、ずっとひどい種族だった。自分たちの卵を数えようとさえしない、なまけ者の種族だったのだ。

「おや、おこっちゃったみたいだね」ジャンブーは悲しげな顔をした。グローリーの翼に、暗い赤のすじがとめどなくあらわれる。彼女はジャンブーをにらみつけた。

「じゃあ、どの赤ちゃんがどの親の子か、どうやってたしかめるの？」

「たしかめたりはしないよ」彼が答えた。「みんなで……村全体でいっしょに育てるんだ。みんなが手をかしてくれる。ぼくは森林滑空を教えるんだぜ」ジャンブーは胸をはった。体にうかんでいた青灰色はもう消え去り、またピンク色がもどってきている。

「でもそれじゃあ、だれがだれの一族なのかわからないじゃない？」グローリーはゆっくりと言った。

「なるほど、そういうことか」ジャンブーがうなずいた。「その心配はいらないよ。ぼくたちには見分けかたがあるからね。レインウイングは二頭で卵を作ろうと決めると、毒液《どくえき》のテストをするんだよ」そう言ってくるりと回転すると、しなびた楕円形《だえんけい》の葉っぱを一枚《まい》引きぬき、それを自分とグローリーの間に置いた。「見ててごらん」

ジャンブーは、あごがはずれそうなほど大きく口を開けると、葉っぱの上に少しだけ黒い毒《どく》をはきだした。グローリーは、自分が毒液をはく姿《すがた》はさぞかしかっこよくておそろしいにちがいないと思っていたのだが、他のレインウイングがそうする姿は、なんだか頭がどうかしたヘビのようでひたすらうす気味悪いだけだった。

すぐに葉っぱがじゅうじゅうと音をたててとけ始めた。

「次は君が毒をはいてみな」ジャンブーが言った。「ほんの少しだけだよ。同じ場所をねらうんだ」

牙《きば》をむきだして、毒をはきだす。だがグローリーは今まで、ちゃんとねらいをつけたり、量《りょう》を加減《かげん》したりして毒をはく練習などしたこともなかったものだから、すっかり葉っぱを黒い毒液まみれにしてしまった。葉っぱだけでなく、下の地面や周りの枝までけむりをあげて、じゅうじゅうとけ始める。

だがふしぎなことに、ジャンブーの毒液がかかった部分だけは、すぐにとけるのをやめてしまった。

「うわっ！」ジャンブーが悲鳴をあげた。そしてグローリーの毒液がかかった葉っぱの他の部分や枝に、しんちょうにねらいを定めてまた毒液をはいていった。けむりとじゅうじゆういう音がぴたりと止まる。ただの黒い水に変《か》わったような毒液の中、葉っぱはただ静《しず》かに横たわっていた。

グローリーの顔におどろきがうかんだ。「すごい……こんなことができるなんて」

ジャンブーはハイタッチをするように、自分の翼で彼女の翼をたたいた。ピンク色の体のあちこちから、よろこびがほとばしっているかのようだ。「今なにが起きたかわかるかい？　君の毒がぼくの毒を中和したんだよ。すごいだろ？　ほんとにすごいことだよ！」

「へえ、そうなの？」グローリーはぽかんとした。

「ようするに、ぼくたちは血がつながってるってことなんだ！」ジャンブーがさけんだ。

「君はぼくの妹だったんだよ！」

グローリーはかぎ爪《づめ》をひくひくとゆらしながら、彼の言葉を頭の中でくり返してみた。自分は家族をさがしにこの熱帯雨林まで来たのだから、これでいいはずだ。けれど、今まで出会った中でいちばんぼんくらで役立たずのドラゴンだと決めつけてすぐにジャンブーが自分の兄だとわかるとは、なんという皮肉だろう。それに、一度もたよらせてもらえなかった家族になど——彼女が道に迷《まよ》い、危険《きけん》な目にあっていることも知らなかった家族になど——なんの意味があるのだろう？

「へえ。そっか。血がつながってるんだ」そう言って手をのばし、ナマケモノのあごをさする。ナマケモノは気持ちよさそうに声をもらし、彼女にさらにぴったりとくっついた。

「ぼくたちは、こうやってたしかめるのさ」ジャンブーは、半分とけた葉っぱを指さしながら言った。「もし毒液がまざってとけるのが早くなったら、つまり血のつながりはないってことで、いっしょに卵を作ることができる。でも、もしも毒がまざってききめが中和されたら、同じ一族の血を引いてるっていうことなんだ。ぼくたちがはらからだったなんて、信《しん》じられるかい？　もちろん、父親か母親がちがう可能性《かのうせい》はあるよ。それでもすごいことだよ」

「まさか、わたしのお父さんだなんてことないよね？」グローリーがおそるおそる言った。

「でしょ？」

ジャンブーが、大声で笑った。「ぼく、まだ九歳《さい》だぜ？　卵の父親になんてなったことないし、三歳のころなんて、ぜったいにありえないよ！」

ほっ、よかった。グローリーは胸をなでおろした。「そのからくりを使って、毒を受けたドラゴンの治療《ちりょう》をしてるのね？　毒が回る前に、中和できる家族を連《つ》れてくればいいんだもの」

新しい兄が、恐怖《きょうふ》に青ざめた。「ぼくたちは、他のドラゴンに毒液を使ったりなんてしないよ」体じゅうに、あざやかな緑色がうきあがる。「いったいどこのドラゴンがそんなことするっていうのさ？」

「ええと……いるわけないよね」グローリーは答えた。**あなたが住んでる、平和な世界で**

はね。でも、どっかの女王につかまって、仲間が命がけで戦わされそうになってたとしても、同じことが言える？　「わたしが言いたかったのは、うっかりだれかがだれかにぶつかっちゃったりさ。そういうこと、ありえなくないでしょう？」

「毒液訓練《くんれん》の教官《きょうかん》が、そんな事故《じこ》なんてぜったいに起こさせないよ」ジャンブーは力強く答えると、枝についた彼女の毒液のあとを見おろした。「君さえよければ、訓練を受けさせてもらえるはずだよ。ぼくたちが毒液を使うのはこうやって血のつながりをたしかめるときだけで、あとは本当にごくたまに、獲物《えもの》だとか、たとえばおそってくる敵《てき》に使うくらいのものなんだよ」

「おそってくる敵？」グローリーは、ぴくりと耳をそばだてた。**たとえば……熱帯雨林に住むなぞの怪物《かいぶつ》とか……？**　と心の中で言う。

「さあ、君のお友達《ともだち》のところにもどるとしようぜ」ジャンブーが言った。「そろそろ起きるころだし、ぼくたちが兄と妹だったっていう最高のニュースも教えてあげなくっちゃ！最高だよ！」

「わかった。もうここには見るものもないみたいだし」彼女は言った。そして心の中で続けた。**家族について知りたい情報も、もうこれ以上《いじょう》は手に入りそうもないしね。**

「ずっとずっと生《い》き別《わか》れになってた妹だよ！」ジャンブーは木にしっぽをまきつけながら大声でさけんだ。「マジですごいことじゃないか！　森林滑空も、熱帯雨林でとれるいろんな果物《くだもの》のことも、ナマケモノの世話も、なにもかも教えてあげるよ！　後は――」

枝の周りをぐるりと一周《しゅう》すると、ジャンブーはぺらぺらと話し続けたまま飛び立った。

グローリーは最後《さいご》にもう一度だけ村の孵化室に目をやり、彼の後を追った。なぜ彼は、自分に一度も質問《しつもん》してこなかったのだろう？　これまでどこにいたのかも、だれにぬすまれたのかも、なぜぬすまれたのかも、まったく気にしてなどいなかったのだ。熱帯雨林の外にはどんな世界が広がっているのかも。彼女にあれこれ見せてくれようという気持ちはあっても、彼女からなにか教わることにはまったく興味《きょうみ》をしめさなかったのだ。

彼女は首を横にふると、コケの生えた木のみきをよけながら飛んでいった。

どうでもいいわ。世話係《マインダー》たちから聞いたレインウイングの話が本当だったとしても……レインウイングがみんな役立たずで、大事なことなんて気にかけない種族だったとしても……それでもわたしはわたしだもの。わたし、ぜったいそんなレインウイングになんてならない。ぜったいにね。

6

ジャンブーといっしょにおりていってみると、ツナミは思ったとおり、ねむりながらはげしくあばれていた。目を開けた瞬間《しゅんかん》からもう、だれとでも戦《たたか》う準備《じゅんび》ができていそうだ。

だがグローリーは、スターフライトを見ておどろいた。たいくつだからといって、まさかこんなことを始めているとは。

「やあ、グローリー」スターフライトが、いそいそとよびかけてくる。「こいつを見てくれよ！」

スターフライトは、大きな果物《くだもの》――うすいピンク色をした、メロンみたいな丸い果物だ――をひとつクレイの鼻先に転がし、ぱっととびのいた。

クレイはまだ気を失《うしな》っていたが、その鼻がヒクヒクと動き始めた。そうして鼻すじをふるわせ、くんくんとにおいをかぎながら、じわりじわりと果物に近づいていく。おなかが大きな音をたてる。舌《した》がチロチロとでたり入ったりしている。

スターフライトがメロンを取りあげると、クレイは長々と悲しげなため息をつき、ぴたりと動くのをやめた。

「どうだい、おもしろいだろ？」スターフライトがグローリーの顔を見あげた。

彼女《かのじょ》は目をかがやかせた。「わたしずっと、ねてる仲間《なかま》にいたずらしたら楽しいだろうなって思ってたんだよね」

スターフライトはすわり直すと顔をしかめ、両手の上にしっぽをぽんとのせた。「他になーんにもやることがなくってさ。みんなねむってるし、がまんできないほど静《しず》かなんだもの」ちらりとジャンブーに目を向ける。「このドラゴンに聞いてみた？　君の――」

「うん」グローリーは、質問《しつもん》が終わるのも待たずに言った。「行き止まりってとこ」

「ぼくたち、はらからだったんだ！」ジャンブーが楽しそうに大声で言った。

スターフライトはゆっくりと首をかしげ、「じょうだんだよね？」と言わんばかりの顔でグローリーを見つめた。「それにしては……そんなに似《に》てないけど」と、失礼《しつれい》にならないようひかえめに言う。

彼女が肩《かた》をすくめると、その背中《せなか》でナマケモノが「スクアーブル！」と大声をだした。

スターフライトは、目玉が飛《と》びだしそうなほど目を大きく見開いた。「グローリー！背中にナマケモノがいるよ！　首にナマケモノが……ナマケモノがしがみついてる！」

「うん、知ってる」グローリーがうなずいた。「どうやらナマケモノは、レインウイングにとってペットみたいなものらしいんだ。この子、わたしを気に入ったみたい。わたしは気むずかしいよって言い聞かせてるんだけどね」

「そいつはすごいや」スターフライトは目をかがやかせた。まるでまき物を見たりメモを取ったりしたくてたまらないかのように、指がピクピクと動いている。「おいらの記憶《きおく》が正しければ、ドラゴンの社会でペットはあんまり成功例《せいこうれい》がないはずだよ。うっかり親せきに食べられちゃったり、ときには飼《か》い主に食われちゃうこともあるからね。ところがゴミあさり《スカベンジャー》ときたら、自分たちが食べるような動物だろうと、なんでもペットにしちまうらしいんだ。牛でもヤギでも魚でもさ。これは、『ゴミあさりの興味深《きょうみぶか》い習性《しゅうせい》』ってまき物に書いてあったことなんだけどね」

そのまき物ならグローリーも覚《おぼ》えていたが、まさかまじめな話とは思ってもいなかった。ゴミあさりたちの行動の中には、あまりにもバカげていてとても本当とは思えないこともあるのだ。

「ペットを食べたりするもんかよ」ジャンブーが口をはさんだ。「だって、食べる必要《ひつよう》なんてないだろ？　この熱帯雨林《レインフォレスト》には果物がたっぷりなるからレインウイングがうえることなんてありゃしないし、太陽だって、生きてくのに必要なエネルギーを半分以上《いじょう》もまかなってくれるんだ」

「じゃあ、本当に肉を食べないのかい？」スターフライトはそうたずね、横目でちらりとグローリーを見た。「レインウイングはみんなベジタリアンってこと？　ベジタリアンのドラゴンなの？」

ジャンブーは指を立てて横にふってみせた。「きびしく決まってるわけじゃないよ。ぼくたちはみんな、食べたいものを食べるんだ。でもバナナをとるのはサルをつかまえるよりもかんたんだし、皮だってむきやすいだろ？　それだけさ」

なまけ者の果物食いか……。みんなが言ってるとおりじゃない。グローリーは思った。**でも、ねむり薬のふき矢を使ったり、だれにも見つからないように村を作ったりする種族《しゅぞく》でもあるのよ。**と心の中でつけ加《くわ》える。

だが、そんな言葉もなんの助けにもなってはくれなかった。**わたしの卵《たまご》が消えたって、だれも気づいてはくれなかった……。**

「いたっ！」背後《はいご》で小さな声が聞こえた。「なにか……なにかにかまれた！　って、ここ……いったいどこなの？」

スターフライトがサニーのそばに飛んでいった。「だいじょうぶかい？」と声をかけ、助け起こしてやる。

小さなサニーは何度かまばたきをすると、レインウイングの村をながめ回した。「わたしたち、どうやってここに？」ばさっと翼《つばさ》を広げ、高台のふちに行ってみる。「わあ、大《たい》変《へん》。すごい高さ！　グローリー、かわいい毛むくじゃらの子を連《つ》れてるじゃない！　ねえねえお願《ねが》い、わたしにもだっこさせてくれない？」

「いいよ」グローリーは、首にまきついているナマケモノの腕《うで》をほどいた。「でも、食べちゃだめだからね」そう言ってナマケモノを手わたすと、サニーは両手でそっとだきかかえた。ナマケモノはサニーの鼻先をめずらしそうにくんくんとかぐと、それから頭の上にのぼってすわり、ひとつあくびをした。

「ぜんぜんドラゴンをこわがらないんだね」スターフライトがじっと観察《かんさつ》しながら言った。

「こいつはすごいや」

「うう……」ウェブスがうめき声をもらし、目を閉《と》じたまま両手で頭をかかえた。「体じゅうが痛《いた》むよ……」

サニーは彼《かれ》のもとにいくと、きず口の様子を確認《かくにん》した。グローリーははなれていたが、それでもきずが悪くなっているのがわかった。黒ずみが広がっているし、きず口は怒《いか》りくるったようによじれ、生々しくぬれている。

「だれにもやられやしないよ！」いきなりツナミがさけび、ぱっととび起きた。「どんな毒虫《どくむし》が来たってたたきつぶしてやる！　**ちょっと、ここどこなの？**」足をふらつかせ、大きな音をたてて転ぶ。

「あわてて動かないほうがいいぞ」ジャンプーがアドバイスした。「あのねむり薬、すっかりぬけちまうまでちょっと時間がかかるんだ」

「**ねむり薬？**」ツナミがさけんだ。「よくもそんな薬なんかを――」

「どならないでよ、ツナミ」グローリーが言った。「やめないならこのドラゴンに、もう一回ねむらせてもらうからね」

「やってもらおうじゃないのよ！」ツナミがまたどなった。

「お願い。やっちゃって」グローリーがジャンブーの顔を見た。「そうねえ、何日もねむらせられる矢なんて持ってない？」

「一日に何回も打ったりはしないいんだよ」ジャンブーは、グローリーのじょうだんを真に受けて答えた。「安全のためにね」

ツナミは翼を大きく広げると、ジャンブーや、様子を見に集まってきたレインウイングたちをにらみ回した。ふとグローリーは、あざやかなむらさきやこいオレンジ、ターコイズ・ブルー、それからレモンのような黄色に囲《かこ》まれているのに気づいた。自分や仲間たちに見せつけようとしているのかもしれないが、そうして毎日、だれよりもカラフルなドラゴンになろうとがんばる種族なのかもしれないとも感じた。

「ねえ起きて」サニーは、まだねむりこけているクレイをつついた。「クレイ、ねえ起きてってば。だいじょうぶ？」そう言うと、レインウイングたちを見回しながら「ねえ、このマドウイング、だいじょうぶなの？」とたずねた。

「だいじょうぶなはずだよ」リアナの声がした。ジャンブーの後ろから飛んできている。

「他の子たちとおんなじ量《りょう》しか打ってないからね」

「ぼくなら起きてるよ」クレイがもごもごと言って、ねむそうに両手で頭をかかえた。

「グローリーとツナミのけんかが終わるのを待ってるんだよ。せっかく、バッファローやクマをテーブルにならべてどれから食べるかなやんでる夢《ゆめ》を見てたのにさ。それがさ、どの動物からもメロンのにおいがしてたんだよ。そこだけはなんか変《へん》だったな」

「サニー！」ツナミが大声をだしたものだから、サニーはぎょっとした。「動いちゃだめだよ。あんたの頭にナマケモノがのっかってるからね。一発でしとめてみせるから、みんなの晩《ばん》ごはんにしよう」そう言ってかぎ爪《づめ》をむきだし、一歩足をふみだす。周《まわ》りのレインウイングたちの中から、反対のどよめきが起きた。

「だめ、やめて！」グローリーが声をあげた。ツナミの横をかけぬけ、サニーからナマケモノをうばいとる。ナマケモノはうれしそうにグローリーの首に両腕《りょううで》を回し、耳のヒレに鼻をうずめた。「わたしのナマケモノなんだから」グローリーがツナミの顔を見る。

「あんたの？」ツナミは、意味がわからないというように言った。「つまり、あんたの夜食用のナマケモノってこと？」

「わたしのだからさわらないでってことだよ」グローリーが答えた。「それに、いちいち当てこすり言うのやめて」

「あたしが？」ツナミは目を丸くした。「当てこすりを言うなって、あたしが？」

「ねえクレイってば、お願い」サニーがクレイの耳を引っぱった。「グローリーとツナミを止めてよ。ウェブスを助けてあげられなくなっちゃう」

グローリーは、ウェブスがサンドウイングにつけられたしっぽのそばのきずの治療法《ちりょうほう》をさがすためにやって来たのも、ほとんど忘《わす》れかけてしまっていた。周りを取りまいているレインウイングたちを見回してみる。みんな、興味《きょうみ》と好奇心《こうきしん》を表すピンクとブルーのあわを体にうかびあがらせながら、目を大きく見開いてこちらを見つめている。どうやらスカイウイングたちが闘技場《アリーナ》での戦いに夢中《むちゅう》になるのと同じように、グローリーとツナミの言《い》い争《あらそ》いにくぎづけになっているようだった。

もしかしてふだんのレインウイングって、口げんかになってもお昼寝《ひるね》したらすっかり忘れちゃうんじゃないの？　見せものになったようで、グローリーはむかついた。

クレイは筋肉《きんにく》をピクピクさせながら重い体を引きずるようにして起きあがると、のびをした。若《わか》いレインウイングが何頭か「おおおお」と声をもらし、彼と同じ色に——こはく色のかがやきをおびた泥《どろ》のような茶色に——体を変《か》えようとした。

「サニーの言うとおりだね」スターフライトは、サニーに声をかけた。「ウェブスのことを第一に考えなくちゃ。まったくサニーが正しいよ。よし、おいらにまかせておきな」彼はそう言って、ジャンブーとリアナのほうを向いた。「ダズリング女王に謁見《えっけん》させてほしいんだ。緊急《きんきゅう》にね」

二頭のレインウイングは、どうしたらいいかわからずに顔を見合わせた。「ダズリング女王に？　本気じゃないでしょう？」リアナが言った。

「もちろん本気だよ」スターフライトは深くうなずいた。「きわめて大事なことだよ。すぐ女王に会わなくちゃいけないんだ」

「ダズリングか」ジャンブーがリアナに言った。「今月は彼女の月じゃなかったよな？」

「うん、たしか」リアナがうなずく。「でも、とりあえず会わせてあげてもいいんじゃないかな」

「どうしても会わなくちゃいけないんだ！」スターフライトは声をあららげた。「今すぐ案内《あんない》してよ！」

「ちょっと待って」グローリーがわって入った。「**彼女の月じゃない**ってどういうこと？」

「ええとね」ジャンブーが言った。「だったら今の女王に会うほうがいいんじゃないかな？　大事な用事なんだろ？」

えらそうにしていたスターフライトはそれを聞くと、まるでどさりと雪でもかぶせられたかのようにしょぼくれてしまった。「でも……でもさ……『ナイトウイングのためのドラゴン全種族解説《かいせつ》』にはたしかに……ダズリング女王って書いてあって……」

「あのまき物には、わたしたちが毒液《どくえき》を持ってるなんてことも書いてなかったわ」グローリーが言った。「だったら、少なくともレインウイングについては、信用《しんよう》できる情報《じょうほう》なんて書かれてないってことじゃない？」そしてリアナのほうを向くと、「今の女王はだれなの？」とたずねた。

「たしか、マグニフィセントだったはずよ」リアナが答えた。「まあ、ちょっと早めに女王の座《ざ》をグランジャーにゆずっちゃってなければの話だけど」

うそでしょ。グローリーは心の中で言った。**やめてよ。聞きたくない。聞きたくないってば。**

「**順番**《じゅんばん》で女王をやるの？」ツナミが目を丸くした。「**本気**で？」

「やる気があるドラゴンだけね」リアナがうなずいた。「ほとんどみんな、やることが多すぎるからって手をあげたがらないけど」

「そうそう、もう**めちゃくちゃ**つまらないしね。一日じゅう、いろんな連中《れんちゅう》の相手しなきゃだしさ」ジャンブーがうんうんとうなずいた。「**ぼく**は女王になれなくてよかったよ」

「どんなドラゴンなら女王になれるの？」グローリーは質問した。「だれでもいいの？それとも王族だけ？」

「王族だって！」ジャンブーは、思わずふきだした。

「あ、そうか」グローリーが頭をかいて、仲間たちに説明《せつめい》した。「レインウイングは、家族を**持たない**のよ」サニーは首をかしげるとあわれむような顔をしたが、レインウイングたちはまったく気にした様子もなく話し続《つづ》けた。

「なりたかったら、だいたいどのメスでも女王になれるのよ」リアナが言った。

「そうなの？」ツナミは興味をひかれたように言った。「じゃあ、あたしでもいいの？女王になれるの？　だって、もともとあたしは王女だったんだからさ。しかも、ドラゴンに命令《めいれい》して仕事をさせるのならお手のものだしね」

リアナとジャンブーは、うたがいのまなざしでツナミを見つめた。ツナミは海原《うなばら》のような青い翼をととのえ直すと、本当の女王のようにすっと背筋《せすじ》をのばし、体にきざまれた王家のもようをうきあがらせた。

「なるほど。聞いてみたらいいんじゃないかな」ジャンブーが言った。

「いいわけないでしょ」グローリーが言った。「まったく、種族のほこりってもんを持ちなさいよ。シーウイングがレインウイングの女王になってどうするのよ。つまらないこと言わないでよ、ツナミ」

「言われてみれば、たしかにちょっと変だよね」リアナは、片手《かたて》で耳のヒレをかきながら言った。

グローリーは、目の前のツナミがなにを考えているかなど、知りたくもなかった。どうせ、レインウイングはなんて役立たずでバカな種族なんだろう、などと思っているにちがいないのだ。「よし、わかった。じゃ、マグニフィセント女王のところに案内して。宮殿《きゅうでん》までは、どのくらいあるの？」

レインウイングたちは、失礼がないように笑《わら》いをかみ殺《ころ》した。

「ここには**宮殿**なんてないんだ」リアナが言う。「さ、ついてきて」

ジャンブーや他のレインウイングたちはその場に残《のこ》り、まるでチョウの群《む》れのように手をふった。グローリーはナマケモノをまた自分の肩にちゃんとのせると、仲間たちといっしょにリアナのあとを追い、こずえめがけてのぼっていった。

リアナは、他よりも少し高く、より太陽に近いところに作られたツリーハウスへと、みんなを連れていった。屋根はついておらず壁《かべ》は曲線で、そこに大きな窓《まど》が五つついている。出入り口をくぐるとおくには高い壇《だん》があり、ドラゴンの舌のような形をした赤むらさき色の花にいろどられた短いつり橋がそこまで続いていた。壇には、七頭のドラゴンたちが一列にならんでいた。みんなたいくつそうな顔やねむそうな顔をしているが、怒りをしめす赤いかがやきを体にちらつかせている者もいる。

「さ、ここだよ」リアナはそう言うと、列の最後尾《さいこうび》をしめした。「待ってれば、そのうちマグニフィセントが来るよ。暗くなる前には来るんじゃないかな。あのドラゴンたちが、どんな文句《もんく》を言いにきたのかにもよるけどね」

「**待て**っていうこと？」ツナミがほえた。「**列にならんで？** はるばる熱帯雨林まで来たお客さんなんだから、先に会わせてもらうのがふつうじゃないの？」

列にならんだレインウイングたちがいっせいに、不快感《ふかいかん》をしめす緑色に体を光らせ、冷《つめ》たい目でツナミをにらみつけた。

「だいじょうぶ、待つわ。なんにも問題ないって」グローリーが言った。その背中でナマケモノがだらりとねそべり、ねむたそうにひと鳴きした。

「ウェブスにとっては大問題だよ」サニーが言った。「あんなに苦しそうにしてるのが見えないの？」

ウェブスはさっきよりもさらにきつそうな顔をして、壇上《だんじょう》にたおれこんでうめき声をもらし始めた。

「ごめんなさい」リアナがあやまった。「でもこれが公平だし、わたしたちのやりかたなんだ。たとえだれだろうと、特別《とくべつ》あつかいはなしよ」

ツナミは思いきり背《せ》すじをのばし、リアナをにらみつけた。「あたしがシーウイングの女王の子だって、まだ言ってなかった？」

「王女様だなんてすてきね」リアナが言った。「わたしは森でなにか起きてないか見回りに行かなくちゃだけど、また後で様子を見にくるから」少しさがってからおどけたようにツナミにおじぎをすると、リアナは飛び去っていった。

「なんなのあれ？」ツナミはむかついた顔で言った。「あたしたちがだれなのか、教えてやったほうがいいんじゃないの？」

「だめよ。それはしないってみんなで決めたじゃない」グローリーがきびしい声で言った。

「ねえ、わたしたち、マグニフィセント女王に閉じこめられちゃったりしないかな？」サニーが心配そうに言った。

「それは考えにくいね」スターフライトが答えた。「ここのドラゴンたちはきっと、予言のことすらなにも知らないにちがいないよ。知ったとしても、たいして気にしないんじゃないかな」

「たしかにね」グローリーがうなずく。「なんにも気にしてないように見えるし」

「あとで後悔《こうかい》しないためにも、気をつけるにこしたことはないと思うけどな」クレイが言った。「だまっておくほうに一票《ぴょう》。レインウイングたちがどんな反応《はんのう》をするかわからないからね。ごめんよ、ツナミ」

「いや、クレイの言うとおりだよ」ツナミはくやしそうに言って、翼と首をのばした。「ただ、気絶《きぜつ》させられたうえに女王を待つ列にならばされるなんて、どうかしてるって思うだけ」

「まったくだね」グローリーもため息をついた。「でもどうくつで鎖《くさり》につないで何日も食べものもくれないで無視《むし》したり、王女を一頭助けたのに牢屋《ろうや》に放りこまれたりするのにくらべたら、まだなっとくできるかな。って、おっと。そんなことしたの、ツナミのママだったっけね」

「とりあえず、ここには食べものがあるんだしさ」クレイは、言い返そうと口をぱくぱくさせているツナミをよそに言った。そばの壇においてあった果物を山のように持ってきて、いかにもうれしそうな顔をしながら目の前にならべ始めた。

「ねえ、これなんだろう？」ふと手を止め、クレイは小さな太陽のしずくのような黄色い果物をいっぱいにつけた枝《えだ》をつついてみせた。

ドラゴンの子たちは、みんなで果物を食べた。ウェブスも少し元気をだして食べている。だが、グローリーはおなかがすいていなかった。小さなオレンジ色の果物をナマケモノにわたしたが、自分はなにも口にしなかった。ジャンブーの言葉どおり、太陽の光を浴《あ》びたおかげで、今まで食べたことがあるどんなものを食べるよりも満《み》たされた気分になっていた。奇妙《きみょう》な気分で、あまりそのことを考えたくなかった。それに、こんなに重要《じゅうよう》な事実を子どものころからずっと教えてもらえずにきた理由も、今は考えたくなかった。

そのかわりにグローリーは、女王のツリーハウスが見えはしないかと、つり橋の上を行ったり来たりしながら見あげてみた。窓の向こうにはにじ色のうろこや、あざやかな青、きらめく黄色、そしてエメラルドグリーンが見えた。トンボの羽のような形の花びらを持つ白い花でできた花かんむり《ガーランド》も見えた。他の種族が宝石《ほうせき》やめずらしい石を使うように、レインウイングは花を使って自分たちを飾《かざ》るのだ。

ちらりとツナミの様子をたしかめる。彼女は、まだ〈シーキングダム〉で母親からもらったあの真珠《しんじゅ》の飾りを身につけていた。まるでそんなものなど忘れているかのようにふるまっているが、ときどき真珠を指でもてあそんでいるのがわかった。

でもあの母親はちょっと頭がどうかしてたし、ほんの少しだけ悪党《あくとう》の部分もあったわ、とグローリーは心の中で言った。**コーラル女王みたいな母親なんて、いないほうがましじゃない？　真珠がもらえなくても、そのほうがいいわ。**

「あなたは女王にどんな用があるの？」グローリーは、列の先頭にならんでいるドラゴンに質問した。いきなり話しかけられたレインウイングが、とびあがりそうなほどおどろく。

「ああ、ええと……」ゆっくりと、ドラゴンは口を開いた。「担当《たんとう》の仕事を変えてもらえないか、たのんでみようと思ってね。今は子どもたちに果物集めを教えているんだけど、本当はその……昼寝テクニック上級編《じょうきゅうへん》のほうがうまく教えられると思うんだよ」

グローリーは笑いだしそうになるのを必死《ひっし》にこらえた。相手はどう見ても真顔で言っている。本当に「昼寝テクニック上級編」などというものがあるのだろうか？　だが、そんなことを質問するのは失礼だと思い、彼女はやめておいた。

「じゃあ、あなたは？」そう言って、二番目にならんでいるドラゴンのほうを向く。今度のドラゴンは背が高くて体はあわいオレンジ色で、くるりと丸めたしっぽには、ふきげんそうにむっつりとした顔の灰青《はいあお》色の子どもがちょこんとすわっていた。

「この子をしかってもらおうと思って連れてきたの」母親のドラゴンが言った。「お日さまタイムの間に、ねてるドラゴンの鼻のあなにベリーをつめるのが楽しくてたまらないみたいでね」

灰青色の小さなドラゴンは、おもしろがっているのかおこっているのかよくわからない声をもらし、グローリーに向けてこわい顔をしてみせた。それを見たグローリーがお返しに自分もこわい顔をすると、子どもはびっくりして大口を開けた。

「おれがなんで来たのか教えてやるよ」三番目にならんでいるドラゴンが、いらだった声で言った。さっき首の辺《あた》りをまっ赤《か》にしていたドラゴンのうちの一頭だ。もう一頭の赤色は列のいちばん最後《さいご》にならんでいる。グローリーは、この二頭をのぞいておこっているレインウイングはいないのではないかと思った。

「おっと」と、昼寝テクニック上級編のドラゴンが声をあげた。「マングローブがまたなにか文句を言うつもりだぞ」と、背の高いほうがオレンジの体をふるわせながらくすくすと笑う。

「文句だと！」マングローブがさけんだ。「ああ、そうだとも！　みんな文句を言うべきことがいろいろあるんだよ！　うちのオーキッドの他にも行方不明《ゆくえふめい》のドラゴンがいるんだからな！」

グローリーは首をかしげて「うちのランの花《オーキッド》？」とたずねた。もしかしてレインウイングは、花にやたらとこだわる習性でも持っているのだろうか？

「おれのパートナーのことさ」マングローブがうなった。「オーキッドって名前でね。もう三週間も行方がわからないんだよ。それからずっと女王に、捜索隊《そうさくたい》をだすようにたのんでるんだがな」

「ドラゴンにだって、たまには休暇《きゅうか》が必要さ」先頭のドラゴンが肩をすくめてみせた。

「**三週間もだぞ。三週間**」マングローブが声をあららげた。

「他にも行方不明のドラゴンたちがいるの？」グローリーはマングローブにたずねた。

「この一年で最低《さいてい》でも十二頭だよ、オーキッドも入れてな」けわしい顔で、彼が答えた。

グローリーの背筋に、冷たいものが走った。つまり、熱帯雨林でおそろしい**なにか**にでくわしたのは、あのマドウイングの兵士《へいし》たちだけではなかったということだ。

あの色とりどりの鳥たちや、さきほこる花々、そしてそびえ立つ木々にまぎれて、なにかがひそんでいるのだ。マドウイング二頭をまとめて殺してしまうようななにかが……そして、あとかたもなく十二頭のレインウイングたちを消し去ってしまうことのできるなにかが。

7

「次の者！」女王のツリーハウスから、大声がひびいた。

先頭のドラゴンがあくびをしながら橋をわたり、入り口にかけられた銀色をおびた黄色の花々のカーテンをくぐっていく。

「わたしも見学に行っていい？」グローリーがマングローブにたずねた。消えたレインウイングの問題に女王がどう向き合うのか、見てみたかったのだ。

「なにを考えてる？　順番《じゅんばん》ならゆずらんぞ」マングローブがうたがいのまなざしを彼女《かのじょ》に向けた。

「おとなしく聞いてるから」グローリーは約束《やくそく》した。

「ふむ……まあ問題はあるまい」彼《かれ》が答えた。

グローリーはいちばん後ろにならんでいるドラゴンのほうを向き、「あなたも行方不明《ゆくえふめい》のドラゴンさがし？」とたずねてみた。

「生徒《せいと》を一頭ね」レインウイングが答える。彼女の耳のヒレに緋色《ひいろ》の光がちらつき、それが深紅《しんく》のうろこに反射《はんしゃ》した。「みんなはわたしが毒液《どくえき》の訓練《くんれん》をしてる最中《さいちゅう》に生徒が消えてしまったと思ってるけれど、ぜったいにわたしのせいなんかじゃないわ」そう言って、壇《だん》の上で足をふみ鳴らし、すぐそばでうたがいのまなざしを向けているドラゴンをいかくしてみせる。

「じゃあ、いったいその子の身になにが起こったの？」グローリーはたずねた。

深紅のドラゴンはぱっと翼《つばさ》をふくらませた。「知らないわ。にげちゃったのかもね。とにかくひどい生徒だったし、やっかい者だったから。わたしはただ無実《むじつ》を証明《しょうめい》して、また仕事にもどりたいだけよ」

「かわいそうなブロメリア。仕事にありつけなかったら、お日さまタイムの場所も最後《さいご》まで選《えら》ばせてもらえないし、食事のときだって残《のこ》りものしか食べられないんだよ」あわいオレンジのドラゴンが、グローリーに説明《せつめい》した。「そりゃあつまらないんだから」

「それでも見つけたいとは思わないの？　心配じゃないの？」グローリーはブロメリアの顔を見た。

「そのうち帰ってくるわよ」ブロメリアは深紅のしっぽをぶらぶらとゆらしながら答えた。

まだ生きてればね。グローリーは声にださず言った。「ふたりとも、行方不明のドラゴンのことで来てるんだったら、いっしょに女王に謁見《えっけん》するほうがいいんじゃない？」と提《てい》案《あん》する。

ブロメリアとマングローブは、どうしようかと悩《なや》むかのように顔を見合わせた。

「**次の者！**」もう一度、さっきの声がひびいた。最初《さいしょ》のドラゴンがでてきて飛《と》び去っていき、オレンジ色のドラゴンが一頭、子どもを引きずるようにしながらツリーハウスに入っていった。

「行方不明の理由が、まったくちがうかもしれないんだ」マングローブが言った。「オーキッドにはなにかおそろしいことが起きたにちがいないと、おれは確信《かくしん》してるんだよ」

「キンカジューのやつは、わたしにいやがらせをするために姿《すがた》を消したんだと思ってるわ」ブロメリアが続《つづ》く。

「それでも、ふたりでいっしょに行けば、ひとりで行くより女王も真剣《しんけん》に聞いてくれると思うよ。まあ、わたしには関係《かんけい》ない話だけどね」グローリーが言った。

ブロメリアは、自分とマングローブの間にならんでいる三頭のドラゴンたちをちらりと見た。一頭はぐっすりねむりこけており、他の二頭はなんとなく話を聞きながらチョウをながめている。

「**次の者！**」

「行こう」マングローブがそう言うと、ブロメリアを引っぱった。「おまえもいっしょに来い」と、グローリーにも声をかける。

「みんなはここで待ってて」グローリーは、仲間《なかま》たちに言った。クレイが両方のほっぺたをメロンでいっぱいにしながら顔をあげた。レインウイングの後を追ってグローリーが橋をわたりだすと、ツナミが文句《もんく》を言う声が聞こえ、続けてスターフライトとサニーが彼女をなだめる声が聞こえた。

黄色い花をさかせたツタのカーテンからは、はちみつとバニラのようなかおりがしていた。花をかきわけて、太陽に明るく照《て》らされた部屋に入っていくグローリーの鼻に、その黄色い花がふれた。

部屋の中の様子に、グローリーはおどろいた。女王を守るはずの衛兵《えいへい》の姿がなく、新しい訪問者《ほうもんしゃ》が来たことをつげる使者もいないのだ。部屋には、マグニフィセント女王しかいなかった。レースのような緋色の花やサルの毛皮で作られた巣《す》のうえで丸くなっている。コーラル女王と同じくらいの大きさだが、ずっと威厳《いげん》のあるドラゴンだとグローリーは感じた。コーラルのような真珠《しんじゅ》の飾《かざ》りではなく、トンボの羽のような花びらでできた花かんむり《ガーランド》をいくつか身につけているだけだった。たえず色がうつろい続けるその体のかがやきを、ガーランドがよく引き立てている。

女王の翼の下では銀灰色《ぎんかいしょく》のナマケモノが一匹《びき》くつろいでいた。グローリーのナマケモノとよく似《に》ており、まるで歓迎《かんげい》でもするかのように「ヤープ！」と鳴き声をあげる。グローリーのナマケモノも、それに返事をするかのように鳴き返した。

女王はしっぽの先を小さくゆらすと、グローリーのほうに身を乗りだしてにおいをかいだ。緑色のそのひとみは親しみを感じさせ、少しだけねむそうだった。

「新しい方ね」女王は顔をかがやかせた。「そうでしょう？　なんとうれしいんでしょう。わたし、新しいものに目がないのよ」

「おれの番なんだ」マングローブが、忘《わす》れられては困《こま》るとばかりに言った。「この娘《むすめ》は、ただの見学だよ」

「よろしい。お話しなさい」マグニフィセント女王は、たいした興味《きょうみ》もなさそうに答えた。

マングローブとブロメリアのほうを向き、ちゃんと聞いているように見せるため鼻すじにしわをよせる。

「おれが来た理由は知ってるだろう？」マングローブが言った。「オーキッドがまだ行方不明なんだよ！　もう三週間だ！　みんなでさがしに行かなくっちゃ！」

「オーキッドね……」女王はちゃんと考えているかのように、こつこつと自分のあごを爪《つめ》の先でたたいた。「もちろん。まだ行方不明だったわね。オーキッドが」

「毎日ここに来て言ってるとおりだよ」マングローブが言った。「ちゃんと覚《おぼ》えてるかい？　おれたちふたりで果物《くだもの》集めをしてるときに、ぱっといなくなっちまったんだよ」

「なるほど……」女王が言った。「そちらのあなたは？」

ブロメリアは、ばさりと翼を開いた。「毒液の訓練の途中《とちゅう》で生徒のキンカジューがにげだしてしまって、それっきりもどってこないのよ。わたしのせいではないと言ってもらえたら、いつものくらしにもどれるんだけど……」

「それはいつの話なの？」女王がたずねた。

「だいたい十八日前ね」ブロメリアが答えた。「ちなみにあの子は、だれのお気に入りでもないわ」

「なるほど。そういうことなら、また訓練を再開《さいかい》してもいいわ」女王が言った。

「ありがとう」ブロメリアはおじぎをし、入り口のほうにさがった。

「ちょっと待った」グローリーが声をあげた。「わたしに関係ない話なのはわかってるけど……でも、ほんの何日かのうちに二頭のドラゴンが行方不明になったっていうのに、だれも心配してないの？」

「あら、そうなの？」女王はナマケモノをだきしめ、頭をなでてやりながら言った。「ま、たぶんそのうち帰ってくるわよ。ドラゴンってそういうもんだもの」

「このごろは、そうとも言えんよ」マングローブが言った。「オーキッドやキンカジューをふくめて、村では十二頭のドラゴンが行方不明になってるんだ」

「十二頭」女王がつぶやいた。「だれかが数えているの？　どこのだれか知らないけど、ごくろうさまよねえ」女王が大きなあくびをして、自分の爪をながめた。

ぎごちない沈黙《ちんもく》が流れる。ブロメリアが何歩か出入り口に近づく。マングローブは足元にぴったりとしっぽをまきつけ、女王をにらみつけていた。

「ええと……」グローリーがまた口を開いた。「その、わたしに関係ないのはさっきも言ったけど、だけど、だれかが調べてみたほうがいいんじゃない？　たとえば、全員が同じような場所で消えたんじゃないか、とか。他になにか共通点《きょうつうてん》があるんじゃないか、とか。あと、なにか手がかりを残してないか、とかさ」

「いいでしょう」女王がにこやかに答えた。「でも、大変《たいへん》そうねえ。だれか、やりたがらないかしら？」

グローリーはマングローブのほうを向いたが、彼はもうグローリーを指さしていた。

「この娘がやるべきだろうな。質問《しつもん》の様子からも、役に立ちそうだったし」

「すばらしい」女王がうなずいた。「そうしましょう。問題解決《かいけつ》ね。**次の者！**」

「待ってよ！」グローリーが声をあげた。「わたし、こういう仕事はしないの。それに他にいろいろかかえてることがあるのよ」まあ、状況《じょうきょう》にもよるけどね。〈運命のドラゴンの子〉は世界をすくって戦争《せんそう》を終わらせるのが役目だけど、わたしは予言のドラゴンの子とはちがうわけだし。でも、ふつうのレインウイングとして運命を受け入れたりしたら、やることとなんてなんにもなくなっちゃう。

他のだれかの運命に乗っかるか、それとも昼寝《ひるね》ばかりしている役立たずとして生きていくか……。まったく〈平和のタロン〉も、最高《さいこう》の二択《たく》を用意してくれたものだわ。

マングローブとブロメリアは、もう外に飛び去ってしまっていた。グローリーも後を追おうとしたが、いきなりツナミが飛びこんできたものだから、あわてて後ずさった。他の仲間たちもぞろぞろとやってくる。しっぽがちぎれかけているかのようにふらふらと歩くウェブスを、クレイとスターフライトが両側《りようがわ》からささえている。

「あらあらあら！」女王はその様子を見て、ぱっと顔をかがやかせた。「みんな新しい顔ばかりね！」

「ていうか、さっきの――」グローリーは表の待合所に目をやったが、他の三頭のドラゴンたちはもういなくなっていた。

「おいらたちは緊急事態《きんきゆうじたい》なんだって説明したんだよ」スターフライトが言った。「まあ、実際《じつさい》に説得《せつとく》してくれたのはサニーなんだけどね」

サニーがにっこりと笑《わら》った。

「レインウイングの女王陛下《へいか》、初《はじ》めまして！」スターフライトがうやうやしくあいさつし、翼を広げて深々とおじぎした。

「あらあらあら！」女王がまた声をもらした。

「大きな危機《きき》に見まわれたこの時代、おいらたちは大変な危険《きけん》を乗りこえて、陛下のお慈《じ》悲《ひ》にすがるために――」

「力をかしてほしいの」ツナミがわって入った。

マグニフィセントは、少し翼をしおれさせた。「おやおや……。わたしになにかしろというわけなの？」

「このドラゴンはウェブスといいます」サニーはウェブスの手を取って、女王の前に引っぱった。そして、しっぽのそばに口を開けた毒のきずを指《ゆび》さすと、マグニフィセント女王はいやそうに舌打《したう》ちをしてみせた。

「なんとみにくいきずなのかしら」と言って、きずを観察《かんさつ》する。

「ええ、本当にね」グローリーがうなずいた。「そのうえ実を言うと、ウェブスはこのきずのせいで死にかけているのよ」

「あなたたちレインウイングは毒にくわしいんでしょう？」ツナミが言った。「この毒を消してくれるドラゴンに、力をかしてほしいのよ」

「わたしたちの種族《しゅぞく》のしわざには見えないけれど」女王が言った。「レインウイングは、他のドラゴンに毒を使ったりはしないもの」

全員が、横目でグローリーを見た。彼女も目を細め、全員をにらみ返す。**ほら、そうして元気にまぬけづらしてられるのもわたしのおかげだって、女王に話してみなさいよ。**

「これはレインウイングの毒じゃないんです」スターフライトがあわてて言った。「サンドウイングの毒ばりで引っかかれたんですよ」

「ああ、そうなの。じゃあわたしにはなにもわからないわ」女王は首を横にふると、大きく息をすいこんで「**次の者！**」とさけぼうとした。しかし、ひと足早くサニーがそれをさえぎった。

「お願《ねが》いします！　きっと治療師《ヒーラー》のドラゴンがいるんでしょう？」とすがるように言う。「だれか、ウェブスをみてくれるはずよ。お願い、ウェブスが死んでしまうなんて、みんないやなの！」

マグニフィセント女王は、爪の先でコツコツとツリーハウスのゆかをたたいた。ナマケモノがその爪をつかみ、かじろうとする。

「たしかに、治療師ならいるわね」女王は、楽しそうにナマケモノをあおむけに転がした。「彼らと話してみるといいわ。ここから十二軒目《けんめ》のツリーハウスにいるわ。バルコニーになってる赤い果実《かじつ》が目印《めじるし》よ」そう言って、ひとつの窓《まど》の外を指さしてみせる。「彼らでも力にはなれないかもしれないけれど、まずは訪《たず》ねてみるといいわ」

「ありがとうございます」サニーはそう言うと、入り口のほうに引き返し始めた。

「それから、例《れい》の調査《ちょうさ》について報告《ほうこく》しにもどってくるのも忘れないでちょうだいね」マグニフィセントがグローリーに声をかけた。「マングローブを追いはらう材料《ざいりょう》ができたらうれしいものね。ところで、あなたのお名前は？」

「グローリーよ。六年前、まだ卵《たまご》だったころ、このドラゴンにぬすまれたのよ」そう言って、ウェブスを指さした。

「なんということ」女王が言った。「ひどい話だわ。それでも、こうしてまた連《つ》れもどしてきてくれたのだから、本当によかったわ」

「ウェブスが連れてきてくれたわけじゃないのに！」グローリーは怒《いか》りに声をふるわせた。「わたしは自分でもどってきたの！　ウェブスはわたしを見殺《みごろ》しにしようとしたのよ！」

「グローリー！」ツナミがけわしい顔で彼女を止めた。「なに言ってるの？」

知らないわよ。グローリーは心の中で言った。もしかしたら、今まで味わってきた苦しみのばつを、だれかにあたえたいだけなのかもしれない……それに、わたしが消えたのにここのレインウイングがだれも気づいていなかったことへのばつもね。

彼女は深々と息をすいこむと、体にうかびあがった深い赤やはげしいオレンジ色をすべて消し去り、女王の首飾《くびかざ》りの花のような静《しず》かな白になった。

「なんでもない」静かな声で、ツナミにつげる。「もういいわ。きっとマグニフィセントもわたしの身になにが起きたか知りたいはずだと思ったの。でも、そんなことだれも気にしないみたいだし」グローリーは女王におじぎすると、出入り口のほうに向かった。「みんなは治療師のところに行って。わたしは行方不明のドラゴンの捜索《そうさく》にでるから」黄色い花のカーテンをかきわけ、表にでる。

だって、消えたドラゴンがいたら、だれかが気にかけてあげるべきだもの。

8

橋をわたっていたグローリーの背後《はいご》から、クレイの声がした。

「待ってよ！」大きな体で彼《かれ》がドシドシとわたってくると、グローリーの足元で橋がゆれた。「行方不明《ゆくえふめい》のドラゴンって、いったいなんのこと？」

「なにかでっかくてこわいものが、熱帯雨林《レインフォレスト》をうろついてるのよ」グローリーは翼《つばさ》をととのえながら答えた。「もしかしたら、そいつのせいでレインウイングが消えてるのかもしれない。たぶん、あのマドウイングたちを殺《ころ》したやつだよ。わたしが正体をつき止めてみせる。たいしたことないわ。すぐみんなに追いついてみせるから」

「みんなでウェブスについていくこともないよね」クレイが笑《え》みをうかべた。「ぼくもグローリーといっしょに行くよ。それから、スターフライトもね。力になれると思うしさ。スターフライト！」彼が名前をよぶと、花のカーテンの向こうからスターフライトが顔をだした。「ウェブスはツナミとサニーにまかせておこう。ぼくたちはグローリーについていくぞ」

グローリーはあきれたように肩《かた》をすくめてみせたが、うらはらに、その翼の先はうっすらとピンク色にそまっていた。自分の存在《そんざい》を気にかけてくれるドラゴンが、とりあえず何頭かはいるのだ。それに、あの地底《ちてい》の川でクレイが命がけですくおうとしてくれたからこそ、今こうして自分は生きていられるのだ。

高い木立をぬけて、金色の木もれ日がななめにさしこんでいた。グローリー、クレイ、スターフライトが枝《えだ》をよけながら飛《と》んでいくと、オレンジと青のチョウたちがつむじ風みたいに舞《ま》いあがり、三頭が通りすぎてからふたたびおりていった。目の前を飛んでいく三頭を見ながら、長いしっぽとおもしろい顔のサルたちがおこったように鳴き声をあげた。と、小さな高台でひとり、果物《くだもの》をよりわけているマングローブの姿《すがた》が見えた。グローリーが高台のまん中にひらりとおり立つ。クレイは足やしっぽで果物をふみつぶしたりしないよう気をつけながら、高台のふちに着陸《ちゃくりく》した。スターフライトはそばの枝におりると、まき物で見た果物の絵と目の前の果物を頭の中でくらべるように、しげしげと観察《かんさつ》した。

マングローブの首にうきでていた赤いすじは、こいむらさきのうずまきもように変《か》わっていた。彼が顔をあげ、ぶっきらぼうにグローリーの顔を見てうなずいた。

「わたしをまきこんだのはあなたなんだし、最初《さいしょ》はあなたに話を聞くことにするわ」グローリーが言った。「消えたレインウイングをみんな知ってるの？　もしかしたら知っているのはあなただけかもしれないしね。さて、最初に行方不明になったのはだれなの？」

マングローブはバナナを地面に置《お》くと、考えながら空を見あげた。「たしかスプレンダーだったはずだよ。ちょうど女王のつとめを終えて、その座《ざ》をダズリングにゆずったところだった」

「ええっ、じゃあ女王が行方不明になったのか」クレイが目を丸くした。

「ま、その月はもう女王じゃなかったがね」マングローブが言った。「次の番にスプレンダーが帰ってこないものだから、順番《じゅんばん》を飛ばすことになったんだよ。やる気があったら帰ってくるはずだと思ったんだな」

「スプレンダーがいなくなったとき、だれかといっしょだった？」グローリーはたずねた。

背中《せなか》のナマケモノが、場所を変えてまた首の辺《あた》りに落ち着くのを感じた。ついついそこにいるのを忘《わす》れてしまう。動いていないときには、まるで温かくてふわふわしたネックレスみたいだ。

マングローブは首を横にふった。「おれの知るかぎりじゃ、だれもいなかったはずだよ。あいつの番が来たのに帰ってこないもんだから、そこでおれが行方不明になったのに気づいたのさ。でも、いなくなった時期は想像《そうぞう》がつくぜ。あいつのナマケモノが新しいドラゴンを見つけたのと同じころのはずだからな」

グローリーはコツコツと爪《つめ》で地面をたたきながら、水面下で政治《せいじ》やいんぼうやうらぎりがうずまいていたシーウイングの宮廷《きゅうてい》のことを思いだした。それにサンドウイングなどは、三人姉妹《しまい》が権力争《けんりょくあらそ》いをくり広げ、ドラゴンの世界そのものを引きさいてしまっている。

「もしかしたらだれか、他の女王に消されたのかもしれない」グローリーが言った。「ダズリングかだれかが、もっと長く女王でいたくなったか、それともライバルをへらしたくなったか……」

スターフライトが、同じことを考えていたかのようにこくりとうなずいた。

マングローブの耳がうっすらと黄色くなり、すぐにまたむらさきにもどった。「そんなこと、なにも起きちゃいないよ。女王はそれまでと変わることなく一か月交代だし、種族《しゅぞく》の中で女王になりたがってるドラゴンは六頭だけさ。いや、今は五頭だったな……だから、順番を待ったって長く待たされることはないんだよ。そのうえ、女王になるのを楽しんでいる者なんていやしない」

「これ、食べてもいいかい？」クレイは、足元に転がっているゴムのような赤い球をつついてみせた。

「どうしても食いたいならな」マングローブが答える。クレイは赤い球を口に放りこむと、おどろいた顔をしてかみ始めた。

「スプレンダーの次に行方不明になったのはだれ？」グローリーが質問《しつもん》した。

「毒液《どくえき》の訓練《くんれん》を受けていたドラゴン二頭だよ」マングローブが答えた。「片方《かたほう》がちゃんと毒のねらいがつけられなくて、それでもう片方が練習のためにそいつを村の外に連《つ》れだしてな。で、それっきりどっちも帰ってこなかったってわけさ」

「キンカジューもたしか、毒液の訓練を受けてたよね」グローリーが言った。「どこかに、レインウイングが訓練をする決まった場所があるの？」

マングローブは首を横にふった。「いや、教官《きょうかん》が選《えら》んだ場所でやるんだよ」

「ほいふぁひゃみひゅらいひょ」クレイが口いっぱいに果物をつめこんだまま言った。

「そら見たことか、やっかいな果物なんだよ」マングローブが言った。「飲みこむのに一時間はかかるし、向こう何日間は歯のすきまにカスがはさまってることだろうよ」

「そいつはいいや」スターフライトが笑《わら》った。「なんこかツナミにも持って帰ってあげようよ」

グローリーは責任感《せきにんかん》の強い調査官《ちょうさかん》に見えるよう、笑いをかみ殺した。「他に、消えたドラゴンの情報《じょうほう》はない？　メスが何頭なのかとか、子どもが何頭なのかとか、そんなこと」とマングローブに質問する。

マングローブは指を折《お》って数えた。「メスが七頭、オスが五頭だな。そのうち七歳以下《さいいか》の子どもが四頭だ。キンカジューは三歳で、いちばん年下さ。いちばん年上はタピアだね。百十歳くらいのはずだから」

「じゃあその中で、敵《てき》がいるドラゴンに心当たりはない？」グローリーがたずねた。「たとえば、だれかに復讐《ふくしゅう》をたくらんでいそうなドラゴンとか」

マングローブが背《せ》すじをのばした。翼の裏側《うらがわ》に、オレンジ色のいなずまが走る。「レインウイングはたがいに争ったりなどだんじてしない。同じ種族の中に敵がいるなどありえるものか。ここがどれだけ平和でおだやかか、おまえもその目で見ただろう？」

「ま、たしかにね」グローリーがうなずいた。「あなたを別《べつ》にしたら、の話だけど。なんだかちょっと感じ悪いしさ。つまり、レインウイングだからっていいやつだとはかぎらないってことよ」

マングローブはぽかんと口を開けてグローリーを見つめた。**まずい。貴重《きちょう》な情報源《じょうほうげん》なのに、もう話が聞きだせなくなっちゃったかも……。**グローリーはひやりとした。

「だからって、それが悪いっていう話じゃないわよ」あわてて言葉を続《つづ》ける。「わたしだって、ほとんどイライラして感じ悪くしてるんだもの」

「ほとんどじゃなくて、いつもじゃないの？」スターフライトがぼやいた。

「うんうん、ほうだお」クレイも、果物をほおばったままうなずいた。

「イライラするのもしょうがないことだってあるのよ」グローリーは仲間《なかま》をにらみつけた。

いきなり、マングローブが大声で笑いだした。「まったくだ。おまえの言うとおりだよ。どうやらオーキッドがいなくなってからお日さまタイムをサボってたせいだな。前はおれだって他の連中《れんちゅう》みたいにニコニコくらしたもんだけど、今はオーキッドが心配でしょうがないんだよ」マングローブは片手《かたて》で耳のヒレと耳をさすりながら言った。「おれが保証《ほしょう》するよ、オーキッドはどこから見ても完璧《かんぺき》だったんだ。あいつに復讐しようなんてドラゴン、いるわけがないよ」

わたしがおそれていたのは「それ」よ。グローリーは心の中で言った。ドラゴンたちをさらった犯人《はんにん》がレインウイングの中にいないとしたら、さらにミステリアスな、さらに危《き》険《けん》な存在がひそんでいることになる。頭の中に、マドウイングの兵士《へいし》たちの死体がちらついた。

しかし、ドラゴンを殺してしまうほど危険で強い生きものとは、いったい何者なのだろう？　そして、どうしてだれひとりその存在を知らないのだろうか？

グローリーはちらりとスターフライトを見たが、彼も同じように困惑《こんわく》していた。

「今はもうこの話はやめにしよう」マングローブは肩を落としてため息をついた。

「じゃあ、別のお願《ねが》いをしてもいい？」グローリーが言った。「オーキッドを最後《さいご》に見た場所に、わたしを連れてってほしいの」

マングローブは深くうなずくと、よりわけていない果物を適当《てきとう》に積《つ》みあげて翼を広げた。グローリーたちも彼の後に続いて飛《と》び立《た》ち、大きな弧《こ》をえがきながら、熱帯雨林の地面めがけて一気におりていった。

はるか頭上に広がるこずえが太陽の光をさえぎり、おりていくほど暗くなっていった。

グローリーは、帰り道の目印《めじるし》になるものをさがそうと森に目を走らせた――こっちにはたおれたバナナの木があり、あっちには自分の翼ほどの大きなクモの巣《す》がある。しげみの中に、他の動物たちの姿が見える。長い脚《あし》とあわいラベンダー色の羽毛《うもう》を持つ鳥のつがいが森を散歩《さんぽ》する足を止め、ドラゴンたちが通りすぎるのを警戒《けいかい》するように見つめていた。

村からずいぶん遠くまで飛んできていたのに気づき、グローリーはおどろいた。「もっと村の近くでは果物がとれないの？」大声で質問する。

マングローブはうなずくと、首をひねって彼女《かのじょ》のほうをふり向いた。「オーキッドとおれはもっと遠くまで、まだ見たこともない果物をさがしに行くのが好《す》きなんだよ。この熱帯雨林は、おどろきに満《み》ちているからな――最低《さいてい》でも年に一度は、新しい果物が見つかるんだぜ？」

彼はこけとツタにおおわれた大きなたおれた木の横に着陸した。足元のしげみがざわざわと動き、トカゲや虫たちがあわててにげだしていく。とびだしそうな丸い目をしたスカイブルーのカエルたちが何匹《なんびき》か、たおれた木の枝のかげからひょっこりと顔をだし、まるでドラゴンのようにチロチロと舌《した》をだしたり引っこめたりしていた。

「おい、そのカエルは食っちゃだめだぞ」マングローブは、クレイがカエルをじろじろ見ているのに気づいて声をかけた。

「ふぁらふぁんへるほほはよ」クレイは、さっきの赤い果物をつめこんだ口を指さしながら、もごもごと答えた。

「毒ガエルなのかい？」スターフライトがそう言って枝でつつくと、カエルたちは「なんだと？　この大トカゲめ、やってみろ」とでもいった顔で、彼をにらみ返した。

「そういうわけじゃない」マングローブは首を横にふった。「でも食ったが最後、一週間くらい虫の大群《たいぐん》が登場する変な夢《ゆめ》にうなされることになるんだ。食ってもいいことなんてありゃしないよ」

「オーキッドはこの辺《へん》でいなくなったの？」グローリーがたずねた。「キンカジューもこの辺りに来たかどうか知らない？」

マングローブは肩をすくめた。「可能性《かのうせい》はあるね。ブロメリアはむずかしい生徒《せいと》の訓練をするとき、できるだけだれもいない場所を選ぶんだよ。生徒をどなりつけてるとこを見られないようにね」

グローリーはその場でゆっくりと回りながら、自分を取りまく森を観察した。頭上に生《お》いしげる枝葉《えだは》の中から、サルや鳥たちの鳴き声が聞こえている。羽ばたきの音、枝が折れる音、そしてしげみで動物がうごめく音。辺りにはマンゴーとしめった葉っぱのにおいがただよっており、もしかしたらそばに池か滝《たき》でもあるのかもしれない。そして、そのにおいの他にもうひとつ、別のにおいがしていた。ひどいにおいだ。

「ねえ、スターフライト。なんかにおわない？」彼女がたずねた。スターフライトは他の仲間たちよりも鼻がきくようだ――スカイウイングがシーウイングたちの〈夏宮《サマーパレス》〉をおそったときにも、最初に炎《ほのお》のにおいをかぎとったのはスターフライトだった。もしかするとあのするどい嗅覚《きゅうかく》もまた、ナイトウイングならではの能力《のうりょく》なのかもしれない。

スターフライトはゆっくりと空気をすいこむと、鼻すじにしわをよせた。「なにかくさりかけてるね。動物の死体みたいなにおいがするよ」

マングローブが顔色を失《うしな》い、角からしっぽまでまるで病気にでもなったかのようなうすい緑色になった。

「落ち着いて」グローリーがすぐに声をかける。「オーキッドじゃないわ。ドラゴンのにおいじゃないもの。だよね、スターフライト？」

「わからないなあ」スターフライトは鼻を上に向けて、またくんくんとにおいをかいだ。

グローリーに足をふまれ、彼がとびあがる。「**なんだよ！**　においだけじゃわからないんだよ！」

「行ってたしかめてくる」グローリーがマングローブの顔を見た。「あなたはここにいて」

マングローブは落ちこんだ顔で、たおれた木にもたれかかった。

「ちょっとは安心させてあげようって思わないの？　あの体の色、あなたも見たでしょう？」グローリーは、マングローブに聞こえないところまではなれると、小さな声でスターフライトをしかった。

「いつから他のドラゴンの気持ちなんて考えるようになったのさ？」スターフライトが言った。

「あなたよりは考えてるわよ」彼女が言い返す。「本当にナイトウイングの力があって相手の心が読めるなら、周《まわ》りのみんながどんなことを考えてるかもわかるのにね」

「ンンッ、ヒョッヒョ、ひゃへろよ！」後ろから、クレイがふたりをしかった。

スターフライトは翼をぴったりと体にはりつけ、グローリーをにらみつけた。

「で、どうなの？」グローリーがつめよる。「においをたどれるの？　たどれないの？」

スターフライトはぱっと彼女に背を向けると、あらあらしい足取りで森を歩き始めた。

「ムムム、グゴゴ、ンンンッフ！」クレイがグローリーをせめるようにうめいた。

「あらまあ、ぜんぜん聞き取れないと、あなたのお説教《せっきょう》もずっとキュートなんだね」とグローリーがからかう。

クレイがおどけたように彼女をつき飛ばし、彼女があやうく近くの木に激突《げきとつ》しそうになった。

ふたりが追いついてみると、スターフライトは小さな滝の横で立ち止まっていた。滝はクレイの肩くらいまでの高さで、水しぶきをあげながら小さな池に落ちている。滝になって流れ落ちているせせらぎはせいぜいドラゴンのしっぽくらいのはばしかなく、池のはしからまたせせらぎとなって流れだしていた。池の水面《みなも》はネバネバした茶色い水草でぶあつくおおわれてしまっており、浅瀬《あさせ》には死んだ魚たちがぷかぷかとういていた。

滝のてっぺんの両岸には、黒とまちがえるくらいにこい茶色の高い木が一本ずつ立っていた。どの木も、スカイウイングの牢獄《ろうごく》をささえていた柱くらいの太さがある。枝がずっと高いところにしか生えていないおかげで、木というよりも、むしろ黒い柱がならんでいるように見える。

近いほうの木には、モロウシーアの倍もありそうな大岩が、もたれかかるように転がっていた。その大岩から滝をおりたところの岸辺《きしべ》と池のなかほどに、一頭のナマケモノが横たわって苦しげに声をもらしていた。まるで黒雲みたいにハエが群がっているものだから、グローリーには最初、なにが落ちているのかもわからなかった。辺りにはひどいにおいがただよっていた。

「ルルルルップ？」グローリーのナマケモノが彼女の首から身を乗りだして、地面に転がるナマケモノをのぞいた。新しいペットにざんこくな光景《こうけい》を見せまいと、グローリーが翼を広げて視界《しかい》をさえぎる。

「いったいなにがあったの？」グローリーがつぶやいて一歩近づいてみると、ナマケモノの脚にひどいかみきずがあるのが見えた。きずは黒ずんでおり、たくさんの虫が群《むら》がっている。ウェブスのきずよりも、さらにひどいようだ。

「おいらにもよくわからないな」スターフライトがむずかしい顔をした。「だって、死ぬようなかみきずには見えないけど、どう見ても死にそうだもの」

「レインウイングの毒とか？」グローリーが言った。「ちょうどドラゴンがつけたくらいの大きさのきずあとに見えるし」彼女のナマケモノが悲しげな、そして苦しげな声をあげた。グローリーは首からナマケモノをおろすと、地面に横たわるナマケモノに背を向けさせるようにして自分の胸《むね》にだいた。やわらかいその毛なみが手にふれ、心を落ち着かせてくれる。

「その可能性もあるね」スターフライトが、うたぐるように言った。「でもおいらには、もっとゆっくりと広がってるように見えるんだよ。たぶん、死にかけてから何日かたってるんじゃないかな」

「本当にひどいにおいだね」グローリーが言った。「なんてかわいそうなの」

クレイはナマケモノのとなりにしゃがみこんで手をのばし、けがをしたナマケモノの脚をそっと持ちあげると、なんとか治《なお》す方法《ほうほう》がないかと祈《いの》りながら調べてみた。ハエたちが怒《いか》りくるったように羽音をたてながら、彼の鼻先をブンブンと飛び回る。死にかけたナマケモノが弱々しく声をもらした。

グローリーは回りこんで歩いていくと、柱の木が立つ滝の上をめざしてのぼり始めた。あの岩が妙《みょう》に気になる。だれかがなにか目的《もくてき》を持って木にもたれかけさせたかのように、不自然《ふしぜん》に見えたのだ。

岩の反対側《はんたいがわ》に回りこんだ彼女が足を止め、目を丸くする。岩にあなが開いている……。
いや、ただのあなではない——これは入り口だ。

9

自分でもなぜだかはわからないが、グローリーにはこれがただのあななどではないのがわかった。たしかに、見た目はふつうのあなに見える——暗くて、ふちの石はすべすべで、大人のドラゴンがちょうど通りぬけられるくらいの大きさだ。だが、そのあなの一部をおおっているこけのカーテンがどうも不自然《ふしぜん》で、ぐうぜんそうなっているようには思えなかった。

あなをのぞきこんでみると、まるでふきすさぶ風を浴《あ》びながらがけっぷちに立っているかのように、頭がくらくらした。あなからはかすかに、この世界のはるか遠くでふきあれる嵐《あらし》のような音がもれてきていた。

グローリーは、このあながトンネルに続《つづ》いていて、そのトンネルがどこかにのびているのを感じた。だが、そんなはずはない。岩の周《まわ》りをぐるりとひと回りしてみても、トンネルがのびるような場所などどこにもありはしないのだ。けれどグローリーは、たしかにそう感じていた。

「スターフライト。これ、どう思う？」彼女《かのじょ》はできるだけ冷静《れいせい》な声で質問《しつもん》した。

スターフライトは彼女のとなりにやってくると岩の周りを見回し、例《れい》のあなを発見するとあわてててとびのいた。二枚《まい》の翼《つばさ》を小さくふるわせている。

「ものすごくいやな感じがするよ。グローリーも感じるだろ？」スターフライトがおびえた声で言った。「このあな、まちがいなくなんか変《へん》だよ。まるでだれかが、あってはいけない場所にあけたあなみたいだよ。ぜったいに近づいちゃだめだ」

「でもわたし、中に入らなくちゃいけない気がしてるんだ」グローリーが答えた。

「ぜんぜんこわくないみたいに言うんだね」スターフライトが答えた。「でも君の体、さっきのマングローブとおそろいの、うすい緑になってるじゃないか。つまり、こわいっていうことだろう？」

「体の色で心の中を読まないで！」グローリーはむかついたように言うと、わざわざ彼《かれ》と同じまっ黒に体の色を変《か》えてみせた。「最低《さいてい》一頭のドラゴンが姿《すがた》を消した場所の近くにこのあながあるっていうのは、ただのぐうぜんなんかじゃないわ。もしかしてオーキッドはここに入っていったのかもしれないし、逆《ぎゃく》に何者かがここからでてきてオーキッドを連《つ》れ去《さ》ったのかもしれない」

「ふむ、たしかにそうだね」スターフライトがうなずいた。「で、オーキッドはそれっきり姿をあらわさなかった。まるで、おいらが考えてたことをそのまま言葉にしてくれたみたいだよ」

「わたし、この事件《じけん》を解決《かいけつ》するって約束《やくそく》したんだよ」グローリーが力強く言った。「せっかく手がかりを見つけたっていうのに、にげかくれなんてできないわ」

クレイがしょんぼりと翼をたらしてやってきた。ようやくあのゴムみたいな赤い果物《くだもの》をやっつけて、口がからになっている。「あのナマケモノには、なにもしてあげられなかったよ。もう弱りきっていて、手のほどこしようがなかったんだ」

「ウルルルルブ」グローリーのナマケモノが悲しげな声をもらした。グローリーはクレイの背後《はいご》の地面に横たわる、銀灰色《ぎんかいしょく》のなきがらを見つめた。

「死んじゃったの？」小さな声で、彼女はたずねた。

クレイがうなずく。「あんなふうに苦しんでる姿、見てられなかったよ」

「食べたりしないでしょうね？」グローリーは、首をかしげてクレイの顔を見た。

「そんなひどいこと、できるわけないだろ」

「それにこのにおいからすると、食べたりしたら具合が悪くなっちまうよ」スターフライトが言った。「かんだやつは何者なんだろう？　このあなと関係《かんけい》あるのかな？」

それを聞いたクレイは初《はじ》めてあなの存在《そんざい》に気づき、おどろいて翼を広げた。「おっかない！　ものすごくおっかないよ！」

「グローリーが中に入ってみたいんだってさ」スターフライトは肩《かた》をすくめた。

クレイはおそるおそるあなに近づくとにおいをかぎ、なにか考えこむような顔でうなずいてみせた。「うん、入ってみたほうがいいかもしれない」

「まさか！　入ったりしたらだめに決まってるだろ！」スターフライトはさけび、翼をぴっちりと体にはりつけた。「どうかしてるよ！　中になにがひそんでるかわからないんだぞ！」

「レインウイングたちをおそった者の正体がわかるかもしれないじゃない」グローリーが言った。「わたしは入るよ。あなたたちはここで待ってて」

クレイは彼女のしっぽにとび乗り、その上にすわりこんだ。

「痛《いた》い！」グローリーがしっぽを引きぬこうともがく。「さっさとどきなさいよ、このでかぶつ！」

「入ってみたほうがいいとは思うけど、やるならしんちょうにだ」クレイが言った。「こんな暗くなりかけじゃなくて、たとえば明日の朝とかにさ。応援《おうえん》とロープを用意して、ちゃんと作戦《さくせん》をたててからね」

「明日の朝？」グローリーは思いきりクレイをつき飛《と》ばそうとしたが、彼はびくともしなかった。「今すぐ答えがほしいのよ！」

「まるでツナミみたいなこと言うじゃないか」スターフライトは、そう言えばグローリーがむかつくのを知りながら、鼻で笑《わら》ってみせた。

「よっぽどかみつかれたいみたいね」グローリーはうなり声をたてると、しばらくなにかを考えながら大岩をじっと観察《かんさつ》した。ツナミならきっと、わき目もふらずにあなの中に突進《とっしん》していく。グローリーはもっと、冷静でしんぼう強いドラゴンのはずだ。「いいわ、朝まで待ってあげる。でも、わたしはこの場に残《のこ》ってあなを見はってるから」

「あなはどっかに消えちまったりしないよ」スターフライトがどや顔で言った。

「そんなこと知ってるってば。なにかがあなに入っていくかもしれないでしょ。でてくるかもしれないしさ」グローリーが答えた。

スターフライトはびくびくと翼をふるわせながら、あわててあなからとびのいた。

「ぼくもここにいっしょにいるよ」クレイが言った。「スターフライト、朝になったらみんなを連《つ》れてここにもどってきてくれ。いちばん長くてじょうぶなツタもさがしてきてくれよな」

「それからマングローブに、わたしたちは朝までここにいるから家に帰っていいって伝《つた》えて」グローリーが続く。「できたら、心から同情《どうじょう》するような態度《たいど》でね。まだオーキッドの死体とかを見つけたわけじゃないって、忘《わす》れずに伝えること」

「わかったよ」スターフライトは、さらに何歩か後ずさった。「おいらのるすに、ばかなことしないでくれよな」

「しないように努力《どりょく》するね」グローリーが言った。

スターフライトが森の中に飛び去っていった。あっというまにかげにのまれていくその姿を見送ると、グローリーはいつしかすっかり暗くなっていたのに気がついた。特《とく》に森の地面辺《あた》りは暗やみにつつまれていた。こずえのほうにはまだ少しだけ太陽の光が残ってはいたが、夜はどんどん森をのみこみ始めていた。あなに入るのをクレイが止めてくれて、グローリーは自分が少しだけほっとしているのに気がついた。明かりも持たずにあなに入るのならば、ツナミのように暗やみでも目が見えたり、他の仲間《なかま》たちのように炎《ほのお》の息をはいたりできなければ、なにも見えなくなってしまう。

「さ、そろそろしっぽからおりてくれない？」彼女はクレイに声をかけた。

「どこか、かくれられる場所をさがそう」クレイは立ちあがりながら言った。「おおっと、それからなにか食べるものもね。おなかすいてる？　ぼくもうぺこぺこだよ」

「あきれた」グローリーが笑った。「歯にはさまってるさっきの果物だけでも、一食ぶんくらいにはなるでしょ」

「かもしれないけどさ……」クレイが苦笑《にがわら》いして、白い歯の間にはさまったねっとりとした赤い果実《かじつ》を舌《した》で取ろうとした。「でも、これじゃなくて羊か牛が食べたいなあ」

「おあいにくさま。ここにはそんなもんいないよ」グローリーは翼を広げ、太い灰色《はいいろ》の木からのびている低《ひく》い枝《えだ》に飛びのった。枝からはむらさきの花をいっぱいにつけたツタが輪《わ》になってたれさがっていた。太いみきにまるでサルのしっぽみたいにからみつくようにして、別《べつ》の細い木々がのびている。

グローリーとクレイは、横になっても落ちる心配がないくらい枝がしっかりとからみ合った場所を見つけだした。からみ合うツタのすきまからあの岩のあなを見はることができたが、あなはどんどん深くなっていく暗やみの中に消えていってしまうところだった。

クレイは、グローリーにふれないように気をつけながら、彼女のそばで丸くなった。グローリーはうれしかった。他のレインウイングも、他のドラゴンにふれられるのがいやなのだろうか？　それとも、そんなことを感じるのは自分だけなのだろうか？　もしかしたらこれは、三頭の世話係《マインダー》たちから、顔を見るたびにたたかれたあの地底《ちてい》ぐらしの中で身についてしまった習慣《しゅうかん》なのかもしれない。

グローリーは、あのころを心の中でふり返った。**いいわ、公平に考えよう。ウェブスが自分の手でわたしを痛めつけたことは一度もなかった。ただ、ケストレルとデューンが好《す》き放題するのを止めてくれなかっただけでね。**

ケストレルとデューンはイライラするようなことがあると――たとえば戦況《せんきょう》が不利《ふり》になったり、戦闘訓練《せんとうくんれん》でだれかがへまをやらかしたり、夕食が足りなかったり、地底にいるのは予言にあるスカイウイングではなくレインウイングの子なのだという現実《げんじつ》をふと思いだしたりしたときには――、八つ当たりのようにしてかぎ爪《づめ》やしっぽでの一撃《いちげき》をふるい、グローリーを格好《かっこう》の的《まと》にしてきたのだった。

ま、もういいわ。今はこうして自由の身だし、ケストレルもデューンも死んじゃったわけだしね。彼女は、首にだきついているナマケモノをそっとなでた。ナマケモノがその手に体をすりよせ、心地《ここち》よさそうな鳴き声をもらす。

しばらくして、クレイが「ふるさとに帰ってきた気持ちはどう？」と小声でたずねてきた。暗やみの中、彼のりんかくがさらに黒々とうかびあがっていた。

グローリーは、枝にしっぽをまきつけた。あの孵化《ふか》室をおとずれてからというもの、そのことは考えないようにしていた。**ぜったいにしちゃだめだとわかっていたことを、結局《けっきょく》しちゃった……打ちくだかれるのをわかってて、期待なんてしちゃった。**

「実は、ふるさとにいるような気分なんて、ぜんぜんしないんだ」彼女はゆっくりと答えた。「お日さまは最高《さいこう》だし、果物も全部おいしいけど、他のドラゴンたちは……なんていうんだろう、なんか変でさ。もっとわたしと似《に》てるはずだと思ってたのに、ぜんぜんちがうんだもん」

クレイの翼がガサガサと音をたてた。「ぼくも同じこと思ってたんだ。グローリーはぜんぜんなまけ者でもたいくつでもないからさ、世話係やまき物がまちがってるんじゃないかと思ってたんだ。まあ、グローリーが他のレインウイングとはちがうってだけかもしれないけどね」

「そうとも言いきれないなあ」グローリーはため息をついた。「わたしだってもっとお日さまタイムを味わったら、みんなみたいななまけ者になっちゃうかもしれないしさ」そう言いながら、また〈スカイキングダム〉を思いだす。あの温《ぬく》もりと、一日じゅう太陽をあびて居眠《いねむ》りをしながら感じていた、あのうっとりするような気持ちを。

「ぼくはそうは思わないけどな」クレイが言った。「レインウイングにだって、いろいろいるよ。どこで育とうとも、君は特別《とくべつ》な子だったにちがいないよ」

それはどうだろうな。グローリーは心の中で言った。**もしそうだとしても、それがなんの役に立ってくれるの？**「ま、予言にふさわしいほど特別なドラゴンにはなれないよ。どんなにがんばったって、わたしはスカイウイングじゃないんだから」

「スカイウイングなんて必要《ひつよう》ないよ」クレイは力強く言った。「次にどうするか、もう考えてる？　たとえばみんなでブレイズをさがしに行くとしたら……グローリーはここに残りたい？　同じ種族《しゅぞく》のドラゴンたちといっしょにさ」

そんなのわからないよ。

「シー！　静《しず》かに！　なにか聞こえる」グローリーがはっとした。

ふたりはぴたりと静かになった。

夜の熱帯雨林《レインフォレスト》は、奇妙《きみょう》な物音でいっぱいだった。姿をかくした鳥たちがフクロウのような声をたてたり、いきなりさけんだりする。まるで風でできた生きものが通りすぎるかのように、枝がゆれ、葉がざわめく。せせらぎのほうからたくさん聞こえるゲコゲコという音は、カエルが集まっているのだろうか。

だが、この音はそのどれともちがう——巨大《きょだい》な足を持つなにかが、ゆっくりと近づいてくる音だ。

ドスン。ズルリ……。ドスン。ズルリ……。

ナマケモノが首にしがみついてきた。ふるえているのがグローリーにもわかった。恐怖《きょうふ》のせいで体が緑色に変わってしまいそうで、彼女は黒いままでいようと必死《ひっし》に集中した。

なぞの生きものが、辺りをかぎまわるような音をたてた。

ズルリ……ズルリ……。

もう池のすぐそばだ。なぞの生きものはそこで、長いこと動きを止めた。グローリーには自分の空想なのか本当なのかもわからなかったが、まるでかげにつつまれた別のかげのような巨大な体がすぐそこにたたずんでいた。

バリバリ……ズルズル……バリバリ……。

なにかをかみくだいて飲みこむような音がして、いきなりぴたりとやんだ。

ドスン。ズルリ……。ドスン。ズルリ……。

そして、あらわれたときと同じようにとつぜん、なぞのかげは姿を消してしまった。グローリーは耳をすましたが、森に引き返していく足音も、ふみつけられた枝が折《お》れる音も聞こえない。あのかげの正体がなんなのかはわからないが、目の前でこつぜんと消えてしまったのだ。

まるで、自分の巣《す》あなにもどっていったかのように……。

永遠《えいえん》とも思えるほど長い間、グローリーもクレイもだまっていた。あの怪物《かいぶつ》が本当に消えてしまった確信《かくしん》が持てず、おそろしさのあまり音がたてられなかったのだ。グローリーは足がしびれてつらかったが、それでもじっと固《かた》まったままがまんし続けた。

やがて、何時間もすぎたと感じたころ、クレイのねている場所から小さな寝息《ねいき》が聞こえてきた。グローリーも翼をたたみ直し、自分もねむろうとしてみた。だが、なにか物音が聞こえるたびにぎょっとして目が覚《さ》めてしまい、結局夜の間じゅう、うとうとしたりぱっと目を覚ましたりし続けたのだった。

また木もれ日が落ちてくると、グローリーはほっと胸《むね》をなでおろした。体を起こしてつかれた目をこすり、池と大岩のほうを見る。

ナマケモノの死体は消えうせていた。残されているのは束《たば》になった灰色の毛が少しと、血にそまった何枚《なんまい》かの葉っぱだけだった。

10

仲《なか》間《ま》たちがもどってくるころには、グローリーの体にうかんだ緑色はすっかり消え去っていた。翼《つばさ》を岩と同じような灰色《はいいろ》にそめ、空からおりてくる仲間たちを待っていた。サニーはクレイの姿《すがた》を見つけると、すぐにとびあがって首にだきついてきた。

「ウェブスはどう？」クレイがたずねた。

ツナミがふんと鼻を鳴らした。「ここの治療師《ヒーラー》たち、けがなんてせいぜいねんざとか爪《つめ》のヒビくらいしか見たことないんじゃないの？　きずをじろじろ見てはぶつぶつ言ってばかりでさ」

「でも、ぜったいだいじょうぶだよ。ベストをつくそうとしてくれてるもん」サニーはそう言ってふり返ると、自分のすぐ後ろであきれ顔をしているツナミに気づいた。顔をしかめ「本当にがんばってくれてるもん」とつけ加《くわ》える。

「サニーはいつも、だれを見たってベストをつくそうとしてるって思いこんじゃうんだから」ツナミがため息をついた。

小さなサニーは腹《はら》を立てて、鼻からかわいらしい炎《ほのお》をふきだした。「だからなんなの？　だってみんながんばってるじゃない！　がんばらない理由がなにかあるの？」

「そうだね、サニーの言うとおりだね」ツナミが意外にも、やさしい声で答えた。

「いやっほーーーーう！」会話をさえぎって、いきなり声が聞こえた。ピンク色のすい星がものすごいいきおいで木々の間を飛《と》んできたかと思うと、大きな音をたててみんなのそばに着地する。

グローリーはおどろいてとびのくと、首元のヒレをふくらませた。笑《え》みをうかべながらみんなにおじぎしているジャンブーをにらみつける。

「こんなとこになにしに来たの？」グローリーは、問いつめるような口調で言った。

「君たちの話を聞いて、そいつはおもしろそうだと思ってね」ジャンブーは、うきうきした声で言った。「だから一日休みを取って、力になれるんじゃないかって飛んできたわけさ。兄と妹がチームを組むんだ！　最高《さいこう》だろ？」彼《かれ》は首をのばすと、グローリーの後ろにある大岩のあなをのぞきこんだ。「うわ、こいつはうすきみ悪いぞ！　森のこの辺《へん》がぶきみなふんいきなのもなっとくだよ！　ほとんどのレインウイングはこの池に近づこうとしないからね。でも、このなぞのあなの話は、今までだれからも聞いたことがないな。さあ、どんな計画があるんだい？」

「わたしが中に入ってみる計画よ」グローリーが言った。「で、他のみんなはここで待機《たいき》するの」

だれも、この計画が気に入っていなかった。ツナミは自分が先に入ると言うし、クレイはいっしょに行くと言いはるし、スターフライトはがんとして入るべきではないと言い続《つづ》けていた。そのうえジャンブーまで、置《お》いていかれるなどごめんだと言い始めたのだ。

グローリーは足元にしっぽをまきつけて、みんなが口を閉《と》じるのを待った。サニーがそっととなりにやって来る。「ちょっとだけ作戦変更《さくせんへんこう》っていうのはどう？」小さな声で彼女《かのじょ》が提案《ていあん》した。「たとえば炎をはけるだれかを連《つ》れてけば、暗やみでも便利《べんり》じゃないかと思うし」

みとめたくはないが、サニーの言うとおりだった。まっ暗やみの中にひとりでつっこんでいくのは気が進まないし、中が思ったとおりトンネルになっているのだとしたら、どこまで続いているのかも、どれだけひどく道に迷《まよ》うことになるかもわからないのだ。

「そうだなあ、たとえば……」サニーが言いかけた。

「もうやめて！」グローリーは大声でみんなをだまらせた。「わかった、いいよ。作戦変更しよう。まずはわたしとクレイで中に入って、様子をさぐってくる」

サニーはがっかりした顔になった。彼女の提案どおりにしたというのになぜそんな顔をするのか、グローリーにはさっぱりわからなかった。

「じゃああたしは？」ツナミがふきげんそうに言った。

「君はツタのはしっこをにぎっててよ」クレイが言った。「もしぼくがツタを三回引っぱったら、なにか困《こま》ってるってサインだから、引っぱりだすか、それが無理《むり》だったら中に助けにきてくれよ」

グローリーは体にツタをまきつけるなんていやだったが、多数決で決まったのならしかたがなかった。スターフライトがしっかりとツタをしばってくれている間に、首にかかったナマケモノの腕《うで》をほどいてサニーに差《さ》しだした。

「お願《ねが》い。わたしがるすにしてる間、シルバーのめんどうを見ててほしいの」

「わあ、かわいい名前！」サニーが顔をかがやかせた。

グローリーが名前を口にしたのは、ただのうっかりだった。この奇妙《きみょう》な動物をだんだん好《す》きになってきていることを、仲間たちに気づかれたくなかったのだ。「ま、よびたいようによべばいいよ」彼女が言った。

「フルルルグル」ナマケモノは不満《ふまん》そうに声をもらしたが、サニーの背中《せなか》にぺったりとはりつくと、さも心地《ここち》よさそうな顔をした。きっとサンドウイングの体の温《ぬく》もりが気持ちいいのね。グローリーは思った。**もしわたしのとこにもどってくる気がなくなっちゃったらどうしよう？**　そう考えながら、翼をふるわせる。**ま、そうなったらもうサニーの問題**

ってだけね。

「さあ、怪物《かいぶつ》をつかまえに行くよ」グローリーは、クレイに声をかけた。

「いいかい、三回引っぱったら助けてくれよ」クレイがツナミに念《ねん》をおした。そして肩《かた》をいからせるようにして、グローリーとならんで大岩へと歩いていった。グローリーは、彼も夜中に見たあの黒々としたかげとぶきみな物音を覚《おぼ》えているにちがいないと思った。けれど自分に合わせ、そのことを他の仲間たちには言わずにおいてくれているのがありがたかった。これ以上《いじょう》スターフライトに、行くなと引き止める理由をあたえてしまうのはごめんだ。

「ぼくが先に入るよ」クレイが小さな声で言った。「道を照《て》らせるからね」

グローリーがしぶしぶうなずくと、クレイは暗やみの中にふみこんでいった。しっぽをふみつけそうなほどすぐ後に、彼女も続く。

クレイが炎をはきだすと、前方にのびていく石のトンネルが見えた。進んでいった先で、急に右に曲がっている。

「こんなのありえないよ」クレイが声をひそめて言った。「このトンネル、岩よりもずっと長いじゃないか。それに、地底《ちてい》に向かっておりていってるわけでもないし……」

「魔法《まほう》かなにかとか……？　もしかしたら、アニムスの魔法かも」グローリーが推理《すいり》した。

グローリーには、他にこんなトンネルを作れる者が存在《そんざい》するとは、とても思えなかった。

〈命のドラゴン〉と同じような力を持つなぞの生物でもいるのなら、話は別《べつ》だが。

四歳《さい》だったころ、グローリーは〈命のドラゴン〉の物語をあれこれと読みあさり、自分もそうだったらいいのにと夢《ゆめ》を見たものだった。そうだったらデューンの夕食に魔法をかけて、逆《ぎゃく》に彼を夕食に食わせてしまうことだってできるのに、と。もちろん、そんな力があらわれることはなかった。だが、〈シーキングダム〉でツナミの妹、アネモネの能力《のうりょく》を目《ま》の当《あ》たりにした今となっては、きっとそんな力などないほうが幸せなのだと感じていた。

この世に存在するあらゆる物質《ぶっしつ》をあやつり、魔法をかける力があったって、自分が生きたいように生きることもできないのなら、そんなものに意味なんてないもの。グローリーは心の中で言った。

クレイをおしのけ、トンネルを進みだす。その翼に鼻がふれそうなほどぴったりと後について、クレイも進んでいく。

「たしかまき物には、〈命のドラゴン〉はもう何世代も出現《しゅつげん》してないって書かれていたはずだよ」クレイは、ぽりぽりと頭をかいた。「でもコーラル女王の娘《むすめ》たちやこんなトンネルもあるんだし、ぼくの記憶《きおく》ちがいかもしれないな」

「ううん、まき物にはたしかにそう書いてあったよ。でも考えてみて、あのまき物に書かれていた歴史《れきし》はどれもナイトウイングが書いたものよ」グローリーが言った。「ナイトウイングは、〈命のドラゴン〉がゆるせないいんだよ。アニムスの力のほうがナイトウイングの力よりもずっとすごいし、ナイトウイングは、魔法を使えるドラゴンは自分たちだけだってことにしたいだろうしね。だから、うそをついたのかもしれないわ」

「それか、シーウイングの王族がその力を受けついでるなんて知らなかったのかもね」クレイが言った。「それとも、アニムスのドラゴンたちが、自分の力をかくしていたのかもしれないよ。戦争《せんそう》なんかに力を利用《りよう》されるのをさけるためにさ」彼がもう一度炎をはくと、ほんの何歩か行ったところにさっきの曲がり角が見えた。

「それに、このトンネルをアニムスが作ったとはかぎらないしね」グローリーが言った。

「もしかすると、他にもこういう魔法を使える生きものがいるのかもしれないわ」

クレイは答えなかったが、彼の翼に走るふるえがグローリーにも伝《つた》わった。

曲がり角にさしかかると、クレイは首をのばして顔だけをだし、その先の様子を確認《かくにん》した。すると、クレイがまだ炎をはいてもいないのに、光が見えた――トンネルが今度は左に曲がっており、その先から光が差しこんできている。

ふたりはしのび足でその曲がり角に近づくと、顔をだして様子をさぐってみた。

ふたたび目の前に長いトンネルがあらわれ、その先に、あなの形にかがやく太陽の光が見えた――木々がしげる熱帯雨林《レインフォレスト》ではありえないほどの明るさだ。

クレイとグローリーは顔を見合わせた。

「いったいどういうこと？」彼女がささやいた。「もっと長いトンネルだと思ったのに。

それにほら……例《れい》の怪物がいるんじゃないかってさ」

「きっと、あっちから入ってこのトンネルを通ったんだよ」クレイは、太陽の光をあごでしめした。

ふたりは、かくれた通路がないか目を光らせながら進んでいったが、グローリーの見るかぎり、そんなものはどこにも見当たらなかった。ただなめらかな岩ぺきが、明るく照らす光のほうにずっと続いているだけだ。近づいていくにつれて、光はどんどん目がくらむほどになっていった。

グローリーは出口でまぶしそうに目を細めながら足を止めると、自分の肩の高さまでつもった砂《すな》がほとんど出口をふさいでいるのに気がついた。砂をほるようにしてわきにどかし、ようやくはいずりだせるくらいのあなをあけ、そこから頭をつきだしてみる。

彼女の体に太陽の光がふりそそぐ。熱帯雨林のこずえで浴《あ》びたものとも、〈雲の爪山みゃく〉で感じたものともちがう。ここの熱気《ねっき》は太古の骨《ほね》のように干《ひ》からびていて、まるで体から水分という水分をすい取っていってしまうかのようだし、うろこを冷《ひ》やしてくれる風もまったくふいていない。

グローリーの指のすきまを、砂つぶがこぼれおちていく。目がなれてきた彼女は、砂が白い砂地《すなじ》となってはるかな地平まで広がっているのに気がついた。木は一本も見えない。空ははげしいほどに青く、雲ひとつうかんでいなかった。はき気をもよおすような死のにおいが、かすかにただよっている。見わたすかぎり、砂漠《さばく》のほかにはなにも見あたらなかった。

クレイが彼女のとなりに体をねじこむようにして、やけつくような熱気の中に鼻先をつきだした。

「うわっ」と声をもらす。

グローリーの耳がぴくりと動いた。ずっと遠くの空に小さな黒いかげがふたつあらわれ、猛《もう》スピードで近づいてくるのが見えたのだ。

「かくれて！」グローリーはそうさけび、クレイをトンネルの中におしもどした。そして体にまきつけていたツタをほどいて投《な》げ捨《す》てると、あなから外にはいだした。四本の足で砂地をしっかりふみしめ、体に意識《いしき》を集中する。彼女の体はみるみる、かがやくうす茶色になり景色《けしき》にとけこんでいった。砂漠にまぎれこんだ彼女が、飛んでくるドラゴンたちをじっと見あげる。

みるみる高度をさげながら近づいてくるのは、二頭のサンドウイングだった。グローリーは不安《ふあん》にかられながら、もしかしたら自分が見つかったのではないかと思った。だが二頭は彼女など見ようともせず、あっというまに上空を通りすぎていった。彼女の背後《はいご》にあるなにかを目指して飛んでいるのだ。

グローリーは息を殺《ころ》してさらに何歩か進み、ふり返ってみた。

外から見たトンネルの入り口は、半円形にならぶくすんだ緑色のサボテンに囲《かこ》まれ、砂《さ》丘《きゅう》にかくれていた。サボテンはそれぞれ大人のドラゴンの半分くらいの高さで、まるで牙《きば》のようにするどくとがった小さなトゲがびっしりと生えていた。そのトゲのすきまに、ほこりにまみれた白い花がいくつかさいている。

サボテンの衛兵《えいへい》たちの向こう側《がわ》では砂丘がくだり坂になり、遠くに見える巨大《きょだい》な建物《たてもの》へと向かっていた。さっきのサンドウイングたちが旋回《せんかい》しながらそこにおりていき、ぶあつい砂岩《さがん》の壁《かべ》の向こうに見えなくなっていった。

グローリーの見るかぎり、建物に窓《まど》は見当たらなかった。まるで砂漠に落ちてきた巨大なレンガのように、どっしりとしたぶこつな姿の建物だった。

待って。彼女は心の中で言った。壁のてっぺんに、なにかが点々とならんでいる――規《き》則正《そくただ》しい間隔《かんかく》でなにか小さく黒いものがならび、かすかなそよ風にふかれてときどきゆれているのだ。

グローリーは、その正体をたしかめようと目をこらした。あれはまるで……いや、そんなはずはない……。

ぱっと目をつぶり、腹をおさえる。グローリーは、この場所について書かれたまき物を読んだのを思いだしていた。

小さく黒いものの正体は、ドラゴンの頭だった。「反抗《はんこう》すればこうなるぞ」という見せしめのため、処刑《しょけい》されたドラゴンの頭がだれの目にも見えるようあぁして壁の上にならべられているのだ。まき物によると、何マイルもはなれたところにまで、この悪臭《あくしゅう》はとどくらしい。

グローリーは、今自分がどこにいるのかはっきりとわかった。

自分が今立っているのはサンドウイングの王国……あそこに見えているのは〈バーンの要《よう》さい〉なのだ。

第2部

砂《すな》、氷、そしてけむり

11

〈バーンの要《よう》さい〉は、元はといえば〈砂の翼《サンドウイング》〉の宮殿《きゅうでん》だったものだ。すべての混《こん》乱《らん》のみなもとがここだった。グローリーは砂地《すなち》に低《ひく》くふせると、要さいをじっと見つめながらウェブスに教わった歴史《れきし》を胸《むね》の中でふり返った。

十八年前、オアシス女王はここからサンドウイングの国を治《おさ》めていた。そのころに書かれたまき物に登場するバーン、ブリスター、ブレイズは、いちおう名前がでてくるていどのちっぽけなドラゴンだった。オアシスは年老《としお》いてなお凶暴《きょうぼう》で、ずるがしこく、ものすごい財宝《ざいほう》を山のように集めていた。彼女《かのじょ》がすわる女王の座《ざ》にいどむ者などいないのではないかと、だれもが思っていた。

ましてや、財宝目当てのちっぽけなゴミあさり《スカベンジャー》に殺《ころ》されるなどとはだれも想像《そうぞう》していなかったが、現実《げんじつ》にはそうなってしまったのだった。

今はもう財宝も消《き》え失《う》せ、三頭の姉妹《しまい》が権力《けんりょく》の座をめぐる争《あらそ》いに、すべての種族《しゅぞく》をまきこんでしまっていた。十八年にもわたり、血で血を洗《あら》う戦《たたか》いが続《つづ》いているのだ。グローリーは、砂と同じ色をたもちつづけるために集中しながら、しっぽをさっとふった。

バーンは他の二頭を追いだして、宮殿を自分のものにしてしまった――だがまき物によっては、彼女に殺されると思った妹たちがにげだしたとも書かれている。どちらも自分だけではバーンにとてもたちうちできないと思い、同盟《どうめい》を組んでくれる種族をさがしにいったのだ。

要さいは、オアシス女王が住んでいたころの宮殿とは見ちがえてしまっていた。昔はあんなにぶあつい壁《かべ》も……そしてもちろん、そのてっぺんにずらりとならんだドラゴンの頭もありはしなかった。

グローリーは、今この瞬間《しゅんかん》バーンがあの要さいにいるのだろうかと考えた。それとも自分がスカーレット女王相手にあんなさわぎを起こした〈空の翼《スカイウイング》〉の国に出向き、今ごろは同盟を維持《いじ》しようとしているのだろうか？

だが、本当に大事な問題はふたつだ。この通路の存在《そんざい》をバーンは知っているのだろうか？　そして、〈雨の翼《レインウイング》〉たちの失踪《しっそう》に彼女は関係《かんけい》しているのだろうか？

「グローリー！」砂丘《さきゅう》に口をあけた暗いあなの中からクレイが声をひそめてよびかけてきた。「様子はどうだい？」

グローリーは、クレイのところに斜面《しゃめん》をすべりおりていった。「ここは〈砂の王国《サンドキングダム》〉よ。

なんでこんなところにでちゃったのか、さっぱりわからないけどね」

「あれ、なんだろう？」クレイが北を指さした。

グローリーがふり向いてみると、空高く飛《と》んでいるドラゴンの群《む》れが見えた。太陽の光を受けてダイヤモンドのようにきらめく白とうすいブルーの体を見れば、〈氷の翼《アイスウイング》〉たちであるのはすぐに想像がついた。飛んでいる方角から見ると、どうやら〈空の王国《スカイキングダム》〉から、北のいてつく半島にある自分たちの国へと帰っていくところらしい。

「アイスウイングだね」グローリーが言った。「ここ、〈氷の王国《アイスキングダム》〉の近くなんだわ……」

やけつくような暑さにつつまれているととても想像できないが、地底《ちてい》のどうくつの壁で見た地図では、たしかにそうなっていた。

「ええっ！」クレイは、ぱっと顔をかがやかせた。「じゃあブレイズをさがしにいけるじゃないか！」

「やったね！」グローリーもよろこんでみせた。仲間《なかま》たちがみんな女王候補《こうほ》にブレイズをおしていて、バーンやブリスターよりも彼女を選《えら》びたがっているのはわかっている。だが、ブレイズについてあれこれ読んできたグローリーは、あまり期待していなかった。

熱帯雨林《レインフォレスト》へと続くこの通路に、ブレイズやアイスウイングは関係しているのだろうか？

そして、夜中に聞こえたあのぶきみな物音はいったいなんだったのだろう？　音の主は、どこに消えてしまったというのだろう？

「よし。みんなに報告《ほうこく》しにもどろう」彼女が言った。

✣

「でも、そんなのぜったいにありえないよ」スターフライトが言った。もう百万回もそうして首を横にふっただろうか。「だって〈サンドキングダム〉は世界の反対側《はんたいがわ》にそびえる**山々**の中にあるんだよ？　熱帯雨林からトンネルを**歩いて**行くなんて、どうしたって無理《むり》だよ」

「じゃあ自分の目で見てきたら？」グローリーはむっとした。「本当なのよ。ここと〈サンドキングダム〉を結《むす》ぶひみつの通路をだれかが作ったの」そう言って、せせらぎにしっぽをひたす。ひんやりとした熱帯雨林にもどってこられたのが、とてもうれしかった。ナマケモノのシルバーは彼女の片手《かたて》にのって自分の小さな手を水に入れてから、グローリーの脚《あし》を軽くたたたいた。

「でもなんで？　どうしてそんなトンネルなんか作ったの？」ツナミがむずかしい顔をして首をかしげた。

グローリーにはわからなかった。熱帯雨林のナマケモノを、こっそり食べにくるためだろうか？　いや、ばかばかしい話だ。そして、レインウイングをさらうなど、もっとばかばかしい。

「サンドウイングがそこを通って〈泥の翼《マドウイング》〉をおそってるとかは？」サニーがおずおずと言った。「あの兵隊《へいたい》を殺したの、もしかしたらサンドウイングだったのかもしれないよ」

「だとしたら、なんだか回りくどいやりかただね」ツナミが答えた。「サンドウイングにアニムスがいるんだとしたら、まっすぐマドウイングの領地《りょうち》に行けるトンネルとか、もっと便利《べんり》なものを作るはずだよ」

「あの通路が、消えたレインウイングたちと関係ある可能性《かのうせい》、わたしは捨《す》てきれないな」グローリーが言った。「でも、わけがわからないんだよね。だって、もしうっかりあそこに入りこんじゃったのなら、わたしたちみたいにもどってくるはずだもの。もしサンドウイングかアイスウイングにさらわれたんだとしたら……せいぜい何頭かレインウイングを連《つ》れてって、それでどうするつもりだというの？」

「バーンはなにかをコレクションするのが好《す》きなんだ」スターフライトが、思いだしたように言った。

「でも、〈スカイキングダム〉でスカーレット女王にわたしが見せびらかされたときのバーンの顔、見てたでしょう？」グローリーが言った。「バーンは、レインウイングなんて見たこともないって顔だったわ。それにバーンはきれいなものなんて好きじゃない……ぞっとするような、奇妙《きみょう》でぶきみなものが好きなのよ。スカーレットが来たときにバーンがあげたうす気味悪いおくり物、みんな見なくてすんでラッキーだったくらいだわ。死んだワニの剝製《はくせい》の背中《せなか》にコウモリの羽をぬいつけて、ドラゴンみたいな姿《すがた》にした置《お》き物《もの》だったんだから」そう言って、グローリーはふるえてみせた。「ほんとにぞっとしたわ。でもバーンは、ああいうのが大好《だいす》きなの」

「あんたも、この通路のことはなにも知らないの？」ツナミがジャンブーに声をかけた。

グローリーの兄は困惑《こんわく》した顔で、あざやかな色の翼《つばさ》をばさりと広げた。「レインウイングが作ったんじゃないのはたしかだな。だって、熱帯雨林の外にでる必要《ひつよう》がないだろ？ここのくらしは最高《さいこう》なんだからさ」

「うっかり迷子《まいご》になっちゃったら話は別《べつ》だけどね、だってだれもさがしになんて来てくれないんだから」グローリーが言った。

「ま、それはそうかもね」ジャンブーは、ドラゴンという種族ならばごく当たり前の話だとでもいうような顔で答えた。「でも、他の連中《れんちゅう》にとっては最高さ」

グローリーは、もしかみついたらジャンブーがどんな色に変わるんだろうと思った。

「レインウイングにも、アニムスのドラゴンがいるのかい？」スターフライトが質問《しつもん》した。

「アニムスってなんだい？」ジャンブーが首をひねった。

「どうでもいいわ」グローリーが言った。「サンドウイングがここに来たことはある？一頭でも森で見かけたことはない？」

ジャンブーが首を横にふった。「ないなあ。サンドウイングなんて、どんな姿してるのかも知らないよ」

「わたしみたいな感じだよ。たぶんだけどね」サニーが言った。

「でも、まき物で見たことあるだろう?」スターフライトが言った。

「まき物……? ええと……それは……?」ジャンブーがきょとんとした。

スターフライトは、まるで呼吸《こきゅう》はしなくてはいけないのかと聞かれたかのような顔になった。「まき物がないのかい? ひとつも? ものを読まないのかい? 本当に読まないの?」

ジャンブーは、申しわけなさそうに肩《かた》をすくめた。「ごめん、なに言ってるのかよくわからないよ」

まき物じゃなくてもいいからさ」

スターフライトはその場にへたりこむと、しばらく翼で頭をおおってしまっていた。

グローリーは足元にしっぽをまきつけるようにして、サンドウイングについてジャンブーに説明《せつめい》しているクレイを見つめた。レインウイングのことをなにか知るたびに、だんだんと最低《さいてい》なドラゴンに思えてくる。まき物をひとつも持っていないし、自分たちが住む場所の外になにがあるのかも気にしない。他の世界がどうなっているか、なぜ興味《きょうみ》すら持たないのだろう? グローリーは、全員まとめてゆさぶってやりたい気分だった。

「いや、見た覚《おぼ》えなんてないな」ジャンブーが首を横にふった。「ここに来たことある他の種族の連中なんて、こんな感じのやつだけだよ」そう言って、クレイを指さす。「しかもだいたいは道に迷《まよ》って、さっさと熱帯雨林からでていきたいってやつばっかりさ」

「じゃあ、こわしちゃうっていうのはどう？」いきなりサニーが言った。

全員がいっせいに、彼女のほうをふり向く。サニーはしめった森の地面で両手をもじもじさせた。「ええと、その通路のこと。いい目的《もくてき》のために作られたなんて思えないもの。そうじゃない？　いつそこからバーンがでてくるかわからないんだよ？　それに、もしその通路のせいでレインウイングが何頭も行方不明《ゆくえふめい》になってるんだったら……理由なんてもう関係ないじゃない？　あの岩を破壊《はかい》するとか、トンネルにかれ木をつめこんで火をつけちゃうとか、どうにかしなくちゃ」

グローリーは悩《なや》んだ。

たしかに、サニーの言うこともわかる。だれかが開けたこの通路には明らかに、なにかふつうではないところがある。もしかしたら、破壊してしまえば問題は解決《かいけつ》するのかもしれない――けれどグローリーは答えも知りたかった。**理由**が存在しているはずなのだ。

先に口を開いたのはツナミだった。

「そんなことしてもむだじゃないかな。事件《じけん》の背後《はいご》にだれかが、**なにか**がいるんだとしたら、ひみつの通路を破壊したところで止められっこないからね。それに、あたしたちにしてみたら、この通路の存在を知ってるっていうのは有利《ゆうり》なことだよ」

「それに、行方不明のレインウイングたちが、トンネルの向こうでまだ生きてるかもしれないよ」クレイが言った。「助けるチャンスがあるかもしれないってのに、こわしちゃうのかい？」

「ほんとだ。クレイの言うとおりだね」サニーがうなずいた。

「**おいら**は、バーンの宮殿に行くなんていやだよ」スターフライトがすぐに言った。「ぜったいにごめんだね」頭上の木の枝《えだ》にいたサルが木の実を落として転がってくる音に、あわててとびのく。

「どうしても行かなきゃいけないときは、わたしが行く」グローリーが言った。行方不明のレインウイングを助けるなんて、自分が考えなくてはいけなかったことだ。たとえレインウイングなんて頭がからっぽの種族だと思っていようとも、まだ生きているのだとしたら、ふるさとに連れもどしてあげなくてはいけない。

「でも、バーンが関《かか》わってるかどうか、まだわからないんだよ」スターフライトが言った。「アイスウイングのしわざっていう線も、じゅうぶんあるんだからね。もっと時間をかけて情報《じょうほう》を集めなくちゃ。あの要さいや〈アイスキングダム〉を監視《かんし》したり、バーンたちの動きを記録《きろく》したり、トンネルをよく調べたりさ……」

とつぜん彼《かれ》の背後に、木の実なんかよりはるかに大きなものが、はでな音をたてて落ちてきた。スターフライトが大声をあげながらとびのく。すると緑色の大きなドラゴンが猛《もう》スピードでかけぬけ、大岩のあなの中につっこんでいった。

「なんなのよ！」グローリーがどなる。

「マングローブだ！」ジャンブーがさけんだ。「あいつ、なにしてるんだ？」

「オーキッドをさがしにいく気なんだわ」グローリーは、シルバーを手近な木におしつけ、「ここで待っててね」と言った。翼をたたみ、マングローブを追いかけて自分もトンネルにかけこんでいく。

「マングローブ！」曲がり角の先に消えていくしっぽに向けて、彼女はさけんだ。「もどってきて！　今、計画をたててるところなんだから！」そして、息を切らしながら「なんてばかなドラゴンなの」とつけ加《くわ》えた。せっかく好きになれたレインウイングでさえ、こんなにも頭が悪いとは。

最後《さいご》の曲がり角をかけぬけると、ちょうど彼がまばゆく照《て》りつける砂漠《さばく》の太陽の中に消えていくのが見えた。グローリーもそれを追ってトンネルから飛びだしたが、ようやく目がなれてくるとマングローブは全速力で飛び去って、緑の点のようになっていた。すぐに彼の体が空の青に変わり、周《まわ》りにとけこんで見えなくなっていく。

グローリーはいらだちにまかせて翼をバサバサと動かし、ため息をつきながら地面にすわりこんだ。

仲間たちが、一頭また一頭と、トンネルからでてくる。

げた。

「うわ、最悪《さいあく》。なんてひどいところなの！」ツナミは、やけつく太陽を浴《あ》びると悲鳴をあ
サニーは翼を大きく広げて太陽を見あげながら、「すごい」と小さな声で言った。

スターフライトは、目を丸くして辺《あた》りを見回してから、グローリーの顔を見た。「うそじゃなかったんだね。こんなの信《しん》じられないよ。本当に〈サンドキングダム〉だ！」

ジャンブーがトンネルから転がりでてきた。「マングローブはどこ行った？」

「バーンの要さいに向かったとか？」スターフライトはそう推理《すいり》し、目の上に手をかざして太陽をさえぎりながら、遠くに見える要さいを見つめた。

グローリーは首を横にふると、北の方角を指さした。「いや、たぶん要さいになんて気づいてもいないと思う。どうやらわたしたちも、〈アイスキングダム〉に向かうことになりそうね」

12

「こんなのぜんぜん安全じゃないよ！」スターフライトが悲鳴をあげた。「むしろ真逆《まぎゃく》だよ。グレイシャー女王に自分たちを引きわたしに行くようなもんじゃないか！」

「わたし、すぐとなりにいるよ」グローリーが言うと、スターフライトがぎくりとして思わず一瞬《いっしゅん》羽ばたきを止めた。あわてて必死《ひっし》に羽ばたく彼《かれ》を見て、彼女《かのじょ》が笑《わら》う。スターフライトのあわてっぷりがおもしろいのもあるが、自分がうまく姿《すがた》を消せているのだと自信《じしん》がわいてくる。

兄のほうも、まったく問題はないようだった。北を目指して飛《と》び続《つづ》けながら、彼女は周《まわ》りを取りまく果《は》てしない青空を見回した。

「ジャンブー？」彼女がよびかけた。

「ここにいるよ」左側《ひだりがわ》の空がこたえる。

「いっしょに来なくてもよかったのに」彼女が続けた。半円にならんだサボテンの場所からすでに半日も飛び続けているが、ジャンブーならばまだ暗くなる前に帰れるはずだ。

「いいってことさ。お日さまタイムよりもずっと楽しいしね！　まるで太陽の中を転げ回って、たらふくバナナを食ったみたいな気分だよ。他のみんなもあのトンネルを通って、こっちの砂漠《さばく》でお日さまタイムしたらきっとめちゃくちゃ気に入るはずだよ」

グローリーは、百頭のレインウイングたちがみるみる砂漠に広がって、バーンの要《よう》さいの目と鼻の先で居眠《いねむ》りし始める様子を想像《そうぞう》してみた。体にふるえが走る。

「そんなの、ほんとにほんとに最低《さいてい》の計画だよ」彼女が言った。「ここ、どんなドラゴンにとっても安全な場所なんかじゃないんだからね」

「だから、おいらがそう言ってるじゃないか！」スターフライトが、反対側《はんたいがわ》からさけんだ。

「レインウイングもかい？」ジャンブーが楽しげに言った。「ぼくたちがなにしてたって、気にするやつなんかいないよ」

「世界はまだ戦争《せんそう》をやってるのよ」グローリーが言った。「女王の中には、ぜんぜん信用《しんよう》できないやつだっているの。そいつがレインウイングになにするかは知らないけど、やさしくなんてしてはくれないのだけはたしかね」

「どうして？」ジャンブーがたずねた。

そんなことも知らないくらいバカだからよ。「ほとんどのドラゴンは、もともとやさしくなんてないの」彼女は答えた。「かみついたり戦《たたか》ったりするように生まれついてるんだから」

「そうなのかい？　ぼくたちはちがうよ」ジャンブーが言った。しっぽをふったのだろう、空がゆらめく。

「レインウイングだって、ほんとはそうじゃなきゃまずいのよ」グローリーは続けた。「いつか他の種族《しゅぞく》が熱帯雨林《レインフォレスト》をうばいに来たら、自分たちで身を守らなくちゃいけなくなるんだしね。だから、アイスウイングと会うときには気をつけるって約束《やくそく》してよね。正体をぜったいに気づかれちゃだめだよ」

「わかった、わかったよ」ジャンブーが答えた。「かわいい妹が、そんなつまらないことでこんなに心配してくれるなんて、めちゃくちゃすてきだよ」

グローリーはあきれてため息をついた。なんで自分は心配なんかしているのだろう？　いくらレインウイングが自分と同じ種族だとしても、自分でバカなことをしたがっているのだから、関係《かんけい》ないのではないだろうか？

いや、関係ないはずがない。自分もあの熱帯雨林でくらしたいのなら。

でも、本当にそれでいいのだろうか？　レインウイングは、彼女が望《のぞ》んでいたような家族とはかけはなれている。

けれど、レインウイングといっしょにくらさないのなら、どこに行けばいいのだろう？

〈運命のドラゴンの子〉でもないのに、みんなについていけばいいのだろうか？　予言が実現《じつげん》したら、それからどうしろというのだろう？　クレイはマドウイングの国に「はらから」がいる。ツナミは〈海の王国《シーキングダム》〉が大好《だいす》きだ（あの頭のどうかしている母親のことは別《べつ》だが）――きっとあの国に帰って、いつの日かコーラル女王の玉座《ぎょくざ》にいどむのだろう。それに〈夜の翼《ナイトウイング》〉たちはもちろん、いつスターフライトが帰ってきても、翼《つばさ》を広げ、大歓迎《だいかんげい》してくれるだろう。

グローリーはちらりとサニーのほうを見た。体の小さなサニーが羽ばたく様子は見るからにつかれていたが、それでも固《かた》く結《むす》んだ口元にはしっかりとした決意がうかんでいた。彼女は、どこかに居場所《いばしょ》を見つけることができるだろうか？　サンドウイングとしては姿《すがた》も変《か》わっているし、同じ種族のドラゴンたちのように、しっぽの先に毒《どく》ばりもついていない。〈運命のドラゴンの子〉が予言をかなえて戦争《せんそう》を終わらせたあと、彼女をむかえ入れてくれるサンドウイングなどいるのだろうか？

もっとも、〈運命のドラゴンの子〉に選《えら》ばれたサンドウイングの女王は、深く感謝《かんしゃ》してくれるはずだ。当然《とうぜん》サニーを受け入れてくれるだろう……それにサニーは、だれからも好《す》かれる子だ。

グローリーはぶんぶんと首を横にふり、手脚《てあし》をのばしてみた。今は、そんなことを考えてもしょうがない。**とにかく今は、マングローブを見つけだして、連《つ》れ帰《かえ》らなくちゃ。そ**

れから行方不明《ゆくえふめい》のレインウイングたちをさがして、みんなをさらった――もしかしたら殺《ころ》したのかもしれないけど――犯人《はんにん》を見つけてみせる。それから偉大《いだい》なる〈運命のドラゴンの子〉みんなで戦争を終わらせる方法《ほうほう》を考えて、もしかしたらわたしもいっしょについていく。で、みんなで運命の行方を見守るの。

「ちょっと休けいして、昼寝《ひるね》をしてもいいんじゃないかな」いきなり、空からジャンブーの声が聞こえた。

「そんなことしてる時間ないわ」グローリーは答えた。けれど、マングローブだってレインウイングだ。浅《あさ》はかでむぼうな救出作戦《きゅうしゅつさくせん》の途中《とちゅう》で、いきなり昼寝《ひるね》を始めるかもしれない。だが、そんなものをあてにするわけにはいかない。「それに、ずっとこんな天気が続くわけじゃないのよ、ジャンブー。今夜はめちゃくちゃ寒くなるはずだし、明日には〈アイスキングダム〉についちゃうんだもの。こおりつくほど寒い国にね」

「ぼくだったら平気だよ」ジャンブーは気楽な声で答えた。

もうすでに、トンネルの入り口にいたときよりも寒くなってきており、広がっていた砂漠もごろごろと転がる岩におおわれ木の一本も生えていない丘《おか》に変わっていた。北に進むにつれて、だんだんと標高《ひょうこう》があがってきている。グローリーがちらりと見ると、サニーはなごりおしそうに砂漠をふり返っていた。

スターフライトの言うとおり――これは、安全な旅とはとてもいえない。グローリーとジャンブーは姿を消していられるが、マドウイング、〈海の翼《シーウイング》〉、ナイトウイング、そしてサンドウイングがいっしょに飛んでいるなど、どうしたって説明《せつめい》がつくものではないのだ。自分たちが〈運命のドラゴンの子〉だというのはひみつにしておこうとみんなで決めてはいたものの、こんな顔ぶれで飛んでいったのでは「到着《とうちゃく》したよ！　どうぞつかまえて、牢屋《ろうや》に放りこんでください！」と書いた看板《かんばん》を持って〈アイスキングダム〉に突入《とつにゅう》するようなものだ。グローリーは、だからひとりで行かせてくれればよかったのに、とまた思った。自分ひとりでマングローブを連れ帰る自信《じしん》が、彼女にはあったのだ。

幸いにも、アイスウイングのパトロールたちに見つかることはなかった。一度は兵隊《へいたい》が一頭近づいてきたのだが、サニーがその音に気づいてくれたおかげで、地面に転がる岩のかげにかくれることができたのだった。そしてみんなは日がくれてからもしばらく飛び続け、ようやくいてつく大地におりたった。グローリーの足の下で、氷がわれるようなぶきみな音がした。

「これ、雪かな？」クレイは、黒々とした地面をつついた。

「ちがうよ」スターフライトは、知ったふうな声で言った。「土がこおってるだけさ。今夜はものすごく寒くなりそうだな」みんなは、風の入ってこない低《ひく》いがけの下で休むことに決めた。だがグローリーはもう、地面の冷気《れいき》が手や腹《はら》のうろこのすきまからしみこんでくるのを感じていた。

「念《ねん》のために言っておくけど、ぜったいに火は使わないこと」ツナミがみんなを仕切るように言った。「見つかるような危険《きけん》、おかしたくないからね」

「サニーのとなりは、ぼくのねどこだからね」クレイがそう言ってサニーに笑《わら》いかけると、彼女のほうも笑い返した。とりあえず今、温かさをもたらしてくれるのは彼女の体だけだ。こごえることなく夜を乗り切りたければ、グローリーも身をよせ合わないわけにはいかないだろう。

グローリーは、クレイがじょうだんを飛ばしているのだとわかっていた――彼はむしろ仲間《なかま》が風でこごえたりしないよう、自分の体を盾《たて》にして守ってくれるタイプだ――が、ちらりとスターフライトのしょんぼりした顔をぬすみ見た。

まったく、スターフライトのやつ。なにもしないでだまってたら、気持ちなんて伝《つた》わらないよ。スターフライトが口で言ったことはないが、グローリーには彼がサニーを好きなのがわかっていた。それにサニーがまったく気づいていないことも知っているし、この感じでは永遠《えいえん》に気づかずに終わってしまうであろうことも知っている。

ま、わたしには関係ないけどね。グローリーは自分に言い聞かせた。けれどみんながねむりにつくために身をよせ合うと、グローリーはスターフライトがサニーの翼のとなりになるよう、うまく場所を取ってやった。クレイはふたりのすぐ後ろだ。グローリーはクレイのしっぽぞいにスペースを見つけ、できるだけ小さく体を丸めた。ジャンプーがまるで彼女に乗っかるようにしてごろりと横になる。

「おえっ……」グローリーが苦しげにうめいた。「ちょっと、もう少しどいてよ」と小声で伝える。

「だって、寒くてたまらないんだよ。君だってそうだろ？」ジャンブーもささやき返す。

グローリーはため息をついた。たしかに、自分だって寒い。それにジャンブーが温かいのも本当だ。そのうえ彼女にとって、彼は兄なのだ。

こうして彼女は二夜連続《れんぞく》で、心地《ここち》よいねむりをうばわれることになってしまったのだった。

✣

夜明けまでもうすぐのころ、グローリーは目を覚《さ》ました。地平線がうっすらと朝日にそまり、深いむらさき色の空にはまだ星々がまたたいていた。自分のはく息が白い。まるでみんなみたいに炎《ほのお》がはけるようになった気分だ。

大口を開けて翼を広げたままねむりこけているジャンブーの下から、グローリーはもぞもぞとはいだした。今日の彼はとりあえず、ピンク色ではない。こうして、ごつごつとした地面と同じ灰色《はいいろ》や茶色になっていると、少しは心をゆるせるような気がしてくる。

彼女は、自分もちゃんと地面の色になっているかどうかたしかめるため、体を見回してみた。地面をおおう霜《しも》のようなきらめきが体にもちりばめられているのを見ていると、なんだかうれしくなる。

ねむっているツナミが小さなうめき声をもらしながら、もぞもぞと動いた。グローリーは、スターフライトがもう目を覚ましているのに気がついた。くたびれきった顔をして、サニーの向こうでまばたきをしている。彼女は、もうちょっとねむりなさいと、しっぽをふって合図をした。そして翼を広げて小さながけのてっぺんに飛び乗ると、目の前に広がる大地を見わたした。

今まで通りすぎてきた大地や、今休んでいる大地と、ほとんど変わらないように見える。だが、遠くに見えるのは、もしかすると雪だろうか？　グローリーは体の色が周《まわ》りの景色《けしき》になじむのを待ってから、空に舞《ま》いあがった。

前夜は暗やみにさえぎられてまったく見えなかったが、ずっと先にそびえる高い山々にはまちがいなく雪がつもっており、その向こうにはさらに広々とした雪の大地が広がっていた。グローリーは思わず身ぶるいした。もうすでにたえきれないほど寒いというのに、ここからもっと寒くなるのだ。サニーやクレイにも、きつい旅になるだろう。もしかしたらみんなはここに待たせて、自分だけが行くべきなのではないだろうか。そうだ、今この瞬間《しゅんかん》にひとりで出発すれば、だれも危険《きけん》にさらさないですむはずだ。

けれど、彼女にはわかっていた。バカな仲間《なかま》たちはまちがいなく追いかけてこようとして、自分には助けられないところで最低《さいてい》なトラブルを起こすのだ。もし自分ひとりで行くのなら、みんなをよく説得《せっとく》し、耳をかしてもらい、るす番をしてもらわなくてはいけない。

雪におおわれた山々の高くに、なにか大きなものが見えた――建物《たてもの》かなにかのようだ。けれど、グレイシャーの宮殿《きゅうでん》でないのはたしかだ。グローリーの知るかぎり彼女の宮殿はここからはるか北、他のドラゴンはなにがあってもけっして行きたがらない、いてつくほどに寒い半島の先端《せんたん》にあるのだ。山の上に見えているあの建物は、アイスウイングの宮殿としては南すぎる。

グローリーが空から少し近づいてみると、何本かのえんとつからけむりがたちのぼっているのが見えた。

けむりが見えるってことは、火がもえてるってことね。つまり、中にいるのはアイスウイングじゃない。グローリーは心の中で言った。

あそこにいるのはブレイズと、家来のサンドウイングたちにちがいない。グローリーはずっと、ブレイズたちがどうやって〈アイスキングダム〉で生きのびているのかふしぎに思っていた。どうやらその答えは「とにかく深入りしない」だったようだ。

と、下に広がる地面でなにか動いているのに彼女は気づいた。空中で止まり、うまく姿を消せていますようにと祈《いの》りながら羽ばたき続ける。

仲間たちがねむっている場所からそう遠くないところに転がる岩の間に、一頭のドラゴンがいる。とはいえ、仲間の姿が見えるほど近いわけではない。ドラゴンは体を温めようとしているのか、ドシドシと足をふみ鳴らしたり、まるで翼で拍手《はくしゅ》するように打ちつけ合ったりしていた。

もしかしてマングローブ……？　グローリーは希望《きぼう》をいだきながら、少しだけ近くまで飛んでみた。なぞのドラゴンは姿を消そうとしてはいないようだが、その体はまるでナイトウイングのように黒かった……もしかしたら、それでじゅうぶんに身をかくせていると思っているのかもしれない……。

と、なぞのドラゴンがいきなり足元に向かって炎《ほのお》をはくと、すっかり温まった地面で丸くなった。

レインウイングでないのは決まりだ。本物のナイトウイングが、一頭だけでアイスウイングたちの領地《りょうち》に入ってきているのだ。

なるほど、こいつはいい知らせとは言えないわね。

13

よりにもよってなぜこんなところにナイトウイングがいるのだろう？　グローリーは音をたてず、すべるように飛《と》び去《さ》ると、ドラゴンから見えないところにそっとおりた。どうしても好奇心《こうきしん》がおさえきれず、様子を見てやろうと体の色を変《か》え始める。こんな場所をうろついていてもふしぎではないドラゴンといえば、ふつうに考えればアイスウイングか、同盟《どうめい》を組んでいるサンドウイングくらいのものだろう。

グローリーはまぶたを閉《と》じ、闘技場《アリーナ》でクレイとたたかったあのアイスウイングを思いだした。フィヨルド。グローリーが自分の毒液《どくえき》で殺《ころ》した初《はじ》めてのドラゴンだ。他にどうしようもなかった。紙一重で、彼《かれ》がクレイを殺してしまうところだったのだ。それにあのときの彼女《かのじょ》は、自分の毒液がどんな力を持っているのかも知らなかった。ただ本能的《ほんのうてき》に「自分にはどうにかできる、どうにかしなきゃ」と感じ、その瞬間《しゅんかん》、存在《そんざい》すら知らなかったはずの武器《ぶき》を自分が持っていることに気づいたのだった。

スターフライトは、もしもあのままグローリーが地底《ちてい》ぐらしを続《つづ》けていたら毒液を使えるようにはならなかったはずだという。生まれて初めて泥《どろ》にふれたクレイに炎《ほのお》をふせぐ力がめばえたのと同じように、グローリーの毒液も、ようやく太陽の光を浴《あ》びたせいでねむりから覚《さ》めたのではないかというのだ。

グローリーは、想像《そうぞう》してみずにはいられなかった。自分をおどしてきたあの世話係《マインダー》たちを、同じようにこの毒液でおどし返してやったら、いったいどんな顔をしただろう？

集中して。フィヨルドの姿《すがた》を思いだして。

空いっぱいに雪が広がったような、あのうすい青の体。ダークブルーのひとみ。グローリーは、自分の体にも同じ色が広がっていくのを感じた。いちばんむずかしいのは、アイスウイングだけが頭の周《まわ》りに生やしている角だった。自分の耳のヒレを、なんとかつららでできているように見せかける。これでなんとかなってくれと祈《いの》る。なにせ、アイスウイングみたいにかぎ爪《づめ》にみぞをきざんだり、しっぽの先をムチのように細くするどく変えることもできないのだ。

こんなのうまくいかないんじゃないの？　バレちゃうんじゃないの？

だが、まだ辺《あた》りはだいぶうす暗い……それにグローリーは、こんなところでナイトウイングがなにをしているのか、知りたくて知りたくてたまらないのだ。

見やぶられたら、そのときは殺《や》っちゃえばいいか……。グローリーは、苦笑《にがわら》いをうかべた。

　じょうだんのつもりだったのに、まったくおかしく感じない。

　彼女はもう一度空に飛びたつと、あの妙《みょう》なドラゴンを見かけた場所にもどってみた。だが、姿は見えなかった。一瞬《いっしゅん》、見失《みうしな》ってしまったのかと思って不安《ふあん》になったが、よく見てみると、長くのびるかげの中にその黒い体をかくすようにして、例《れい》のドラゴンが転がっているのが見えた。

　びくびくするな！　彼女は自分をしかりつけた。びくびくしてるから失敗《しっぱい》するんだ！

「ちょっとあなた！」わざと大きな音をたてて、彼女は着地した。「何者なの？　わたしたちの領地《りょうち》でなにしてるの？」

　おどろいたナイトウイングがとびあがるようにしてはね起き、彼女を見つめる。モロウシーアよりもずっと若《わか》くて体も小さく、おどろいているというのにその動きはしなやかでゆうがだった。翼《つばさ》の裏《うら》にきらめく銀のうろこが朝日をとらえ、まるで星々をつかまえたかのようにかがやいた。

「びっくりさせるなよ。いったいどこにいたんだ？」ドラゴンは、とまどった顔で空を見あげた。

「どこだと思う？」グローリーが答える。「それに、質問《しつもん》してるのはこっちだよ。この〈アイスキングダム〉でいったいなにしてるの？」

「厳密《げんみつ》には、まだ〈アイスキングダム〉じゃないけどな。もしかして知らなかったのか？」

まだちがったの？　記憶《きおく》にある地図には、国境線《こっきょうせん》なんて引かれていなかった。もっとも、そんなものここではなんの役にも立たないだろうけれど。

「もう中に入ってるようなもんでしょ」彼女はうなるように言った。「さあ、説明《せつめい》して」

槍《やり》でも持っていたら、つきつけてやりたいところだ。

「まあ、ここも**いずれ**はアイスウイングの領地になるだろうよ」ナイトウイングが言った。「ブレイズが戦争《せんそう》に勝ったらの話だけどな。南を見てみなよ……ブレイズはグレイシャー女王に、ここからあの地平線、つまり砂漠《さばく》が始まる辺りまでの土地を、すべてやってしまう約束《やくそく》をしたんだ」彼はそう言って指さしたが、グローリーはそちらを向こうとはせず相手をじっと見つめ続けた。

ナイトウイングがほほえんだ。「ま、そんなこと知ってるよな。でも、興味深《きょうみぶか》いとは思わないか？　ブレイズがこんなにも広い土地を差《さ》しだす気でいるなんてさ。だけど、どっちの種族《しゅぞく》にとっても意味なんてない土地だってのに、どうしてグレイシャー女王はそんなものをほしがるんだろうな？　この岩の下に、財宝《ざいほう》でもうまってるのかもしれないな。おれの勘《かん》だけど、たとえばダイヤモンドの鉱脈《こうみゃく》なんかがさ。君は知ってるんじゃないのか？　アイスウイングはみんな知ってて、ブレイズやサンドウイングどもにかくしてるんだろう？」彼は意味深《いみしん》でかしこそうな目をしてみせた。まるでグローリーの心を読んで、目の前に広げてみせているかのような目だ。

　グローリーはぎょっとして、心臓《しんぞう》が止まるかと思った。ナイトウイングが心を読めるのを、すっかり忘《わす》れていたのだ。**でも、すべてのナイトウイングができるわけじゃないわ。**と彼女は自分に言い聞かせた。スターフライトなど、まったくできない。そしてモロウシーアもだ。グローリーがあれだけいろいろ彼のことを考えていたのになんの反応《はんのう》も見せなかったことを思えば、モロウシーアも心が読めないにちがいない。もしかしたらこのドラゴンはその能力《のうりょく》の代わりに、未来《みらい》を見通す力を持っているかもしれない。

　それでもグローリーは、あらゆる考えを心の中から追いだし、たったひとつのことだけに集中した。**こんなところでなにをしているの？**

「わたしの質問に答えなさいよ、ナイトウイング」彼女が口を開いた。「答える気がないのならグレイシャー女王のところに連《つ》れていって、直接陛下《ちょくせつへいか》に説明してもらうよ」

「そいつはいい考えとは言えないな」ナイトウイングが答えた。「君だって、おれをさがしにナイトウイングが群《む》れをなして飛んできたら困《こま》るだろう？」

「あなただって、お仲間《なかま》が来てくれるまで氷の地下牢《ちかろう》ですわらされることになったら困るでしょう？　到着《とうちゃく》するころにはこごえ死んでるだろうしね」グローリーが言い返した。「さあ、ここでなにしてるのか言いなさい。答えによっては見のがしてあげてもいいわよ。

悪くない話でしょ？」

彼はゆかいそうな顔で首をかしげてみせた。

「いいだろう」しばらくして、そう答える。「ちょっと待ってるやつがいるのさ。一頭じゃないから**やつら**か」

「だれのこと？」

「そいつは言えないよ。ナイトウイングの事情《じじょう》でね。おれは任務《にんむ》についてるんだ」

「へえ、ナイトウイングに**事情**があるなんて初耳《はつみみ》だわ」グローリーは鼻で笑《わら》ってみせた。「こっそりひみつのすみかにかくれたままなにもしないで、なんでも知っててすごいやつだって、おたがいほめあってるもんだと思ってた」

ナイトウイングが大声で笑いだした。「おれたちにそんな口をきくやつなんて、前代未聞《ぜんだいみもん》だよ！　身のほどを知らないのか？　おれたちの能力をこわいと思わないのか？」そう言って大きく翼を広げてみせたが、からかうような目をしている。

「そんなにすごい力があるのなら、この戦争を終わらせるためになにかするはずでしょ？」グローリーは言った。「それにわたしには……そう、いてつく死の息があるのよ」

あやうく**毒**と言ってしまいそうになったが、どちらにせよたいしたちがいはなかった。実際《じっさい》に戦《たたか》うとなると、ナイトウイングの能力はどれもあまり役に立つものではないのだ。スターフライトなど、実におそまつなものだ。

「いつかはおれたちも、戦争を止める手伝《てつだ》いくらいはするかもな」彼が言った。「まだ、どのドラゴンの味方につくか決めていないだけなのさ。あの〈運命のドラゴンの子〉みたいにね」

グローリーはおどろきをかくし、うんざりした顔をしてみせた。「あんな古くさい予言なんて。わたし、信《しん》じてないから。ごめんね、ナイトウイングのとくい分野なのは知ってるけど、本気で言ってるの？ だって、もし本当に未来が見通せるんだったら、なんであんな回りくどい、暗号みたいな感じにするわけ？ もっとわかりやすく、はっきりした予言にしてくれたらいいじゃない。たとえば『そうだ、そういえばこの戦争にはブレイズが勝つから、わざわざ冠《かんむり》をかけて戦ったりしないで、さっさとブレイズにわたすこと』みたいにね。そうしたらむだ死にや意味のない流血もなくなるし、かわいそうなドラゴンの子たちだってまきこまなくてすむじゃない」

ナイトウイングがまた大きな笑い声をあげた。「ドラゴンの子がかわいそうだって言うのかい。そいつはおもしろいや。まあ実際、ピリアじゅうにそう思ってるドラゴンたちがいるよ。ドラゴンの子たちに大きな期待をよせながらも、幼《おさな》い五頭の子どもたちには荷が重すぎるってね。もし〈運命のドラゴンの子〉たちが自分たちへのあわれみを知ったら、きっとおどろくだろうな」そう言ってナイトウイングはなにか考えこむような顔をしたが、それから大きなあくびをひとつした。「この辺《へん》で、〈運命のドラゴンの子〉を見かけなかったかい？　なんでもうわさじゃあ、今度は〈アイスキングダム〉に向かったらしいんだけどね」

「そうなの？」グローリーは、興味などたいしてなさそうな顔でたずねた。「なんで〈アイスキングダム〉なんかに？」

「おれの予想じゃあ、ブレイズに会うためさ。で、連中《れんちゅう》はここにいるのかい？　もしかして、もうグレイシャー女王の地下牢に放りこまれてるとか？」

「あいにくだけど、気配もないわ。まったくね」グローリーは首を横にふった。雪嵐《ゆきあらし》やぶあつい氷を思いえがき、他の考えを頭から追いだす。

ナイトウイングはしばらく、じろじろとグローリーを観察《かんさつ》した。「なるほど。まあ、〈運命のドラゴンの子〉も、こんなに早く到着するわけないか。〈シーキングダム〉から見たら、はるか彼方《かなた》だもんな」

「なんで居場所《いばしょ》がわかるの？　あ、いけない。忘れてたわ。ナイトウイングはものすごく物知りで、ものすごく先までお見通しで、ものすごく頭がいいんだもの。でしょ？」

「ものすごく最高《さいこう》で、ものすごくハンサムだってのも、忘れないでくれよな」

グローリーは笑いをこらえるため、ふんと鼻を鳴らした。「カメみたいにこそこそかくれておいて、よくそんなことが言えるわね。ほんと、たまには本当の世界にでてきて他のドラゴンたちとすごしたりしなさいよ」

「それは、招待《しょうたい》ってことかい？」彼がたずねた。「一日二日だったら空いてるよ、おれの……おれの仕事が始まっちまう前にさ。もし君もいるんだったら、アイスウイングの酒場をのぞいてみるのも悪くないね」

グローリーの背筋《せすじ》に、ぞっと寒気が走った。

「わかりやすく整理するね」彼女が言った。「つまりあなたは、ここにいる理由はなんにも話さずに、王国の中まで案内《あんない》しろ、そしてお酒をおごれって言ってるわけね。ナイトウイングって、ほんと自分たちをえらいと思ってるんだね」

「じゃあ、おれがおごってあげるって言ったら？」

「ああ、そういうことならグレイシャー女王もわかってくれるから、なにも問題ないわ」グローリーが答えた。「陛下は、ご領地に知らないドラゴンがいるのがお好《す》きだから、きっととってもご興味を持つはずよ。さあ、どんなことになるかしらね」

ナイトウイングは、少しだけ悲しげな笑《え》みをうかべた。「まあいいさ。さっきのは忘れてくれ。でも、時間があるときにまたここに会いにきてくれよ。たぶん、数日はここにいると思うけど、ただすわりこんでるなんてたいくつだからさ」

「なぞのドラゴンたちをここで待つわけね」グローリーが言った。「わたしには結局《けっきょく》、くわしいことは教えてくれないけど」

ナイトウイングが翼を広げた。「悪いな。教えてやれたらいいんだけどさ。おれの仕事がなんなのか知ったら、きっと尊敬《そんけい》するぜ」

「そうかんたんにだれかを尊敬するタイプじゃないわ」グローリーはそう答えると、また笑いだした彼を見て意外に思った。「まあ、仕事がうまくいくといいね」

「君の名前は？」彼は、後ずさりするグローリーにたずねた。

「ごめん、教えられないんだ」皮肉っぽく、彼女が答える。「アイスウイングの事情があってね」

「やれやれ、こんな寒い場所にも皮肉屋がいるなんてな」彼が笑ってみせた。「おれが名前を言ったら、君も教えてくれるかい？」

「悪いけど」グローリーは首を横にふった。「正直言って、わたし、あなたにあんまり興味ないんだ」彼に背中《せなか》を見せ、翼を広げる。

「それでもいいから教えるよ」彼は、飛び去っていくグローリーの背中に声をかけた。

「また来てくれるならね！　どうだい？」

「来れたらね」グローリーも大声で返す。「けっこう忙《いそが》しいから」

「おれの名前は――」彼がさけんだ。彼女はスピードを落として耳をそばだてたが、ふり返りはしなかった。

「おれの名前はデスブリンガーだ！」

14

デスブリンガー。

だれかを待ってる。一頭じゃない。

「この辺《へん》で、〈運命のドラゴンの子〉を見かけなかったかい？」

グローリーは、羽ばたき続《つづ》けながらとまどっていた。あのナイトウイングがあそこで待っているのは、自分や仲間《なかま》たちなのだろうか？

デスブリンガー。つまり、死をもたらす者……。そんなことがあるだろうか？

ナイトウイングが始末《しまつ》したがっているドラゴンといえば、彼女《かのじょ》が知るかぎり自分ただひとりだ。モロウシーアは〈山の底《そこ》〉でグローリーをひと目見たその瞬間《しゅんかん》、彼女が予言を台《だい》無《な》しにする存在《そんざい》だと決めつけ、世話係《マインダー》たちに殺《ころ》してしまうよう命令《めいれい》した。だから、彼女と仲間たちは脱走《だっそう》したのだ。もしかしてデスブリンガーは、その暗殺《あんさつ》をなしとげるためにモロウシーアが送りだしたのだろうか？　彼女を追うためにそんなエネルギーをむだにする必要《ひつよう》が、いったいどこにあるというのだろう？

だがデスブリンガーは、彼女の他にもだれかを待っているかのような口ぶりだった。もしかして、他の仲間たちにも危険《きけん》がせまっているのだろうか。だが、ナイトウイングが〈運命のドラゴンの子〉を殺すなど、ありえないはずだ。そんなことをすれば予言は、グローリーが台無しにするよりもずっと悲惨《ひさん》なことになってしまう。

彼女が仲間たちの横に着陸《ちゃくりく》すると、スターフライトは心臓《しんぞう》が止まりそうになるほどびっくりした。

「アイスウイングだ！」とさけび、あおむけに転ぶ。ツナミがとび起き、牙《きば》をむいた。スターフライトは「気をつけて！　あいつは……あっ……」と目を丸くすると、だんだん茶色と灰色《はいいろ》の体にもどっていくグローリーを見ながら長いため息をついた。「グローリーだったのか！　なんでこんなことするんだよ！」

「そりゃあ、おもしろいからよ。でも、静《しず》かにして」彼女が答えた。デスブリンガーからたっぷりはなれたとは思うが、この冷《つめ》たくすみわたる空気だ。音がどこまでとどいてしまうのか、彼女には確信《かくしん》が持てなかった。

「すっごくキラキラしてたね」サニーがねむそうな声で言った。

「あやうくしっぽでぶちのめしちゃうところだったよ」ツナミがむかついたように言った。

「わたしも昨日《きのう》の夜、いびきかいてねてるあなたの鼻をあやうくふんじゃうとこだったよ」グローリーが言い返す。「つまりわたしたちはふたりとも、自制心《じせいしん》のお手本ってことね。さあジャンブー、起きて」

彼女は、スターフライトが大きなさけび声をあげても一頭だけまだねむりこけている兄をつついた。

「寒すぎるよ……」ジャンブーが、片方《かたほう》の翼《つばさ》で頭をくるむ。

「だらしなさすぎるのよ」グローリーはもう一度、彼《かれ》をつついた。「それに、起きて体を動かせば暖《あたた》かくなるから」

「もうちょっとねる」ジャンブーはうるさそうにそう言うと、もう片方の翼も頭にかぶせてしまった。

グローリーはため息をついて、もう放っておくことにした。「スターフライト。ナイトウイングの名前には、言葉どおりの意味があるの？　たとえば、いつもしていることをしめす名前がつけられてるとか」

他の仲間たちも体を起こし、のびをし始めた。スターフライトが頭をかく。「そうだね。たとえばモロウシーアさんは未来《みらい》を見たり予言を伝《つた》えたりできるだろ？　だから明日《モロウ》を見る者《シーア》っていうことなんじゃないかな」

「なるほどね、ありがとう」グローリーが言った。「そのくらいは、わたしにも予想がついたけどね」

「でも、名前をつけたドラゴンは、予言者になるってわかってたのかな」サニーがふしぎそうに首をかしげた。「だって、ナイトウイングならだれでも予言できるわけじゃないんでしょう？　だったら、どうして予言者になるってわかったの？」

「他の予言者が未来を読んだとか？」ツナミがじょうだんを飛《と》ばした。

スターフライトはかぎ爪《づめ》を一本立てて、こおりついた地面をつついた。「おいらにも、そこまではわからないよ。モロウシーアさんからは、ナイトウイングのひみつなんてひとつも聞かされてないからね。それにみんなだって、おいらが読んだまき物はどれも読んじゃったろ？」

「たしかにね」グローリーはうなずいた。「最高《さいこう》にすばらしいナイトウイングたちの、くだらないおとぎ話ばっかり。みんな言いにくくて長ったらしい名前でね。わたしの記憶《きおく》じゃあ、物語にでてくるナイトウイングの名前は、たいてい持ってる能力《のうりょく》と同じだったと思うけど」

「なんでそんなこと気にしてるのさ？」スターフライトはきょとんと首をかしげた。

「ついさっき、ナイトウイングとでくわしたからよ。たぶんだけど……わたしたちを殺しにきたやつとね。最低《さいてい》でも、わたしを殺《や》ろうとしてるのはまちがいないわね」

仲間たちがいっせいにグローリーの顔を見た。彼女はデスブリンガーと彼のした話を、残《のこ》らず仲間たちに説明《せつめい》した。いや、**ほとんど残らず**説明した。彼が自分を殺しに来たのだと確信したあの瞬間まで、少しだけ心ひかれたことは言わなかった。

「こんなとこ、もうでようよ」スターフライトは、グローリーの話が終わるとすぐに言った。「今すぐ南に飛びたって、全速力で熱帯雨林《レインフォレスト》に帰ろうよ」

ジャンブーがうれしそうに、翼のかげから鼻先をにゅっとつきだした。「その話、ぼくも気に入った」

「いちばん暖かそうな計画だね。でも、マングローブはどうするのさ？」ガタガタふるえながら、クレイが質問《しつもん》した。

「他にも、見つけたものがあるの」グローリーは、あの建物《たてもの》をみんなにも説明して聞かせた。「たぶん、ブレイズが軍隊《ぐんたい》を連《つ》れて陣《じん》をはってるんだと思う」スターフライトとツナミがそろってうなずく。

「なっとくできるわね」ツナミが言った。「グレイシャーの宮殿《きゆうでん》じゃあ、ブレイズなんて一日でも生きられっこないもの。自分で場所を用意しなきゃね」

「うん。宮殿はほとんど氷でできてるから、中に入ったら炎《ほのお》も使えないしな」スターフライトは、考えこむような顔で言った。

「そこで、ちょっとわたしの考えを聞いて」グローリーがみんなを見回した。「マングローブもきっと、あそこを見たはずだと思うの。まっすぐにあそこに飛んでいって、たぶん姿《すがた》を消して中にしのびこんだんじゃないかな。オーキッドをさがすためにね。だからわたし、追いかけて連れもどしてくる。みんなはどこか、デスブリンガーに見つからないところにかくれてて。で、わたしが帰ってきたら、みんなで南にぶっ飛ばす！」

「ちょっと、ひとりで行く気なの？」クレイがおどろいた。「だれかついてったほうがよくない？」

「ついてくるって、だれが？」グローリーが聞き返した。「だれか、アイスウイングに変《へん》装《そう》できるドラゴンいる？」

みんながそろって、ねむそうに目をしょぼしょぼさせているジャンブーを見る。

「**あと**、役に立つドラゴンね」グローリーがつけ足した。

「ぼくなら役に立つかもね」ジャンブーがあくびまじりで言った。「姿を消してるレインウイングを見つけるなら、まちがいなく君よりうまいぜ」

グローリーはためらった。それはたしかに役に立ってくれそうだ。正直に言うと、どうやって自分だけでマングローブをさがせばいいのかよくわからずにいるのだ。

「あなたなら見つけられるの？」

「レインウイングなら、ガキのころからやる遊びさ」ジャンブーが笑《わら》った。「ひとりが体の色を変《か》えて姿を消して、そいつをいちばん最初《さいしょ》に見つけた子の勝ち。ぜったい見つけられるとは言えないけど、君よりはずっと練習をつんできたと思うよ」

彼女は少し考えてから、首を横にふった。「危険すぎる。わたしだったらひとりでもだいじょうぶだし、助けなんていらないわ」

「グローリー」クレイは、静かではあるが有無《うむ》をいわさぬ口調で言った。「ジャンブーを連れていかないいんだったら、みんなでついてくからね」

みんなの顔を見たグローリーは、本気なのだと思った。バカな英雄《えいゆう》気取りの、おろかなチームごっこ。「いいわ、わかった。ジャンブーといっしょに変装してく。でもジャンブー、ちゃんとアイスウイングにしか見えないようにしてよね。今からわたしがやるから、まねしてみて」きらきらと体をかがやかせ、さっきまでと同じアイスウイングの姿にもどっていく。

クレイが顔をゆがめた。グローリーは、自分がどのアイスウイングを変装のモデルにしたのか彼が気づいたのだと思った。目の前でフィヨルドが死んでいく姿を見るのは、彼女にとっても彼にとってもとてもつらいものだったのだ。

「わたしよりも、もうちょっと体を白くしてみて」グローリーがジャンブーに声をかけた。「そうすれば、まったく同じに見えないからね。にせもののつららの角も、ちょっとだけ位置《いち》を変えるの」彼女は一歩さがり、ジャンブーをじっと観察《かんさつ》した。「うん、よさそう。アイスウイングにならなきゃいけないときがきたら、すぐこの変装ができる？」

「当然《とうぜん》さ」ジャンブーは翼を広げ、しげしげとそれをながめた。「こいつはいい色だな。家に帰っても忘《わす》れないようにしなきゃな」

「アイスウイングの名前も必要ね。あなたはペンギン、わたしはストームよ。覚《おぼ》えやすいでしょ」

「やっぱりあたしたちの中から、だれかあとひとりついてくべきだと思う」ツナミが口をはさんだ。

「ここじゃあ、マドウイングとシーウイングは敵同士《てきどうし》よ」グローリーが言った。「そしてきずつける気はないけど、スターフライトとサニーはあんまり役に立たないわ」

「きずつける気はない？」サニーが声をはりあげた。「そんなの、きずつくに決まってるじゃん」しっぽをふり回してふくれてみせる。

「体の色さえ変えてれば、入るのもでるのもずっと楽になるわ」グローリーが続けた。

「心配しないで。夜には帰ってくるから」

「行方不明《ゆくえふめい》のレインウイングを見つけたらどうするのさ？」クレイが質問した。

グローリーはさっとしっぽをふると、また岩と同じ色に体を変えた。「助けだして、みんなでくっついて姿を消して、一気に飛びだしてくる。それでどう？」

クレイとツナミがしぶしぶうなずいた。

「さあ行こう、ジャンブー。みんなはちゃんとかくれててね。ぜったいにだよ」グローリーは兄とならんでぱっと空に舞《ま》いあがると、空と同じ色に変わった。北に向かって羽ばたきながらもう一度仲間たちをふり返ると、自分たちを見送っているサニーと、えらそうに手をふっているツナミの姿が見えた。

「やっぱり寒いよ」ジャンブーがぼやいた。「羽ばたいてるのに、もっと寒くなってきてる気がする」

「ま、ここ空の上だしね」グローリーが言った。「そのうえ風だってふいてるし。でも、そんなに時間はかからないから心配しないで」前方に見えているあの建物を指さす。「先に言っておくけど、あそこは雪がつもってるから。建物にいるサンドウイングたちが、炎で中を暖めてくれてたらいいんだけど」

「雪って言ったの？」ジャンブーが言った。「それに炎か！　そんなの、どっちも見たことないよ」

「わたしも、近くで雪を見たことないよ」グローリーが言った。

「ふわふわしてるんだろうなあ」ジャンブーが目をこらした。

✣

だが、ふわふわなどではなかった。雪はぬれていて、ふたりが城壁《じょうへき》の外に着陸すると、両足からつきさすような冷たさが伝わってきた。ジャンブーが痛《いた》みでさけび声をあげたものだから、グローリーはあやうく、だまらせるために体当たりするところだった。

「だれだ！」上から声が聞こえた。

ふたりは周《まわ》りにつもった雪と同じまっ白に体を変え、かたまったように息を殺した。

窓《まど》のひとつから、サンドウイングが顔をだした。「おい、今の聞こえたか？」彼が仲間にたずねる。

となりから別《べつ》のサンドウイングが、きゅうくつそうに顔をだした。「聞こえなかったな。それに、なにも見えないぞ。また空耳でも聞こえたんじゃないのか？」

「バーンの軍《ぐん》がおれたちをたおしに来るとしたら――」最初のドラゴンが言った。「そんときゃ、ずっと遠くでもちゃんと見えるさ」二頭目がさえぎった。「それに、寒さにこごえてすっかり弱ってることだろうよ。こっちはそのころには、アイスウイングの援《えん》軍《ぐん》が到着《とうちゃく》してるって寸法《すんぽう》さ。つまらないことを、あれこれ気にするなってことさ」二頭目のサンドウイングが、部屋に引っこんだ。残ったサンドウイングがうたがいのまなざしで、
グローリーとジャンブーがうずくまっている雪の地面をさぐる。やがて彼はふんと鼻を鳴らすと、窓の中に引っこんでいった。

グローリーは兄の手にしっぽをにぎらせ、先に歩きだした。ぶあつい石壁《いしかべ》にそって進んでいくと、ドラゴン一頭がくぐれるくらいの大きさのドアを見つけた。もちろん、がっしりとかぎがかかっている。彼女は頭上を見あげてみたが、この建物には中庭もなく、屋根には入り口に使えそうなあなもあいておらず、あるのはえんとつだけだがせまくてこれを

通るのは無理《むり》だ。窓もすべて小さくて、ドラゴンの巨体《きょたい》をねじこむことなどできない。まさしく無敵《むてき》の要《よう》さいだ。もしかしたら戦争《せんそう》が始まったばかりのころ、ブレイズがグレイシャー女王に守ってもらうために、そして同盟《どうめい》を組むために、初《はじ》めてここをおとずれたときに建《た》てられたものではないだろうか。

手を結《むす》んだ相手にグレイシャーがあたえたおくり物だとしたら、なんと気前がいいのだろう——アイスウイングの領地《りょうち》の中に、要さいひとつをまるごと用意してやるとは。グローリーは、デスブリンガーの話を思いだした……ブレイズはこの戦争に勝ったら、土地をまるごとあげてしまう約束《やくそく》をしている。

グローリーはサンドウイングの女王の座《ざ》をねらう、他の二頭の姉妹《しまい》たちのことを考えた。バーンはスカイウイングやマドウイングに、どんな約束をしたのだろう？　そして、ブリスターはシーウイングになにか約束したのだろうか？　それともただコーラル女王を意のままにあやつり、自分の味方につけただけだったのだろうか？

「しのびこめる場所がどこにもないわね」グローリーがささやいた。「なにかいい考えはない？」

ジャンブーが肩《かた》をすくめるのを感じた。「ごめん。こんなことするの初めてだからさ」

ふたりはもう一度壁《かべ》ぞいにぐるりと一周《しゅう》してみたが、そのドアの他に入り口はなかった。グローリーの見るかぎり、この要さいの防御《ぼうぎょ》は完璧《かんぺき》で、入りこむすきなどどこにもない。

中に入るにはこのドアが開くのを待ってこっそりすべりこむしかない……だが、どれだけ待てばそんなチャンスがおとずれるというのだろう？

きらめく雪にきらきらと反射《はんしゃ》しながら、うっすらとした青空にようやく太陽がのぼり始めた。こんなところで一日じゅうつっ立っているなんて、グローリーはごめんだった。だいたいジャンブーがこごえ死んでしまいそうだ。グローリーも寒さは苦手だが、ジャンブーは今まで一度たりともあの熱帯雨林からでたことがなかったのだ。

マングローブだってそうだわ。彼女は気がついた。この要さいに入りこむなど、彼にできたのだろうか？　もしかしたら、こんなところにはいないのかもしれない。もしかしたらどこかの雪だまりの中にたおれていて、だんだんと氷にうずもれていっているのかもしれない。

グローリーは首を横にふった。自分の目がたしかなら、マングローブはかんたんにあきらめるようなタイプではないはずだ。そして、彼女自身もまた、あきらめる気などさらさらなかった。

「アイスウイングになって中に入るしかないわね」彼女が言った。「ついてきて」

ジャンブーは頭だけ色を変えてあらわれると、賛成《さんせい》だとばかりにうなずき、体の色も変えていった。グローリーも自分の体をアイスウイングの色にすると、ぐるりと回転しながらできるだけ細かいところまで変装を確認《かくにん》した。完璧な変装とはいえない。だが、もしかしたらサンドウイングたちが、たいして見もせずにすませてくれるかもしれない。けれど、もしかりにつかまってしまったとしても、姿を消す能力と毒液《どくえき》があれば、脱走できる確率《かくりつ》はかなり高いと彼女は考えていた。

グローリーがドアに歩みより、コツコツとノックする。

「ちゃんと兵隊《へいたい》に見えるようにして」彼女はジャンブーに声をかけた。ジャンブーはすぐ後ろで背中《せなか》を丸め、こごえた首をこすっている。

「兵隊がどんなかなんて知らないよ」彼が答えた瞬間、いきおいよくドアが開いた。

片手《かたて》の爪《つめ》が何本か折《お》れた、がっしりとしたサンドウイングが一頭、顔をだしてふたりを見ている。「どうした？」

「ブレイズ女王に大事な伝言《でんごん》を持ってきました」グローリーが大きな声でつげた。「陛下《へいか》がおもどりになるまで、どこかで待たせてください」ブレイズのことだ、当然姉妹たちと同じように、どこかの戦場《せんじょう》で指揮《しき》をとっているはずだ。待合室かなにかに通してもらえば、また変装をといて姿を消し、だれにも見られることなくマングローブをさがして要さい内を歩き回れるだろう。

「はあ？　陛下がもどるまで？」サンドウイングは、まるで彼女の頭がどうかしていると言わんばかりの顔で言った。「ブレイズ女王ならここにいるぞ。どこにも行かんよ。すぐに案内《あんない》してやるとも」

15

しまった……！　グローリーはあせった。

「持ってきたってのが、いい知らせならいいんだがな」サンドウイングは重い足音をひびかせながら、要《よう》さいの中に引き返していった。「女王は悪い知らせが好《す》きじゃないし、おれたちも女王が悪い知らせを聞くのは好きじゃない。グレイシャー女王もそいつを肝《きも》にめいじて、いいかげん暗い知らせをよこすのをやめてくれないとな」

グローリーとジャンブーは目配せをかわし、急いでサンドウイングの後を追った。背後《はいご》で大きな音をたててドアが閉《し》まり、後ろにぴったりくっつくようにして別《べつ》のサンドウイングの衛兵《えいへい》がついてくる。こっそりまくのはかんたんな話ではない。

ブレイズの要さいは、きらびやかで豪華《ごうか》だったコーラル女王やスカーレット女王の宮殿《きゅうでん》とはまったくちがった。廊下《ろうか》はどれもせまく、空が見える場所がどこにもないのだ。通りすぎる部屋にはどれも炎《ほのお》のもえさかる暖炉《だんろ》があり、息苦しいほどの暑さだったが、それでもあちこちで窓《まど》をガタガタと鳴らしながら、いてつくような風がふきこんできているのだった。壁《かべ》を飾《かざ》る財宝《ざいほう》もなければ、床《ゆか》にうめこまれた金や真珠《しんじゅ》もない。

そのかわり、石壁《いしかべ》にはいくつも厚手《あつで》のおり物でできたタペストリーがかけられていた。どのタペストリーの中央にも、まばゆくかがやく黄色の太陽があしらわれており、その周《まわ》りには体をくねらせたトカゲや、トゲを生やしたサボテン、ヤシの木、そしてラクダなど、砂漠《さばく》の景色《けしき》がえがかれているのだった。その白や緑や青が、どんよりとした灰色《はいいろ》の壁をすみからすみまでほとんどおおいつくしてしまっているのだ。

みんなふるさとが恋《こい》しいんだわ。グローリーはそう感じると、自分が彼《かれ》らにあわれみの感情《かんじょう》をいだいているのに気づいてショックを受けた。サンドウイングたちは、ブレイズを支《ささ》えるためにこんなところまでやって来た——たぶん、バーンが玉座《ぎょくざ》にいどんだとき、ブレイズといっしょににげてきたのだろう。それが今や、自分たちのふるさととは似《に》ても似つかない、こんな氷の世界に閉《と》じこめられてしまっているのだ。

熱帯雨林《レインフォレスト》の代わりにどうくつで育つみたいなものね。

「こいつはすごいや」ジャンブーは、あばれるトカゲの群《む》れがえがかれたタペストリーを指さした。「あれなんて最高《さいこう》だよ。気に入った」

サンドウイングの兵隊《へいたい》たちがジャンブーをじろじろ見つめた。「本気かい?」先頭の兵隊がたずねる。「いつもアイスウイングの客はタペストリーを見るたびに——なんて言ってたっけな――そう、けばけばしいとかはでだとか言うけどな」

「まあ、わたしたちの好《この》みとはちょっとちがうけど」グローリーがあわてて言った。「それでも、芸術《げいじゅつ》としては悪くないと思うわ」

「へえ」一頭目のサンドウイングが言った。「アイスウイングがそんなこと言うのなんて、聞いたことなかったぜ」また前を向き、歩き続《つづ》ける。グローリーがジャンブーをにらむと、彼は顔をしかめてみせた。

やがて一行は、要さいの中心部にたどり着き――窓がひとつもないので、ここがそうにちがいないとグローリーは感じた――木で作られた大きな両開きのとびらの前にある小さなひかえの間で足を止めた。一頭のサンドウイングがとびらを二回たたき、みんなで返事を待つ。

辺《あた》りをつつみこんだ静《せい》じゃくの中、グローリーは小さな部屋の片《かた》すみになにかがうずくまっているのを見つけた。初《はじ》めは、獲物《えもの》にされたきたない動物の毛皮がつんであるのかと思ったが、彼女《かのじょ》がよく見てみると、その正体は二匹《ひき》のゴミあさり《スカベンジャー》だった。壁に体をくっつけ、だき合いながらガタガタとふるえている。

「あれはなに？」ジャンブーもそれを見つけると、グローリーに小声でたずねた。

「女王の宮殿から一歩もでないアイスウイングがいるって聞いたことがあるが、さてはおまえもそれだな？」話を聞いていた二頭目の兵隊が言った。「なんでもずっと北のほうじや、ゴミあさりどもなんてほとんど見かけないっていうじゃないか」彼がするどくとがった爪《つめ》でつくと、ゴミあさりたちがいかにもあわれな様子で小さな声をもらした。「山みゃくのそばでこいつらのかくれがを見つけてな、つかまえられるだけつかまえてきたんだよ。でも、こんな見かけなのにやたらとすばしっこくてね……少なく見つもっても二十匹《ぴき》はいただろうが、たった六匹しかつかまえられなかったよ。この二匹は、そいつらの残《のこ》りってわけさ」彼が首を横にふった。

「食っちまうつもりなのかい？」ジャンブーがたずねた。**そんなショックを受けたような声ださないでよ！**　グローリーは声にださずに毒《どく》づくと、さっとしっぽをふった。けれど、彼の気持ちは理解《りかい》できた。大きな目をして、変《へん》な形の腕《うで》でだき合うゴミあさりたちは、まるで巨大化《きょだいか》したナマケモノのようだ（もっともあんなに愛《あい》らしくはないが）。その彼らがサンドウイングに食われるところを想像《そうぞう》すると、グローリーは気分が悪くなるのだった。

ゴミあさりの片方《かたほう》が、まるで置《お》き去《ざ》りにされるのを知ったシルバーのように悲しげな目でじっと見つめてくるのも、グローリーはたまらない気持ちだった。

「もちろん食うとも」兵隊が言った。「ゴミあさりの巣《す》を見つけると全部ぶっこわして、食えるだけ食うのさ。グレイシャー女王の命令《めいれい》でな。女王はいつか連中《れんちゅう》が、おれたちが財宝をうめた場所を見つけだしちまうって信《しん》じてるんだ」

「まあ、まだ財宝が残ってたらの話だよ。ゴミあさりが財宝をどうしちまうかなんて、だれにもわからないからな」もうひとりの兵隊がぶつぶつと言って、もう一度とびらをたたいた。すると今度はいきおいよくとびらが開いた。

とびらの向こうには、グローリーがこれまで目にしてきたどの部屋よりも広々とした部屋が広がっていた。なめらかな石の床には砂《すな》がしきつめられており、壁には黄色い太陽を、ドラゴンや冠《かんむり》や宝石《ほうせき》が取りまくようにえがかれたタペストリーがたくさん飾られている。さっき見たものよりも、ずっと見事なタペストリーだ。

部屋のまん中にはワインレッドのクッションとラクダの毛で編《あ》んだカーペットがつまれ、ドラゴンの巣のようなものが作られていた。そこに、はっとするほど美しいメスのサンドウイングが一頭、横になっていた。

そのドラゴンは片手《かたて》にあごを乗せ、目の前にしかれた砂の上に置《お》いた鏡《かがみ》をけだるそうに見つめていた。しっぽはクッションの上でゆうがにとぐろをまき、先についた毒《どく》ばりが床にふれていた。翼《つばさ》はたたんでおり、まるで白色金《はくしょくきん》のようにかがやくその体が赤い内装《ないそう》によくはえている。

ブレイズが顔をあげ、入り口に立つグローリーとジャンブーを黒いひとみで見た。笑《え》みをうかべて、あいさつのしるしにふたりに手をのばしてみせる。

「まあ、すばらしいことだわ」ブレイズが口を開いた。「お客さんなんて、ものすごくひさしぶりよ。ちょうどグレイシャー女王からなにか知らせがないか、待ちこがれていたところなの」

グローリーがおじぎをし、ジャンブーがそれをまねした。「陛下《へいか》、今はご都合が悪いのでしたら、また後で来ますが……」

「いえいえ、どうぞお入りになって！」ブレイズが大声で言った。「オコティロ、お茶をいれてきてちょうだい。あと、まだトカゲの干物《ひもの》があるようだったら、それもいっしょにお願《ねが》いするわ」

「かしこまりました、陛下」最初《さいしょ》の兵隊がうやうやしく頭をさげた。二頭の兵隊が、グローリーとジャンブーとブレイズだけを残し、さがっていく。

相手がバーンかブリスターだったら、こんなかんたんにふたりきりになんてなれないだろうな。グローリーは心の中で言った。ブレイズは姉たちとちがい、用心深くもうたぐり深くもないようだ。とはいえ、二頭のアイスウイングを前にして、あやしんだりする理由がないのも事実だろう。

「スカーレット女王のことで来たのかしら？」ブレイズは身を乗りだした。「死んだかどうかをつき止めたの？　スカイウイングは、まだバーンに味方しているの？　ねえ、グレイシャーがこのわたしを〈スカイキングダム〉に行かせてくれるのなら、必《かなら》ずスカイウイングを説得《せっとく》して味方にしてみせるわ。説得は本当にとくいなのよ。みんなわたしのことが好きだからね」

行ったら牢屋《ろうや》に放りこまれるかもね。じゃなきゃバーンに引きわたされるか。グローリーは声にださずに言った。

「あなたがなにを言いたいか、わたしにはちゃんとわかるわ」ブレイズは、そわそわしたように言った。「グレイシャーにいつも言われるのと同じこと。大人しくして、わたしにまかせておきなさいってね。たしかに、軍隊《ぐんたい》やら戦争《せんそう》やらの話はむずかしくて、わたしにはよくわからないわ。でも、話し合いとなったらわたしも役に立てると思うのよ」

「わたしもそう思います、陛下」グローリーは礼儀正《れいぎただ》しくおじぎした。

「それで？」ブレイズが言った。その黒々とした両目はぶきみなほどバーンやブリスターの目と似ており、裏側《うらがわ》にある頭脳《ずのう》はまったくちがうのだとわかっていても、グローリーはぞっとせずにはいられなかった。「重要《じゅうよう》な伝言《でんごん》というのはなんなの？」

選択肢《せんたくし》その一。うそをつく。

選択肢その二。にげる。

選択肢その三。……ある程度《ていど》だけ本当のことを話す。

グローリーはひとつ深呼吸《しんこきゅう》してから言った。「〈運命のドラゴンの子〉が、あなたと会いたがっています」

ブレイズは、がばっとはね起きた。「〈運命のドラゴンの子〉が？　グレイシャーが見つけたの？」と大声でたずねる。

「彼らがあなたをさがしているんです」グローリーは、少しだけはぐらかした。

「だったらここに連《つ》れてきて！　ここに！」ブレイズが興奮《こうふん》したように言った。「ごちそうを用意しなきゃ！　パーティーなんてもう、気が遠くなるほど長いことやってないのよ……ほら、グレイシャー女王がそういうのはきらいだから。でも、こういう事情《じじょう》だったらパーティーをしなくちゃね！　ああ、そうだ……もっとトカゲの干物を用意しなくちゃ。ゴミあさりが二匹いるから、それをみんなで食べてもいいわね！　ラクダの丸やきなんてどうかしら……ドラゴンの子の中には、マドウイングも一頭いるんでしょう？　きっとよろこぶはずよ。シーウイングが好きそうなものは、とくになにもないわね……グレイシャー女王にたのんで、お魚かペンギンでも送ってもらおうかしら。いや、セイウチのほうがいいと思う？」

「待ってください」グローリーが言った。ごちそうという言葉はみりょく的《てき》だが――それに、ラクダの丸やきなどと聞いたらクレイがうれしさのあまりたおれてしまうにちがいないとも思ったが――仲間《なかま》たちをまた別の女王の手にわたしてしまうわけにはいかない。「ちょっと問題があるんです。あの子たちは、ここに入る危険《きけん》をおかす気はありません。だから、陛下に会いに行っていただかなくてはいけないの」

ブレイズは、さも不満《ふまん》そうな顔をして、またカーペットにつっぷしてしまった。「じゃあ、わたしの**パーティー**はどうなるの？　それに、表は好きじゃないのよ。**寒くて寒くて**

たまらないし、体がカピカピにかわいてみにくくなってしまうんだもの」

「そんなに遠くじゃないんです」グローリーが言った。ジャンブーがおかしな動きでもぞもぞしたものだから、気が散《ち》った彼女はしっぽでつついた。「それに、ドラゴンの子が次のサンドウイングの女王にあなたを選《えら》ぶことになるとしたら、会いに行くだけの価値《かち》はあるでしょう？」

ブレイズは爪をかみながら考えこんだ。ジャンブーがグローリーをつつき、部屋のおくのすみをちらちらと目でしめした。グローリーは目をこらしてみたが、砂と石壁とタペストリーの他にはなにも見えなかった。だが……砂が動いた。そしてほんの一瞬《いっしゅん》だが、壁にふたつの目があらわれてまばたきし、またぱっと消えてしまったのだった。

マングローブがいる……！

「グレイシャー女王を待たなくちゃいけないわ」ブレイズが口を開いた。「わたしがひとりででかけたりしたら、おこらせてしまうもの。それに、グレイシャー女王もドラゴンの子に会いたがっているはずだしね」

グローリーはすでに、アイスウイングの女王の名前を聞くだけでいやな予感がするようになっていた。グレイシャーはまちがいなく、大よろこびで五頭のドラゴンの子たちを牢屋に閉じこめたがるようなタイプだ。

「実は、会いに行ったほうがいいってあなたに伝《つた》えるよう、グレイシャー女王から言われてきたんです。だからまずはドラゴンの子たちに会いに行って、それからグレイシャー女王に報告《ほうこく》してください。ドラゴンの子たちをおそれることはなにもありませんし、それに……ええと……ペンギンとわたしが護衛《ごえい》につきますから」

「おや、それは心強いこと」ブレイズが心配そうにジャンブーを見た。少しの間だけ、ジャンブーがそわそわする気持ちをこらえて、身じろぎするのをがまんする。

「ドラゴンの子たち、本当にわたしを選んでくれると思う？」ブレイズは希望《きぼう》に顔をかがやかせながら、グローリーのほうを向いた。「ああもう、わたしってば、なに言ってるのかしら。会ったらきっと選んでくれるはずよ！　よし、やってみましょう」

「やった！」ジャンブーがさけんだ。「じゃあ行こう！」

「今すぐに？」ブレイズがおどろいた。「もう行くの？」

グローリーも、本当にそれでいいのか自信《じしん》が持てなかった。仲間たちもまさかブレイズが来るだなんて思っていないはずだし、いっしょにサンドウイングがいたのではデスブリンガーから身をかくし続けるのもかんたんではなくなってしまう。

だが、みんながもとめているものはこれだった……つまり、牢屋に入れられる危険をおかすことなく三頭目の女王候補《こうほ》に会えるチャンスだ。

「そう、今すぐにです」グローリーがうなずくと、マングローブがいる部屋のすみに目で合図を送った。どうかちゃんと後をついてきてくれますように、と祈《いの》りながら。

ブレイズは鏡を手に取ると、いろんな角度から自分の姿《すがた》をチェックした。そして、ようやくラクダの毛編《けあ》みのカーペットを一枚《まい》拾いあげるとそれをマントのように肩《かた》からはおり、とびらに向かって歩きだした。

ジャンブーはいそいで部屋のすみにかけよると、砂をつかんだ。そして、それがマングローブのひじなのをたしかめると、彼を引っぱりながらグローリーたちを追いかけた。

ブレイズがふり返りかけるのを見て、グローリーがあわててごまかした。

「あっ！ このタペストリーのこと、教えてもらえませんか？」そう言って、青い背景《はいけい》を背《せ》にして飛《と》んでいる二頭の大きなサンドウイングがえがかれたタペストリーを指さす。

「これと同じもの、見たことないんです」

「ああ、それはわたしが考えたものだから」ブレイズが答えた。「ロマンティックな悲劇《ひげき》でね。わたしの兄があるドラゴンの娘《むすめ》と恋に落ちたのだけれど、母がぜったいにみとめないと思って、わたしたちみんなにはかくしていたのよ。それがある日、彼女はにげてしまって、兄は深く深くきずついたの。でもわたしたちはみんな**本当かしら**って思ったわ。だって、母が彼女を見つけだして殺《ころ》してしまったというほうが、ずっとありえそうだと感じたもの。本当に、そういうことをやりかねない母だったから……」ブレイズは、タペストリーのことを話しながらひかえの間を通りすぎていった。

グローリーは、横目でちらりとゴミあさりたちを見た。シルバーと似た目をしたほうはねむりこんでいて、さっきよりもずっとみじめな姿に見えた。

ブレイズは自分の声の他にはなにも気にならないかのように、何歩か先を歩いていた。グローリーはねむっているゴミあさりを拾いあげ、そっと自分の背中《せなか》に乗せた。あまり気持ちいいにおいではなかった。レインウイングが果物《くだもの》を好むのもうなずける話だ。バナナはけっして、こんなひどいにおいをさせはしない。グローリーは翼をたたみ、できるだけ見えないようにゴミあさりをかくした。

ジャンブーは彼女の様子に気づくと、自分ももう一匹のゴミあさりをつかみあげた。ゴミあさりは目を覚《さ》ましていたが、翼の下に入れられてもほとんどあばれなかった。

ふたりはブレイズの背中を追って廊下をぬけながら、正面のとびらへと進んでいった。途中《とちゅう》でサンドウイングの衛兵たちと何度かでくわした。衛兵たちはブレイズに名前をよばれると敬礼《けいれい》でこたえたが、女王がどこに行くかもたずねず、あやしむようなそぶりすら見せなかった。グローリーとジャンブーのこともまったく気にせず、彼らがなんとかかくしている**盗品**《とうひん》になど、目をくれようともしなかった。

見かけるサンドウイングは、みんなどこかにけがを負っていた。ブレイズ本人は無《む》きずだったが、兵隊たちはみな体を切りさかれたり、かぎ爪《づめ》を何本か失《うしな》ったり、しっぽを失ったりしているのだった。グローリーは、自分たちの世話係《マインダー》だったサンドウイング、デューンのことを思いだした。彼は戦争でひどいきずを負って、二度と飛べなくなってしまった。

そういえば彼女は、デューンが〈平和のタロン〉に入る前はどの女王のもとで戦《たたか》っていたのか、一度も聞いてみようと思ったことがなかった。

外にでたとたん、いてつく風が顔にふきつけてきた。ブレイズはカーペットをきつくまきなおすと、雪にうまった足をおそるおそる引きぬきながら、なさけない声で言った。

「本当に〈運命のドラゴンの子〉は中まで来てくれないの？」

グローリーはジャンブーをふり返った。彼のとなりで空気がゆらぐ。はっきりと姿までは見えなかったが、ちゃんとマングローブがいるのを知って、彼女はほっと胸《むね》をなでおろした。

「あちらです、陛下」そう言って、南のほうに首を向ける。

ブレイズは重いため息をつくと翼をひろげ、宙《ちゅう》に舞《ま》いあがった。

グローリーは急いで自分の背中をふり向き、ゴミあさりを引っぱりだし、雪におおわれた地面に放りだした。ゴミあさりが悲鳴をあげながら目を覚ます。ジャンブーがもう一匹を、そのとなりに落とした。

「さ、にげなさい。そんなみじめでも、命は命だからね」グローリーが鼻先でゴミあさりをつついた。ゴミあさりはよろめきながら後ずさると仲間の腕をつかみ、雪の中をかけだした。

「あいつらだいじょうぶかな？」ジャンブーはグローリーといっしょにブレイズを追って

飛びながら言った。「ここら辺《へん》、めちゃくちゃ寒いからなあ」

「だからあんな毛皮に身をくるんでるのよ」グローリーが答えた。「まあ、わたしだったらサンドウイングに食われるくらいならこごえ死んじゃうほうがいいけどね」

「おええっ」ジャンブーが顔をしかめた。「肉を食うなんて、まったく理解できないよ」

ふたりはブレイズに追いつき、仲間たちが待ってるほうに進路を変《か》えた。グローリーは、もしかしてどこかにデスブリンガーの気配がないかと、空から地面に目を光らせた。太陽は空高くのぼっていたが、まるではるか遠く、氷の天井《てんじょう》のずっと向こうにあるかのようだった。霜《しも》がきらめく地面のところどころに、茶色い草やよじれるように生えるしげみが見える。岩の間をぬけながら一頭のハイイロオオカミが走っているのが見えたが、他に生きものはひとつも見えなかった。デスブリンガーがどこかにいるとしたら、実にうまく姿をかくしたものだ。

だが、うまく姿をかくしているのは、仲間たちも同じだった。がけの下に大きな岩をいくつか集めてきて、くずれてつみあがっているように見せかけ、そこにかくれていたのだ。

グローリーはうっかりその真上をすぎてしまい、すぐにUターンして引き返してくると、ジャンブーとブレイズといっしょに着陸《ちゃくりく》した。

まずはサニーがでてきた。「やったね！　本当に見つけちゃうなんて……え……ちょっと待って……」そう言って、彼女がブレイズに目をこらす。「ええと、グローリー？　それ、本物のサンドウイングじゃない？」

「そうだよ。でも心配しないで、マングローブもいっしょだから」グローリーがぱたぱたとしっぽをふった。「ほら、もう姿を見せてもだいじょうぶだよ」

レインウイングのマングローブはゆっくりと、ふきげんな気分を表すくすんだ緑色の姿をあらわした。グローリーと目を合わせず、うつむいている。

「びっくりした！」ブレイズがマングローブのそばからとびのいた。「今のはなに？　どこからあらわれたの？」まだあちこちからドラゴンがぬっとでてくるのではないかと、辺りの景色をきょろきょろと見回す。

「レインウイングについてなにかご存《ぞん》じのことはありませんか、陛下？」グローリーはブレイズの顔をじっと見つめた。もしかしたら女王は消えたレインウイングについてなにか知っていて、それが顔にでるかもしれない。

けれどブレイズはあいかわらず、取りみだした様子のままだった。「すてきな種族《しゅぞく》だと聞いたことはあるけれど、実際《じっさい》に見たことはないわ」と首をふってみせる。

「今まではね」グローリーが言った。翼を広げ、おだやかなうすいむらさき色に体を変える。同時にジャンブーも体をふるわせながらピンクにもどったが、いつもよりもあわい、暖《あたた》かみを感じないピンクだった。

「おおおおお」ブレイズは思わず声をもらすとジャンブーの翼を手にとり、まるで生きたドラゴンではなく命を持たないタペストリーでも見るかのような目で、彼のうろこをじろじろ観察《かんさつ》した。ジャンブーは目をぱちくりさせてグローリーを見たが、翼を引っこめようとはしなかった。

「すごいわ。わたしもそんなことができたらいいのに」ブレイズが言った。「そうしたら一分ごとに色を変えちゃうわ！」そう言って手にした翼をうら返したものだから、ジャンブーは転ばないようおかしなかっこうにならなくてはいけなかった。

「もしレインウイングのうろこを使ってコートを作らせたりしたら、それでも色を変えることはできると思う？　すごくきれいなコートになると思うの」ブレイズは、どうやってはぎ取ってやろうかと考えているかのような顔で、ジャンブーのうろこをじっと見つめた。

マングローブがようやく顔をあげ、不安《ふあん》そうにグローリーと視線《しせん》を合わせた。

クレイ、ツナミ、スターフライトも、岩の山からでてきていた。スターフライトが目を丸くして、ブレイズを指さしている。

「グローリー！」彼がふるえる声でさけんだ。「これは……これは……君が見つけてきたのは……」

「わかってるわ」グローリーが答えた。「みんな、こちらがブレイズよ。ブレイズ、みんなは……」このよびかたはきらいだが、みんながそうよぶのだから仕方ない。「みんなは〈運命のドラゴンの子〉よ」

16

「なんと……みなさんにお会いできて、本当に本当にうれしいわ」ブレイズは顔をかがやかせた。「スカイウイングの子はどこに？」

　グローリーは顔や体の色に感情《かんじょう》がでてしまわないように気持ちをおさえた。

スカイウイングは死んじゃったのよ。その代わりが、このわたしなの。悪いけど、それでがまんして。

「グローリーが最後《さいご》のひとりだよ」クレイはそう言うと、あごでグローリーをしめした。

「へえ……」ブレイズは、うたがうようにグローリーを見つめた。「けれど……この子はレインウイングだわ。予言ではスカイウイングだったはずだけど。ちがう？」

「予言ってなんのこと？」ジャンブーが首をかしげた。「それに〈運命のドラゴンの子〉って？」

「ちょっと、本気で言ってるの？」グローリーが目を丸くした。「外の世界で**なに**が起きてるのか、本当になにも知らないの?」

「すごくややこしい話だから、とても説明《せつめい》できないな」スターフライトが、さっとしっぽをふった。

「戦争《せんそう》が起きてるんだよ」クレイがやさしく説明した。

「で、五頭のドラゴンの子がその戦争を終わらせるって予言があるんだ。で、ぼくたちがその〈運命のドラゴンの子〉ってわけさ」

「へえ、そいつはすごい」ジャンブーが答えた。

「ね。ものすごくややこしい話でしょ」ツナミがスターフライトを見た。彼《かれ》がむっとした顔をしてみせる。

「もうちょっと細かい予言なのよ」ブレイズが言った。「サンドウイングの姉妹《しまい》のうち二頭が死ぬってね……わたしじゃなければいいんだけど! それに、五頭のドラゴンの子はマドウイング、シーウイング、ナイトウイング、サンドウイング、それからスカイウイングだっていう話よ」

「あたしたちには、代わりにレインウイングがいるの。それでぜんぜん問題ないわ」ツナミが言った。

「わたしも見た目は変《か》わってるけど、ちゃんとサンドウイングよ」サニーが続《つづ》く。

ブレイズがサニーを見おろした。「びっくりした。本当に変わった見た目ね! そのしっぽはどうしちゃったの？　どうして体がそんな色をしているの？」

「わたしも知らないの」サニーは翼《つばさ》を広げてみせた。「でも、ちゃんと予言のサンドウイングなんだから」

「本当にまちがいないの？」ブレイズはそう聞くと、サニーの周《まわ》りをぐるぐる回りながら観察《かんさつ》した。「すごい。みんな思っていたのとぜんぜんちがうわ。まずは小さいし、それにもっと……なんていうのかしら……愛《あい》らしい子たちだと思ってたのよ」ブレイズは、グローリーの前で足を止めた。「もう一度、レインウイングのことを説明してもらえない？　それに、他のレインウイングが二頭いるみたいだけど……どうしてここに？」

「あなたはもう帰ったほうがいいよ」グローリーがジャンブーに言うと、ガタガタふるえながら翼で自分の体をくるんでいるマングローブのほうを見た。「マングローブも連《つ》れ帰《かえ》ってあげて。ふたりとも、これ以上《いじょう》こんなところにいたらこごえちゃうわ」

「すまない」マングローブが口を開いた。「きっとオーキッドが……」

「わかってる。必《かなら》ず見つけてあげるけど、ここにはいないわ」グローリーが南を指さした。「さあ、ふたりとも行って。わたしたちもすぐ追いつくから」

ジャンブーはさからおうとはしなかった。彼もまた翼のはしからはしまでふるえていたし、ブレイズからはなれる口実ができたのが、ことさらうれしいような顔をしていた。

「帰るって、どこに帰るの？」ブレイズは、飛《と》び立《た》つ二頭のレインウイングを見ながら言った。「だって熱帯雨林《レインフォレスト》はここからじゃあはるかかなたでしょう？」

「いいから、おいらたちからいくつか質問《しつもん》させてよ」スターフライトがさえぎった。「たとえば、ふたりの姉妹よりもあなたのほうが女王にふさわしい理由を、おいらたちにも教えてほしいんだ」

「それは、わたしのほうがきれいだし性格《せいかく》もいいしやさしいからじゃないかしら？」ブレイズが答えた。「だれが見たってそう思うでしょう？」彼女《かのじょ》はにっこり笑《わら》うと、体をくるんだカーペットを旗《はた》のように広げてくるりと回ってみせた。「バーンとブリスターにはもう会った？　ふたりとも、本当にひどいでしょう？」

「うん、そうだね」クレイがため息をついた。

「なんていうか……」スターフライトは言いかけたが、ツナミの表情《ひょうじょう》に気づいて言葉を切った。「そうだね。おいらもそう思う」

「でも、玉座《ぎょくざ》にいどまれたら勝てるの？」ツナミがたずねた。「女王様になったとして、どのくらい長く玉座を守り続けられると思う？」

「なんてことを言うの！」ブレイズがむっとした。「それはさすがに失礼《しつれい》じゃなくって？　わたし、あなたよりずいぶん年上なのよ。戦《たたか》いにでたことだってあるわ……まあ、事実上ってとこだけど」そう言って、今度は毒《どく》ばりのついたしっぽをゆらゆらとゆらしてみせた。

「それにわたしにはこの、一撃必殺《いちげきひっさつ》のしっぽがあるわ」

「サンドウイングならみんなついてるじゃない」ツナミは平然《へいぜん》と言った。

「そうだ。サンドウイングのしっぽにきずをつけられたら、どうやって治療《ちりょう》すればいいの?」サニーがたずねた。「たとえば、ほら……うっかりとかで」ちょっと興味《きょうみ》があるだけのふりをしていたが、グローリーは彼女がウェブスのことを考えているのがわかった。

「そういうことなら、サボテンのしぼり汁《じる》があればわたしたちの毒《どく》を消すことができるわ」ブレイズは、さっとしっぽをふった。「砂漠《さばく》のそこかしこに生えてるサボテンよ」

グローリーはそれを見て考えた。**まただ。ブレイズは、なんにもうたがっていないみたい。どうやら、サンドウイングのひみつを守るのなんて、どうでもいいような態度《たいど》だわ。**

「とにかく、もしわたしになにか起きたらグレイシャー女王が助けてくれるはずよ」ブレイズが言った。

ツナミは鼻で笑った。

「女王の座をかけた戦いでは、グレイシャーは手だしなんかしちゃいけないんだよ」スターフライトが言った。

「そうなの?」ブレイズはまるで、意外な知らせでも聞いたかのような顔で言った。「へえ。まあ、それでもグレイシャーはわたしにいどむ相手を殺《ころ》しにくるでしょうね。なにもおかまいなしに」

「でもそんなの公平じゃないよ!」サニーが言った。「玉座の戦いのルールを、まるっきりやぶることになるもの！　スターフライト、そうでしょう？」

　彼がうなずいたが、ブレイズはもうふたりを無視《むし》してしゃべりだしていた。「だれも気にしやしないわ。そんなこと心配しないで。わたしはきっと、だれもいどもうなんて思わない偉大《いだい》な女王になるんだから。ほら、計画は完璧《かんぺき》なのよ。で、この予言というのはどんなふうに実現《じつげん》するの？　あなたがたで、わたしの姉さんたちを殺してしまうつもり？そうしてくれたら、わたしはずいぶん助かるのだけど」

　グローリーはしっぽをふった。そんなこと、考えてもみなかった。バーンとブリスターを殺す――たしかにその方法《ほうほう》でも、予言を実現させることはできる。だが、そんなことが本当にできるとは思えなかった。なにせ、今まで数えきれないほどのドラゴンたちが、十八年にもわたってバーンとブリスターを殺そうとしてきたのだ。

　サニーもすっかりおどろいた顔をしていた。「わたしたち、やとわれの殺し屋なんかじゃないんだよ。わたしたちはだれを選《えら》んだのか、みんなに伝《つた》えるつもりだよ。そうしたらみんなちゃんとそれを聞いて、戦いをやめてくれるはずだと思うの」

「へえ、それは……すばらしいわね」ブレイズが答えた。「で、〈炎の翼《ウイングス・オブ・ファイア》の力〉というのはなんのことなの？　どうしたらそれが手に入るの？」

　それは、グローリーが今までずっと、予言についていだいてきたのとまったく同じ疑問《ぎもん》だった。けれど、ブレイズの口からそれを聞くと、彼女は妙《みょう》にイライラした気持ちになった。まるでドラゴンの子たちがすべての答えを知っているはずだ、といわんばかりの口ぶりなのだ！

同時に彼女はふと気になった。三姉妹でいちばん頭がいいはずのブリスターが、なぜ同じ質問をしなかったのだろう？　もしかして彼女はすでに答えを知っているのではないだろうか……いや、もしかしたらだれかにそう思わせたかったのではないだろうか。

「今、つき止めようとしているところだよ」クレイが言った。

「わたしたちが自分で選んでこうなってるわけじゃないの」グローリーが続く。「なんていうか、無理《むり》やりこの**運命**ってやつにおしこまれただけでね」

「あなたはちがうわね」ブレイズは軽い、困惑《こんわく》したような声で言った。「予言にはレインウイングなんてでてこないもの。どうしてふるさとに帰らないの？」

気まずい沈黙《ちんもく》が流れる。グローリーは、他の仲間《なかま》たちもまったく同じことを思っているのではないかという気持ちになってきた。ふるさとに帰れば安全な熱帯雨林でくつろぎ、戦火《せんか》からも遠くはなれて一日じゅうでもねむっていられるのに、なぜ自分はそうしないのだろう？

もしかしたら、帰ったほうがいいのかもしれない。彼女は心の中で言った。だって、こんなひどいサンドウイングの三姉妹のために戦うなんて、それだけの価値《かち》があるの？　だったらあきらめて、なまけ者のレインウイングとしての人生を受け入れるほうが楽なんじやないの？

そのとき、すぐとなりにつみあがった岩の上にナイトウイングの殺し屋が舞《ま》いおりてきた。それを見つけたグローリーは、安堵《あんど》にも似《に》た気持ちを感じた。

他のドラゴンたちはぱっとふり返ると、しっぽをゆらしながら殺し屋を見つめた。ブレイズは、困惑したようにひたいにしわをよせている。

「おや、こんにちは。この子も予言のドラゴンかしら？」ブレイズが言った。「かわいい子ね。こっちの子よりずっとかわいいじゃない」そう言ってスターフライトを手でしめすと、彼がきずついたような顔をした。

「やあ、みんなおそろいだね」デスブリンガーが言った。「なんてぐうぜんだろう。ちょうど今朝、君たちの話をしてたところなんだよ」彼はグローリーのほうを向くと、むらさきの体を見て首をかしげた。「なぞのドラゴンがいるね！　うーん、なにかが変わったようだぞ。爪《つめ》でも切ったのかい？」

「おもしろいこと言うじゃない」グローリーは彼をにらみ、牙《きば》をむいた。

「君があの〈運命のドラゴンの子〉なんだったら、そう教えてくれたらよかったのに」デスブリンガーが言った。「そうしたらサインでもお願《ねが》いしてたかもな。それにしても、君がレインウイングだったとはね……グローリー、だっけ？」

彼の声で名前をよばれるのはどこかうれしいものだったが、彼に名前を知られているのはぶきみだった。これは、彼が自分たちをねらっている殺し屋だという彼女の仮説《かせつ》をうらづけるものではないだろうか。そうでなければ、わざわざグローリーの名前を覚《おぼ》える理由など、なにもないのではないだろうか。

「そうよ。あなたが殺しにきた相手のひとりがこのわたしってこと」グローリーが答えた。「最初《さいしょ》からそう言ってたら、あんなに平和にお話しなんてできなかっただろうね」

「君を殺しにきたとはかぎらないだろ?」デスブリンガーが言い返した。「それに、仮《かり》にそうだったとしても……今はこっちを殺《や》る絶好《ぜっこう》のチャンスだしね!」彼がぱっと両手を開くと、そこに銀色をした二枚《まい》の円ばんがあらわれた。ふちがナイフのようにするどいかがやきを放つ円ばんを、デスブリンガーが次々とブレイズに投げつける。

ブレイズはカーペットを地面に投げだし、悲鳴をあげながら後ずさったが、もう手おくれだった。片方《かたほう》の円ばんが長い首につきささる。まっ赤《か》な血がいきおいよくふきだし、となりに立っているサニーの全身に血しぶきを浴《あ》びせる。

ブレイズの前に立ちはだかろうとツナミがとびだすと、二枚目の円ばんが彼女の翼のはしを切りさいた。円ばんが岩にぶつかり、金属音《きんぞくおん》をひびかせる。ツナミはきずついた翼をつかんでたおれた。

サニーは悲鳴をあげ、血まみれになった自分の体を見おろして、もう一度悲鳴をあげた。

クレイがとびだし、ブレイズの首にぱっくりと口を開けた切りきずを両手でおさえた。

「その布《ぬの》を取って！」とスターフライトにさけぶ。スターフライトは恐怖《きょうふ》のあまり固《かた》まって、クレイを見ていた。

グローリーは、ブレイズが投《な》げ捨《す》てたカーペットを拾いあげるとクレイに向けて投げた。クレイがそれを、ブレイズの首にまきつけていく。

だが、すぐにデスブリンガーがとびかかってきた。ブレイズの背中《せなか》に飛《と》び乗《の》ると、がっしりとしたマドウイングの体を、まるでサンショウウオみたいに軽々と投《な》げ飛《と》ばす。デスブリンガーの手には、さっきの円ばんがまた二枚出現《しゅつげん》していた。

グローリーは殺し屋にとびかかり、ブレイズの背中にいる彼を後ろ向きにつき落とした。体がもつれながらいてついた地面に落ちた。黒い翼と彼女の翼がからみ合う。デスブリンガーはとてつもなく強く、おどろくほどすばやかった。首からさげた黒いふくろがぶつかり、彼女はそこに彼の武器《ぶき》が入っているのだとさとった。そのふくろを両手でつかんだ瞬《しゅん》間《かん》、逆《ぎゃく》に翼をおさえられ、地面にはりつけにされてしまった。

「ブレイズ殺しがあなたの任務《にんむ》だったの？」グローリーが言った。

「そうじゃない。でもぼくは、型《かた》にはまった生きかたがきらいでね」デスブリンガーが答えた。「それにブレイズを殺しちまえば、君を殺さずに帰ってもめんどうなことにならなくてすむんじゃないかと思ってさ」

「わたしを殺してみなさいよ」グローリーがほえた。「考えてるほどかんたんにはいかないだろうけどね」ふくろを引きさき、バラバラとこぼれ落ちてきた円ばんを何枚かつかみ取る。周りに散《ち》らばってしまったが、グローリーは一枚あればそれでじゅうぶんだった。デスブリンガーがとびのくよりも一瞬《いっしゅん》早く、彼の首にそれをおしつける。

「ブレイズの首に走っている、いちばん太い動みゃくをあなたははずしたわ」彼女が言った。「わたしが覚えてるドラゴンの解剖学《かいぼうがく》が正しければ、それはここよ」円ばんをおしつける手に少しだけ力を加《くわ》えると、デスブリンガーがびくりとたじろいだ。首すじに、細い血のすじがあらわれる。彼はグローリーの肩《かた》をつかんでいた手をはなすと、じわじわと後ずさりした。

グローリーは円ばんをデスブリンガーの首すじにおし当てたまま立ちあがって、彼の背後《はいご》に目をやった。クレイはブレイズの首にカーペットをまきつけていたが、ラクダの毛で編《あ》まれた生地《きじ》にはもう血がにじんでいた。サンドウイングの女王は今にも気を失《うしな》いそうな顔で、クレイに体をあずけている。ツナミはよろめきながらなんとか立ちあがり、翼にできた切りきずを見て顔をしかめた。スターフライトはぴくりとも動かなかった。サニーはずっと、血まみれになった自分の手脚《てあし》を、翼を見つめていた。

「君を殺したいとは思ってないって、まだ言ってなかったよな?」デスブリンガーは、少しだけおもしろがっているような顔でグローリーと、彼女の手ににぎられた円ばんを見た。「でも、ちゃんと伝わるように言ったつもりだったんだけどな」

「へえ、そうなの。じゃあ、あなたを信頼《しんらい》してあげるって答えればいいわけ？」

「ブレイズを殺《や》らせてくれるなら、他のみんなは見のがしてやるよ」彼が言った。「そうすりゃ、次の殺し屋がよこされて来るころには、はるかかなたまでにげられるさ。君たちがどこに行くのか、だれも知らないんだからな」

「わたしたちみんな？　あなた、わたしたちをみな殺しにするために来たの？」

「ちがうよ」デスブリンガーが笑った。「何頭かだけさ」

「へえ、ちょっとは安心したわ。でも、そんなに楽しそうな顔するの、やめてもらえる？」グローリーは彼の首をつついた。デスブリンガーは真顔になろうとしたが、どうしてもうすら笑いは消えてくれなかった。

「何頭かって、だれとだれ？」サニーが質問した。

「それに**殺し屋がよこされて来る**って、だれに？」ツナミが問いつめた。

「ナイトウイングか」スターフライトが暗い顔で言った。「だろ？〈シーキングダム〉で起きた一件《けん》のせいだよ。おいらたちがブリスターを選ばなかったからだ」

「**ナイトウイング**は、わたしたちにブリスターを選ばせたかったの？　なんでそんなことに**かまう**の？」グローリーが言った。ツナミがさっとスターフライトのほうを見る。

「おいらは知らないよ」スターフライトは首を横にふった。「モロウシーアさんからそう言われただけなんだ。ブリスターを選べって。そうみんなを説得《せっとく》しろって」

「なんてひどい話なの！」ブレイズがいきなりさけんだ。かっと目を見開き、いくらか生気を取りもどしたような顔をしている。「どうしてナイトウイングがそんなことを決めるのよ？　わたしになんて、会ったこともないのに！　わたしは最高《さいこう》の女王なのよ！」

「**なるほど**な、だからブリスターの前では様子がおかしかったんだね」クレイがスターフライトに声をかけた。

その瞬間、獲物《えもの》にとびかかるヘビよりも速くデスブリンガーがとびだし、グローリーの前足をつかんだ。グローリーが彼の頭を翼で思いきりたたき、後ろ足で腹《はら》をけりあげる。

「痛《いた》い！　やめてくれ！」彼がさけんだ。「まるで君のほうが、おれに殺されたがってるみたいじゃないか！」

そのとき、みんなの耳にいくつもの羽ばたきがとどいた。グローリーもデスブリンガーも動きを止め、ぱっと空を見あげた。

「グレイシャー女王だわ」ブレイズが、ほっとしたようにため息をついた。「きっと助けに来てくれるって思ってたのよ」

北の方角から、ダイヤモンドのようにきらめく翼が近づいてくる。まちがいない。アイスウイングたちが向かってきているのだ。

17

アイスウイングの女王か、それともナイトウイングの殺《ころ》し屋《や》か。選択《せんたく》をつきつけられたグローリーには、アイスウイングの女王を選《えら》んでいいのかわからなかった。〈スカイキングダム〉やコーラル女王の〈夏宮《サマーパレス》〉で牢屋《ろうや》に入れられただけでもうんざりだというのに、そのうえグレイシャーの牢屋にまで放りこまれたりしたら、その日のうちにみんなまとめてこごえ死んでしまいそうだ。

「わたしをはなしなさい。**今すぐ**」グローリーはデスブリンガーにほえた。

すると、彼《かれ》がすなおに言うとおりにしたものだから、グローリーは心の底《そこ》からおどろいてしまった。デスブリンガーが、敵意《てきい》がないことをしめそうと両手をあげて後ずさり、さらに彼女《かのじょ》に向けて笑顔《えがお》までうかべてみせる。

「ほら、ずらかるよ」ツナミがみんなに声をかけた。「あいつらが来るまで二分だ!」

「だめよ、待って」ブレイズはそう言うと翼《つばさ》を広げ、空を飛《と》んでくるドラゴンたちにバサバサとふってみせた。「グレイシャーに会ってもらわないと。きっとみんな気に入るはずだもの」

「ブレイズとこいつだけを残《のこ》してくわけにいかないよ」クレイがデスブリンガーを指さして言った。

「それはそうだね」グローリーは、けわしい顔で殺し屋をにらんだ。「十秒あげるから、さっさとどっかに飛んでいきなさい。じゃなきゃみんなでふくろだたきにして、あとはアイスウイングにまかせちゃうわよ」

「いいからそうしちゃったら?」ブレイズが言った。「だって、このわたしを殺《ころ》そうとしたのよ。グレイシャー女王がきっとカンカンにおこるわ。この間なんてスカイウイングが一頭はるばるこんなところまで飛んできて、日光浴《にっこうよく》をしてるわたしにおそいかかろうとしたのだけど、グレイシャーがそいつの翼を切り落として、それから殺してしまったのよ。本当におぞましい光景《こうけい》だったけれど、それでもなんだかうれしかったものよ。だって、グレイシャーが本当にわたしのことを大事にしてくれてるように感じたんだもの」

もしかしたら、あなたが女王になったら自分が手に入れることのできる土地を大事にしてるのかもね。グローリーは心の中で言った。

サニーはなんだか具合が悪そうだった。「ドラゴンが他のドラゴンの翼をもぎ取るところなんて、ぜったい見たくない。ほんとに無理《むり》」

「やれやれ、わかった。降参《こうさん》するよ」デスブリンガーはため息をついて後ずさりした。

「でも本当に、おれにブレイズを殺させておいたほうがいいぜ」そう言って翼を開くと、飛び立つ前にグローリーのほうを向いていたずらな笑《え》みをうかべてみせた。「さあ、次はいつ会える？」

「さっさと消えて」グローリーが言った。ジャンブーがいなくてよかった。もしこの場にいたら体の色を見て、今の彼女の気持ちを大声で解説《かいせつ》されていたにちがいない。

デスブリンガーが、宙《ちゅう》に舞《ま》いあがった。ブレイズは一瞬《いっしゅん》だけそれを目で追ったが、すぐに興味《きょうみ》をなくしたようだった。クレイとツナミに、勝ちほこったような笑顔を向ける。

「お願《ねが》い、ここにいてちょうだい」彼女が言った。「わたしの命をすくってくれて、きっとグレイシャー女王が深く感謝《かんしゃ》するはずだわ。そうしたら、さっき話したパーティーを開くとしましょう！」

「悪いね」ツナミが言った。「ぐずぐずこの場に残って、またとっつかまる気はないんだ」

「ええと……そのうちまた会えるよ」クレイが言った。「治療師《ヒーラー》がみてくれるまで、その布《ぬの》をしっかりおさえ続《つづ》けておくんだよ」

ブレイズはなんとか立ちあがると、みんなに軽くうなずいてみせた。「あなたたちに会えてうれしかったわ。たとえスカイウイングの子がかけていたり、ちょっと変《か》わった姿《すがた》の子がいたりしてもね。わたしを選んでくれたら、きっと後悔《こうかい》させたりしないわ」そう言うと、彼女は弱々しく翼をのばし、砂漠《さばく》のほうにふってみせた。「ほしい土地があるなら、どこだってあげる。それぞれ自分のお城《しろ》を持てるだけの土地を手に入れられるのよ」

「領地《りょうち》をそんなにやすやすと配ったりするもんじゃないわ」グローリーがきびしい声で言った。「〈サンドキングダム〉が巨大《きょだい》な国なのは知ってるけど、砂漠の生活はきびしいものだし、どのオアシスもサンドウイングのドラゴンたちには必要《ひつよう》なものよ。それに、もしあなたが女王になったなら、宝物庫《ほうもつこ》だって作り直さなくちゃいけなくなるの。そのことも忘《わす》れないでね」

「レインウイングの子が、まるで女王様みたいな口ぶりね」ブレイズは首の痛《いた》みのせいで少しぼんやりしながら、おかしそうに笑《わら》ってみせた。「さあ、お説教《せっきょう》はもうじゅうぶんよ」

グローリーがにらみつけたが、ブレイズは気づきもしない様子だった。

「さあ、行こう」クレイはやさしくサニーに声をかけ、助け起こしてやった。

血にそまった二本の手をサニーが差《さ》しだすと、スターフライトがそれにとびつき両手でつつみこんだ。「砂漠についたら、少しは元気がでるよ」と声をかけてやる。

「あいつらにあたしたちを追わせないでね」ツナミは、仲間《なかま》たちが飛び立つ中ブレイズに言った。

「わたしを助けるのに手いっぱいで、かまってられないはずよ」ブレイズはそう答えると、ゆうがに、そしていかにもけがをして苦しくてたまらないといったように、おおげさに地面に転がった。

グローリーとツナミは顔を見合わせて肩《かた》をすくめると、いっしょに飛び立った。もうアイスウイングたちがすぐそこまでせまっている。全速力で飛ばなくては。

高く舞いあがっていく途中《とちゅう》、ツナミが一瞬ふらついた。

「痛むの？」グローリーは彼女のそばにつきそって飛びながらたずねた。「あのトンネルまでがまんできる？」

「だいじょうぶ」ツナミは歯をくいしばりながら答えた。「ちょっと切れただけだよ」と言ってから少しまをおき、また口を開く。「でも、うん。やっぱ痛い」

冷《つめ》たくうすいブルーの空、グローリーはツナミのそばをはなれずに飛び続けた。何度か後ろをふり返ってみたが、アイスウイングが追いかけてくる様子はなかった。ナイトウイングがつけてくるのも見えない。

「グローリー」しばらくしてから、ツナミが口を開いた。「ちょっと質問《しつもん》してもいい？どうしてあの殺し屋に毒《どく》を使わなかったの？」

グローリーは気まずいピンク色が体ににじんわりと広がるのを感じると、それをおしもどして空の色をまとった。

「姿を消せって言ったわけじゃないんだけど」ツナミが言う。

「殺したいって思わなかっただけだよ」グローリーは答えた。「どうしてもっていうときにしか、殺したくないの」

「でもあいつ、今にもグローリーを殺そうとしてたんだよ？　身を守るなら、先に殺すべきだったと思うけど」

「そうかもね」グローリーは答えた。「ただ、あいつが本当にわたしを殺そうとしてる気がしなくってさ」

　ツナミは首をふった。「そういうわけだったの。でも言っておくけど、あたしが立ってたとこからじゃあ、**本気で殺すつもり**に見えたよ」

「どうでもいいわ」グローリーが言った。「たぶんもう会うこともないだろうしね。本当の問題は、どうしてナイトウイングがこんなに深く関《かか》わっているかよ。最初《さいしょ》はわたしたちにブリスターを選ばせようとして……次はわたしたちを殺すために殺し屋を送りこんできた……。あいつら、予言を実現《じつげん》させたくないの？」

「もしかしたらナイトウイングも他のやつらみたいに、**自分に都合**がいい形で予言を実現させたいのかもね」ツナミが考えこみながら言った。

「ナイトウイングの**都合**って？」グローリーは首をかしげた。「サンドウイングの女王がだれになったって、あいつらには関係《かんけい》ないんじゃない？」

「ぜんぜんわからない」ツナミは首を横にふった。

「もしあいつらがこの戦争《せんそう》になにか言いたいことがあるなら、こそこそかくれて何年かごとによくわからない予言をだしたりしないで、表にでてきて戦《たたか》えばいいのよ」

「そのうえ殺し屋をよこすなんてね。おくびょう者め」ツナミがいまいましげに言った。

最後《さいご》にツナミと言い争《あらそ》いをすることなくこんなに長く話したのがいつだったか、グローリーには思いだせなかった。ツナミのことがきらいなわけではない。あのえらそうな態度《たいど》だって、たいして気になりはしない。けれど、ツナミがみんなのボスみたいに指図し始めたら、**だれか**がちゃんと言い返して、少し頭を冷《ひ》やしてやらなきゃいけないと思っていたのだった。

ともあれ、〈シーキングダム〉を脱出《だっしゅつ》してからというもの、ツナミはずっといい感じだった。前みたいにみんなにあれこれ言いつけるだけではなく、仲間たちをもっとまとめようとしているのがグローリーにも感じられた。かつてのツナミは自分がいずれどんな女王になるのか話すのが大のお気に入りだったけれど、そんな話もぴたりとしなくなっていた。〈シーキングダム〉には自分の居場所《いばしょ》がないと彼女が言ったのは、本心だったのかもしれない。もしかしたら、いつかシーウイングを治《おさ》めるのだという思いを、本当にあきらめたのかもしれない。

遠くに〈バーンの要《よう》さい〉と、目当ての半円形にならんだサボテンが見えてくるころには、もう暗くなっていた。グローリーとツナミが旋回《せんかい》しながらおりていくと、取りみだしたように地面をほっているスターフライトの姿が見えた。

「あながないんだ！　消えちゃったんだよ！」彼がさけんだ。

グローリーの体が、パニックの緑色に変わった。アイスウイングとバーンの間にはさまれ、殺し屋につけねらわれたまま夜をすごすなんて、とても歓迎《かんげい》できるものではない。

「なくなったりするわけないよ。ぼくにまかせて」クレイが力強く言うとスターフライトを横にどかし、サボテンを見あげると、少しずれた場所をほり始めた。

「なにしてるの？」ツナミが丘《おか》の上にいるサニーに声をかけた。サニーはサボテンに組みついており、まるでタンゴでもおどっているみたいだった。

「ブレイズが言ってたでしょ」サニーが肩で息をしながら答えた。「これを持ち帰れば、ウェブスを治《なお》せるかもしれないって。いたっ！」両手をぶんぶんとふりながら、サボテンから体をはなす。

「一本まるまる持ってくことなんてないんだよ」ツナミが笑いをこらえながら言った。「腕《うで》みたいなやつを一本へし折《お》って、そいつを持ってけばいいだけだってば」

「**そうしよう**と思ってるの！」サニーがむかついた声で言った。

ツナミは彼女を手伝《てつだ》おうと、ふらつきながら砂丘《さきゅう》をのぼっていった。サニーが砂《すな》を使って血のしみを少しこすり落としているのにグローリーは気づいたが、うろこや爪《つめ》の間にはかわいた血がまだ黒々と残っていた。

「よし、見つけたぞ」クレイがトンネルの入り口から砂をはらいのけた。

スターフライトがため息をついた。「なるほどね。だから今までだれにも見つかってなかったのか。風がふいてきて、毎日新しい砂でかくしちゃうんだよ」そう言って、ゆっくりとトンネルの口に近づく。「さてと……行こうか？」

折ったサボテンを手にもどってくるサニーとツナミを待ちながらグローリーはもう一度空を確認《かくにん》したが、見わたすかぎり、ドラゴンは一頭も見当たらなかった。彼女がトンネルのほうをあごでしゃくって合図すると、スターフライトがうれしそうに飛びこんでいった。他のみんなも一頭、また一頭とそれに続く。グローリーは最後に入ると、できるだけたくさんの砂を入り口につみあげた。

トンネルをぬけ、暗い森の中にでたとたん、頭上をおおう枝《えだ》から毛むくじゃらのボールが飛びだしてきて、グローリーの首に飛びついてきた。ナマケモノのシルバーが腕と脚《あし》をグローリーの首にまきつけ、なにかをうったえるかのように甲高《かんだか》い鳴き声を何度もあげる。

「しかられてるみたい」グローリーはクレイに言うと手をのばし、シルバーの毛をなでてやった。

「ウルルルルップ」ナマケモノは不満《ふまん》げにうなりながら、さらにきつくグローリーにしがみついた。

サニーは滝《たき》の上《うえ》を流れるせせらぎに飛びこみ、体についたブレイズの血を洗《あら》い落《お》とした。

グローリーはジャンプーの姿が見えないことに気づいた。だが、マングローブはせせらぎのほとりにすわっていた。翼をたれさげ、水面《みなも》をじっと見つめている。

「どうやらあの要さいでは、行方不明《ゆくえふめい》のレインウイングの手がかり、なにも見つからなかったみたいね」グローリーが声をかけた。

マングローブがうなずいた。「どこにもぜんぜんなかったよ。サンドウイングのパトロール隊《たい》がでていくすきにしのびこんで、要さいの中をくまなくさがしたんだけどな」いらだったように、かたまって生えているアシをけとばす。「まったく、時間のむださ」

「かもしれないけど、なにもないってことはわかったじゃない」グローリーが答えた。

「どうやってオーキッドを見つける？」

グローリーは、大岩に口を開けたあなから目がはなせずにいた。木々の間からかすかにもれてくる月明かりの下、あなはまるでドラゴンを丸のみにしようとする怪物《かいぶつ》の大きな口のようだった。

「何日か前の夜、ここでおかしな物音を聞いたの。もしかしたらこのあなの中で待ちぶせすれば、つかまえられるかもしれない」グローリーはそう言うと、ツナミをふり返った。

「暗やみの中でも目が見えさえすればね」

18

グローリーは枝《えだ》の上でもぞもぞと身じろぎし、ため息をついた。まるで熱《あつ》くねばついたクモの巣《す》のように、夜が体にまとわりついてくる。すぐそばにのびるツタが花をさかせ、レモンにまみれたマスクラット〔水辺《みずべ》に生息するネズミ科の動物〕のようなにおいを辺《あた》りにただよわせていた。心地《ここち》いいにおいではない。

「無理《むり》に残《のこ》らなくてもよかったのに」ツナミが小声で言った。

「そういうわけにはいかないの」グローリーが答えた。「ツナミのこと、よくわかってるからね。ひとりきりにしたら、どんなものがあらわれたって、ぜったい木から飛《と》びおりておそいかかるでしょう?」

「そんなこと――」ツナミは口ごもった。「まあ、かもしれないね」

「だったら、せめてわたしはここに残ってないとね」グローリーは、暗やみの中で笑《え》みをうかべた。

ふたりはそうして息をひそめ、夜の森から聞こえてくる木々のきしみや、鳥と虫の鳴き声を聞いていた。ふたりがいる木のこずえで一匹《ぴき》の虫が必死《ひっし》に甲高《かんだか》い声をはりあげ、世界の終わりをつげていた。もし姿《すがた》が見えていたならばグローリーは、一瞬《いっしゅん》のうちに食ってしまい、だまらせていただろう。

昨日《きのう》の夜から今日にかけて彼女《かのじょ》と仲間《なかま》たちは、長い空の旅のつかれを取るためにレインウイングの村ですごしていた。サニーはサボテンの汁《しる》をしぼってウェブスのきず口に流しこみ、なんだかきいているみたいだと顔をかがやかせながらみんなに言って回った。

他のみんなは今夜も村ですごしている。あの夜に例《れい》の怪物《かいぶつ》を目撃《もくげき》していたグローリーは、たとえまたあらわれたとしてもつかまえるのはむずかしいと思っていたし、仲間たちはへとへとにつかれきっているように見えた。マングローブにはもう後をついてこないと約束《やくそく》させてある。怪物がナマケモノを食べるということだけははっきりとわかっていたので、シルバーはサニーにあずけていた。

「ねえ、ブレイズのこと、どう思った？」ツナミがささやき声でたずねた。「選《えら》ぶべきだと思う？」

「どうだろう」グローリーもささやき声で返す。「あんまり好《す》きだと思わなかったな。ツナミは？」

「スカイウイングの話ばかりされて、うんざりしたね」ツナミが答えた。まったく同じ意見だったグローリーは、ツナミが自分の代わりに言ってくれたようでうれしかった。

「バーンやブリスターとくらべたら、ずいぶん善良《ぜんりょう》なふんいきだったけどね」グローリーが言った。「でも、とことん能《のう》なしだわ。あんな役立たずを女王にするの、サンドウィングのためになると思う？　それにわたしたちがブレイズを選ぶって言ったって、それだけで戦争《せんそう》に勝てるわけじゃないしね」

「たしかに」ツナミがうなずいた。「実戦《じっせん》になったら、ブレイズじゃまず生《い》き残《のこ》れやしないよ。ましてや相手は、姉妹《しまい》の残り二頭だし」

「とにかく、わたしの役目じゃないわ」グローリーが言った。「みんなが決めたいように決めちゃって。だって、わたしは予言のドラゴンじゃないんだから、口だしする権利《けんり》なんてないわ」

「やめなよ、そんな言いかた。なぐるよ」ツナミは小声でしかりつけた。グローリーは、暗やみの中でもツナミが自分をにらんでいるのを感じ取り、なんだかうれしい気持ちになった。

「シッ！」グローリーがいきなりそう言って、しっぽでツナミの翼《つばさ》にふれた。「今のなに？」

ふたりは頭をもたげたまま動きを止めた。グローリーの耳がぴくぴく動く。

パキッ……ズルルル……

「あの音だ」グローリーがささやいた。心臓《しんぞう》がまた、早がねのように打ち始める。暗やみの先にある大岩に目をこらしてみたが、動くものはなにも見えなかった。しげみをガサガサいわせながら、なにか大きなものが動いてくる。鼻づまりのサイみたいに鼻を鳴らす、重々しい呼吸音《こきゅうおん》が聞こえる。

「あのあなからでてきたんじゃないね」ツナミがささやいた。「せせらぎの向こう岸に立ってる、あっちの木の近くだよ。でもよく……見えない……」

枝のかげをのぞこうと、彼女が首をのばす。

そのとき、別《べつ》の音が聞こえた。ずっと遠くから聞こえてくるようだ。

この音はまるで、そう……**口笛**だ。

グローリーは身を乗りだし、じっと聞き耳をたてた。それはあの、ドラゴンの子たちの歌だった――〈スカイウイング〉の闘技場《アリーナ》でとらわれのドラゴンたちが歌っているのを聞いたのが、グローリーにとっては最後《さいご》だった。

ドラゴンの子がやってくる……

世界をすくいにやってくる……

正義《せいぎ》のドラゴンの子が……戦《たたか》うためにやってくる……

ドラゴンの子が……

「あなの中からだね」ツナミが声を殺《ころ》して言った。枝にしげった葉のすきまからじっと目をこらす。

大岩に開いた口に、黒々としたかげがあらわれた。そのかげがドスンと地面に落ち、枝が折《お》れる音がひびく。怪物が森ににげこんでいく音がする。

グローリーは小声で毒《どく》づき、ぱっと立ちあがった。「追いかける？」

だが、ツナミはもう木からとびだし、大岩めがけて突進《とっしん》していた。そして彼女がかげに飛びついたかと思うと、もつれ合うよう地面に転がって取っ組みあいが始まった。苦痛《くつう》のさけびが森にひびく。

グローリーもすぐに後を追い、なぞのドラゴンのしっぽをつかんだ。三頭のもみ合いが始まる。やがてなんとかふたりがかりで相手をおさえこむと、グローリーは敵《てき》の胸《むね》の上にまたがった。

相手がデスブリンガーだとわかっても、グローリーは特《とく》におどろかなかった。頭上をおおう枝のすきまからもれてくる月明かりに、彼《かれ》の姿がうかびあがっていた。爪《つめ》の間には砂《すな》がはさまり、顔には後悔《こうかい》などうかんでいない。

「獲物《えもの》を追いながら**口笛**をふくなんて、いったいどんな殺《ころ》し屋《や》さんなの？」グローリーが言った。

「今すぐ殺《や》っちまおうよ」ツナミがはりつめた声で続《つづ》く。

「おかげでこっちが追ってた怪物がにげちゃったじゃないの」グローリーが、彼の鼻先をつついた。「そのせいでなおさら腹《はら》が立ってるのよ」

「そう。それに、あたしたちを殺そうともしたしね」ツナミが言った。

「怪物って？」デスブリンガーは、まったくなにも知らない口ぶりで答えた。グローリーは、さらにうたぐるような目で彼を見つめた。彼は、なにか知っていはしないだろうか？

「わたしたちの後についてトンネルをぬけてきたの？　それとも最初《さいしょ》から、トンネルの存《そん》在《ざい》を知ってたの？」

「なんでここにこんなもんがあるって、おれが知ってるんだよ？」デスブリンガーが言い返した。

「それをこっちが聞いてるのよ」グローリーが問いつめる。

「こいつ、村に連《つ》れて帰って尋問《じんもん》しよう」ツナミが言った。

「それは危険《きけん》だと思うわ」グローリーは首を横にふった。「レインウイングにも他のみんなにとってもね。こいつは、みんなからできるだけ遠ざけておかなくちゃ」

ツナミはけわしい顔をして考えこんだ。「それとも、やっぱりプランAにもどす？　今すぐ殺しちゃうの」

「ツナミ、あなただってわたしと同じで、本当はそんなことしたくないでしょ？」グローリーが言った。

それを聞くと、ツナミはだまった。スカイウイングのアリーナでの一件《けん》が起きてからというもの、ツナミが他のドラゴンを殺すことに少しずつ嫌悪感《けんおかん》をいだくようになってきているのにグローリーは気づいていた。自分の身を守るためならば別だが、今はこうしてデスブリンガーをふたりがかりでおさえこんでいるのだ。

ツナミはしばらく沈黙《ちんもく》してからようやく「わかった」とうなずいた。「あんたの言うとおりだね。殺したくない。でもこいつには、本気で殺そうとしてるって思わせたかったんだ。グローリーのおかげで超本気《ちょうほんき》に見えたと思うよ、ありがとうね」

「ナイトウイングみたいに心が読めなくって悪かったわね」グローリーがおどけたように言うと「おっと、それで思いだしたけど、あなたは心が読めるナイトウイングなの？」とデスブリンガーをにらみつけた。「今わたしがなに思ってるかわかる？」

「おれがみりょく的《てき》すぎて頭がよくてイケドラだから殺せないって？」デスブリンガーが答えた。

グローリーはむかついたが、たしかに少しは当たっていた。耳のヒレを広げ、もう一度彼の鼻すじをつつく。「はずれね。こう思ってるのよ。あなたがシャレにならないくらいやっかいな存在になってきたってね。で、わたしを殺すことにしたの？」

デスブリンガーはへらへらするのをやめて真顔になった。グローリーの質問《しつもん》の答えを真《しん》剣《けん》に考えているかのように、彼女の顔をじっと見つめる。

「答えようとしないのは、わたしをおこらせたいからなの？」グローリーが言った。

「別の方法《ほうほう》がないか考えてるんだよ」デスブリンガーが答えた。「でも、そいつを決めるのはおれの役目じゃなくてね」

「じゃあだれの役目なの？　ナイトウイングの女王とか？」ツナミがつめよった。

デスブリンガーは、グローリーには読めない変《へん》な表情《ひょうじょう》をしてみせた。「そいつは言えないな」

「ナイトウイングがわたしを殺そうとする理由が、さっぱりわからないのよ」グローリーが言った。

「そのことなら、おれのほうもだんだんわからなくなってきてるところさ」デスブリンガーは答えた。どこか誠実《せいじつ》で真実味《しんじつみ》のあるひびきだった。

「つまり、困惑《こんわく》しているのに、それでもやろうと思ってるってことね」

「**思ってる**っていうのはちがうな。**やるかもな**くらいのものさ」

「ほっとできるような答えじゃないわね。むしろ逆《ぎゃく》だわ」

デスブリンガーがまた、彼女の顔を見てにっと笑《わら》った。グローリーはこのくせを、本当にやめてほしかった。この笑みを見ると気が散《ち》ってしまう。

「で、こいつどうする？」ツナミが言った。「このままにがすわけにはいかないよ。レインウイングの村に連れてくこともできないしね」

「その辺《へん》の木にしばりつけて、例の怪物に食わせちゃうとか？」グローリーは目を細め、デスブリンガーの顔を観察《かんさつ》した。不安《ふあん》そうな表情など、ちらりともうかんでいない。「そうだ、怪物のことは話したっけ？」グローリーが彼にたずねた。「この辺でレインウイングをさらって、たぶん食《く》らってる怪物がいるのよ。あなたがしばられてるのを見たら、きっと大よろこびするだろうね」

「おいおい、やめてくれよ」デスブリンガーが言った。「そんなおっかない怪物がいる場所に、ひとりで置《お》いていくだなんてさ」

グローリーは口を開けたが、なにも言わずにまた閉《と》じた。もしかしたら最高《さいこう》の……そしてもしかしたら最悪《さいあく》の計画を思いついてしまったかもしれない。少しだけ考えてみる必要《ひつよう》があった。もう一度、デスブリンガーの鼻すじをつつく。

「今のは**皮肉**で言ったの？　ツナミ、あなたにもなんだか皮肉に聞こえなかった？」

「怪物なんていないと思ってるみたいだったね」ツナミが答えた。「念《ねん》のために言っておくと、あたしも信《しん》じてるわけじゃないけどね」

怪物と「グル」ってのもありえるわ。グローリーは心の中で言った。**少なくとも、怪物の正体を知っていてもおそれていないのはたしかに見えた。**だが、口にはださないでおくことにした。ツナミがまた彼を尋問しようなどと言いだす可能性《かのうせい》もあるし、そんなことになったら時間をむだにしてしまうと確信《かくしん》していたからだ。おそろしい顔でにらみつけて「知ってることをぜんぶはけ」とデスブリンガーをおどすだけでは、役に立つ情報《じょうほう》を引きだすことはできない。

それに、頭の中で形になりかけている計画を、グローリーはためしてみたかった。そのためには、ツナミをどこかにやってしまわなくてはいけない。

「トンネルからはなれたところまで引きずっていって、そこでしばりあげちゃおう」グローリーが口を開いた。「そうしたらツナミはみんなのところに知らせに行って。あとは、だれがなんでわたしたちを殺そうとしてるかこいつが口をわる気になるまで、交代で見はることにしよう」

「あと、あたしたちの中の**だれ**を殺す気なのかをね」ツナミがつけ加《くわ》えた。「あんただけじゃなくて、あたしたちのうち何頭かを殺しに来たって言ってたしさ」

「それと、どうやって殺されずにすませるかもね」グローリーが続けた。

「そいつは、ちょっと待ってもらわなきゃいけないな」デスブリンガーが答えた。「君たちにはなにも話すなって言われてさ」

ツナミとグローリーは、彼を無視《むし》した。辺りの木々からツタをむしり取り、じょうぶなものを選んで彼の翼をぐるぐるまきにする。ツナミはデスブリンガーがにげられないよう手脚《てあし》をしばり、それから首にツタのロープをかけると、引っぱりながら森の中へと歩きだした。そしてしばらく歩いてからツナミがちょうどよさそうな木を見つけ、思いきりきつくそこにロープをしばりつけた。

「あたしたちが帰ったら、こいつすぐにツタをやき切っちまうよ」ツナミが言った。

「だからここに残るわ」グローリーが答えた。「ツナミはみんなに知らせに行って。わたしは一撃必殺《いちげきひっさつ》のひみつ兵器《へいき》をこいつに向けて、ここですわってるからさ」

「ひみつ兵器？」デスブリンガーが首をかしげた。「おっと、当ててみせようか。君の頭の回転の速さかい？」

「にげようとしてごらんよ。一撃必殺の意味がよくわかるから」グローリーが言った。

デスブリンガーはすっかりくつろいだ顔をして、にげる気などまったくないように木にもたれかかった。**変《か》わったやつ**。グローリーは思った。

「まずはクレイをここによんで」とツナミに声をかける。「次の見はりはクレイにやってもらうから」

「まったく、自分がめちゃくちゃえらそうに言ってるの、ちゃんと自覚《じかく》してる？」ツナミはため息をついた。「今は見のがしてあげるけど、ちゃんと覚《おぼ》えておくからね」

「もう、さっさと行きなさいよ」グローリーがバサバサと羽ばたいて、シーウイングを暗やみの中へと追いはらった。

ツナミの羽音が遠ざかり、やがてすっかり聞こえなくなると、ふたりは熱帯雨林《レインフォレスト》の夜の音に囲《かこ》まれた。虫のさえずりと木々のざわめき、そして夜の鳥たちがよびあう声。その後ろではカエルたちが、きげんの悪い観客《かんきゃく》たちのように低《ひく》い声で鳴いている。

「ここ、うるさいなあ」しばらくして、デスブリンガーが口を開いた。「みんな元気すぎるよ」

「あなたの住んでるとこはちがうの？」グローリーがたずねた。

「〈アイスキングダム〉はずっと静《しず》かなところさ。それに〈サンドキングダム〉もね」彼が答えた。ナイトウイングのすみかのことは口にしなかったが、グローリーもそんなことをしゃべるとは期待していなかった。

じっと考えこみながら、彼女は森に目をこらした。クレイが到着《とうちゃく》して見はりを代わってくれたら、こっそりぬけだせる。少しくらい姿を消したってだれも気づかないだろうし、そうすればひとりで怪物さがしにでかけられる。グローリーはなにをするにもひとりがいちばんだと思っていた。

「やめときなよ」いきなりデスブリンガーが言った。

「心を読むんじゃないわよ」グローリーが言い返した。

「読むまでもないさ」彼が笑う。「君の顔に**わたし、今からバカなまねをします**って書いてあるぜ」

「バカなまねなんかじゃないわ」グローリーが言い返した。「むしろ、かなり頭がいいって言えるわ。それに、怪物をつかまえるたったひとつの方法かもしれないよ」

「怪物なんて、放っておいたほうがいいんじゃない？　そんなもん忘《わす》れちまって、予言のほうの仕事にもどりなよ」

それを聞いたグローリーは、一瞬だまりこんだ。予言……戦争に終止符《しゅうしふ》を打つ……それは重要《じゅうよう》なことだ。たった何頭かのレインウイングをさがすなど、それにくらべればどうでもいい話だ。けれど、彼女は約束したのだ。

「わたし、あのくだらない予言なんかとは関係《かんけい》ないのよ」

「知ってるよ」彼がうなずいた。「でもそうだとしても、君なら予言を本当にするためにものすごい戦力《せんりょく》になるよ。まちがいない」

「ぜんぜん意味がわからないわね」グローリーは鼻で笑った。「それにレインウイングはわたしの種族《しゅぞく》だよ。そのレインウイングが、わたしの力を必要としてるの」胸に決意がわいてくるのを彼女は感じた。「そして、わたしは自分ひとりでやらなくちゃいけないのよ」

「待ちなよ」デスブリンガーが、本気の心配がにじむ声で言った。「どうしてさ？　仲間がいるんだろう？　そいつらに手伝《てつだ》ってもらいなよ」

グローリーは首を横にふった。「みんなに手伝うのは無理ね。怪物かなにか知らないけど、ドラゴンの子どもが歩いてたって近づいてきやしないわ。あいつは、ひとりで森にいるレインウイングにおそいかかるんだから」

「じゃあ君は――」

グローリーはデスブリンガーにほほえんだ。「そ。自分をおとりにするの」

19

「しっかり見はっててね。あと、話をさせちゃだめ」グローリーはクレイに指示《しじ》をだした。

「ンーンー！」デスブリンガーは、ツタのまかれた口で不満《ふまん》げにうめいた。

グローリーが、森に入る前に計画をクレイにばらされてはたまらないと思ってまいたものだ。デスブリンガーが彼女《かのじょ》の計画をじゃましてやろうとひと晩《ばん》じゅうやかましくしゃべり続《つづ》けるものだから、グローリーはすっかりうんざりさせられていた。そこでツタでさるぐつわをかませて、なんとか少しは静《しず》かに日の出をむかえることができ、それからしばらくしてクレイが到着《とうちゃく》したのだった。

「心配しないでよ」クレイが言った。「ぼくはただここにすわって、いつもみたいにおびえさせとけばいいんだろ」彼《かれ》が肩《かた》をいからせ、こわい顔をしてみせる。

「だいじょうぶ、超《ちょう》こわいよ」グローリーはクレイをはげますように言った。

デスブリンガーは顔のほとんどをツタでおおわれていたが、うたがいのまなざしで彼女をじろりと見た。

「すぐに次の見はり係をよこすからね」そう言いながら、グローリーが後ずさった。

でも、まずは怪物《かいぶつ》をつかまえてからね。

デスブリンガーがなんと言おうと、彼女の計画は**バカなもの**ではなかった。例《れい》の怪物がねらうのは、一頭で森にいるレインウイングなのだ。だが、他のレインウイングをまきこんでおとりにするのは危険《きけん》すぎる——彼らはみんなぼんやりしていてなんの役にも立ちそうにないし、マングローブですらそれは同じことだ。

それに彼女の知っているかぎり、生きものに向かって毒液《どくえき》をはくレインウイングなど、自分だけだ。彼女も好《す》きでやるわけではないが、それでも毒液は強い武器《ぶき》になる——しかも、ほとんどのドラゴンがその存在《そんざい》を知らない強力な武器だ。どんなところでつかまろうとも、これさえ使えばにげられるという自信《じしん》が彼女にはあった。

グローリーはまず、あのトンネルにもどってみた。どう関係《かんけい》があるかはわからないが、あのトンネルと消えたレインウイングは必《かなら》ず関係があるはずだ。

初《はじ》め疑問《ぎもん》に思ったのは、こんなトンネルをいったいだれが作ったのか、ということだった。そして次にうかんだのは、トンネルを作った何者かのねらいはなにか、という疑問だった。たまにレインウイングをさらいにくることだろうか？　しかし、いったいなぜそんなことを？

グローリーはトンネルの入り口辺《あた》りの森を歩き回ると、しばらく考えごとができるような野原を見つけてそこにすわりこんだ。

トンネルのすぐ近くに要《よう》さいをかまえているバーンが、いちばんうたがわしいように思えた。けれどグローリーは、自分の毒がスカーレット女王のうろこをやくのを目《ま》の当《あ》たりにしたときに見せた、バーンの表情《ひょうじょう》をよく覚《おぼ》えていた。あれはショックのあまり見せた純《じゅん》粋《すい》なおどろきだった。グローリーの毒のようなものをバーンが見たのは、まちがいなくあれが初めてだったのだ。もしバーンがこの一年レインウイングをさらっていた犯人《はんにん》なのだとしたら、レインウイングの毒の訓練《くんれん》の話くらい耳にしたことがあってもふしぎではないし、毒のことだって知っていただろう。

グローリーは小さなしげみの前に歩みより、毒を噴射《ふんしゃ》した。黒い毒液が葉っぱに飛《と》び散《ち》ったその瞬間《しゅんかん》、しげみがまるごとしおれ始め、すぐにしなびてかれてしまった。グローリーは奇妙《きみょう》な罪悪感《ざいあくかん》を覚えながら、しげみをじっと見つめた。

怪物がおそってくるのを待っている間、ねらいをつける練習をするのも手だろう。彼女は長いドラゴンのしっぽのような葉っぱをつけた別《べつ》のしげみに行き、そのうち一枚《まい》だけにねらいを定めてみた。

だが、結局《けっきょく》しげみの半分がじゅうじゅう音をたてながらとけ落ちてしまった。

「はあ……上出来とはいえないな」グローリーは声にだして言った。もう一度やってみる。そしてまたもう一度。野原がだんだんと、あれ果《は》てていく。グローリーはいったんやめると、しっぽで自分をたたいた。

グローリー、ちょっとは頭を使いなさいよ。

自分がこんなへまをやらかすのならば、レインウイングの子どもたちだって毒の練習では同じようなへまをやらかすはずだ。ということは、キンカジューが消えた場所をブロメリアが教えてくれなくても、グローリーが自力で見つけだせる可能性《かのうせい》があることになる。

彼女は滝《たき》からスタートすると、ぐるぐると少しずつ大きな円をえがきながら歩いていった。しげみを通りかかるたびに、じっくりと観察《かんさつ》する。体じゅうにトゲを生やした太ったカエルたちが、のどのおくで「ワーグル、**ワーグ**」と音をたてながら彼女を見つめていた。くちばしの大きな赤と金の鳥が二羽《わ》、まるで意味不明《いみふめい》のドラゴン語のような声でやかましくおしゃべりをしながら、しばらく彼女の後をついてきた。

けれど、なにも見つからなかった――毒液のあとなどどこにもない。もしかしたら訓練は、森のまったく別の場所でおこなわれたのかもしれない。もしかしたらあのトンネルは、さらわれたドラゴンとはまったく関係なかったのかもしれない。

グローリーはそれでもしつこくさがし続けた。あのトンネルに、他にどんな目的《もくてき》があるというのだろう？　砂漠《さばく》と熱帯雨林《レインフォレスト》をそんなに急いで行き来する必要《ひつよう》が、だれにあるというのだろう？　だれにもありはしない……だれも熱帯雨林になど来ないし、レインウイングが熱帯雨林をはなれることもまずないのだ。

でも、戦争《せんそう》はレインウイングたちが思ってるより近くにせまってきてるわ。もう玄関《げんかん》の外にまで来て、みんなの平和な世界になだれこむ寸前《すんぜん》なんだ。マグニフィセント女王の顔がさっと頭によぎって、グローリーは木々のいただきを見あげた。なのに、あのぐうたら女王はいったいどうするつもりなの？

ブレイズも、マグニフィセントとたいして変《か》わらないわ。もし彼女を選《えら》んだりしたら、サンドウイングもレインウイングのように、弱くて無防備《むぼうび》にしてしまう……。

グローリーはふたたびこずえを見あげた。暗くなり始めているのだろうか？　太陽がのぼって、まだほんの何時間かしかたっていないはずだというのに。

大きな雨つぶが彼女の鼻に当たった。風がふきぬけると頭上にしげる葉っぱがドラゴンの翼《つばさ》が風を切るような音をたて、さらにたくさんの雨つぶが飛び散るようにばらばらと落ちてきた。グローリーは翼をきつく体にはりつけた。

もしかしたら、何日も前の毒液訓練のあとを、雨が洗《あら》い流《なが》してしまったのかもしれない。彼女はふと、そう思った。それでも、しめった草をぐちゃぐちゃと音をたててふみしめながら、グローリーは歩き続けた。

やがて彼女は木々のこずえが集まって傘《かさ》のようになっている丸い野原にでた。他のところにくらべて地面はたいしてぬれていない。グローリーはそこで立ち止まると体をのばし、翼についた水をバサバサとふりはらった。**こんなのばかばかしいわ。なにも見つかりっこないし、こんな天気じゃわたしを見つけられる生きものだっていやしないもの。こんな雨の中で狩《か》りをする怪物なんて、どこにいるっていうの？**　いっそ村に帰って体をかわかしたほうがよさそうだ。

しかし、飛び去ろうとしたその瞬間、自分の横でピンクの花をさかせているしげみに、彼女は黒いしみを見つけた。羽ばたくのをやめてじりじりと近づき、じっとのぞきこむ。葉っぱが何枚《なんまい》かしなびてかれていた。見るからに病《や》んで黒ずみ、そしてよじれている。しげみの下の地面には黒いしずくがたれ、なにかのもようみたいになって固《かた》まり、つやを放っていた。

だれか、ここで訓練していたんだ。もしかしたらキンカジューかもしれない。もしかしたら、行方不明《ゆくえふめい》になっているだれかかもしれない。グローリーは地面をおおった葉っぱの山をはたいた。あらわになった地面に、半分だけの足あとが残《のこ》っていた――小さい足あとだ。サニーの足よりも小さい。彼女はにおいをかいでみようと、足あとに顔を近づけた。

後頭部になにかがぶつかったのは、そのときだった。

グローリーは目を覚《さ》ました。どこかに動いているようだ。それに、翼になにか不快《ふかい》なものがおしつけられている。しばらくの間、彼女はなにがどうなっているのかを理解《りかい》しようとしながら、身じろぎひとつせず目を閉《と》じていた。

なんだか、地面を引きずられているような感触《かんしょく》だった。体の左側《ひだりがわ》は気持ち悪いくらいにぬれてネトネトしており、まるで彼女をつつんでいるものが泥《どろ》をすいこんで体にはりついているみたいだった。外ではまだ雨がふり続いていたが、今は彼女をくるんでいるなにかのせいで雨音がくぐもって聞こえていた……大きなふくろのようなものに入れられているのだろうか、とグローリーは想像《そうぞう》した。

翼は体につけてしばられ、両手にはぶあつい布《ぬの》がまかれていた。さらにやっかいなのは口にツタかロープみたいなものがまきつけられていて、口を開けないことだった。

ようするに、毒液が使えないのだ。

そしてこれはまた、彼女をとらえた何者かが、なにも考えていないなぞの怪物などではないことを意味していた。グローリーをしばりあげておくような知能《ちのう》を持つ者。たぶん彼女の毒液を知っているか、そうでなければ彼女の牙《きば》をおそれているのだろう。

しっぽがなにか固いものにぶつかり、彼女は顔をゆがめた。細く目を開いてみたが、見えるのは暗やみばかりだった。いや、ちがう……まっ暗やみとはちがう。自分を閉じこめているふくろの生地《きじ》を通して、うっすらと緑色の光が差《さ》しこんできている。鼻にぴったりはりついているふくろの向こうからは、死んだけものとくさった卵《たまご》と炎《ほのお》のにおい、そして熱帯雨林の植物のにおいがただよっていた。

なにか手がかりはないかとグローリーは耳をすませてみたが、聞こえるのはずるずると森の地面でふくろを引きずるようなしめった音だけだった。そのとき彼女の背中《せなか》に、まるでとがった爪《つめ》がついた足がかけぬけていくような感覚《かんかく》が走った。体にチクチクとした妙《みょう》な痛《いた》みを感じる――〈サンドキングダム〉に続くトンネルで感じたものと同じだ。

思ってたとおりだ。やつら、あのトンネルに連《つ》れてく気なんだわ。

けれど、毒液をふうじられているこの状況《じょうきょう》では、いくら自分の想像が当たっていてもよろこぶような気持ちにはなれなかった。

水がはねる音が聞こえ、すぐにふくろの中に水がしみこんできた。せせらぎの中を引きずられているのだ。それからくぐもった低《ひく》い声がいくつか聞こえたかと思うとグローリーは宙《ちゅう》に持ちあげられ、冷《つめ》たい石の上に放りだされた。

なにかにしっぽをおされ、体がすべりだす。まるで地面が氷になってしまったかのように、どんどん下へとすべり落ち始めたのだ。

なによこれ。彼女はさけびたいのをこらえた。胃袋《いぶくろ》が口から飛びだしそうだ。**砂漠のトンネルはくだってなんかいなかった……。ここはどこなの？**壁《かべ》に激突《げきとつ》し、曲がり角をぬけ、またぐんぐんスピードがあがっていく。これは〈サンドキングダム〉に続いているあのトンネルじゃない。でも、まるであのあなみたいな感じだわ。てことは、これもありえないところにほられた同じような通路だっていうこと？　だったら、どこに通じてるっていうの？

そのとき、とつぜん開けたところに飛びだし、彼女はうすい毛皮の山の中につっこんだ。そんな毛皮などないかのように、ごつごつとした岩の衝撃《しょうげき》が下から伝《つた》わってくる。

グローリーはうめき声をこらえながら、しばらくそのまま転がっていた。体じゅうの骨《ほね》という骨が痛む。うろこが一枚残らずバリバリとはがされてしまったかのようだ。地面に衝突《しょうとつ》したときに舌《した》をかんでしまったようだ。口の中に血の味がする。

死とけむりのにおいは、いっそうこくなってきていた。もう雨はやんでいたが、ふくろごしにはほとんど光など入ってこなかった。砂漠でないのはまちがいない。やけつくような熱《あつ》さはなくひんやりとしており、どこかすぐ近くからパチパチとたき火のはぜる音が聞こえている。遠くでかみなり雲のとどろきのような低い音がしていたが、上空ではなく地面をおおう岩盤《がんばん》の下からひびいてくるようにグローリーは感じた。

となりでドスドスと重い足音が聞こえ、なにかが大きな鼻息の音をさせながらふくろの辺りをかぎ回った。あの夜、ナマケモノの死体を食べていた怪物の鼻息と同じ音だ。グローリーは両手をきつくにぎりしめた。この怪物は、自分を食べようとしているのだろうか？　だとしたら、きっとどぎもをぬかれることになるだろう――。

「また別のやつか？」うんざりしたような声がひびいた。

かぎ回る音が一瞬《いっしゅん》やみ、はっと息をのむのが聞こえ、グローリーの頭のすぐ横でしゃがれ声がした。「ああ、あっさりつかまえられたよ。森でひとりぼっちだったからな。レインウイングなんて、どいつもこいつもまぬけばかりさ」

ドラゴンだ。グローリーは心の中で言った。ほっとした気持ちと怒《いか》りが胸《むね》でうずまく。ただのドラゴンだったんだ。なぞにつつまれてもいなければうす気味悪くもなんともない。まあ、他のドラゴンをさらうというのはうす気味悪い話だけれどね。

でも、気味の悪いドラゴン二頭くらいなら、わたしだけでもやっつけられる。このふくろをはずしたその瞬間にね。グローリーは手足のかぎ爪《づめ》をむいたら、自分をくるんでいるふくろを引きさいてしまえるだろうかと考えた。

「おまえ、伝言《でんごん》を受け取らなかったのか？」最初《さいしょ》のドラゴンが言った。

「受け取ったとも」しゃがれ声のドラゴンが答えた。「でも、熱帯雨林の獲物《えもの》が好きなんだよ。それに腹《はら》もぺこぺこだったしな。そうしたら、つかまえてくれといわんばかりにこいつがいるじゃないか。それに、あんな伝言なんてバカバカしいと思ってたしね」

「おれたちの安全を守ってくれるんだから、バカバカしいわけがないだろ」最初のドラゴンがため息をついた。「そいつは他の連中《れんちゅう》のところに放りこんでおけよ。今からは、言われたとおりにするんだぞ」

「はいはい」二頭目のドラゴンがぼやいた。「いいよ、わかったよ。デスブリンガーから問題なしの連絡《れんらく》がくるまで、熱帯雨林でドラゴンを狩ったりさらったりしないよ」

20

自分の体がすっかりかくれていることに感謝《かんしゃ》したことなど、グローリーは一度たりともなかった。うろこの表面に色があふれだすのを止める方法《ほうほう》なんてありはしない。今どんな色になっているのか、彼女《かのじょ》にもわからないのだ。

デスブリンガーは、消えたドラゴンたちをさらった犯人《はんにん》を**知っていた**のだ。犯人たちとつながっていたのだ。そして、さらうのをやめろというのだ……「問題なし」の合図をするまで。いったいどういう意味なのだろう？ 〈運命のドラゴンの子〉を殺《ころ》してしまうまでだろうか？ それともグローリーと仲間《なかま》たちが例《れい》のトンネルをかぎ回るのをやめるまでだろうか？

それに彼《かれ》は、**どうやって**このドラゴンたちに伝言《でんごん》を送ったのだろう？ グローリーは彼を〈アイスキングダム〉に置《お》き去《ざ》りにし、そして砂漠《さばく》のトンネルから熱帯雨林《レインフォレスト》にでてきたところをつかまえた。デスブリンガーは〈運命のドラゴンの子〉を追って砂漠のあなまで来たと言っていたが、前からあなの存在《そんざい》を知っていたのではないだろうか。もしかすると彼が最初《さいしょ》にあそこに着いて、まずここに来てからこの二頭のドラゴンたちに警告《けいこく》し、そして〈運命のドラゴンの子〉が熱帯雨林にもどってからふたたび砂漠のトンネルにもどったのではないだろうか……けれど……。

グローリーは、暗やみの中であの怪物《かいぶつ》をつかまえようとしたまさにその瞬間《しゅんかん》、デスブリンガーがあらわれて自分たちを止めたのを思いだした。

あれはねらってやってたんだわ。

あいつ、他のドラゴンに――この変《へん》な息づかいのドラゴンに――警告してたんだ。デスブリンガーのやつ、わたしたちがこいつをつかまえようとしてるのを知ってたんだ。もしかしたら、わたしたちにつかまえさせたかったのかもしれない。

しっぽに力が入る。そして今、みんなはデスブリンガーといっしょにいる……。今すぐもどらなくちゃ！

グローリーは二枚《まい》の翼《つばさ》を広げてしっぽをふり回し、思いきりふくろを引っかいた。

「うわっ！」しゃがれ声がさけぶのが聞こえた。「ちょっと助けてくれ！」

足音や羽ばたきが聞こえてきて、グローリーはがくぜんとした。ここには二頭どころか、もっとたくさんのドラゴンがいたのだ。なにも見えないまま手当たりしだいにけりつけて全力であばれたが、四方八方からのびてきた手が彼女を地面におさえつけ、動けなくしてしまった。

「こんなんじゃあ、とても連《つ》れていけないぞ」一頭のドラゴンが、あらい息づかいで言った。「また気絶《きぜつ》させるしかないな」

「おやすいご用だとも」あのしゃがれ声が答えた。

そしてまたあのときと同じように、グローリーの頭になにかがぶつかり、すべてがやみに閉《と》ざされたのだった。

✣

「おい！」

なにかに脇腹《わきばら》をつつかれ、グローリーの体に痛《いた》みが走った。小さな悲鳴をあげ、目を覚《さ》ます。

「起きてる？」小さな指が彼女のまぶたを持ちあげた。ぼやけた視界《しかい》の中、なにかが彼女のすぐ鼻先まで顔を近づけてじっと見つめている。

「ンーンー！」グローリーはさるぐつわをかまされたまま言った。目の前の相手をおしのけようとするが、両手が重くて思うように動かず、空《から》ぶりしてしまった。

「ははっ、やめておきなよ」かわいい声が言った。「こちとら、昔からずっとウチを訓練《くんれん》するよりもねてるのが好《す》きなドラゴンを起こし続《つづ》けてきたんだ。カンカンにおこったって、さけるのなんかお手のもんさ」小さな手をのばし、グローリーの耳のヒレをつつく。「それにしても、どうしてあんたのことを知らないいんだろうな」

「シーンー」グローリーがまた言った。頭が痛い。地面に頭を横たえてまたたきをくり返しながら、彼女は周囲《しゅうい》の様子がはっきり見えてくるのを待った。

ダイヤモンドの形をした小さな鼻が、彼女の鼻のすぐそばにうかんでいた。金とオレンジのうろこの中から大きな黒い目がふたつ、こちらを向いていた。せいぜい三歳《さい》くらいの、小さなドラゴンの子どもだ。彼女がまたグローリーの耳のヒレをつついた。

「話せないのはわかってるから心配しないで。さるぐつわをされてないの、ウチだけなんだよね。あいつら、ウチの毒《どく》は強くないとか、遠くまで飛《と》ばせっこないとか思いこんで、油断《ゆだん》してるんだ。ひどい話だよね。だってウチだってちゃんと訓練さえしてもらえばめっちゃうまく毒をはけるはずだし、そうしたらあいつらだって、ウチを檻《おり》に入れたのをめっちゃ後悔《こうかい》するはずなんだからさ」彼女の翼を真紅《しんく》の怒《いか》りが波のようにかけぬけた。

グローリーは辺《あた》りが見回すことができるよう、しぶしぶ体を起こした。頭の痛みがズキズキとはげしくなり、彼女は思わず目をつぶって少し落ち着くのを待った。

やがてまぶたを開いたグローリーは、辺りがぼやけていたのは自分の目のせいだけではなかったのだと気がついた。けむりがただよって、空気そのものがかすんでいたのだ。うずくような熱気《ねっき》が体の表面にまとわりついていたが、どこを見ても火はちらりともえていなかった。頭上を見あげてみると、ごつごつとするどくとがった岩の壁《かべ》が見えた。どうやらその岩が熱をだしているらしい。

やれやれ、またどうくつか。最高《さいこう》ね。彼女はため息をついた。

ふくろはもうなくなっていたが、手足と翼はしばられたままだった。口もしばられていたがさっきとは様子が変わっていた――今は、さっきのツタよりがんじょうなものでしばられているのだ。グローリーは、その正体をたしかめようとより目になった。

「金属《きんぞく》で作ったベルトだよ」小さなドラゴンは、同情《どうじょう》したように説明《せつめい》した。「ウチの首についてるやつと同じさ。毒を使えないようにするためのものだけど、こいつがあると体の色を変えて消えることもできなくなっちゃうんだ。このベルトまで消すことなんてできないから、見つかっちまうんだよ」彼女は、自分の首にはめられた太い金属のベルトを指さした。「頭いいけどむかつくよね。って、ウチみたいじゃん！　ははは！　ちなみに、気になってるかもしれないから自己紹介《じこしょうかい》しとくけど、ウチはキンカジューだよ」

消えたレインウイングを発見ってことね。他のドラゴンたちは？　グローリーは辺りを見回したが、小さなどうくつの中には彼女とキンカジューしかいなかった。そんなにとおくないところにはまるで半月のような光がうかんでおり、そこがどうくつの入り口だった。

グローリーは光のほうに一歩、また一歩とおずおず足をふみだしてみたが、なにも起こらなかった。天井《てんじょう》から落ちてくるものもなく、おそいかかってくる敵《てき》もあらわれず、警報《けいほう》が鳴りひびくこともない。牢獄《ろうごく》にしては、ひどく奇妙《きみょう》だ。

キンカジューはまだおしゃべりをしながら、後をついてきていた。「今なに考えてるか、よーくわかるよ。ウチ、そういうのめっちゃとくいなんだよね。特《とく》にここじゃあ他のみんながだれも話せないもんだからさ、相手がなにを言いたがってるかウチが想像《そうぞう》しなくちゃいけないいんだもん。ナイトウイングのテレパシーがうつったのかも。まあとにかくさ、あんたはこのどうくつから歩いてでられるって思ってるみたいだけど、そんなのぜったい無《む》理《り》だからね。なのにみんなウチになんて耳をかさないで、自分でたしかめに行っちゃうんだよね。あんたもそうでしょ？」

グローリーは入り口にたどりついて、そこで足を止めた。

キンカジューの言うとおりだ。ここから歩いてでるなんて不可能《ふかのう》だ。

どうくつのすぐ外には広い、ずるずるとナメクジのように動いていくようがんの川が流れていたのだ。あれ果《は》てた黒いこの世界を、金とオレンジ色にまばゆく照《て》らしている。翼をしばられたままのグローリーには、とてもわたりきることなどできはしない。

ようがんがどこから流れてくるのかたしかめようと、どうくつから顔をだしてみる。まるで空をおおうように巨大《きょだい》な黒い山がそびえていたが、てっぺんからふきだすけむりのせいで半分から上はかくれてしまっていた。山肌《やまはだ》のあちこちには小さなようがんの川があり、岩にぽつぽつと開いたあなからは赤いかがやきがもれてきている。夜なのか、それとも昼なのかはわからない。辺りを照らす光があまりにも妙《みょう》なうえに、空は黒雲でおおわれてしまっているのだ。グローリーは、最低《さいてい》でも何時間か気を失《うしな》っていたにちがいないと感じた。辺りには、くさった卵《たまご》のようなにおいがこくたちこめていた。

「おっかないながめだよね」キンカジューがいきなり耳元で言ったので、グローリーは心《しん》臓《ぞう》が止まるかと思った。「こんなとこに住みたがるやつなんていると思う？　ウチにはぜんぜんわかんないよ」

こんなとこに住んでるやつがいるというの？　グローリーはおどろいた。**〈平和のタロン〉のこと？　ここが連中《れんちゅう》のかくれがなの？**

そのとき彼女は、あることに気がついた。地面のあちこちが、かすかに動いていることに。そして、それが岩などではなく……ドラゴンなのだということに。翼の下に銀のうろこをきらめかせた、黒いドラゴンたちだ。グローリーが見わたすと、山肌には少なく見ても百頭ものドラゴンがおり、さらに上空にも何頭か飛《と》び回《まわ》っていた。

思わずはっと息をのんだ瞬間、いおうのにおいが入りこんできて、グローリーは顔をしかめた。

なるほど、ここがどこかわかったわ。

今わたしは、ナイトウイングたちのひみつのすみかにいるんだ。

21

グローリーはキンカジューのほうをふり向くと、しばられた両手を口にはめられたベルトに向け、必死《ひっし》にぶんぶんとふった。

「わ、すごい」キンカジューは、色の変《か》わったグローリーの体を見回して目を丸くした。「なにかに興奮《こうふん》してるんだね。なんだろう！　うわあ、知りたいよ！　でも、興奮して当たり前だよね。きっと聞きたいことが山ほどあるでしょ？　ウチもここに来たときは、知りたいことだらけだったもんね。わ、今度はなんか……イライラしてるみたいだね！　めちゃくちゃイライラしてる！　カンカンになってきてる！　どうしたの？　なんでそんなに――」

イライラしたグローリーはキンカジューをおしのけて、どうくつの中にのしのしと引き返した。

「ああ、**ウチ**におこってるんだね」キンカジューが、とことこと後ろを追いかけてくる。

「でも、そういうのにはなれっこなんだ」

どうくつはたいして広くなく、おくに急ながけがあってぷつりととぎれていた。その漆《しっ》黒《こく》の奈落《ならく》をグローリーは見おろした。火もないこんなところでは、夜目のきかないレインウイングがこんながけに近づくことなどそうそうないだろう。たとえ翼《つばさ》がしばられていなくても、グローリーもあまり近づきたいとは思わない。

「ここにとらわれてる他のドラゴンに会いにいくときは、ウチはここを通ってくんだ」キンカジューが言った。「みんながいるどうくつも、ウチのどうくつも、全部ここからつながってるんだ」

グローリーは、さっきまでとはちがう尊敬《そんけい》のまなざしで、目の前の小さなレインウイングを見つめた。キンカジューの翼はしばられてこそいないが、とても小さい。三歳《さい》のドラゴンのほとんどは、休けいを取りながらでなければ長く飛《と》び続《つづ》けることができないはず。他のドラゴンたちをさがして初《はじ》めてこの奈落に飛びこんだとき、キンカジューはどれだけ飛び回ったのだろうか。そんな勇気《ゆうき》は特別《とくべつ》だ。特別だし、ぶっ飛んでいる。

キンカジューはグローリーを見て首をかしげた。「その色、どんな意味かぜんぜんわかんないや。すごい、あんた他のみんなとはぜんぜんちがうんだね」彼女《かのじょ》が手をのばし、グローリーの翼をしばったロープを引っぱって「これもこっちは同じかあ」とため息をつく。「どれも取ってあげられないよ。ぜったいほどくの無理系《むりけい》のしばりかただよ」

グローリーは自分の両手を持ちあげてみた。ぶあつい布《ぬの》にくるまれ、そのうえからさらに別のロープで一本ずつぐるぐるまきにされている。

「ここもだ」キンカジューが、結《むす》び目《め》を指さした。「めっちゃキツいのわかる？」グローリーは目をこらしてみたが、結び目のことなどほとんどわからない。そこで、**それで切ってよ**と言わんばかりの目でキンカジューのかぎ爪《づめ》を見たのだが、彼女は首を横にふってみせた。「もっとするどいものじゃないと切れないんだ。やってみたんだけどね」そう言って、小さなかぎ爪で引っかいてみせたが、ロープはほつれもしなかった。

グローリーは、さっとしっぽをふった。

「イライラするの、わかるよ」キンカジューがうなずいた。「バカなナイトウイングめ。でも、もしウチらがにげようとしたら、あいつらこっちの心を読んだり未来《みらい》を予知したりして食い止めるんだよ。でしょ？」

グローリーは、自分でも気づかないうちにうめき声をもらしていた。

「今のは、脱走《だっそう》できるかやってみたいってこと？」キンカジューが興味《きょうみ》を引かれたように顔をあげた。顔の周《まわ》りに耳のヒレが広がる。「ここから脱走したいなんてやつ、だれもいないんだもん。でもウチはしたいよ。だって、あんたはまだ知らないと思うけど、ここの食べものほんっと最低《さいてい》なんだもん。気持ち悪い**死体**ばっかり持ってきやがってさ。それも、たぶん何週間もたってるようなやつだよ。食べるとめっちゃ気持ち悪くって、死ぬほど具合悪くなるんだよ。果物《くだもの》なんてぜんぜんもらえないんだ。あんまりひどいもんだから、タピアなんて自分でうえ死にするほうを選《えら》んじゃったくらいなんだよ。ウチは、できるだけ食べないようにしてるんだ」

こんなぺちゃくちゃしゃべり続けてるガキがいるのに、いったいどうやって脱出《だっしゅつ》計画なんて立てろっていうのよ？　グローリーはいらだった。**おまけにこっちは、この子に質問《しつもん》ひとつできないってのに。**

そもそもナイトウイングは、レインウイングをどうしたいのだろう？　どうしてさらってきて、こんなところにとらえているのだろう？　この計画に、デスブリンガーはどう関《かか》わっているのだろう？　それに、なぜグローリーたちにやめろなどと言ったのだろう？

「わけわからなくなってる！」キンカジューが、またグローリーの体を指さした。「それに……またイライラしてる！」

「やめろ」っていう色があったらいいのに。グローリーは心の中で言った。

どうくつの入り口のすぐ外で、なにかの羽ばたきが聞こえた。キンカジューがそちらをぱっとふり返り、顔をしかめて目をつぶる。

グローリーは彼女をおしのけて入り口から外をのぞいた。

三頭のナイトウイングたちがようがんの川をわたり、グローリーのところからそう遠くないどうくつの中に消えていくのが見えた。三頭は、まもなくふたたび姿《すがた》をあらわした。ぐったりしたオスのレインウイングを一頭、無理《むり》やり引きずりだしている。

レインウイングの体は、まるで雨雲のようなどんよりとした灰色《はいいろ》になっていた。グローリーは他のレインウイングがその色をまとっているのを見たことがなかったが、それは悲しみの色だった。彼《かれ》は意識《いしき》こそあるものの、ナイトウイングに抵抗《ていこう》しようとも自分から進もうともしてはいなかった。まるですっかりあきらめたかのように、両側《りょうがわ》からかかえられてだらりとぶらさがっていた。グローリーはよろこびに満《み》ちたあざやかなジャンブーの体を思いだし、もうれつな怒《いか》りを感じた――つみのないドラゴンたちをふるさとから無理やり連《つ》れ去《さ》るナイトウイングへの怒り……そして、仲間《なかま》が行方不明《ゆくえふめい》になったところで気づきもせず、気にもとめないレインウイングへの怒りだ。

ナイトウイングたちはレインウイングをかかえたまま川を飛びこえると、山肌《やまはだ》にそうようにして上昇《じょうしょう》を始めた。レインウイングのしっぽが地面の岩にぶつかり、何度も飛びはねる。グローリーが見ている前で彼らは山腹《さんぷく》のなかほどまでのぼり、要《よう》さいのようなものの中へと消えていった。まるで山のようにつみあげた岩のようだったから、グローリーは今まで建物《たてもの》だと気づかなかったのだ。

「ギボン、かわいそうに」キンカジューが言った。「いつもあそこに連《つ》れてかれるんだ。たぶんギボンの毒《どく》がウチの毒よりずっとおもしろいとか、そんな理由なんだろうな」

グローリーは彼女のほうを向き、じっと見つめた。

「あ、そうだ」キンカジューが、なにか思いだしたように言った。「あそこに連れていかれたら、毒がうまく使えないような、そんなふりをするといいよ。あいつら、毒を使ってウチらにものをとかさせたいだけなんだ。変《へん》なの！　自分たちのものなら、自分でとかせばいいのにさ！　ウチもこれまでに、オレンジをひとつと葉っぱの山をひとつとかしたよ。あと、金属《きんぞく》でできたかぎ爪みたいなもんをとかせって言われたけど、そんなの無理に決まってるじゃんね。ウチらの毒、生きてないものにはきかないんだからさ。そうしたら、なんかボウルに毒をはきだせって言われたんだけど、それ使ってあいつらがなにするかぜんぜんわかんないんだよね。ほんと意味不明《いみふめい》」

グローリーははっとした。あいつら、わたしたちを研究してるんだ。少なくとも、毒を研究してるのはたしかだわ。どうくつのはしからはしまで、ぐるぐると歩き回りだす。自分たちで利用《りよう》するつもりなの？　武器《ぶき》として使う気なの？　でも、ナイトウイングは戦《たたか》わない……。戦争《せんそう》を外から見物している……。じゃあ、どうして武器なんかをほしがるの？

もしかして、そのうち参戦《さんせん》してくるつもり？

だれの味方で？

もちろんブリスターにつく……か。グローリーはすぐに答えを思いつき、自分の頭をしっぽでたたいた。だからあいつら、〈運命のドラゴンの子〉にブリスターを選ばせようとしたんだわ。

でも、どうして今さら参戦なんて？　それに、ナイトウイングには頼《たの》んでもいないのにペラペラ自慢《じまん》したがるような超能力《ちょうのうりょく》があるのに、どうしてレインウイングを拷問《ごうもん》してまで毒を手に入れたがるの？

「なるほど、一生懸命《いっしょうけんめい》考えごとしてるときは、そういう色なんだね」キンカジューはぴょんと岩に飛《と》び乗《の》り、とても興味をひかれたようにグローリーを観察《かんさつ》した。「今のあんたの体、いろんな色がまざってるよ。こんなレインウイング見たことないや。ああもう、あんたが口をきけたらいいのに！」

わたしもそう思うよ。グローリーは思った。

「いっしょににげて、ウチの先生になってくれるってのはどう？」キンカジューが続けた。「ウチ、みんなが言ってるようなひどいやつじゃないよ。でも脱走するにはあんたにあのようがんをわたらせて、それから森に帰るトンネルを見つけて、それからそこにいる見はりのドラゴンの目をすりぬけて、それからしばられてるあんたの手脚《てあし》と翼を自由にしてら……いや、それを最初《さいしょ》にやったほうがいいのか。そっちのほうがずっといいね。そうしたらあんたも飛べるし、戦ったりもできるしさ。でも、どれもこれもやりかたがわからないものばっかりなんだ」

キンカジューはしゅんと翼をたれて、動くのをやめた。いきなり、ひどくおさないドラゴンに見えた。グローリーはずっと、どうしてキンカジューが自力で脱走しないのかふしぎに思っていた。けれど、彼女がトンネルの場所を知らなくて、途中《とちゅう》にはたおさなくてはならない見はりが何頭もいるのだとしたら……それは小さなドラゴンには高すぎる壁《かべ》だった。なにせ、失敗《しっぱい》したら他のレインウイングたちのようにしばられ、口をふさがれてしまうのが**おち**なのだ。

「ロープを切っちゃえるようなするどいもの、なにか見つからないかな」キンカジューが、また明るい顔にもどった。「めっちゃとがった岩とかさ。まあ……うん、この辺《へん》には岩くらいしかないんだけどね。あっ！　ごはんが来たらめっちゃ最悪《さいあく》な死体の中にとがった骨《ほね》がないかさがしてみるのもいいかもしれない。でも、すんごく気持ち悪いんだよなあ。よかったら、あんたがやってくれない？」

グローリーはキンカジューの注意を引こうとしっぽで地面をたたいた。自分の口を指さし、次におなかを指さし、もう一度口を指さしてから、好奇心《こうきしん》の色を体にうかべようとしてみる。

「質問したいんだね！」キンカジューは大よろこびした。「待って、当ててみせよっか。ええと……おなかすいてるの？」

グローリーは顔をしかめながら自分の口にまきつけられたベルトをトントンとたたき、どうくつの入り口を指さし、それから両手をパタパタと翼のように羽ばたかせ、自分のおなかを指さし、最後《さいご》にもう一度ベルトを指さした。

キンカジューは、悩《なや》むようにひたいにしわをよせた。「ナイトウイングと食べもののこと……。あっ！　あっ、わかった！　食事のときにはその金属ベルトをはずしてもらえるのか知りたいんだね。当たり？　当たり？」うきうきとそう言って、グローリーがうなずくのを見てからどうくつの入り口のほうを向いた。「たぶん、もうすぐ自分でたしかめられると思うよ」

小さなキンカジューは奈落を飛びこえ、おくの壁に口を開けたわれ目のひとつに消えていった。暗やみの中、彼女の目がまだ光っているのがグローリーからも見えていた。

そのとき、四頭のナイトウイングたちが次々とどうくつの入り口をくぐって中に入ってきた。せまいどうくつが一気に満員《まんいん》になる。グローリーは一歩も動かず、相手をにらみつけた。とりあえず、モロウシーアの姿はない。ただのとらわれのレインウイングだと思ってもらえるのならば、あの予言を台無《だいな》しにしているドラゴンだとバレるよりもずっと安全だった。なにせそのせいで彼女はもう、一度ならず命をねらわれているのだ。

最後に入ってきたオスのドラゴンにはその鼻すじをまたぐようにして、いやでも目を引くようなきずあとが一本走っていた。あごの皮膚《ひふ》が変質《へんしつ》してぶつぶつとまるであぶくのような形になっており、そのうえ鼻のあなが片方《かたほう》ふさがってしまっているものだから、彼は鼻を鳴らすような大きな音をたてながら呼吸《こきゅう》していた。

そのドラゴンがしゃべるのを聞いたグローリーは、自分をつかまえたあのしゃがれ声だと気づいた。この奇妙《きみょう》な呼吸音にも聞《き》き覚《おぼ》えがある。

森にいたやつ……あの暗やみの中にいた怪物《かいぶつ》だわ。死んだナマケモノを食った怪物だ。

「おれには、おかしなとこはないように見えるがな」しゃがれ声のドラゴンが言った。

他の一頭が、さすような目で彼をにらみつけた。「どこ見てるのよ」とメスのナイトウイングが言う。「このメス、どこからどう見たっておかしいじゃないの」

「なにが言いたいんだ？」三頭目のドラゴンが言った。

「体を見てみなさいってば。わたしたちがさらったレインウイングは、あっというまに体が緑色に変わったじゃない……たぶん、恐怖《きょうふ》を表す色なんだと思うけどね。でもこのメスは……なにを意味してるのかはわからないけど、赤とオレンジが見えるし、それにあちこちにちょっとだけ黒もまざってるわ」ひょうひょうとした冷静《れいせい》な口調で言いながら、細いぼうでグローリーの翼のあちこちを指していく。まるでどこにでもいるカブトムシについて説明《せつめい》するかのような、感情《かんじょう》の感じられない声だ。

「つまりこいつは、環境《かんきょう》に合わせて色を変えるってことか」三頭目が言った。「でもそいつは、レインウイングならふつうの話じゃないのか？」

グローリーはナイトウイングたちをにらむと、わざとあざやかなむらさき色に体を変えてみせた。

「おやまあ」無感情《むかんじょう》なメスのナイトウイングが言った。「すぐラボに連れていって、よく調べなくちゃいけないわね。この子のことがもっとわかるまでは、食事をあたえたり口輪《くちわ》にふれたりしないことを強くおすすめするわ」

「くだらん」しゃがれ声のナイトウイングが言った。「レインウイングなんぞ、どいつも同じよ。くさりきっていて、使いものにもなりゃしない」

「それにバトルウィナー女王は、自分の命令《めいれい》に疑問《ぎもん》を持たれるのがおきらいだ」四頭目のドラゴンが、初めて口を開いた。ひどいにおいをはなつ毛むくじゃらの物体を手に、グローリーのほうに足をふみだす。「さあ、食事の時間だぜ。あとでこの小娘《こむすめ》をラボに連れていくべきかどうかは、おまえが直接《ちょくせつ》女王に聞きに行くこったな」

「ええ、そうするわ」メスのドラゴンがさがった。「わたしの懸念《けねん》はちゃんと言ったからね。あとはお好《す》きにどうぞ」そう言って、どうくつから飛び去っていった。

戦うべき相手は三頭だけか。グローリーは声にださず言った。**大人しくて、毒はきの訓《くん》練《れん》をちゃんと受けてはいてもこわがりのレインウイングのことなら研究ずみだろうけど、わたしのことはなにも知らないでしょう？**

鼻にきずのあるドラゴンは、背中《せなか》にかけたさやから長い槍《やり》を一本引きぬいた。槍の先には、かぎ爪のようにとがった切っ先が三つついており、赤い光を浴《あ》びて邪悪《じゃあく》なかがやきを放っていた。彼がその槍を両手でかかげ、グローリーを見ながら黒い舌《した》をチロチロとのぞかせる。まるで、グローリーを槍でつく口実ができるのを、心待ちにしているかのようだ。

わたしたちがにくくてたまらないんだわ。グローリーは、彼と目を合わせながら思った。**こいつにとっては種族《しゅぞく》なんて関係《かんけい》のない、自分の問題なんだ。**彼女は、相手のきずあとに視線《しせん》をうつした。**なるほど。いかにも毒液《どくえき》をくらったみたいなきずね。そんなことするほど大たんなレインウイングなんて、いったいだれだろう？**

ふと、毒液を浴びて生《い》き残《のこ》ったドラゴンを初めて目の当《ま》たりにしているのに気づき、グローリーの全身にふるえが走った。毒の攻撃《こうげき》を受けても、生きのびることが**可能《かのう》**なのだ。だとすれば、スカーレット女王も実は生きていてもおかしくないことになる。

毛むくじゃらの死体が彼女の足元に転がり、他の二頭も自分の槍を引きぬいた。グローリーは、自分に差《さ》しだされた食事をじっと見つめた。キンカジューの話は、大げさでもなんでもなかった。死んでからずいぶんたっているような、ひどいにおいがする。もともとなんだったのかもほとんどわからないが……おそらくマスクラットあたりだろうか。その脇腹《わきばら》には川岸で死んでいたあのナマケモノについていたのとよく似《に》た、なにかに感染《かんせん》して黒ずんだようなひどいかみきずが残っていた。

一頭の兵隊《へいたい》がとびだし、グローリーの顔めがけて槍をつきだした。グローリーは口輪をはめたまま声をもらし、あわててとびのいた。

「めしが食いたければ動くんじゃない」きずのあるドラゴンがほえた。「さもなくばうえ死にあるのみだ。おれたちはどっちでもいいんだぞ」

グローリーは手をきつくにぎりしめ、近づいてくる槍の切っ先を見つめた。兵隊がなにをしたのかちゃんとはわからなかったが、槍の先が金属ベルトの金具かなにかに引っかかったのを感じた。兵隊が槍をひねり、引く。金具がはずれ、ベルトがほどける。ナイトウイングたちがいっせいに、槍をかまえたまま後ろにとびのいた。

だが、ひと足おそかった。

22

グローリーは牙《きば》をむいて前にとびだし、手近な槍《やり》を両手でがっしりとつかんだ。思いきりそれを引っぱって兵隊《へいたい》をぐらつかせ、毒液《どくえき》をはく。毒液は兵隊の顔面こそはずしたが、翼《つばさ》と背中《せなか》にふりかかった。

兵隊が槍を放りだし、激痛《げきつう》に悲鳴をあげてよろめきながら、どうくつの入り口へと向かってにげだす。

鼻すじにきずのあるドラゴンが槍を取り落とす。そして、毒液を浴《あ》びた仲間《なかま》をおしのけてどうくつからひと息にとびだした。

グローリーは最後《さいご》の兵隊にぱっと向き直って槍を彼《かれ》に向けようとしたが、しばられたままの手ではうまくつかめなかった。兵隊がグローリーめがけて突進《とっしん》し、首をねらって槍をつきだしてくる。グローリーは相手をねらって毒をはいたが、おどろいたことに兵隊はさっとかがんでそれをよけ、軽々と毒をくぐりぬけてみせた。次の瞬間《しゅんかん》、兵隊が彼女《かのじょ》をなぐりたおし、うつぶせの彼女に上からのしかかって身動きをふうじた。グローリーの顔面を鼻先から岩肌《いわはだ》の地面におしつけ、槍の切っ先を首すじにつきつける。

「おしかったな、レインウイング」兵隊がうなった。「けどな、そうそうかんたんには……ウオオオオオオ！」のしかかっていた兵隊の体重がいきなり背中から消え、どうくつにほえ声がひびきわたった。

グローリーがとび起きると、すぐとなりにキンカジューが立っていた。両手を口にあてている。

「うそっ、これウチがやったの？」キンカジューが悲鳴をあげた。「大変《たいへん》、あいつを見てよ！」

ナイトウイングが首をかきむしりながら、よろよろと壁《かべ》にぶつかる。キンカジューの毒液をほんの何てきか浴びただけだというのに、しずくが当たった部分のうろこがぶつぶつとあわだちながらけむりをあげている。兵隊は激痛のあまりくるったような怒《いか》りを目にうかべ、二頭のレインウイングをふり向いた。

「ごめんってば！」キンカジューが悲鳴をあげた。「うわあ、めっちゃ痛《いた》そうだよ、あれ！」

グローリーは兵隊の手から槍を引きぬき、どうくつのおくのがけっぷちから思いきりつき飛《と》ばした。暗やみの中、どこへ向かえばいいのかわからずさまよう彼の羽ばたきと、なさけないさけび声がひびき続《つづ》けた。

「こんなの――」キンカジューは口を開いたが、それ以上《いじょう》言葉がでてこなかった。

「そのうち自分が炎《ほのお》をはけるナイトウイングだって思いだすからだいじょうぶよ」グローリーが言った。「ま、そのころにはもうわたしたちはとんずらしてるけど」

「ずっと、**今**すぐ脱走《だっそう》しようって言いたかったんだね」キンカジューが言った。「今って、ほんとに**今すぐ**にさ。めっちゃ**ぶっ飛んでる**よ。あんた、ほんと**ぶっ飛んでる**よ」その声は少し興奮《こうふん》でたかぶっていたが、彼女の体はあざやかな黄色に変《か》わっていた。胸《むね》をおどらせているのだ。

「ちょっとだけ落ち着いてくれない？」グローリーは、キンカジューの翼を指さした。

「そんなんじゃ、わたしたちにげてますって山じゅうに知らせるようなものだからね。あいつらに見えるようにしなくちゃね」そう言って、表にいるナイトウイングたちと同じ漆《しっ》黒《こく》の体になってみせる。「ところで、わたしはグローリーだよ」

「りょうかい！」キンカジューがぱたぱたとしっぽをふった。まるで彼女の体にだれかが夜空をこぼしたかのように、みるみる黒くなっていく。「けどさ、ようがんの川はどうやってわたるつもり？」

おっと、そうだった。グローリーは、川の存在《そんざい》をすっかり忘《わす》れていた。いや、忘れていたのではなく、そんなに先まで考えていなかったというべきだろう。毒液をはくチャンスが来たと感じ、なにも考えずに行動したのだ。まったく、これじゃあまるでツナミじゃない！　心の中で、自分をしかりつける。

それよりもまずいのは、鼻にきずのあるあのナイトウイングが、いつ援軍《えんぐん》を引《ひ》き連《つ》れてもどってくるかわからないことだった。

グローリーは、両手をおおっている布《ぬの》にかみついた。そして思いきり頭をふってずたずたにやぶり、ついに引きはがすことに成功《せいこう》した。自由になった両手ですぐさま槍をつかみあげ、体にまきついているロープに刃《は》をあてる。

「兵隊がこっちに来るよ！」キンカジューがうろたえた。

「ナイトウイングの子どものふりをして、時間をかせいでて」グローリーはそう言うと、なんとかロープの一本に槍の先を向けたが、手先がくるって自分の腹《はら》をさしてしまった。うめき声をもらしながらもう一度槍をかまえ、やり直す。

「わかった。だいじょうぶだよ。時間かせぎする。まかせて」キンカジューがどうくつの入り口めがけてかけだした。グローリーが攻撃《こうげき》したナイトウイングは、入り口まで行く途《と》中《ちゅう》に転がっていた。弱々しい声をもらしながら、まるで自分の皮をぬぎ捨《す》てようとしているかのように身もだえしている。

キンカジューは一瞬《いっしゅん》そのドラゴンを見て目をぱちくりさせたが、すぐにその兵隊の翼を一枚《まい》持ちあげ、それで自分の肩《かた》と背中をおおって金属《きんぞく》の首輪《くびわ》をかくした。どうくつから少しだけ身を乗りだし、空を見あげる。

「早く！」いきなりキンカジューがさけび、グローリーは心臓《しんぞう》が止まるかと思った。「あのレインウイングの娘《むすめ》が攻撃してきたんだ！　脱走された！　あっちのほうに行くのが見えたよ！」彼女が山のほうを指さした。「急いで！　止まらないで！　やたら飛ぶのが速いやつなんだ！　だめだよ、こっちにはけがしてるやつがいるんだ！　だから追いかけて！　にげられちゃうよ！」

頭上をいくつもの羽音が通りすぎ、どうくつの中にも熱風《ねっぷう》がふきこんできた。その瞬間、グローリーが手にした槍の先が、ようやくロープの結《むす》び目《め》に引っかかった。槍をひねると同時にするどい刃がロープにこすれ、ついに切りさく――しかし、そのロープがほどけたとたん、さらに四つもの結び目が別々にできているのに気づき、グローリーはがくぜんとした。

全部切る前に、あいつらがだまされたことに気づいて帰ってきちゃう！　グローリーはあせった。ようがんの川をわたる別《べつ》の方法《ほうほう》が、きっとなにかあるはずだ。飛び石の代わりに使えるものがなにかあるはずだ。

彼女は入り口にかけつけると、大きな岩がいくつか転がっていないか外をさがしてみた。キンカジューが信頼《しんらい》のまなざしでグローリーを見つめている。五頭のナイトウイングが山からおりてきて、黒砂《くろすな》の砂浜《すなはま》とあれくるう灰色《はいいろ》の海を目指して飛んでいくのが見えた。

ナイトウイングたった五頭でわたしを止める気なの?　グローリーは思った。山を見あげてみたが、さわぎになっている様子も、援軍がおりてくる気配もない。

「わたしににげられる心配なんて、あんまりしてないみたいね」不安《ふあん》そうに彼女が言う。

「ウチもなんだか心配になってきちゃったよ」キンカジューが暗い声で言った。

「ねえ、ちょっと」グローリーは、けがをした兵隊をつついた。「まだ飛べる?」

兵隊はびくびくと彼女から後ずさった。「無理《むり》だ。体じゅうが痛いんだよ」となさけない声をもらす。

だが、たいしたけがには見えなかった。毒液はほとんどかわしていたし、けがをしたのも背中の片側《かたがわ》だけなのだ。

「ようがんの向こうまでわたしを運ばないなら、もっと痛い思いをすることになるよ」グローリーが言った。「このじゃまなロープを切ってくれるのでもいいけどね」彼女が牙をむくと、兵隊は翼で頭をくるんでどうくつの中に後ずさりした。

「ちょっと待ちなよ」そのとき、さっきの兵隊とはちがう声がした。「おれにもっといい考えがあるんだ」

あわてたグローリーがふり向くと、いたずらな笑《え》みをうかべながら空からおりてくる、一頭の黒いドラゴンが見えた。

「やあ、グローリー」デスブリンガーだ。

23

「そのどや顔、やめてもらえる？」グローリーが顔をしかめた。

「こいつはどや顔じゃなくって、ヒーロー登場って顔さ」デスブリンガーが言った。「しかしおもしろいじゃないか？　最初《さいしょ》はおれが君につかまって、今度は君がおれにつかまるだなんてさ」

「へえ、わたしをつかまえとこうとしたドラゴンがどんな目にあうか、知らないみたいね」グローリーがいかくした。

「ふたりとも、そこまでにしときなよ」デスブリンガーに続《つづ》いてクレイがあらわれると、グローリーのとなりに着地した。

「クレイ！　こんなとこでなにしてるのよ！」グローリーがさけんだ。

「なにって、助けに来たんだよ。うれしくないの？」クレイは自分の翼《つばさ》で彼女《かのじょ》の翼をつついた。

「今、自力で助かろうとしてるとこなの」グローリーは、必死《ひっし》に体を黒いままにたもちながら答えた。クレイの姿《すがた》を目にした瞬間《しゅんかん》から、気をぬいたらまぬけな自分の兄のようにピンクに変《か》わってしまいそうなのだ。「助けてくれるのは、また今度ね」

「だめだめ、耳をかさないで！」キンカジューがさけんだ。「ウチら今、まちがいなく助けが必要《ひつよう》なんだから！　お願《ねが》いだから助けて！」

「でも、どうしてここに？」グローリーが言った。「なんでこんなとこをさがそうなんて思ったの？」

クレイはデスブリンガーのほうをあごでしゃくった。デスブリンガーがさっとしっぽをふり、さらにどや顔をしてみせる。「こいつに言われてきたんだよ」クレイが言った。「グローリーが帰ってこないもんだからさがしてたら、どこに行ったか知ってるから自由にしてくれたらいっしょにさがしてやるってさ、こいつが」

「わなに聞こえるわね」グローリーは、うたがいのまなざしでデスブリンガーを見つめた。「なんで仲間《なかま》のナイトウイングをうらぎるようなまねをするわけ？　クレイまでつかまえようっていうつもりなんじゃないの？」

「あやしむのは後回しにして、今はとにかくにげようよ」キンカジューは羽ばたきながら、宙《ちゅう》に飛《と》びあがった。

「おりこうさんだね」デスブリンガーはそう言うと、真意のわからない表情《ひょうじょう》でグローリーを見た――からかいながらも心配しているような、自己満足《じこまんぞく》しながらもやさしさでつつむような、そんな顔だ。「そこなしの感謝《かんしゃ》の気持ちは、後で聞いてあげるよ。待ってるぜ」

「期待してもむだだよ。さ、行こう」グローリーが言った。

「ほら、乗りなよ」クレイは、グローリーが背中《せなか》にのぼれるよう翼を広げた。

しかし彼女はほんの一瞬《いっしゅん》ためらうと、心の中で言った。**自分の力で乗りこえられる。助けなんかいらない。翼を自由にして、自力で助かるのよ。**

だが、もう時間がない。それに、デスブリンガーがどれだけ信用《しんよう》できないとしても、クレイほど信頼《しんらい》できるドラゴンなど他にいないのだ。彼女は槍《やり》を手にしたまま彼《かれ》の背中にのぼると、翼の使えないままぎごちなくバランスを取った。

グローリーが首に腕《うで》を回すと同時に、クレイが飛び立った。彼女が横すべりし、あやうくようがんの川に落ちかける。クレイはまっ赤《か》ににえたぎったようがんにしっぽをかすらせると、痛《いた》みに声をもらしながら一気に上空へとのぼっていった。

「だいじょうぶだよ」彼がすぐに言った。「すぐに治《なお》るから、心配しないで」

炎《ほのお》をものともしないクレイみたいなうろこは、まさしくこういうところで本領発揮《ほんりょうはっき》するわね。グローリーは、はるか上空から下を見おろした。ようがんの川を見おろすとどうくつが他にもいくつか見えたが、顔をだしているドラゴンは一頭も見当たらなかった。

「他のレインウイングたちも助けださなくちゃ！」彼女はクレイの耳元でさけんだ。「全員自由にしてあげなくちゃ！」
「今すぐにかい？」クレイが言った。「つかまらないで脱出《だっしゅつ》できるだけでもきせきっても
んだよ」
「こんなところに置《お》き去《ざ》りにできないよ！」グローリーが悲痛《ひつう》な声をあげた。「マングロ
ーブに、オーキッドを見つけるって約束《やくそく》したんだもの！」
「でも見つけたろ？　居場所《いばしょ》がわかったんだから、また後で助けに来ればいいよ。応援《おうえん》を
連《つ》れてね」クレイが彼女をふり返り、さらにスピードをあげた。「たくさんたくさん応援
を連れてだよ」
グローリーが後ろをふり向くと、高い岩だなにナイトウイングたちが集まっているのが
見えた。そのうち三頭がクレイを指さして、仲間たちにさけんでいる。火山のあちこちで、
黒い頭が空を見あげた。
みんなにおくれまいとして必死に羽ばたいているキンカジューの姿もあった。だが、あ
のわけ知り顔の危険《きけん》な殺《ころ》し屋《や》がどこにも見えない。
「デスブリンガーが来てない！」彼女が大声で言った。
「そりゃあそうだよ」クレイは背中に向けてそうさけぶと、ねじくれた二本の石柱の間を
ぬけて右に旋回《せんかい》した。「ぼくたちを助けたのがナイトウイングにバレるわけにはいかない
じゃないか」

グローリーは、とらわれていたあのどうくつでけがを負わせたドラゴンのことを思いだし、不安《ふあん》になった。あの兵隊《へいたい》はまちがいなくデスブリンガーの姿を見ているし、話だって聞いていたはずだ。けれどそれは、デスブリンガーの問題だ。「あいつの任務《にんむ》はどうなったの？ ほら、わたしたちを殺す任務のことだよ。覚《おぼ》えてる？」

「たぶん、もうやりたくないんじゃないかな」クレイが肩《かた》をすくめた。

そいつは疑問《ぎもん》ね。グローリーは声にださずに言った。**キンカジューふうに言えば、めっちゃ疑問だわ。**

それでも彼女は、なんだかさよならをつげるチャンスがほしかったような、なんともいえないむなしさを感じていた。もう一度首をよじって後ろを見てみたが、やっぱり彼の姿はどこにもなかった。**まあいいか。今度またわたしを殺しに来たときに言おう。**

グローリーは、火山がそびえる島をふちどるように広がる黒砂《くろすな》の浜辺《はまべ》に向かってクレイが猛《もう》スピードで飛んでいるのに気がついた。火山の斜面《しゃめん》には葉っぱを一枚《まい》もつけていないよじれた木々が立っていて、まるで地面から何本も骨《ほね》がつきだしているかのようだった。砂浜《すなはま》の向こうにはあれくるう海が見えた。灰色《はいいろ》で、見るからにおそろしく、そしてはげしくあわだっている。

「ちょっと、クレイ？」グローリーは声をかけた。「熱帯雨林《レインフォレスト》まで海をわたって帰るわけじゃないよね？」

「そんなわけないだろ」クレイが答えた。「ピリアの他のどこがどっちにあるのかも、どのくらい遠いのかもわからないんだ。グローリーはわかる?」

「わからない」グローリーは首を横にふった。「でも、ナイトウイングが島に……どんな地図にものってない島に住んでるっていうのはなっとくいく話だわ。ま、どうせ住むならもっといい島があるんじゃないのって思うけど。こんな、ぞっとするような島じゃなくてね」そう言ってせきこむ。くさった卵《たまご》のようなにおいがこのまま鼻にしみついてしまうのではないかと、彼女は不安になった。

クレイは砂浜の端《はし》に見えるちょっとした断崖《だんがい》を目指して急降下《きゅうこうか》を始めた。断崖のなかほどにどうくつが口を開けている。

「熱帯雨林への通路はあの中だ!」クレイが大声で言った。「みんな戦《たたか》いの準備《じゅんび》をしといてくれよ!」

「いつでもだいじょうぶだよ」となりを飛ぶキンカジューが息を切らしながら言った。グローリーが口を開くと、けむった空気の味がした。下に広がる砂浜には、兵隊の姿はひとつも見当たらない。

「トンネルをぬけてくるときには、見はりの兵隊と戦ったの?」彼女がたずねた。

「いや、デスブリンガーが先行して、あいつらを引きつけておいてくれたからね。でも、今ごろはもうもどってきてるはずさ」

「他にもいるよ」キンカジューがさけんだ。「後ろ見てみな、お客さんみたいだよ」

グローリーには、わざわざふり返らなくてもわかっていた。もう羽ばたきが耳にとどいていたし、何頭のナイトウイングが追いかけてきているのか、はっきりと知りたくなどなかったのだ。彼女はモロウシーアにつき立てるところを想像《そうぞう》しながら、手にした槍をきつくにぎりしめた。

目の前では、どうくつが大きく口を開けていた。クレイはまったくスピードをゆるめずに、岩ぺきに囲《かこ》まれた通路を飛んでいく。グローリーは何度か目を開いたり閉《と》じたりして暗やみにならすと、行く手に赤々と炎がもえているのに気がついた。

ナイトウイングの衛兵《えいへい》が四頭、たき火を囲んでいた。それぞれ、おそろしい形の槍を手に持っている。彼らの背後《はいご》の壁《かべ》に開いた丸いあなから、**いやな予感**がただよってきていた。そしてナイトウイングたちからは、何者もあなに近づけないという決意を感じさせた。

さっさとあいつらをやりすごさなきゃ。グローリーは思った。**そうしないと、後ろから来てる連中《れんちゆう》までまとめて相手しなきゃいけなくなるしね。**

最初の衛兵はグローリーたちが近づいてくるのに気づいてとび起きると、クレイに体当たりしてきた。グローリーはその衝撃《しようげき》で槍を取り落としながらはじきだされ、衛兵の頭を飛びこえると、たき火をかすめるようにしながら別《べつ》の衛兵に激突《げきとつ》した。手がのびてきて彼女のしっぽをわしづかみにし、さらに別の手が彼女の鼻をつかもうとしてくる。**そうはさ**

せるもんか。グローリーは手をかわした。もう口輪《くちわ》などで、自分の武器《ぶき》をふうじさせたりはしない。

がばりと口を開けてふり向き、頭をおさえつけようとしている衛兵に毒液《どくえき》を浴《あ》びせる。黒いしずくが敵《てき》の胸《むね》に飛びちる。衛兵はさけびをあげながらとびのくと、よろめきながら炎に足をふみこみ、体からけむりを立ちのぼらせながら砂浜めがけてにげていった。

残《のこ》ったうちの二頭の衛兵がグローリーの背後から飛びかかり、もう一度彼女をうつぶせにおしたおした。どちらもモロウシーアと変わらない巨体《きょたい》だ。腰《こし》から下には金属《きんぞく》のよろいをつけ、つきでた鼻を守るふしぎな形のかぶとをかぶっている。グローリーの顔が地面におしつけられた。グローリーはツナミのように反撃《はんげき》しようともうれつにしっぽをふり回したが、一頭の衛兵にしっぽをふみつけられ、動かせなくなってしまった。

二頭のドラゴンたちの重みにあらがい、グローリーがあばれる。彼女の頭上では、クレイが一頭目の衛兵と戦っていた。ふたりのかぎ爪《づめ》がはげしくぶつかり合い、炎の息がやみをこがす。

キンカジューは？　グローリーは心配になった。彼女はどこに行ったのだろう？　うまくあのトンネルににげこんだのだろうか？

その瞬間、衛兵の背後にいきなり小さなキンカジューがあらわれた。グローリーが落とした槍を手に持っている。キンカジューはそれを思いきりふり回すと、片方《かたほう》のナイトウイングの頭にずっしりとした石づきをたたきこんだ。衛兵はさけびながら横にふらついたが、すぐにどうもうな殺意《さつい》を目にうかべてぱっとふり返った。

「キンカジュー！　毒《どく》を使って！」グローリーがさけんだ。

「でも……」キンカジューは、ナイトウイングのかぎ爪をかわしながら言った。「ウチ、そんな……」

「槍でもいいから！　今度は刃《は》のほうを使うのよ！」

キンカジューはおどろいた顔をして、地面に落ちた槍を見おろした。拾いあげ、もう一度自分に突進《とっしん》してきた衛兵に向かってつきだす。衛兵はその切っ先をはらいのけると、自分の槍でキンカジューに切りつけてきた。キンカジューが悲鳴をあげ、首に赤い血のすじができる。

グローリーは怒《いか》りに両手をにぎりしめた。なんということをするのだろう。キンカジューはまだ小さな子どもだというのに。それだけではない。キンカジューはレインウイングだ――つまり、戦いの訓練《くんれん》など一度たりとも受けたことがないのだ。

グローリーをおさえている衛兵は、一頭だけになっていた。戦闘《せんとう》訓練でサニーがやっていた技《わざ》を思いだし、もがくのをやめる。彼女の上で、衛兵が満足げに笑《え》みをうかべた。

自分の下に広がる岩盤《がんばん》とそっくりに、グローリーは体の色を変化《へんか》させた。

「バカなレインウイングめ」衛兵が笑《わら》った。「そんなことをしてもちゃんと感触《かんしょく》は伝《つた》わってくるし、翼をしばるとめ具だって丸見えだぞ」

そんなことはグローリーもわかっていたが、衛兵だって、見えないものをおさえつけることにはなれていないにちがいない。少しでも動きがにぶってくれるよう、彼女は祈《いの》った。深呼吸《しんこきゅう》し、いきなり思いきり転がる。彼女をふみつけているナイトウイングの足が、体の表面ですべる。グローリーは、しっぽが自由になったその瞬間をのがさなかった――しっぽをふりあげ、衛兵の背中めがけて一気にたたきつける。

サニーはこの戦法《せんぽう》がお気に入りだったが、初《はじ》めはだれにもその理由がわからなかった。ふつうのサンドウイングのような毒ばりがしっぽについていたらおそろしい技になったはず――けれど、ただのしっぽしかないのに意味などあるのだろうか？

だが、全員がその技を味わい、どれほどぶきみでおそろしい技なのかを身をもって知ることになった。まるで、自分でも知らなかった弱点にかみなりの直撃《ちょくげき》を食《く》らったような感覚《かんかく》なのだ。ひどいけがを負っていてもおかしくなかったと、体が知っているような気持ちになった――しっぽの先に毒ばりがついていたならば、すぐに脊髄《せきずい》がマヒし、ほんの数秒で死んでいたにちがいないと。背《せ》すじもこおるようなその技のせいで、戦いのさなかにも気が散《ち》ってしかたなかった。

レインウイングがこの技を使ってもナイトウイングに効果《こうか》があるのかグローリーにはわからなかったが、ためしてみる価値《かち》はあった。

まるでコーラル女王の牢獄《ろうごく》にいた電気ウナギの電撃《でんげき》を浴びたかのように、衛兵の体がこわばった。ほんの一瞬のできごとだったが、グローリーは敵をふり落とすと大きく口を開けた。キンカジューをおそっている衛兵の全身に浴びせるつもりで毒液を噴射《ふんしゃ》する。

衛兵は悲鳴をあげ、はでな音をたてて岩盤の上にあおむけにたおれた。グローリーは、キンカジューの体の横に新しい切りきずがついているのに気づいた。小さな体をガタガタとふるわせながら、キンカジューは緑と白の波を体にうかべていた。

グローリーが彼女にかけよろうとしたその瞬間、だれかがしっぽをつかんだ。「にげて！」あなを指さしながら、グローリーがキンカジューにさけぶ。「早く！」

キンカジューは、グローリーの背後にいるナイトウイングの衛兵を見てためらった。グローリーは一瞬、彼女が言うことをきかずに残っていっしょに戦おうとするのではないかと思った。だがキンカジューはすぐにトンネルに向かってかけだすと、大人しく暗やみの中へと飛びこんでいったのだった。

よし、いい子だね。グローリーがそう思ったとたん、強烈《きょうれつ》な槍の一撃《げき》が彼女の頭をおそった。**ちゃんとまともに行動してくれてうれしいよ。わたしの仲間とは大ちがい。**彼女はふり返ろうとしたが、ナイトウイングの手で壁にたたきつけられた。視界《しかい》にチカチカと星がおどる。**気を失《うしな》っちゃだめだ。気を失っちゃだめだ。**もしまた相手につかまってしまったら、もう毒をはいて脱走《だっそう》するチャンスなんて二度とめぐってはこない。ナイトウイングたちに、うえ死にさせられてしまうに決まっている。

かすむ視界の中、とつぜん宙から落ちてくるクレイが見え、グローリーは心臓《しんぞう》がのどから飛びだしそうになった。けがをしているのだろうか？　クレイのところに行こうとよろめきながら足をふみだしたそのとたん、後ろ足にするどい痛みを感じて立ち止まった。衛兵が槍で彼女をつきさしたのだ。

グローリーは怒りのさけび声をあげ、衛兵が引きぬいた槍めがけて飛びかかった。ナイトウイングがもう一度、もうれつなスピードで槍をつきだす。その槍が腹《はら》をかすめ、グローリーはハチにさされたようなするどい痛みを感じた。

その瞬間、クレイがもえさかる炎の中に墜落《ついらく》した。炎が彼の腹を、翼をなめ、どうくつがやけこげたにおいでいっぱいになる。グローリーは、その様子を見ているだけでうろこが痛くなるようだった。いくらすぐに治るといっても、今クレイの肌《はだ》がもえているのだ。

クレイは歯を食いしばって身をかがめ、もえさかる炭を両手でつかみあげた。その頭上で宙にとどまっているナイトウイングには、自分が今からどんな目にあおうとしているか、考えるまもなかった。手にした炭をクレイが衛兵の顔面めがけて投げつけ、さらに次々と炭をつかんでは投げつけていく。衛兵がくるったように自分の顔面をかきむしる。

「クレイ！」グローリーは、目の前の相手に投げ飛ばされながらさけんだ。あおむけにたおれると同時に衛兵が馬乗りになり、彼女の口を閉じようとたくましい両手でおさえつけてくる。

まっ赤にやけた炭が次々と飛んできた。グローリーをおさえつけている衛兵のよろいが、それをどんどんはじき返す。一本の炭が、しばられているグローリーの翼にあたる。だが、わずかに何本かが、よろいのすきまから入りこんでいった。衛兵はグローリーをつかんでいた手をはなし、激痛《げきつう》にさけびをあげながらなんとかよろいをぬごうとした。

グローリーがどうにか立ちあがったそのとき、だれかが彼女の両肩《りょうかた》をわしづかみにした。グローリーはいかく音をだしながらふり返ったが、目の前にいるのがクレイなのに気づき、はきかけていた毒をなんとか止めた。

「急げ！」クレイはそうさけび、自分の背中に彼女をかつぎあげた。思いきり地面をけり、転がっている衛兵たちを飛びこえる。グローリーが彼の首にまたしがみつく。けがをした衛兵の一頭がクレイのしっぽに飛びかかったが、グローリーが口を開けたのを見るとたじろぎ、後ずさった。

らせんをえがきながら上に向かっていくトンネルに、クレイが飛びこんだ。ぐんぐん飛んでいく彼の背中に顔をうめ、グローリーは必死につかまった。

前のほうから雨音が聞こえてきた。

もうひと息だ。助かったんだ。たとえひとときでも……。グローリーは心の中で言った。

24

あなから飛《と》びだすと天気雨だった。生《お》いしげる葉っぱのすきまから雨がしたたり落ちてきているというのに、すじになって差《さ》しこんでくる太陽の光がまだらもように木々を照《て》らしていた。その光をしずくが反射《はんしゃ》し、クモの巣《す》や滝《たき》にきれいなにじをかけていた。

クレイはそっとグローリーを地面におろすと肩《かた》で息をしながら、泥水《どろみず》がたまった手近な水たまりにたおれこんだ。

グローリーは体を起こすとぶるぶると体をゆすって水をふりはらい、ナイトウイングの島へと続《つづ》くトンネルを見あげた。敵《てき》が追いかけてくる様子はない。重たい羽音も聞こえないし、また戦《たたか》いを始めようとあなからはいだしてくる黒い頭も見えない。

しばらくそうしていたグローリーはふと、自分たちが砂漠《さばく》へと続くあのトンネルのすぐそばにでてきたことに気づいた。最初《さいしょ》のトンネルは大岩に口を開けていたが、今度のトンネルはせせらぎの向こう岸、こちらの岸に立っているのとよく似《に》た別《べつ》の木の中へと、直接《ちょくせつ》続いていたのだった。

「二本目のトンネルってわけね……」彼女《かのじょ》はクレイに言った。「なんかすごく奇妙《きみょう》だね。他にも、もっとトンネルがあるのかな？」

「それをつき止めたら起こしてくれよな」クレイが言った。「いや、待った。もうぜったいに起こさないで。これから百年ねむるつもりだからさ」そして両手いっぱいに泥《どろ》をすくいあげるとそれを頭にかけ、ため息をつきながらまぶたを閉《と》じてしまった。

そのとき、こずえからぱっとキンカジューがあらわれ、グローリーに飛びついてきた。

「無事《ぶじ》で超《ちょう》よかったよ！　置《お》いてくなんていやだったけど、すっごくこわくて……」

「キンカジューは正しいことをしたんだよ」グローリーは、まだキンカジューがふり回し続けている槍《やり》をよけようと、低《ひく》くかがみこみながら答えた。「ほら、それをこっちによこしなさい。それからあのあなの様子を見て、だれも後を追ってきてないかたしかめてほしいんだ」

キンカジューは目を丸くした。「でもさ、もし追っかけてきてたら？　ウチはどうすればいいのさ？」

「ちょっとこわがらせて、あの最悪《さいあく》の島に追い返しちゃって」グローリーは、翼《つばさ》をとめているベルトを槍でつついてみた。「翼が使えるようになったら、わたしもすぐ手伝《てつだ》いにいくから。それに、こいつの使いかたがわかったら、キンカジューの首輪《くびわ》もはずしてあげられるかも」そう言って、彼女の首についた金属《きんぞく》のリングをあごでしゃくってみせる。

キンカジューは足をもぞもぞさせた。「でも……ええと……あのね……もうドラゴンにウチの毒《どく》を使うの、あんまり気が進まないんだよね。ほんとにほんとにキツい気持ちになるからさ……」

「じゃあ、毒をはくふりだけしてくれればいいよ」グローリーは答え、キンカジューを軽く木に向かっておした。「口を開けながらトンネルの入り口にすわって、できるだけおっかない顔をするの。できる？」

それを聞くとキンカジューは、ぱっと顔をかがやかせた。「もちろん！　おっかない顔ならウチにまかせてよ！　めっちゃおっかない顔！　見ててよね！」彼女はパタパタとあなに飛んでいくと足元にしっぽをまいて口を開け、トンネルを見おろしながらものすごい形相に顔をゆがめてみせた。見はりというよりもまるで魔《ま》よけの彫刻《ちょうこく》がついたドアストッパーのようだったが、今はそれで間に合わせるしかなかった。

グローリーは、なんとか翼を自由にしようとがんばりながらも、片目《かため》でキンカジューを見守っていた。追っ手がトンネルにあらわれないというのは、なんだか逆《ぎゃく》に気味が悪い。もしかしたらナイトウイングたちは、トンネルのこちら側《がわ》にはドラゴンが大ぜい待ちかまえていて、とても相手にできないと思ったのかもしれない。

自分はどのくらい熱帯雨林《レインフォレスト》をるすにしていたのだろう？　グローリーは目を細めて差しこんでくる太陽の角度を観察《かんさつ》し、今は朝にちがいないと思った。まるで一か月も〈夜の王国《ナイトキングダム》〉にとらわれていたような気分だが、たった一日しかすぎていなかったとは。

彼女がいよいよ最後《さいご》のロープに取りかかろうとしたそのとき、森の中から声が近づいてくるのが聞こえた。

「こんな計画最悪だってば！　落ち着いて、冷静《れいせい》に話し合おうよ！」

「時間がないんだよ！　クレイとグローリーがナイトウイングの殺《ころ》し屋《や》にさらわれちまったんだからね！　あたしが助けに行かなくちゃ！」

「でも、あいつがさらったかどうかも、あいつがあのトンネルを使ったかどうかも、それに〈サンドキングダム〉のどこにいるのかも、おいらたちにはわからな――」

「こっちこっち！」グローリーが大声で言った。

声がやみ、すぐにあわただしい羽音が聞こえ始めた。スターフライトとツナミが森をつきぬけるようにしてあらわれ、せせらぎをひと息に飛びこえてクレイがねている水たまりの横に着陸《ちゃくりく》した。しばらくすると、サニーもやってきた。頭の上にはグローリーのナマケモノが乗っていた。おどろいた顔をして、両手でサニーの角をにぎっている。

「わあ、やっぱりだいじょうぶだったんだね！」サニーがうれしそうに言った。そして目を細めると、鼻からポタポタと泥をたらしているクレイをじっと見つめた。「えと……ほんとにだいじょうぶなの？」

「当たり前だろ」クレイはさらに泥だまりの中に体をしずめた。

シルバーはサニーの頭からグローリーの首に飛びおりてくると、やかましく文句《もんく》を言いながら彼女の耳を引っぱり始めた。それを両手でつかまえ、グローリーがそっと頭をなでながらやさしく声をかける。「ごめんね。でもあぶないから、連《つ》れていくわけにいかなかったんだ」

「フルルルッフ」ナマケモノは、まだおこっていた。

「あんたたち、どこ行ってたのよ？」ツナミがさけんだ。「デスブリンガーがにげちまったんだ！　どこからでてくるかわかったもんじゃないよ！　いきなり飛びだしてきて、殺そうとするかもしれないんだからね！」

「それが……実はあの中にいるんだよね」グローリーは木を指さした。仲間《なかま》たちがあなをのぞきこもうと、いっせいに首をのばす。

「新しいトンネルなの？」サニーはせせらぎの向こう岸を見ながらふるえあがった。「なんか変《へん》なふんいきがしてるのには気づいてたけど、最初のトンネルから感じてるんだって思ってた……」

「こいつ、どこにつながってるんだい？」スターフライトがたずねた。

グローリーは彼のほうを見て「ぬけた先は〈ナイトキングダム〉だよ」と答えた。

スターフライトは静《しず》かに息をすいこみ、黒い木を見あげた。まるで彼まで体の色を変《か》えられるようになったのかと感じるほど、不安《ふあん》と好奇心《こうきしん》が彼の中でうずまいているのがグローリーにもはっきりわかった。このあなの向こうには彼の種族《しゅぞく》が、そして彼の本当のふるさとが待っているのだ。彼女は、スターフライトがあの島を見たらどう思うだろうかと考えてみた——あのにおい、こげた空気と不吉《ふきつ》な岩、なにもかもおおいつくすおそろしいけむり、そして、同じナイトウイングのドラゴンたちが毒液《どくえき》を手に入れるためにレインウイングをさらっているという事実。グローリーはあれこれとふり返り、いくらなまけ者でも邪悪《じゃあく》ではないレインウイングであることを、少しだけほこらしく思った。

「聞いて」彼女が声をかけた。「そこにすわって。大事な話だからさ」

✣

トンネルの見はりには、ツナミとクレイが立つことになった。

「だれが来ても、ぜったいに通さないでね」グローリーはしつこく念《ねん》をおした。「もし鼻先だけでもチラリと見えたら、こいつを使って思いきりついて」そう言って、ツナミにあの槍を手わたす。

「楽勝よ」ツナミは楽しそうに答え、両手で持った槍をくるくると回してみせた。

「すぐにもどってくるわ」グローリーが続けた。「レインウイング大部隊《ぶたい》を引《ひ》き連《つ》れてね」

ツナミとスターフライトが顔を見合わせるのを見て、グローリーは耳のヒレを広げた。

「なに考えてるか、いちいち言われなくてもわかるから」

「いや、ほら……それ、ほんとにいい作戦《さくせん》なのかなってさ……」スターフライトが口ごもりながら言った。「レインウイングってなんかこう……大部隊とかそういう感じじゃないし。あっというまにナイトウイングにやられちゃうよ」

「もしかしたら未来《みらい》を見通されて、グローリーたちが来るのがバレてるかもしれないんだもん。よけいあぶないよ」サニーが続く。

「あいつら、わたしの脱走《だつそう》だって予知できなかったんだよ？」グローリーが鼻で笑《わら》った。「ナイトウイングだって、無敵《むてき》の能力者《のうりょくしゃ》ってわけじゃないの。わたしたちにだってあいつらに悪事をやめさせて、他のみんなを助けだしてあげることくらいできるわ」

「もしかしたら、それは思いちがいかもしれないよ」スターフライトは、両手で木にふれた。「おいらがあっちに行って話し合ったら、もしかして――」

「そうしたらスターフライトも、あのすてきなようがんの牢屋《ろうや》に放りこまれておしまいね」グローリーが言った。「じゃなきゃ死んじゃうか。デスブリンガーが殺しに来たのが自分かもしれないってこと、忘《わす》れないほうがいいわよ」そう言うと彼女は翼をぱっと広げた。クモの巣にうつるにじのような色に翼がかがやく。「でも、一日じゅうでもここにつっ立ってその心配をしてたいなら、ご自由にどうぞ。みんながいっしょであろうとなかろうと、わたしはさらわれたレインウイングを連れもどしに行くからね。同じ種族なんだから」グローリーはそう言うとキンカジューに手まねきし、空に飛《と》び立《た》っていった。

自分の翼でもう一度飛ぶことができて、彼女はほっとしていた。二枚《まい》の翼を大きく広げ、サニーといっしょにいちばん高い枝《えだ》へと急上昇《きゅうじょうしょう》していく。肩にしがみついたシルバーが、毛むくじゃらの顔でうれしそうにさけぶ。キンカジューは待ちきれないようにしっぽをぶんぶんとふりながら、グローリーの前を飛んでいた。はめられた首輪はグローリーが槍を使ってはずしてあげたのだが、おかげで彼女の首には痛々《いたいた》しいくぼみが残《のこ》ってしまってい た。けれど、キンカジューはまったく気にする様子もなかった。彼女の体でピンクや黄色がはれつし、うずをまき、村に近づくにつれて、それがどんどんあざやかになっていく。

「ねえ、みんな毎日ウチをさがしてたかなあ?」キンカジューは、グローリーの周《まわ》りをぐるぐる飛び回りながら言った。「ウチがいなくなったとき、ブロメリアは心臓《しんぞう》が止まっちゃったんじゃないかなあ?　そのときの顔が目にうかぶみたいだよ」キンカジューが、ブロメリアそっくりに口をすぼめてみせる。「あの子ったら、わざとさらわれたに決まってるわ!　いつもめんどうばかり起こすんだから!」キンカジューがものまねをして、くすくす笑う。「ウチをさがし回って、翼がくたくたになっちゃってるんじゃないかな、あのガミガミおばさん。ああもう、ウチがやっと帰ってきたって、みんなきっと大よろこびしちゃうよ！」

「うーん……」グローリーがうなった。「もし歓迎《かんげい》パーティーがなくても、がっかりしないでね」

「あっ、ココナッツがいるよ！」キンカジューは、村はずれでハンモックにゆられてくつろいでいる、小さなオスのドラゴンを見つけた。「わあ、すごいクタクタになってるみたい。去年はずっと、いっしょに滑空訓練《かっくうくんれん》を受けてたんだ。きっとウチをさがす手伝いをしてたんだよ。ココナッツ！　ウチだよ！　帰ってきたよ！」彼女は猛《もう》スピードでハンモックに飛んでいくと、しっぽを使ってはげしくゆさぶった。エメラルドグリーンのココナッツが、目をぱちくりさせながら起きあがる。

「はわわわ、いったいどうしたの？」

「帰ってきたんだってば！」キンカジューが二枚の翼で彼をだきしめ、ココナッツがあやうくハンモックから落ちかける。「けがなんかしてないよ！　帰ってきたんだよ！」

ココナッツが、そっと彼女から体をはなした。「キンカジュー？　どっか行ってたのかい？」

「ほとんど三週間もいなかったんだよ？」キンカジューが言った。ココナッツが首を横にふるのを見て、彼女の笑顔《えがお》が消えていく。「ウチがいなくてさみしくなかったの？」

「ええと……すごく忙《いそが》しくしてたからさ……」

「へえ、だろうね」キンカジューは、むかついた顔で答えた。「あんた、一時間後にマグニフィセントのところに来なさいよね。他のレインウイングも、集められるだけ集めて来るんだよ。種族会議《かいぎ》を開くんだからさ」

「え、なにを開くって？」ココナッツが首をかしげた。

「もし来なかったら、わたしがぜったい気がつくからね。そうしたらこのハンモックに君をしばりつけて、永遠《えいえん》に動けなくしちゃうんだから」グローリーが続いた。「さ、早くみんなに知らせに行って。ほらほら！」

ココナッツはあわててハンモックからとびだすと、わけがわからないといった顔で遠ざかっていった。

グローリーは、キンカジューを村のまん中へと向かわせた。キンカジューの翼はしゅんとしおれ、青灰色《せいかいしょく》のまだらもようになっている。

「どうやら、自分をたよりにしてる小さな子をがっかりさせるのが、レインウイングのとくいわざみたいね」グローリーが言った。

「だれかきっと、ウチをさがし回ってくれてたはずだよ」キンカジューが言った。

「うん、わたしがさがしてたよ」グローリーはやさしく言った。前方に女王のツリーハウスが見え、そちらに進路を変える。スターフライトとサニーは、まだ追いついてきていなかった。きっと、グローリーの作戦は失敗《しっぱい》するに決まってると、夢中《むちゅう》で話しているのだろう。いや、もしかしたらレインウイングをすくうよりもウェブスのほうが大事だとばかりに、様子を見に行ったのかもしれない。

前のときとはちがい、マグニフィセントに会いに来たドラゴンは少なかった。待合所にすわっているのはたった二頭だけで、どちらもイライラしているようには見えない。グローリーは彼らの横を一気にすぎるとそのままツタのカーテンをぬけ、床板《ゆかいた》におりると急ブレーキで止まった。

レインウイングの女王がおどろいてはね起き、彼女のナマケモノがびっくりして女王の頭に飛《と》び乗《の》る。

「見つけたわ！」グローリーはそう言うと、マグニフィセントと面会しているドラゴンたちにちらりと目をやった——片方《かたほう》は、まるでツナミと同じ色になろうとしているかのような青緑色の若《わか》いドラゴンだった。ツナミの真珠《しんじゅ》のような白い点々までついている。もう片方は、耳のヒレに白髪《しらが》がまざり体もちぢんだ、年老《としお》いたドラゴンだった。「行方不明《ゆくえふめい》のレインウイングたちを見つけたのよ、陛下《へいか》」

「ああ、わたしのことならマギーってよんでちょうだい」女王が答えた。「行方不明のレインウイングというのは、いったいなんのこと？」

「あなたがわたしにさがせといった、あのドラゴンたちよ」グローリーはイライラしながら答えた。「オーキッドも、スプレンダー女王も……ほら、ここにキンカジューもいるわ」

「ああ！」マグニフィセントが手をたたくと、彼女の全身にむらさき色のさざなみが走った。「なんてすばらしいの！　わたしもうれしいわ。マングローブにも教えてあげてちょうだい。もう頭痛《ずつう》の種《たね》に悩《なや》まされなくてもいいと思うと、本当によかったわ」そう言うと、マグニフィセントはまた目の前のレインウイングたちのほうを向いた。

「ちょっと、ちがうのよ」グローリーはあわてて言った。「みんなさらわれてたのよ。助けにいかなくっちゃ！」

マグニフィセントは、キンカジューを見て目をぱちくりさせた。

「この子は別よ」グローリーが言った。「ええと、わたしたちで助けだしたから。でも他のレインウイングたちは、まだつかまったままなの。みんなを集めて、救助隊《きゅうじょたい》を作らなくちゃ」

「救助隊を？」マグニフィセントがくり返した。彼女の目が、ゆっくりと窓《まど》をはっていく一匹《ぴき》のトカゲのほうを向く。

「助けだすって、なにから助けるんだい？」青緑色のレインウイングが首をかしげた。

「ナイトウイングからよ」グローリーが答えた。「あいつら、レインウイングをさらって牢屋に閉じこめてるの」悲しげにしっぽを地面にぶつけながらナイトウイングに連《つ》れ去《さ》られていった、あの灰色のドラゴンを思いだし、彼女の声に怒《いか》りがにじむ。

「あなた、**他のドラゴン**と戦えと言っているの？」女王が言った。「そんなこと、いったいどうやって?」

グローリーは頭をかかえた。体じゅうが怒りを表す夕やけ色に変わろうとしているのがわかったが、今は全力で女王をときふせなくてはいけない。「毒で戦うのよ」グローリーは、ゆっくりと口を開いた。「姿《すがた》を消すこの力で戦うのよ。かぎ爪《づめ》で、牙《きば》で戦うのよ。同じ種族の仲間たちをすくうため、**どんなこと**をしてでも戦うのよ」

「わたしたちは戦士《せんし》じゃないわ」女王はまるで、三つの月のことをとてもおさない子どもに教えてあげるような口調で答えた。「レインウイングは、戦いには向いていない種族なの。わたしたちは平和の種族なのよ」

「じゃあどうしろって言うの?」グローリーはかみついた。「さらったドラゴンを返してくださいって、ナイトウイングに頭でもさげてみる? そりゃあいいわ。誘拐《ゆうかい》するようなドラゴンだもの、きっとよく話のわかる種族だろうしね」

マグニフィセントはしばらく自分のかぎ爪をながめていたが、やがてナマケモノを腕《うで》にだいてあごの下をさすってやり始めた。「なるほど、落ち着いて考えてみるとしましょう。本当に、取り返すような必要《ひつよう》があるの?」

グローリーは、まるでナイトウイングたちの住む火山につき落とされたような気持ちになった。女王をじっと見つめる。「それは……あそこに**置《お》き去《ざ》り**にするっていうこと?」

「すごい」青緑色のドラゴンが、グローリーの体を見て目を丸くした。「こんなに赤くなったドラゴンなんて、生まれて初《はじ》めて見たよ！」

「だって、ほんの何頭かだけでしょう？」女王は片手《かたて》をぱたぱたとふってみせた。「どうなの？　五頭か六頭か、そのくらい？」

「十四頭だよ」キンカジューが答えた。「さらに、もう死んじゃったドラゴンが三頭」

マングローブでさえ、何頭消えてしまったのかわかっていなかったのよ。グローリーは思った。新たな怒りの波がおしよせてくるのを感じる。**だれかがさがしに行こうともしないうちに、三頭も死んでしまったなんて。みんな、助けが来るのを待っていたんだろうか？　だれか助けに来てくれるって信《しん》じてたの？　それとも希望《きぼう》なんてないってあきらめてたの？**

「ほらね。たった十四頭しかいないんでしょう？」マグニフィセントが言った。「たいして変わらないじゃないの。森にはまだまだ、たくさんのレインウイングたちが住んでいるんだもの」

グローリーは一瞬《いっしゅん》、言葉を失《うしな》ってしまった。指一本動かそうともせずに民《たみ》を見殺《ごろ》しにする女王など、想像《そうぞう》したことすらなかったのだ——たとえ百万年かかっても思いつかないだろう。女王が気にもとめないのだから、他のレインウイングなど問題外にちがいない。

そのうえ、グローリーにはどうすることもできないのだ。彼女は予言のドラゴンでもないし、ふつうのレインウイングでもないし、どんなに助けてあげたいと思っても自分ひとりでとらわれのレインウイングたちを助けだすことなんてできないのだ。女王も救出部隊《きゅうしゅつぶたい》もなしでは、ナマケモノくらい役に立たないのだ。

グローリーは女王に向けて、百万の言葉をぶつけてやりたかった。レインウイングはどうしてそんなの？　仲間を大事にしないの？　思いやったりしないの？

消えた仲間がいるなら、だれかが気にかけてあげなくちゃ。

そう思った瞬間《しゅんかん》、グローリーは自分が本当に言いたかったことに気がついた。

翼を広げ、自分よりも大きな女王をぴたりと指さす。「マグニフィセント女王。レインウイングの女王の座《ざ》をかけて、わたしはあなたにいどむ！」

第3部

玉座《ぎょくざ》をかけて

25

「それは、あなたも女王の持ち回りに加《くわ》わりたいということ?」マグニフィセントは、意味がわからないというように首をかしげた。「どうしてもというのなら、なんとかしてあげられるけど。みんなにも話して、来年グランジャーとエクスクイジットの間に入れてあげられるんじゃないかしら」

「そうじゃないわ。わたし、女王にならなくちゃいけないの。今すぐに」グローリーが答えた。マグニフィセントが自分よりどれほど大きいかも、どれだけ年上かも、頭から追いだす。**それでも、マグニフィセントは戦闘訓練《せんとうくんれん》を受けたことも、六年間もずっと毎朝〈空の翼《スカイウイング》〉のかぎ爪《づめ》をつきつけられ続《つづ》けたこともありはしないはず。**「とらわれた〈雨の翼《レインウイング》〉たちをあなたが助けてあげないなら、わたしがすくうわ。たとえ、あなたから玉座《ぎょくざ》を勝ち取らなくてはいけないとしてもね」

「うわあ、すごい展開《てんかい》」キンカジューが目を丸くした。

「どうやってそんなことするつもりなのか、まったくわからないわね」マグニフィセント女王は言った。自分の体を見おろし、花の首飾《かざ》りをかけなおす。

「むずかしい話じゃないわ」グローリーが答えた。「わたしたちが戦《たたか》って、生《い》き残《のこ》ったほうが女王になるだけよ」

謁見《えっけん》の間《ま》にいる他のレインウイングたちが、いっせいに息をのんだ。

女王は体じゅうのうろこを白と緑にきらめかせながら、じっとグローリーを見つめた。

「自分が女王になるためだけに、他のドラゴンを殺《ころ》そうというの？」

「他の種族《しゅぞく》たちがみんなやってることよ」グローリーが答えた。

「**ここ**ではさせないわ」マグニフィセントは首を横にふった。「そんな**やばん**なこと」

「やばんっていうのは、助けられる仲間《なかま》を見殺《みごろ》しにすることよ」グローリーは声をあらげた。

マグニフィセント女王はゆかいそうにパタパタ手をふり、キンカジューと青緑色のドラゴンのほうを向いた。「暴力《ぼうりょく》で玉座を勝ち取った女王についていくレインウイングなんているると思う？　いないわよねえ？」

青緑色のドラゴンが肩《かた》をすくめたが、小さなキンカジューは胸《むね》をはって女王をにらみつけた。「ウチは、どこにだってグローリーについてくからね」

「そんなのは、レインウイングらしいとはいえないわ」マグニフィセントが言い返した。

「わたしが見たかぎり、レインウイングらしいっていうのはだらだらねそべってなにもしないことみたいね」グローリーが言った。「だったら、あなたはそうしていればいいわ。わたしが女王になるから。どうせ、だれも女王になんてなりたがらないんでしょう？」

「あなただけは、女王にしてはいけない気がするわ」女王が低《ひく》くうなった。

「いにしえからのしきたりがあるのだよ」そのとき、年老《としお》いたドラゴンがわって入った。「聞きたいのならば話してあげよう」老《ろう》レインウイングは、自分のほうをふり向いたみんなを見て、さもおかしそうに笑《わら》ってみせた。「そんな目でわしを見ないでおくれよ、マギー。このしきたりは公平なものだし、もしかしたら、おまえがその玉座を守る絶好《ぜっこう》のチャンスになるかもしれないぞ」

「しきたりって、どんなしきたりなの？」グローリーがたずねた。

「競技会《きょうぎかい》だよ」老レインウイングが答えた。「伝説《でんせつ》によれば、かつては他の種族たちと同じようにドラゴンたちが玉座を争《あらそ》っていたが、時がたつにしたがいレインウイングたちは、だれも命を落とすことのない新たな方法《ほうほう》を考えだしたということさ。もし挑戦者《ちょうせんしゃ》が玉座をうばいたいのなら、競技で女王を打ち負かさなくてはならないとね——そして女王には、競技を選《えら》ぶ権利《けんり》があたえられたのだよ」

「めんどくさそうな話ねえ」マグニフィセントは、ふきげんそうにぼやいた。

「わたしは公平な話だと思うわ」グローリーが言った。いかにもレインウイングらしいたわごとではあるが、殺し合いをせずに女王になれるのならば歓迎《かんげい》だ。「過去《かこ》にはどんな競技がおこなわれたの？」

老レインウイングは目を細めて宙《ちゅう》を見つめた。「さて、なにがあったかな……」と言って、指を折《お》って数え始めた。「こずえを行く滑空《かっくう》レースがあったな。それから、まだわしがおさない子どもだったころには、どちらが見事に姿《すがた》を消せるか競《きそ》い合うのを見たこともある……片方《かたほう》が身をかくし、もう片方がそれをさがし、それから攻守《こうしゅ》交代して同じことをするんだ。それで、相手を見つけるのが早かったものが勝ちになったのだよ」

「女王様を決めるかくれんぼってわけね。悪くないじゃない」グローリーは言ったが、胸の中では、体が少しふるえているのをだれにも気づかれませんようにと祈《いの》っていた。森林滑空やお花つみをはじめ、マグニフィセントが思いつきそうなものにくらべたら、生死をかけた戦いのほうが自分に向いているのはまちがいないだろう。しかし、もしレインウイングの女王になりたいのならば、レインウイングの女王らしくふるまわなくてはいけない。グローリーは自分の体をむらのない赤にたもちながら、マグニフィセントに向き直った。

「それでは、競技を決めてちょうだい。陛下《へいか》」

マグニフィセントは目を細めた。「一日だけ考えさせてちょうだい」

「そうするのがしきたりだよ」老レインウイングがうなずいた。

グローリーは、さっとしっぽをふった。さらわれたレインウイングたちは、明日には殺されてしまうかもしれない。自分たちがさらっていることがバレたせいで、〈夜の翼《ナイトウイング》〉たちがなにをするかわからないのだ。証拠《しょうこ》いんめつのために、つかまえたドラゴンをみな殺しにしてしまうかもしれない。今この瞬間《しゅんかん》にも軍隊《ぐんたい》を作り、守りを固《かた》めているのかもしれない。ナイトウイングたちが準備《じゅんび》をととのえてしまう前に、すばやく圧倒的《あっとうてき》な攻撃《こうげき》をしかける……それがグローリーの立てている作戦《さくせん》だった。

今夜ひとりで、あそこにもどってみるべきかもしれない。グローリーは思った。**だれにも見つからないようにあのトンネルをぬけて、みんなを解放《かいほう》して、じゃまをするやつがいたら片《かた》っぱしからドロドロにとかして、そしてみんなを連《つ》れ帰《かえ》ってくるんだ。**

だがそのとき、自分を岩におしつけるナイトウイングの手の感触《かんしょく》や、自分の口を束縛《そくばく》していた金属《きんぞく》のベルトの冷《つめ》たさが頭の中によみがえった。もしひとりで行ってつかまったりしたら、だれかの助けなどまず間に合わないだろう。ナイトウイングに見つかった瞬間、殺されてしまうにちがいない。そうなったら、とらわれたレインウイングたちの希望《きぼう》は、完全《かんぜん》に消え去ってしまうのだ。

とても無理《むり》だ。救出部隊《きゅうしゅつぶたい》がなくては連れ帰るなんてできはしない。そのためには玉座の持つ力が必要《ひつよう》で、その玉座を手に入れるためには、この競争《きょうそう》に勝利《しょうり》しなくてはいけないのだ。一日あれば、準備をととのえるチャンスくらいは手に入るだろう。ジャンブーにたのめば、約束《やくそく》どおり森林滑空を教えてもらえるのではないだろうか。

「いいわ」グローリーは、女王の目を見つめた。「じゃあ、明日の夜明けに」

「ええ、樹木園《アーボレータム》で」マグニフィセントは、グローリーがその場所をまったく知らないことを確信《かくしん》しているかのような、こうかつな笑《え》みをうかべた。

レインウイングの村の地図もちゃんと頭に入れておかないとね。グローリーは心の中で言った。**「ゴミあさり狩《スカベンジャーが》り」とかなんとか、そんな競技を選べるかもしれないし。**

マグニフィセントは、老レインウイングのほうを向いた。「もう一度、名前を教えてもらえる？」

「ハンサムだよ」彼《かれ》はそう答え、グローリーにウインクしてみせた。「わしらは必《かなら》ずしも、自分にぴったりの名前ってわけじゃないのさ」

「このバカらしい案《あん》はハンサムがだしたものだから、競技の審判《しんぱん》はハンサムにお願《ねが》いしましょう」マグニフィセントが言った。「それでいいかしら、おチビちゃん？」

「言うことないわ」グローリーはうなずいた。「せいぜい最後《さいご》の一日を楽しんでちょうだい、女王様」

ツタのカーテンをくぐって橋にでると、グローリーはそこで足を止めて大きく深呼吸《しんこきゅう》をした。自分はとんでもないことをしたのだと、今になって実感がわいてきたのだ。

わたし、頭どうかしてるの？

レインウイングの女王になるだなんて、本気で思ってるの？　女王になって、一生ここ

でくらすって？　あの役立たずのドラゴンたちをまとめようだなんて、むだなことに一生をささげる気なの？

こんなことを聞いたら仲間たちがどんな顔をするか、まるで**目に見える**ようだった。

顔をあげると、二十五頭くらいのレインウイングたちが待合所に集まり、彼女《かのじょ》をじっと見つめていた。その中にはココナッツもいた。どうやら村じゅうかけ回って、これしか集まらなかったようだ。

表情《ひょうじょう》からすると、みんなグローリーとマグニフィセントの話を聞いていたようだった。そしてグローリーが知るかぎり、この手のニュースはあっというまにレインウイングたちの中に広まっていく——なにせ明日の日の出とともに、ちょっとしたお楽しみが待っているのだ。

キンカジューは飛《と》びはねるようにして女王のツリーハウスからでてくると、待合所のドラゴンたちに気がついた。「ココナッツ！　さっきの聞いてたの？」

ココナッツは、待合所の木の床《ゆか》で片手《かたて》をもじもじさせ、「うん」とうなずいた。

「ウチらにも、ちゃんとした女王様ができるんだよ」キンカジューが胸をはった。

何頭かのレインウイングが、むらさきがかったオレンジ色の奇妙《きみょう》な光を体にうかべながら、ちらちらと目配せをかわしあった。とまどいか困惑《こんわく》を意味する色だ、とグローリーは感じた。あんな色を自分でまとったことはほとんどないし、まとおうとも思わない。

「ちゃんとした女王？」一頭のレインウイングが声をあげた。「それは、その……ぼくたちに必要なものなのかい？」

「今の女王たちじゃだめなのかい？」他のドラゴンが言った。

「同じことをギボンに聞いてみたらどうなのさ？」キンカジューがすぐに言い返した。

「それと、オーキッドやスプレンダーやトアランやロリスにもね」

ドラゴンたちがいっせいにけわしい顔になった。何頭かは、まるでオーキッドやスプレンダーがどこかからぶらぶら歩いてでてくるんじゃないかと期待するかのように、きょろきょろと森を見回している。

「ほらね、そうでしょ？」キンカジューが言った。「しばらく姿を見かけてないんじゃない？　それはね、ウチと同じようにみんな誘拐《ゆうかい》されちゃったからなんだよ。しかもみんな、まだつかまったままなんだよ。タピアとブライトとオランウータンは別《べつ》だけどね……大好《だいす》きなものからも、家族や友達《ともだち》からも引きはなされて、みんな悲惨《ひさん》な死にかたをしちゃったんだからさ……。でも、なんとかしてやろうっていうドラゴンが、グローリーしかいないんだよ。だから、グローリーが女王になるのが正しいんだよ」

気まずい沈黙《ちんもく》が流れ、グローリーはたまらない気持ちになった。集まったレインウイングの中には、「そのグローリーっていうのはいったい何者なんだ？」と言わんばかりに鼻すじにしわをよせている者たちもいた。

「耳をかしちゃだめよ」ブロメリアが他のドラゴンをおしのけるようにしてでてくると、キンカジューをにらんだ。口からチロチロと舌《した》がのぞいている。「その子はひどい子よ。わたしにいやがらせするために三週間も森にかくれてたうえに、目立ちたいばかりにバカバカしい作り話まででっちあげて！」

キンカジューは翼《つばさ》にもうれつなオレンジ色を走らせ、いかく音を発しながらブロメリアに牙《きば》をむいた。

「だまってなよ、ブロメリア」グローリーは、キンカジューを自分のほうに引きよせた。「全部本当の話よ。わたしもその場にいたもの」そう言って、また待合所のドラゴンたちに向き直る――そして、周《まわ》りの木々に集まりだしていた他のドラゴンたちに。「わたしの話を聞いて。みんなの仲間がひどい目にあっているのよ。拷問《ごうもん》を受けて、けむりと死のにおいがただようおそろしい場所で、どうくつに閉《と》じこめられているの。果物《くだもの》も、そしてお日さまタイムもない場所でね」

恐怖《きょうふ》に満《み》ちたざわめきが、頭上に生《お》いしげる枝《えだ》に広がっていった。「お日さまタイムがないだって？」だれかが悲鳴をあげる。

グローリーが橋の上で一歩足をふみだすと、何頭かのレインウイングがおじけづき、後ずさった。「あなたたちみんな、そうなってたかもしれないのよ……そして、今からそうなるかもしれないんだよ。あなたたちが助けに行かなくて、他にだれが行くというの？

あのレインウイングたちは、永遠《えいえん》に帰ってこられないままなんだよ」グローリーは、さっとしっぽをふった。「めんどうなことにまきこまれるよりねむってたいのはわかるけど、さらわれたのはみんなと同じ種族の仲間で、あなたたちを必要としてるんだよ」

背後《はいご》のツリーハウスをふり向き、さらに大きな声で続ける。「だからわたしは明日、玉座を手に入れるの。大きい果物がほしいからでも、高い場所でお昼寝《ひるね》したいからでもないわ。さらわれたレインウイングたちのためよ……そしてあなたたちのため。残《のこ》りの生涯《しょうがい》で過去をふり返って、**仲間がまだ帰ってきていないんだ、自分にはすくうことができたかもしれないんだ、**なんて思いながら生きていきたくはないでしょう?」

26

グローリーは深呼吸《しんこきゅう》して、ドラゴンたちを見回した。

ほとんどは困惑《こんわく》した表情《ひょうじょう》をうかべていたが、暗いむらさき色のストライプを体に波打たせている者もいる。罪悪感《ざいあくかん》とはずかしさの色……色のスペクトルでは、**ほこり**のとなりに位置《いち》する感情《かんじょう》だ。

グローリーは、心の中でうめいた。**ごりっぱな演説《えんぜつ》も、わたしじゃそろそろ限界《げんかい》ね。**まき物で読んだことのある演説は、どれもずっと説得力《せっとくりょく》があったし、こんなびみょうな空気になどならなかったはず。まき物はどの章も、胸《むね》を打つような演説で終わるのだ——だというのに目の前にいるレインウイングたちは彼女《かのじょ》をじっと見つめているだけだった。そしてグローリーはあんなにいろいろな物語を読んだというのに、演説のしめくくりはどうすればよかったのかも、演説を終えた後どんなふうに威厳《いげん》をただよわせながら立ち去ればいいのかも、なにひとつ思いだせなかった。

「ふん、そういうことよ」キンカジューが、ブロメリアにあかんべえした。

グローリーは、**これ**で終わりだなどとは思っていなかった。

「さあ、これからどうするの？」キンカジューは、うきうきした顔でグローリーにたずねた。さっきまでの青灰色《せいかいしょく》は消《き》え失《う》せ、全身に力をみなぎらせている。「いいからいいから、どうすればいいかウチが全部わかってるからさ。まずはなにか、ちゃんとしたものを食べないとだね！」

グローリーは目を丸くしているドラゴンたちに背《せ》を向け、キンカジューの顔を見た。

「先に行ってて。わたしはなにがあったか仲間《なかま》たちに報告《ほうこく》しなくちゃ。あと、明日までにレインウイングの技《わざ》を全部教えてくれるドラゴンをさがさないといけないしね」

「だったらウチにまかせてよ！」キンカジューが言った。「でも、ごはん食べてからね。ウチ、森の果物《くだもの》を片《かた》っぱしから食べちゃうから。どこで合流する？」

「じゃあ治療師《ヒーラー》の小屋に来てみて」グローリーはため息をついた。「マングローブもいっしょにね」

キンカジューは、森の中に飛《と》び去《さ》っていった。グローリーは首をのばして背中《せなか》を見ると、ちゃんとシルバーが肩《かた》でねむっているのをたしかめた。集まったドラゴンたちを無視《むし》して翼《つばさ》を広げ、グローリーはその場から飛び去った。マグニフィセントの説明《せつめい》がまちがっていなければ、治療師のツリーハウスは遠くないはずだ。

バルコニーに赤い木の実がなっているのを見つけると、グローリーは明かり取りのあながぽつぽつあいた葉っぱの屋根のツリーハウスめがけて急降下《きゅうこうか》していった。中を見てみるとベッドがふたつだけうまっていた。ひとつにはウェブスが、もうひとつには飛んでいる最中《さいちゅう》に木にでも激突《げきとつ》したのか、鼻に包帯《ほうたい》をまいたレインウイングがねむっている。部屋のすみには白とおだやかな青を体にまとったレインウイングが三頭集まり、バナナを食べながらひそひそと話をしていた。

思ったとおり、ウェブスのベッドの横にはサニーとスターフライトがしゃがみこみ、心配そうにウェブスを見ていた。いや、ウェブスを見ているのはサニーだけで、スターフライトはいつもどおりサニーを見つめている。

ウェブスはクモの形をした葉っぱをしきつめたベッドに横たわり、日差《ひざ》しを浴《あ》びながらねむっていた。ブリスターに攻撃《こうげき》を受けてから、初《はじ》めて安らかに呼吸《こきゅう》している。サニーの言うとおりだ。サボテンの汁《しる》が**きいている**のがひと目でわかった。しっぽについたきずは完全《かんぜん》に治《なお》っているわけではなかったが、ふちの辺《あた》りはずいぶんかわき、黒ずみも広がらずにうすくなってきている。

「サニーのおかげだね」グローリーは、ふたりに歩みよりながら声をかけた。

「だといいけど……」サニーが答えた。「でもウェブス、まだすごく悲しそうなんだ。ねむりながら、〈夏宮《サマーパレス》〉がスカイウイングに見つかって破壊《はかい》されたのは全部自分のせいだって、ずっとつぶやき続《つづ》けてるの」

「まあ、事実だからね」グローリーは言った。

「やれやれ、まったく冷《つめ》たいね」スターフライトが言った。「いいかい？　ウェブスはクロコダイルに後をつけられてるなんて、ぜんぜん知らなかったんだよ」

クロコダイル……。〈夜の王国《ナイトキングダム》〉に行く前、グローリーが最後《さいご》に毒液《どくえき》を使った〈泥の翼《マドウイング》〉だ。彼女のおびえた顔が頭の中にうかび、グローリーはあわててふりはらった。あれは正《せい》当防衛《とうぼうえい》だった。正当防衛でしか、あんなことはしない。そしてふるさとのレインウイングたちも、ああして正当防衛することを知らなくてはいけない。

サニーの翼が肩にふれ、グローリーはびくりと後ずさった。「どこかですりきずができたみたい。なにか手当てしなくちゃ」サニーが心配そうに言う。

「すりきずなんかじゃないわ」グローリーは、後ろ足の切りきずを指さした。血が流れ、ずきずきと痛《いた》いほどうずきだしている。「これは戦《たたか》いのきずだよ」

「そうだね、グローリーは本当に強くてこわいもんね」サニーはそう言って、白と青のレインウイングたちを手まねきした。グローリーは、今皮肉を言われたのだろうかと思った。けれど、サニーが皮肉を言うなんて、あまり想像《そうぞう》できない話だ。首をひねり、自分のきずに見たことのないぬり薬をつけているレインウイングたちを見つめる。

「気をつけてよ」彼女は少しいかくしたが、すぐにあのチクチクとした痛みは消え去り、冷たいしびれしか感じなくなった。グローリーはしげしげときずを見つめ、ぬり薬のにおいをかいでみた。少しだけミントのようなにおいがする。「すごい。これ、あとでここに来るキンカジューって子にももらえないかな。きっと必要《ひつよう》になると思うから」グローリーはそう言ったが、なにか言いたげな目をして治療師たちのほうを小さく指さしているサニーに気づき、白と青のドラゴンたちに「ありがとう」とお礼をした。

「君が言ってた大部隊ってのは、どこにいるのさ？」スターフライトが、やや意地悪な顔でグローリーにたずねた。

「今……集めてるところよ」グローリーは答えた。サニーがウェブスにおおいかぶさるようにして、きずにまかれた包帯を直している。「そうだ。ところでわたし、レインウイングの女王になるって決めたから」

サニーは手元をくるわせ、ウェブスの上にたおれこんだ。ウェブスは声をもらしたが、目を覚《さ》ましはしなかった。スターフライトがふり向き、耳をうたがうかのようにグローリーを見つめている。

「どうしてさ？　女王になりたいなんて、考えたこともないだろ？」彼が言った。

「あなたになにがわかるのよ？」グローリーは答えた。治療師たちが忙《いそが》しそうに仕事するふりをしながら、聞き耳をたてているのはわかっている。「ツナミが女王様になりたいってずっと言い続けてたから、それを聞くのがせいいっぱいで、今までは言いだせなかっただけだよ。でも、レインウイングを引《ひ》き連《つ》れてナイトウイングと戦うのなら、わたしが女王になるしかないの」

「戦う？」スターフライトは不安《ふあん》そうにたずねた。

「グローリーだったら最高《さいこう》の女王様になれるよ」サニーが金色の翼をひらひらさせながら言った。

「ルルルブブッル」ナマケモノもそうだそうだというように、グローリーの肩から顔をのぞかせる。

「ナイトウイングとは、戦わずにすむかもしれないよ」スターフライトがひたむきな顔で言った。「おいらに説得させて。どうしてレインウイングをさらったりするのか、つき止められると思うんだ」

「でも、救出《きゅうしゅつ》しなくちゃいけないわ」グローリーは断固《だんこ》として言った。

「ナイトウイングが解放《かいほう》してくれるかもしれないよ」スターフライトが食いさがる。「おいらがちゃんと話すから、そしたら――」

「どうくつにドラゴンをつないで閉《と》じこめておくのはまちがってるとでも話すつもり？」グローリーが言った。「たしかにね。あいつら、そんなこと一度も思ったことなさそうだしね。ついでにレインウイングの毒《どく》をぬすむなら、先にていねいにお願《ねが》いしなくちゃってこともさ」

「マドウイングのことも忘《わす》れないでね」サニーも続く。「なんで兵隊《へいたい》を二頭も殺《ころ》したりしたの？」

グローリーは、あのマドウイングたちのことをすっかり忘れてしまっていた。あれも同じようにナイトウイングたちのしわざなのだとしたら、いったいなにをたくらんでいるというのだろう？

「ねえ、初めて会う同じ種族《しゅぞく》のドラゴンと戦場《せんじょう》で敵同士《てきどうし》になるなんていやなのはわかるよ。でも、あいつらは信用《しんよう》できないわ。あなただって安全とはかぎらないんだよ。デスブリンガーは、もしかしたらスターフライトのことも殺す気なのかもしれないしね」

「ナイトウイングがおいらを殺すわけないだろ！」スターフライトが言い返した。「おいらは、同じ種族の仲間なんだからさ！」

「仲間っていったってギリギリね」グローリーが言った。「それに、真実をつき止めるのなら大量《たいりょう》の毒液の力をかりたほうが話が早いと思わない？」

スターフライトは、答えをさがしながら前足をもぞもぞさせた。グローリーが手近な窓《まど》から外に目をやると、生《お》いしげる葉っぱの中にあわてて姿《すがた》を消そうとするドラゴンの姿が見えた。目をこらしてみると、他の枝《えだ》のあちこちでも姿を消したドラゴンたちがうごめいている気配があった。どうやらレインウイングたちも、ようやく彼女に興味《きょうみ》をひかれ始めたようだ。

「待って」サニーが体を起こし、翼を広げた。「女王になるっていうことは、マグニフィセントを殺しちゃうつもりなの？」

「ここのドラゴンたちは、命のかけひきをして玉座《ぎょくざ》を争《あらそ》ったりしないの」グローリーが答えた。「レインウイングだもの、当然《とうぜん》そうよね」

「本当に？　**すごい！**」サニーは思わず大声をだした。「どの種族もそうしなくちゃだよ。戦争《せんそう》を止めることができたら、みんなにもレインウイングがどうやって女王を決めてるのか教えてあげなくっちゃ」

グローリーは、賛成《さんせい》できないというようにサニーの顔を見た。レインウイングはそういう平和な方法《ほうほう》のほうがずっと好《す》きかもしれないが、そんなふうに感じるドラゴンなど、他にいるわけがない。

「すべてを変《か》えるには、一度に一歩ずつちゃんと進むことだよ」彼女は、サニーに向けてしゅっとしっぽをふった。「他の種族にだって、何百年も前からその種族なりのやりかたがあるものよ」

「だから？」サニーが首をかしげた。「ものごとって変わるのでしょ？」

「女王が挑戦者《ちょうせんしゃ》を殺さなかったら、挑戦者は次の日にも、また次の日にも挑戦しにくるだろ」スターフライトが横から言った。「それに挑戦者が勝ったとしても、今度は女王が玉座を取りもどそうとするに決まってるよ。そうなったら国を治《おさ》めるどころか、玉座を守ることにかかりっきりになってしまうよ」

「だったら新しいルールを作ればいいじゃない」サニーはゆずらなかった。「たとえば一年のうち決まった時期にしか女王にいどむことはできないとか、挑戦は一頭につき二回までとか、そんなふうにさ。わたしたちはイモムシなんかじゃなくて、ドラゴンなんだよ？やろうと思えば、方法なんていくらでも選《えら》べるはずだよ」

「ドラゴンはドラゴンでしかないのよ、サニー」グローリーが言った「戦いは、わたしたちが持って生まれた本能《ほんのう》なの」

「だけどレインウイングは戦わないじゃない」サニーは言い返した。「同じドラゴンのはずなのに」

「でも――」グローリーは答えかけ、口ごもった。**レインウイングには、なにかおかしなところがある。**部屋に治療師のレインウイングたちがいるので――しかも窓の外ではたくさんのドラゴンたちがこっそり聞き耳をたてている――口にしたくはないが、スターフライトも同じことを考えているにちがいないと、彼女は思った。

「きっとレインウイングって、他の種族よりもずっと進んでいるんだよ」サニーが続けた。「どのドラゴンも、レインウイングを見習おうとしたほうがいいのかもね。だって、レインウイングって幸せそうにくらしてるじゃない？」

たしかにそのとおりね。グローリーは思った。**でも、スカーレットにとらわれたまま、**

一日じゅうパイナップルを食べながら日向《ひなた》ぼっこしてたときだって、わたしは幸せだったわ。でもその間、みんなどんな目にあってた？

「ただ幸せになるだけじゃだめだと思う」グローリーはゆっくりと言った。「幸せになったうえで、なにかを大事に思っていなきゃだめなんだよ。たとえば、わたしたちを必要としてくれてる他の子どもたちのこととかね。それに、戦うための準備《じゅんび》だってしておかなくちゃ。どっかの**進んでない**ドラゴンたちが、いつわたしたちのすみかを侵略《しんりゃく》してきて、仲間たちをさらっていこうとするかわからないんだから」

「おいらは、まき物が一本もないのに幸せになれるなんて思わないね」スターフライトがため息をついた。「この何週間か、一本のまき物も見かけないものだから、本当に悲しい気分になっちまってるんだよ」

「かわいそうなスターフライト」サニーは心から同情《どうじょう》したように言うと、自分の翼で彼の翼をなでた。「でも、グローリーが女王様になれたらそんなの解決《かいけつ》してくれるよ。スターフライトはみんなに読みかたを教えてあげればいいし、ツナミも自分の身を守る方法を教えてあげられるわ」

「それから、生まれた卵《たまご》とレインウイング全員を表にまとめて、卵が消えたりだれかが行《ゆ》方不明《くえふめい》になったりしないようにして、さらわれたレインウイングを取りもどして、〈砂の翼《サンドウイング》〉の女王を選んで、戦争を止めるのよ」グローリーが言った。「楽勝よ。一週間でできちゃうわ」

サニーは、まるで完全に筋《すじ》がとおった意見を聞いたかのように、にっこり笑《わら》ってみせた。

わたしが女王になったら、か。悪くないひびきじゃない。グローリーは心の中で言った。

窓のひとつに目をやると、建物《たてもの》に近づいてくるキンカジューとマングローブの姿が見えた。何頭か、めずらしいもの好《ず》きの子どもたちが後をついてきている。葉っぱのしげる枝のそこかしこに目がのぞき、こちらの様子をうかがっているのがわかる。


意外にもマングローブの体は、明るい黄色とライムグリーンのまだらもようになっていた。**興奮《こうふん》とおびえ、そしてそれ以上《いじょう》に強い困惑の色。**グローリーは心の中で言った。キンカジューが帰ってきたおかげで、彼はオーキッドがまだ生きていることを知った――しかし同時に、オーキッドが今どんなにひどい場所にいて、連《つ》れもどすのがどれだけむずかしいことなのかも知ってしまったのだ。グローリーは不安だった。もし彼が自分ひとりで助けだそうとしてあのトンネルにつっこんで行ってしまったら、クレイとツナミがうまく止めてくれるだろうか。

「よし、ドラゴンの生きかたを根本的《こんぽんてき》に変えてレインウイングをもっといい方向にみちびくのなら、まずはわたしが勝利《しょうり》するしかないわ」グローリーが言った。「だから今は、明日の競技会《きょうぎかい》のために訓練《くんれん》しに行くことにする。競技会を見たいなら、夜明けに樹木園《アーボレータム》に来て。でも、トンネルには必《かなら》ずだれか見はりに立たせるんだよ」

「わたし見に行く！」サニーが手をあげた。「本当に好きになれる女王様が誕生《たんじょう》するなんて、見のがせないもの」

「勝て**たら**の話だよ」スターフライトが暗い顔で言った。

「勝つわ」グローリーがそう言って、もう一度マングローブの体を見た。オーキッドを、そして鎖《くさり》につながれて口にベルトをはめられ、くさった死体を食べさせられ、太陽からも仲間のドラゴンたちからも遠くはなれたところにとらわれているレインウイングたちのことを考えた。「どうしても勝たなきゃいけないのよ」

27

「パパイヤ」グローリーが言った。「スターフルーツ、タンジェロ、クロウメンタイン、クンブー、ドラゴンベリー、マンゴー、ファイアー・ペア。あれは果物《くだもの》に見えるけど、本当は変《へん》な形のカタツムリ」そう言って爪《つめ》を一本のばしてつっつくと、むらさき色のカタツムリはまた目を引っこめた。

太陽は高くのぼり、朝からふっていた雨もあがっていたが、ドラゴンがはねるように枝《えだ》を通っていくたびに枝がゆれ、葉についた雨つぶがバラバラとふってきた。雨の間、姿《すがた》を消していたオオハシやオウムやインコたちがまた顔をだして高い枝にとまり、もう二度と太陽をおがめないと思っていたかのようにうれしそうに鳴いていた。

マングローブとキンカジューといっしょに昼までずっと勉強していたグローリーは、今や目に入る鳥をすべて見わけられるようになっていた。鳥、虫、花、果物……マグニフィセントが問題にだしそうな名前は片《かた》っぱしから覚《おぼ》えてしまった。頭がつかれてきた気がすると、彼女《かのじょ》はレインウイングたちがとらわれているあのどうくつを満《み》たす、息がつまるようなけむった空気を思いだした。そうすると、すぐにまた集中力がもどってくるのだった。

「すごいや」キンカジューは大きな目をぱちくりさせながらグローリーを見つめた。「どうやってそんなに早く覚えるの？」

「本当にこの果物、どれも食べたことがないのかい？」マングローブは、ずらりと四十個《こ》ほどもならべられた果物を見回した。

「何個かは食べたことあるかも」グローリーが答えた。「全部食べてみておいたほうがいいよね？　もしかしたら、目かくしでテストされるかもしれないし」

「そんなこと思いついたドラゴン、これまでいなかったと思うけど、でもまあなにがあるかわからないもんな」マングローブはそう言うと、爪を使ってさっさとバナナの皮をむき、それを投げてよこした。

「クレイだったら目かくししたまま味見したってだれにも負けないだろうね」みんなの頭上の枝にすわっているサニーが言った。オレンジ色の小さなサルが彼女のしっぽでじゃれていたが、サニーは気づいてもいなかった。いや、気にしていないのかもしれない。

「ぜったい負けっこないよ」クレイが自分も食べたそうに言った。「そのバナナ、全部君が食べちゃうの？」

グローリーはひと口かじると、食べかけのバナナをクレイに投げてやった。クレイはうまくキャッチできずに両手をバナナまみれにしてしまったが、うれしそうな顔をしてそれをぺろぺろとなめた。

「姿を消す練習もいっしょにやるといいよ。ほら、このマンゴーと同じ色になってごらん」マングローブがそう言って鼻先でマンゴーをつつき、グローリーのほうにころころと転がした。

　グローリーはマンゴーをじっくり観察《かんさつ》すると、ゆっくり体の色を変《か》え始めた。くすんだ緑色に黒いはん点があらわれ、翼《つばさ》やしっぽの辺《あた》りは暖《あたた》かな赤に変わっていく。

「すごいわ」サニーが身を乗りだした。

「その果物、全部食べるのかい？」クレイがたずねた。

　グローリーが大きな声で笑《わら》った。「クレイ、いいから味見くらいさせてよ」そう言って、マングローブがバナナをそうしたように爪を使ってきれいにむこうとしたが、うまくいかずに手がべちゃべちゃになってしまった。オレンジっぽい黄色の果肉《かにく》が体のあちこちに飛《と》び散《ち》る。シルバーが彼女の腕《うで》をつたっておりてくると、それをなめ取り始めた。

だめだ、時間を大事にしなくちゃ。グローリーは、シルバーが落ちてしまわないようささえてやりながら思った。**もう半日すぎちゃったっていうのに、毒液《どくえき》をはくタイミングも森林滑空《かっくう》も姿を消すのも、ぜんぜん練習が足りてないわ。**

「今言っていいかわからないんだけど」サニーが言った。「見物客がどんどんふえてるみたいよ」

　グローリーとマングローブは、さっと上を見あげた。あまり目立たずに練習ができる場所を選《えら》んでくれるよう、彼女は彼《かれ》にたのんでいた。どこを見てもレインウイングと目が合ってしまうというのは、なんとも心が休まらないものだ。彼女がただのレインウイングではないのはここでくらすすべてのドラゴンが知っていることだが、だからといって玉座《ぎょくざ》にいどむその前日に失敗《しっぱい》しまくるところを見せる必要《ひつよう》はない。

　しかし、サニーの言うとおりだった。ひっそりとした村の一角にいるというのに、木かげやハンモックから顔をだしてじっと自分を見つめているドラゴンたちが、グローリーにもよく見えた。彼女がぱっとそちらを向くと、ほとんどのドラゴンたちがすぐに色を変えて姿を消してしまう。だが、何頭か見えるということは、そんなドラゴンがほかにもたくさんかくれているのだろう。玉座にいどむグローリーから目がはなせずにいるのだ。

　さて、わたしを受け入れるか、それともはなれるか。グローリーは思った。わたしはふつうのレインウイングとはちがうけど、きっとそれこそ女王に必要な条件《じょうけん》よ。

「よし、次はどうしようか？」グローリーは、木の実を口に放りこみながら言った。ラズベリーはクラウドベリーよりもすっぱい。イチジクは砂漠《さばく》の風みたいな味。グアバは毎日食べ続《つづ》けても一生あきないかも。「毒液の練習とか？」

「次はお日さまタイムだよ」キンカジューが言うと、マングローブもこくりとうなずいて空を見あげた。

「頭おかしいんじゃないの？」グローリーは顔をしかめた。パパイアを手に取り、うっかりにぎりつぶしてしまう。「たった一日しか準備《じゅんび》ができないのよ？　ナメクジみたいに居眠《いねむ》りしてるわけにはいかないの」

「お日さまタイムは居眠りとはちがうよ」マングローブは、むっとした顔で言った。「体力を回復《かいふく》させるためにやるんだよ」

「ハルルルブル、フルルルブル」シルバーが背中《せなか》をのぼってくると彼女の耳を引っぱりながら、そうだそうだと言わんばかりに声をあげた。

「わたし、そんなことより勉強したいのよ」グローリーはそう言うと、しょんぼりした顔のキンカジューを見て続けた。「あなたたちはどうぞお昼寝《ひるね》タイムに行って。わたしはひとりで練習してるからさ」

「それはいけないよ」マングローブは首を横にふった。「勝利《しょうり》するには体力が必要さ。どうしてもねないっていうのなら、みんなで君の上に乗ってでもねかせるからな」

「ぼくもやるよ」クレイが手をあげた。「友達《ともだち》の上に乗ることにかけちゃ、世界チャンピオンだからね」

「クレイ！」グローリーのさけびが、サニーの笑《わら》い声《ごえ》をかき消した。「じょうだんでやってるんじゃないのよ！　なまけてる時間なんてないの！」

「グローリーは**なまける**って言葉にびん感すぎるの」サニーが言った。「世話係《マインダー》からずっとなまけ者って言われてたものだから、ねむる必要などないっていうことを見せてなにか証明《しょうめい》しなくちゃいけないと思ってるんだよ」

グローリーは耳のヒレを広げ、ぎろりとサニーをにらんだ。「ちょっと待ってよ。それ、**わたしのこと**言ってるの?」

サニーはそっけなく肩《かた》をすくめてみせた。「まあ、スターフライトが言ってたんだけど。でも、わたしもそう思うよ」

「ねむらなきゃいけないときにねむるのは、なまけてるのとはちがうよ」マングローブが言った。「ねむらないなんて、それこそ頭がどうかしてるって。睡眠《すいみん》っていうのは、呼吸《こきゅう》と同じくらい重要《じゅうよう》なものなんだ。時間がないからといって、しないですませるわけにはいかないよ」

「食べものだって同じさ」クレイがうんうんとうなずいた。「睡眠も食事も飛《と》ばせないよ」

枝にいたクレイが大きな音をたて、マンゴーをふみつぶしながらグローリーのとなりに飛びおりた。腰《こし》をかがめ、茶色い目をグローリーの目と同じ高さにあわせる。シルバーがグローリーの頭の後ろから身を乗りだし、クレイの角をつつこうとした。

「グローリー」彼が静《しず》かに言った。「少しパニクるのをやめて、今どんなふうに感じてるか考えてごらん。怒《いか》りの気持ちじゃなくて、体のことを言ってるんだよ」

「パニクってなんかないってば」グローリーは、むっとした。「まあ、キレる寸前《すんぜん》なのはたしかだけどね」

「それだけかい？」クレイは、まだなにかあるだろうという顔でたずねた。

「だんだんキレそうになってるわ」グローリーが言い返した。クレイは、それだけじゃないはずだ、と言わんばかりにじっと彼女の顔を見つめた。

それに……**くたくたになってる**。グローリーは深呼吸《しんこきゅう》しながら、心の中でそうみとめた。もうずいぶん長い間……そう、ぐっすりねむれていないのだ。日光が自分のうろこにふれるあの感覚《かんかく》を思いだす。

「わかった」彼女がため息をついた。「でも一時間で起こしてね。いい？」

「そうするよ」クレイがうなずいた。

「ルルルルリリー！」ナマケモノがうれしそうに声をあげた。

「さ、行こう」キンカジューがうずうずした顔で言った。「ウチ、めっちゃいい場所知ってるから！」

グローリー、キンカジュー、マングローブが飛び立つと、姿を消していたレインウイングたちがもうかくれようともせずに三頭を追っていく羽ばたきが、辺りの木々からいっせいに起こった。キンカジューはみんなの先頭になり、こずえのすぐ上に作られた板ばりの休けい所に向けて飛んでいった。視界《しかい》をさえぎる葉っぱや木々もなく、青い大空がひたすら広がっている。休けい所の床《ゆか》はまん中辺りが少しくぼんでおり、雲みたいにやわらかなピンク色の花々をつけたツタが床をおおうようにからみついている。

「あんたはここね」キンカジューは、中央のくぼみを指さしながら言った。グローリーがしぶしぶツタの上で体を丸めると、すぐに温《ぬく》もりが骨《ほね》にまでしみこんできた。シルバーがうれしそうに彼女の肩にのぼり、そこで落ち着く。キンカジューがすぐとなりで、そしてマングローブが逆《ぎゃく》のとなりでねむり始めたものだから、グローリーははね起きそうになるほどおどろいた。ずっと感じていた疑問《ぎもん》がとけた──他のレインウイングは、たがいにふれ合うことなどまったく気にしていない。ということは、いちいち気にしているのはグローリーだけということになる。

「あの……」彼女は口を開いたが、二頭のレインウイングたちはもうすやすやと寝息《ねいき》をたて始めていた。

グローリーは、こんな感じではとてもねむれないと思ったが、それでもまぶたを閉《と》じた。そして次の瞬間《しゅんかん》に目を開けると、こはく色をしたスカーレット女王の目と向かい合っていたのだった。

28

グローリーはいかく音を発し、口を開けながら飛《と》びのいた。

「おやめなさいな」女王がとげとげしい声で言った。「もうじゅうぶんそうしてきたでしょうに」

グローリーは動きを止め、相手の顔をじっと観察《かんさつ》した。

完璧《かんぺき》だ——前と変《か》わらず完璧な顔だ。背後《はいご》のコケから生えたランの花のようにきらめくオレンジ色の顔。両目の上にならんだルビーがまばゆい日差《ひざ》しを受けてかがやいている。

だがそのときスカーレットの全身が、ふしぎと**ちらついた**ように見えた。非《ひ》の打ちどころのないそのうろこの下、もともと顔があったはずのところで、なにか黒いどろどろとしたきたないものがうごめいているみたいにグローリーは感じた。スカーレットの後ろに、天井《てんじょう》からガラスびんがいくつもつるされたうす暗い部屋が見えた。中には奇妙《きみょう》な光を放っているびんもある。

「なんだ。本当にここにいるわけじゃないのか」グローリーの目の前にまた熱帯雨林《レインフォレスト》の景色《しきけ》があらわれ、スカーレットが完全《かんぜん》な姿《すがた》へともどっていく。女王はグローリーがねている休けい所のふちに腰《こし》かけていたが、グローリーがよく見てみると、女王のかぎ爪《づめ》が下の葉っぱに食いこんでいないのがわかった。

グローリーが体を起こし、脚《あし》の周《まわ》りにしっぽをまきつける。キンカジューとマングローブは彼女《かのじょ》の両側《りょうがわ》でぐっすりねており、ナマケモノは肩《かた》の上でいびきをかいていた。太陽は空高くにのぼっている。

「わたし、ほんとに起きてるの？」グローリーは声にだして言った。

「まさか。何日も何日も、ねむっているあなたをつかまえようとしていたのよ」スカーレットはそう言って、ぶきみな青い光を放つ星のような形のサファイアをかかげてみせた。

「この石の正体を知ってからね」

「夢の訪問者《ドリームヴィジター》……」グローリーは、昔読んだまき物に見覚《みおぼ》えがあった。「その石のことなら読んだことがあるわ。たしか何百年も前に、アニムスのドラゴンが三つ作ったんだったわね。そのうちひとつは、ゴミあさり《スカベンジャー》がオアシス女王を殺《ころ》して財宝《ざいほう》をぬすんだときに、失《うしな》われたはずだと思うけど」

「どうやらちがったみたいね」スカーレットはにぎっているかぎ爪を開き、視線《しせん》を石に落とした。

「つまり、あなたは本当に生きているのね」グローリーが言った。

「あら、そうと知ったらがっかりするはずだと思っていたけど、そうでもないみたいじゃない」

グローリーはさっとしっぽをふった。「死んでほしいと思ってるわけじゃないわ。ただ、わたしたちを殺そうとするのをやめてほしいだけ」

「**あなた**を殺そうとしたことなんて、一度もなくってよ。だってあなたのことは、とても気に入っているんだもの。いっしょにぞくぞくするような時間をすごすことだってできたはずだわ」

女王はとつぜん空いている手をふりあげ、グローリーの顔にきりかかった。冷《つめ》たい水のしずくが顔にかかるような感覚《かんかく》を残《のこ》し、そのかぎ爪がグローリーをすりぬける。冷たいが、痛《いた》みはない。スカーレットのかぎ爪が、本当に目の前にあるわけではないのだ。グローリーはそう自分に言い聞かせながら、もう一度飛びかかってこようとしているスカーレットに身がまえた。まぶたを閉《と》じ、ぴたりと動きを止める。さしものスカイウイングの女王も、今はなにもできなかった。ただの夢と同じで、危険《きけん》でもなんでもありはしない。

少し待ってからグローリーはまたまぶたを開き、スカーレットはしゅうしゅうといかく音をだしながら後ずさった。鼻のあなからけむりがたちのぼって角にまとわりつき、背後に見えている部屋の景色といっしょに、ゆがんだ鼻すじがまたちらつく。

「どこにいるの？」グローリーがたずねた。

「教えたら、さがしだしてここからだしてくれるの？」スカーレットが言った。

「たぶん無理《むり》ね。待って、たぶんじゃない。ぜったいに、**なにがあっても**そんなことしないわ」

「でも、わたしに借《か》りがあるでしょう！」スカーレットが片脚《かたあし》でドスドスと地面をふんだ。

グローリーが首をかしげる。「どうしてそんなふうに思うのか、教えてもらえる？」

「わたしにあんなことをしたじゃないのよ」スカーレットが怒《いか》りに声をふるわせた。「昔のわたしは美しかったわ。なにもかも手に入れてた」

「木に乗ったかわいいにじ色のドラゴンもね」グローリーが言った。「よく覚《おぼ》えてるわ」

「助けてくれないというのなら」スカーレットがおどすように言った。「自分の力でにげ道をさがして、それからあなたをさがしてみせる……殺してあげるわ」

「どっちにしろわたしを殺す気だって、心の声が言ってるけど」グローリーが答えた。

スカーレットはのどのおくでうめき声をもらすと、グローリーの顔面めがけて炎《ほのお》をはいた。**落ち着いて、青いまま。**グローリーは心の中で言った。**落ち着いて、青いまま。**

「だれかに閉じこめられているの？」グローリーの頭に、ある考えがうかんだ。「もしかして、ナイトウイングに？」

「あなたが助けてくれないのなら、代わりに助けてくれるだれかにたのむわ」スカーレットがうなった。

そして、ひとすじのけむりを残してぱっと消えてしまったのだった。

とりあえず、疑問《ぎもん》はとけたわ。スカーレットは生きてる。グローリーは、足元の葉っぱがガサガサとゆれているのに気がついた。**やだ、ちょっと。わたしがふるえてるの？**

キンカジューも、グローリーのふるえを感じたかのように目を覚《さ》ました。彼女がそっと身をよせ、その体にしみこんだ太陽の温《ぬく》もりがグローリーにも伝《つた》わってくる。

彼女はまぶたを閉じて深々と息をすいこみ、この夢から少しずつはなれていった。

目を覚ましたグローリーはすぐに、一時間以上《いじょう》もねむっていたのに気がついた。目の前にうずくまったシルバーが、心配そうな顔でグローリーの鼻すじをなでている。キンカジューとマングローブはもう起きて、気持ちよさそうにのびをしている。

「元気になったろ？」キンカジューが言った。

「うん」グローリーはうなずいた。**でも、ある意味ウソね。**

「よし、じゃあ次は森林滑空《かっくう》だよ！」キンカジューが楽しそうにさけんだ。

「おれはそれでいいぜ」マングローブが答え、グローリーもうなずいた。反論《はんろん》もできないくらい、体がふるえていた。

自分がレインウイングの女王になったら、スカーレットはどう思うだろう？　女王になったら、少しは安全にくらせるようになるのだろうか？

下の枝《えだ》からサニーとクレイが手をふっていた。**ふたりにも話すべき？　話すべきだよね。でも、話すのは今じゃない。**まずはスターフライトに話してみたかった。彼《かれ》ならドリームヴィジターのことをなにか覚えているかもしれないし、スカーレットの後ろに見えた部屋のこともなにか知っているかもしれないからだ。こんなふうにわけのわからないことがあるときには、あの巨大《きょだい》な頭脳《ずのう》が必要《ひつよう》なのだ。

グローリーが空に舞《ま》いあがると、かくれていたドラゴンたちの羽ばたきがバサバサとひびいた。スカイウイングの女王は、いったいどこにいるのだろう……次はいつ、あいまみえることになるのだろう。

29

樹《アーボ》木園《レータム》は、村のまん中にあった。地上からずっと高く、青空をさえぎるものがなにもないところに、ツタや枝《えだ》をきつく編《あ》みこんで丸い広場が作られていた。それを取《と》り囲《かこ》むようにして、ツリーハウスや歩道やハンモックがならんでいる。いくつかのツリーハウスは、果物《くだもの》や花飾《かざ》りを売り買いするために作られたものらしかった。あざやかな青と銅《あかがね》みたいなオレンジ色をまとった鳥たちが、まるでみせものを見に来た観客《かんきゃく》たちのようにおたがいよびかけ合いながら、葉っぱの中を飛《と》び回《まわ》っていた。

広場の周《まわ》りには、村じゅうのドラゴンがみんな集まって来られるだけのスペースがあった――そして実際《じっさい》、村じゅうのドラゴンが集まってきているように見えた。ドラゴンたちの低《ひく》い声がナマケモノたちの甲高《かんだか》い声とまざり合い、グローリーが立っている木の歩道をふるわせた。彼女《かのじょ》は、目の前のスタジアムを見回していた。

スカーレット女王の楽しみのためだけに仲間《なかま》たちが戦《たたか》わされた、あのスカイウイングの闘技場《アリーナ》を思いだし、いやな気持ちになる。ひくひくとよじれるように動いているツナミのしっぽを見て、グローリーは彼女も同じ気持ちなのだと感じた。

「こんなの公平じゃないわ」ツナミが不満《ふまん》げにぼやいた。「もしあんたが勝ったら――」

「そしたらあなたには、**陛下**《へいか》ってよんでもらわないとね」グローリーがいたずらな笑《え》みをうかべた。「さあて、おもしろくなりそうじゃない？」

「最っ低《さいてい》……。それに、あんた**いつでも**そんな顔するようになるんでしょ？　かみつくのをがまんするだけでも、めちゃくちゃ大変《たいへん》そうだわ」

「かみついたりしたら、衛兵《えいへい》につかまって地下牢《ちかろう》に放りこまれるからね」グローリーはそう言って、いかにも女王っぽく手をひらひらとふってみせた。

「レインウイングは、地下牢なんて持ってないよ」キンカジューが言った。

「それはびっくりだね。よし、じゃあわたしがツナミ用にひとつ作ろうかな」グローリーが言った。

「こんなことなら、代わりにスターフライトに来させるんだったよ」ツナミが言った。

「そうしたら、もう少しだけ楽しい気持ちでいられたのにさ」

スターフライトとクレイは、ナイトウイングのトンネルの見はり番についていた。今のところトンネルからは、ひとすじのけむりすらもでてきてはいなかった。グローリーは、警戒《けいかい》しながらもほっとしていた。ナイトウイングは、レインウイングと戦いになるのをおそれているのかもしれない。だとしたら、攻撃《こうげき》をしかけるのが少しだけ楽になるというものだ。

グローリーは、まだスターフライトと話ができていなかった。彼がひと晩《ばん》じゅうトンネルのそばに立っていたからだ。話は競技会《きょうぎかい》が終わってからにしよう。グローリーは心の中で言った。スターフライトも、わたしがスカーレット女王のことを話したら、ナイトウイングと戦うことを少し忘《わす》れてくれるかもしれないし。

わたしも今は、スカーレット女王のことなんて考えていちゃだめだ。

「トンネルの見はりだったら**わたし**だってできたのに」サニーが言った。「なんでだれも、わたしに見はりをさせてくれないのか、ぜんぜんわからないよ」

「ひとつは、ここでわたしを応援《おうえん》してもらわなきゃだからだよ」グローリーが言った。

「サニーよりもたのもしい応援団《おうえんだん》なんて、他にいないもの」

「なんか上から目線を感じちゃうなあ」サニーは、毒《どく》ばりのついていないしっぽの先で、木の床《ゆか》をつついた。「でも、ちゃんと応援してあげるよ。ぜったい勝つってわかってるし、心配なんてしてないけどね」

グローリーは少しだけ心配だった。というのも、ひと晩のうちに対戦《たいせん》相手がふえてしまったように感じていたからだ。

マグニフィセント女王は、広場のまん中で待っていた。体はかれいなむらさき色で、一枚《まい》一枚のうろこには金色のふちどりがされていた。グローリーがまとったことのない色だ。女王は花の首飾《くびかざ》りはほとんどはずして、耳のヒレに白いユリのリースを飾っており、それがまるでレースで編んだ白い冠《かんむり》のような威厳《いげん》を放っていた。

彼女の背後《はいご》に、さらに四頭のレインウイングがならんでいた——みんなとても大きく、とても美しく、そして表情《ひょうじょう》と体の色を見るかぎり、とても頭にきているらしい。

「あいつらは何者？」グローリーがキンカジューにたずねた。

「他の女王たちだよ」キンカジューがひそひそ声で答えた。「ほら……順番《じゅんばん》っこで女王をしてるって言ってたでしょ。どうやら他の女王たちも、あんたに玉座《ぎょくざ》をゆずるのはいやみたいだね」

「あの中に、マグニフィセントよりましな女王はいる？」グローリーが言った。もしかしたら、他の選択肢《せんたくし》があるかもしれない。もし種族《しゅぞく》にちゃんと目を配ってくれる女王がいるのなら、わざわざ自分が女王になる必要《ひつよう》はない。

けれど、キンカジューは首を横にふった。「みんなたいして変《か》わりゃしないわ」と言って、玉座についている間にアボカドやマンゴーをちょっと食べすぎたように見える一頭の女王を指さす。「あれはダズリングだよ。たっぷりみつぎ物を持っていけば、だれの願《ねが》いごとだってかなえてくれるんだ。マグニフィセントの前に女王だったのがあいつで、マグニフィセントの次はグランジャーの番だよ」

グランジャーは半分ねているような目つきとふきげんそうな顔つきの、いかめしい年よりのドラゴンだった。耳のヒレは怒《いか》りをいだいているかのようなうすいオレンジ色で、他のうろこはまるできらめく朝つゆのようにあわいラベンダー色にかがやいていた。

「グランジャーが女王のときは、週に一回だけ、それもたった一時間しかお願いを聞いてくれないんだ」キンカジューが言った。「それも早いもの勝ちで、時間内に順番がこなかったら次の週まで待たなくちゃいけないの。ジャングルをぐるっと一周《しゅう》するくらい長い行列ができるんだから。しかもお願いごとをしても、ほとんど全部却下《きやっか》されるんだ。ほんと、ものっすごいおばあさんでさ。グランジャーが女王じゃなかった時代なんて、今じゃだれも知らないくらいなんだよ」

キンカジューが、次のドラゴンを指さした。背中《せなか》にナマケモノが二匹《ひき》乗っており、くるりと曲がったしっぽの内側《うちがわ》には、さらに別《べつ》の一匹《ぴき》がすわっている。この女王の体はナマケモノとまったく同じ銀色で、まるで風にそよぐ毛なみのようなかがやきを放っていた。

「あれはエクスクイジットだよ」キンカジューが教えた。「ナマケモノに取りつかれてるの。家にはさらに二十匹くらいいるんだから。いつでもナマケモノの話ばっかで、最高《さいこう》においしい果物をエサにあげて、自分の爪《つめ》で毛づくろいしてやって、自分が女王のときはいつでもみんなにナマケモノ用の小さいハンモックを作らせて、小さな花の首飾りまで編んであげるんだ。エクスクイジットにとっては、どんなドラゴンよりもナマケモノのほうが大事なんだ」

「ダズリング、グランジャー、エクスクイジット」グローリーはそうつぶやき、今日覚《おぼ》えたことのリストにつけ足した。「そして、最後《さいご》の一頭は？　当ててみせようか……スプレンディフェラスとか？　アストニッシングとか？　スーパー・ゴージャス・ビューティフルとか？」

「あれはフルーツ・バットだよ」キンカジューが答えた。

「なるほど。それは思いつかなかったわ」グローリーが言った。「それにしても、親ドラゴンがいないんだったら、卵《たまご》からかえったばかりの赤ちゃんにだれが名前をつけてるの？」

「くり返して使ってる名前のリストがあるんだ」キンカジューが答えた。「だいたい、きらめいてる名前のドラゴンが女王になることが多いんだけどね。フルーツ・バットは例外《れいがい》だよ、だってオオコウモリって意味だからぜんぜんきらめいてないもん。今は、花の香《かお》りを取りだしてそれをずっと自分のにおいにする方法《ほうほう》を研究してるんだってさ」

グローリーは鼻すじにしわをよせた。「変《へん》なの。まあ、興味《きょうみ》をそそるのはたしかね。でも、それが女王になることといったいなんの関係《かんけい》があるっていうの？」

キンカジューは肩《かた》をすくめてみせた。「研究がうまくいかないんだってさ。もう三十年くらい取り組んでるってのにね。女王の持ち回りに参加《さんか》してるのは王家の庭園に入れるからなんだけど、いつでもフルーツ・バットの順番が終わるころには、決まって庭園はひどいありさまになってるんだって。ウチの友達《ともだち》にタマリンって子がいて、花の世話係をしてるんだけど、もう頭がどうにかなりそうだって言ってたっけ」

「話を聞いてたら、マグニフィセントがいちばんましって気がしてきたかも」グローリーは木にあいたあなにぐりぐりと爪をねじこんだ。

「マグニフィセントの大問題は、めっちゃ忘れっぽいとこなんだよね」キンカジューがため息をついた。「自分がどんな約束《やくそく》したのかも、村でなにが起きてるのかも、だれがなにをたのみにきたのかもぜったい忘れるし、本気でそれをどうにかしようとも思ってないんだ。まあウチらみんな、今じゃすっかりなれっこになっちゃったけどさ」彼女がかがやく黒いひとみをグローリーに向ける。「でも、もし新しく**あんた**がウチらの女王様になったらさ……そしたらなにもかも、すっかり変わっちまうよ！」

そうなるといいな。グローリーは思った。**いい意味で、変わってくれるといいな。でも、わたしがあそこの連中《れんちゅう》とたいして変わらなかったらどうするの……？**

彼女は、首からさげた巨大《きょだい》なランの首飾りに鼻先をつっこんでいるフルーツ・バットに目をやった。

ま、あの中の何頭かよりましなのは、わたしにも自信《じしん》あるもんね。

女王のツリーハウスにいた老《ろう》ドラゴンが表にあらわれ、マグニフィセントのとなりまで歩いて来た。目をこらして辺《あた》りを見回してから、グローリーに手まねきする。

「うまくいくように祈《いの》っててよね」グローリーはサニーにナマケモノをわたしながら言った。シルバーはなにか不安《ふあん》そうな声をあげると、すぐにサニーの頭によじのぼって、いちばんよく見える場所にすわりこんだ。

マグニフィセントは耳のヒレをたたむと、白分の前に着陸《ちゃくりく》するグローリーを冷《ひ》ややかな目で見つめた。他の四頭の女王たちも、興奮《こうふん》してしっぽをふっている。

「それで、今日はどうすればいいの？」グローリーは翼《つばさ》をバサバサとふりながら言った。「あなたたちを五頭ともたおさなくちゃいけないの？」体の色は、こずえを飛《と》ぶトンボたちと同じ、夏のような金色に合わせた。マグニフィセントがどんなことを言おうと、競技会の間はその色で居続《いつづ》けるのだと決意していた。いちばん大事なことを、もう一度胸《むね》の中で確認《かくにん》する。**だれにもぜったいに見ぬかれるな。取りみだしてることを。頭にきてることを。そしてなによりも、こわくてふるえあがっていることを。**

「いいや。そういう習《なら》わしはないよ」ハンサムが、マグニフィセントよりも先に口を開いた。「挑戦者《ちょうせんしゃ》は、時の女王のみと競《きそ》い合う」

「でも、わたしの女王仲間のみなさんは、仲間はずれはおいやだそうなのよ」マグニフィセントが言った。「だからわたし、みなさんにもこの競技に参加してもらうことにしたの」そう言って、グローリーがハンモックで絞《し》め殺《ころ》してやりたくなるような笑みをうかべる。「ようするに、あなたのほうもチームを作らなきゃいけないってことね」

「チームなんてわたしには――」グローリーは口を開いたが、すぐに言葉をおしこめた。待てよ……いるといえばいるかも。ふり返り、観客席《かんきゃくせき》で目を見開いて見物しているサニーとツナミをちらりと見る。

わざわざみんなをまきこむ必要なんてないわ。あんな女王たち、わたしだけでもやっつけられるしね。あの五頭にできることなら、わたしにだってできるはずよ。それに、だれの助けもかりずにひとりだけであの五頭をたおしたら、みんなぜったいびっくりしてわたしのこと尊敬《そんけい》するわ。

グローリーは、昨日《きのう》までしばられていたせいでまだ痛《いた》みが残《のこ》ったままの翼を広げた。前にも同じように考えたことがあった。ひとりでおとりになるのだと自分に言い聞かせ、なっとくさせたときだ。

でもわたしは、生きて帰ってきたじゃない。あのときだって、自分ひとりで解決《かいけつ》してみせたんだ。

だが、本当はちがうとわかっていた。キンカジューとクレイ、そしてデスブリンガーがいなかったら、まだナイトウイングの牢獄《ろうごく》に閉《と》じこめられていただろう……。いや、彼女の正体をたしかめるだけのゆとりがナイトウイングたちにあったら、殺されてしまっていたかもしれない。

だから、バカなこと考えないで。玉座を勝ち取るのにだれかの助けをかりたって、女王としての価値《かち》がさがるわけじゃないんだから。

「さあ、仲間を選《えら》びなさいな」マグニフィセントが言った。「好《す》きな者を四頭ね」

だったらかんたんな話だわ。グローリーは思った。なにせこの世界には友達《ともだち》が四頭しかいないのだ。マングローブにトンネルを見はりに行くように言って、クレイとスターフライトをもどしてもらえばいい。

いや、かんたんすぎるんじゃない……？　ダズリング、グランジャー、エクスクイジット、そしてフルーツ・バットをじっと観察《かんさつ》する。みんな準備万端《じゅんびばんたん》で、集中し、早く競技をしたくてじりじりしている。あんな表情のレインウイングなど、グローリーはほとんど見たことがなかった。

ぜったい自分たちが勝つっていう確信《かくしん》があるんだ。

「ほら」女王がまた口を開いた。「仲間をここによびなさいな。だれでもいいのよ」

グローリーはマグニフィセントのほうに、少し首をのばした。これはわなだ。わたしに仲間をよびださせるためのわななんだわ。

そして、姿《すがた》を消したり毒をはいたり、なにかレインウイングじゃなきゃできない技《わざ》が必要な競技をさせるつもりなんだわ！

それだけじゃない……。女王になれたとしてもレインウイングたちはきっと、自分たちよりよそ者を信用《しんよう》したんだと思うに決まってる。

まあ、たしかにそのとおりなんだけど……だって、ほとんどのレインウイングはどうしようもないほど役に立たないんだし。

でも今は、レインウイングの力が必要なんだわ。

「それじゃあ……キンカジュー」グローリーが言った。背後で大きな悲鳴があがり、見物しているドラゴンたちがざわめいた。

「あらまあ、三歳《さい》の子どもを？」マグニフィセントは笑《わら》いをこらえながら言った。「これはおもしろくなりそうだわね」

「それからマングローブ」グローリーは女王を無視《むし》して続けた。彼女の正面に群《むら》がったドラゴンたちの中からマングローブがでてきて、小さくおじぎしてみせる。オーキッドはまだあそこで生きている。彼女をすくいだすためなら、彼《かれ》はどんなことでもするだろう。グローリーはたのもしく感じた。

ここからが少しやっかいだ。

グローリーは目を閉じ、ため息をついた。「次にジャンブー」

「**よしきた！**」兄がとびあがってさけんだ。「**ぼく**の出番だ！」ピンク色のまぬけ顔いっぱいに笑みをうかべ、ツタの上をはねるようにしながらグローリーのところにやってくる。

後はだれがいたっけ……。グローリーは、熱帯雨林《レインフォレスト》で出会ったドラゴンたちを頭の中でおさらいした。リアナ。ブロメリア。ココナッツ。この三頭は、あまりたよりになるとは思えない。三頭ともろくに知らないけれど、チームプレイができるドラゴンにはまったく見えなかった。

キンカジューがとなりにやってきた。興奮のあまりそわそわし、緑色の体にこい青むらさき色のあぶくみたいなもようをうかびあがらせている。と、グローリーは、彼女が女王たちの説明《せつめい》をしたときに名前をだした、あるドラゴンのことを思いだした。一度も会ったことのないドラゴンを選ぶのは危険《きけん》なかけだが、他のレインウイングたちよりはぜったいにましなはずだ。

「それと、タマリン」グローリーが知っているのは、タマリンがキンカジューの友達で、花の世話の仕事がお気に入りで、フルーツ・バットをあまり好きではないということだけだった。だがグローリーにはそれだけでも、いいところが三つもあるみたいに感じられたのだった。

観客たちの間にもう一度、まるで波がよせては引くようにざわめきが起こった。マグニフィセント女王がおどろきのあまり、大声で笑いだす。

「タマリンって言ったの？」キンカジューが悲鳴をあげた。「でも……本気で？」

「もう手おくれよ」マグニフィセントが言った。「その子が選んだんだもの。だれか、タマリンがちゃんとこっちに来られるように手をかしてやりなさい」

観客たちの中から小さなドラゴンがあらわれ、よろめきながら何歩か前に進んだかと思うと、そこで足を止め、ぴくりとも動かずに立ちつくした。体にうすい緑色の波が走っている。その目は奇妙《きみょう》な青みをうっすらとおび、まるでグローリーの背後に広がる森をじっと見ているかのようだ。

「どうしたの？」グローリーはキンカジューの顔を見た。「どうして選んじゃだめだったの？」

「だめってわけじゃないよ」キンカジューが答えた。「でもちょっと……タマリン、目が見えなくてさ……」

30

キンカジューは急いで前にでてタマリンの耳元でなにかささやき、それから彼女《かのじょ》を連《つ》れてグローリーのところにやって来た。タマリンは目が見えないというのに、ツタにおおわれたデコボコの床《ゆか》を、まるで葉っぱやすきまをひとつ残《のこ》らず知りつくしているかのような足取りで歩いてきた。昆虫《こんちゅう》の触角《しょっかく》みたいに翼《つばさ》を広げている。

「ほら、グローリーだよ。ウチらの次の女王さ」キンカジューはタマリンの手を取ると、グローリーの顔や翼にふれさせた。

「なんであたしを選《えら》んだの？」タマリンが口を開いた。両肩《りょうかた》にかかるように、大きな花輪《はなわ》をひとつかけている。赤とピンクとむらさきの花々はまったく色合いがあわなかったが、すばらしいかおりをただよわせていた。グローリーはそのにおいにヤシの実とハチミツを思いだした。

「ウチがあんたのこと話したんだ」キンカジューが言った。その声が少しふるえているのを聞き、グローリーはまだなにか話していないことがあるのだと悟《さと》った。

「古いまき物に書かれた物語の中にしか、目の見えないドラゴンなんていないと思ってたわ」グローリーはタマリンの目の前で翼をひらひら動かしてみたが、彼女はまばたきもしなかった。「森の中をどうやって飛《と》んでいるの？　着陸《ちゃくりく》は？　歩いていて休けい所やハンモックから足をふみはずして落ちちゃったりしないの？」

「もうだいじょうぶだよ」タマリンが答えた。緊張《きんちょう》がとけるにつれて、体の緑色がうすくなっていく。「でも最初《さいしょ》の一年は、落ちたりぶつかったりしてばかりだったけどね」

彼女が高々と翼をあげ、おなかに走るよじれるような古きずを見せた。グローリーは、翼や首にもいくつかきずあとが残っているのに気がついた。たくさんのドラゴンたちの体についている戦《たたか》いのきずとは、まったくちがう。どのきずあとも、木々にぶつかったり、歩道から落ちたり、まっ暗やみの中で飛ぼうとして枝《えだ》がささったりした、小さなドラゴンの物語を伝《つた》えているのだった。

「でも、みんなが助けてくれたの」タマリンが言った。「いつでもだれかがあたしのことを見守ったり、助けたり、いろいろなことを教えてくれたりしてね」グローリーは、見物しているレインウイングたちに目をやった。目の見えない小さな子どもの世話なんてだれもしたがらないだろうと思っていたが、みんなで気にかけていたのだ。グローリーは希望《きぼう》の光を感じた。「今はもう村のことはすっかり覚《おぼ》えちゃったから、なにがどのくらいはなれてるのかも、どんなじゃまなものがあるのかも、全部わかるんだよ」タマリンの耳のヒレがしぼみ、また開いた。まるで風向きが変《か》わるのを感じ取っているみたいだ。

マグニフィセント女王はむらさき色の翼を広げ、後ろ足で立ちあがった。「さあ、始めるわよ！　気が変わったりしてないでしょうね？」

「いつでもいいわ」グローリーが答えた。

「感動のスピーチはなしなの？」ジャンブーが、がっかりした顔で言った。

キンカジューとマングローブは、たのもしそうにグローリーの顔を見た。タマリンの耳がぴくぴくと動く。

「昨日《きのう》したでしょ？」グローリーがため息をついた。

「じゃあ、ウチらのためにもしてよ」キンカジューが言った。まるで自分が今感じている本当の気持ちをかくそうとするかのように、足元をおおう葉っぱと同じ、深い緑色に体を変えている。けれどマングローブのほうは、あきらめを表すスカイブルーをまとっていた。

「うーん。わかった。みんな、ベストをつくしてね」グローリーが言った。「それと、ありがとう。そんな感じ」

キンカジューが笑《わら》いをかみ殺《ころ》した。

「やれやれ、まったく感動的《かんどうてき》だな」マングローブが言った。

マグニフィセント女王がえらそうに手まねきすると、ずんぐりしたレインウイングが二頭、マホガニーの丸太をほって作った低《ひく》いテーブルを運びながら彼女のとなりに飛んできた。テーブルにはピカピカにみがきあげられた、ドラゴンの目ほどの大きな茶色いナッツが五つ、きれいにならべられていた。

「この競技《きょうぎ》は、わたしたちレインウイングの特別《とくべつ》な能力《のうりょく》に関係《かんけい》した、五つのステージにわかれているわ」マグニフィセント女王が言った。「ひとつのステージにつき一頭のドラゴンが出場する。全五ステージを戦い、三勝したほうが勝者よ」するどい目を、ぴたりとひとつ目のナッツに向け、彼女は「〈毒液当《どくえきあ》て〉」と言った。そして順番《じゅんばん》にナッツを指さしながら「〈花さがし〉、〈こずえレース〉、〈果物集《くだものあつ》め〉」と競技を紹介《しょうかい》していった。

そして女王は最後《さいご》のナッツをつまみあげると、手のひらにのせてひっくり返した。「それからもちろん、〈姿《すがた》消しコンテスト〉もね。なにせわたしたちは、レインウイングなんだから」歯を見せながら笑い、ナッツを元の場所にもどす。「では、〈果物集め〉から始めるとしましょう。他のステージが終わるまで続《つづ》けてもらえるから」

「すばらしい」ハンサムが言った。「実にりくつに合っている。これは、実に単純明快《たんじゅんめいかい》なステージでな。選手《せんしゅ》は一時間のうちに、できるだけたくさんの種類《しゅるい》の果物を集めてくるんだ。より多くの種類を持ち帰った者の勝利《しょうり》だ」

「わたしたちの選手はダズリングよ」マグニフィセントが言い、太った女王を手でしめした。「そちらからは？」

グローリーはチームを見回しながら、ぞわぞわと体をはいあがってくる不安《ふあん》を追いはらった。この競技はどのステージも、レインウイングが持つ能力に関係している。てっきり彼女が自分の仲間《なかま》たちを連れてくると思っていたにちがいない女王は、グローリーがレインウイングのチームをそろえたのを見てさぞかしおどろいたことだろう。だが、グローリーのほうは、チームの仲間たちをほとんど知らなかった。だれがなにをとくいとしているのか、ぜんぜんわからなかったのだ。

「よし」グローリーは声をひそめて、みんなに声をかけた。「だれがなにをする？　ジャンブー、あなたは森林滑空《かっくう》を教えてるけど、速い？　〈こずえレース〉、いける？」

「もちろんさ！」兄はそう答え、体をあざやかなピンクにそめた。興奮《こうふん》しているのだ。

「お花のは、あたしにまかせて」タマリンが言った。「お花のことだったら、なんでもこいだから」

グローリーは迷《まよ》った。「でもマグニフィセントは、〈花さがし〉って言ったのよ？」

「花のことだったらわかるわ」タマリンは自信《じしん》がありそうだった。

チャンスをあげなさい。グローリーの頭の中に声がひびいた。**いい女王はそうするものよ。**「よし、いいわ」グローリーは他のステージのことを考えながら、テーブルに置《お》かれたナッツに目をやった。丸一日訓練《くんれん》をしたけれど、どれも自信があるとはいえないものばかりだ。

「たぶん、わたしは〈姿消しコンテスト〉にしたほうがいいね」彼女は言った。「この森のどこにいけば果物が見つかるかなんて知らないし、毒《どく》をはくのだってうまくないもの」

昨日の訓練で、目の前にならべられたものを毒で全部めちゃくちゃにしてしまったのを思いだす。「マングローブ、あなたは〈果物集め〉の名手だよね。でもキンカジュー……ごめん。ブロメリアの話だと、あなたも毒液の訓練はうまくいってない感じだよね」

「それはブロメリアが、うすのろだからだよ」キンカジューはおこったように言った。

「ウチ、〈毒液当て〉だったら最強《さいきょう》なんだから！　ほんとだよ！　それにマングローブのほうがウチよりたくさん果物を運べるしさ」

グローリーはおでこをこすった。とにかく、五つのステージのうち三つに勝てばいいのだ。「わかった」そう言ってうなずき、答えを待っている女王たちに向き直る。「こっちの〈果物集め〉はマングローブにまかせるわ」

マングローブは翼を広げ、ダズリングにおじぎした。そしてハンサムの合図を待ち、そろって森へと飛び立っていった。小さな深紅《しんく》のチョウの群《む》れをたつまきのようにまきあげながら、二頭が別々《べつべつ》の方向に飛んでいく。

「さてと」ハンサムが口を開いた。空を見あげ、見物のドラゴンたちにくまなく聞こえるよう、ゆっくりと回りながら大声で言う。「次！　スピードとすばやさの試練《しれん》、〈こずえレース〉だ！」

マグニフィセントは、テーブルに置かれたナッツをひとつくるくると回した。「エクスクイジット、あなたしかいないわね」

「それとぼくだ！」ジャンブーが顔をかがやかせた。

ハンサムがいやな笑いをうかべた。「最後に見た〈こずえレース〉のことは、一生忘《わす》れんよ。君も参加《さんか》してたな？」そう言って、グランジャーのほうを向く。「挑戦者《ちょうせんしゃ》のほうはだれだったかな？」

「名前をだすほどの相手じゃなかったわ」グランジャーはいてつくような声で答えた。

「当然《とうぜん》わたしの勝ち」

「でも、そんなに歳《とし》じゃあ、もうレースは無理《むり》でしょう」マグニフィセントは、やめておけと言わんばかりに言った。グランジャーは今にも殺しそうな目でにらんだが、マグニフィセントは見向きもしなかった。

エクスクイジットのしっぽに乗っていたナマケモノが、彼女の首によじのぼった。銀のうろこの女王は前に歩みでると、あとの二匹《ひき》のナマケモノたちがツタのうえにおりられるよう、翼を下にかたむけてやった。

なんてたくましい肩《かた》なの？　それに大きな翼。まちがいなく速い……！　グローリーは思った。銀色にかがやくドラゴンたちのとなりにいると、ジャンブーはまるで明るいピンク色をしたサルみたいだ。

ハンサムは、樹木園《アーボレータム》をぐるりと取《と》り囲《かこ》んでいる森のこずえを指さした。ずっと高い枝の上に、ドラゴン三頭分くらいの広さしかない小さな足場が組まれている。黒い板にはピンクの花束《はなたば》が散《ち》りばめられ、ナマケモノたちの銀色の毛を使ってしっかりとくくられていた。

「レースはあそこでスタートし、あそこでゴールする」ハンサムが言った。「アーボレータムを囲んでいる木々の外側《そとがわ》を三周《しゅう》だ。内側《うちがわ》に入ったら失格《しっかく》になるぞ。競争《きょうそう》相手にふれても失格だ。外側を飛んでいるかぎりは、どんなルートを取ってもかまわんが、一周するごとにあの足場にふれなくてはならん。わからないことはあるか？」

「ないよ」ジャンブーはそう答え、翼をのばした。

　エクスクイジットはなにも言わなかった。手をよじのぼろうとする二匹のナマケモノたちに両腕《りょううで》を回し、やさしい声で話しかけている。

「陛下《へいか》？」ハンサムはそう言うと、すぐにはっと気づいて言い直した。「いや、おっと。エクスクイジット？　ルールは理解《りかい》したかね？」

「当たり前よ」エクスクイジットは、ナマケモノたちの腕《うで》をほどきながら答えた。二匹のとなりに最後の一匹《ぴき》をおろし、いとおしそうにみんなの頭をなでてやる。「いい子ちゃんたち、すぐにもどってくるからね。マギーおばさんのためにも、このレースに勝たなくちゃいけないのよ」

「そのよびかた、やめなさいな」マグニフィセントがイライラした声で言った。「わたし、だれのおばさんでもないわよ。ましてや、ナマケモノたちのおばさんなんかじゃね。それにこのレースは、わたしのためだけのものじゃないのよ、この毛むくじゃら頭。あなたの玉座《ぎょくざ》でもあるでしょうに」

「ほらほら、いい子ね」エクスクイジットは、まるでねむそうな毛の山みたいになっているナマケモノたちに声をかけた。「マギーおばさんは、あなたたちにおこってるんじゃないのよ。今日はやらなきゃいけないことがあるものだから、虫のいどころが悪いだけなのよ」そして、その場にいる全員にまちがいなく聞こえるように、大きな声でつけ加《くわ》えた。「それに、あなたたちが**自分の**ナマケモノよりずっと愛《あい》らしいものだから、やきもちやいてるのよ」

マグニフィセントが、女王にあるまじきうなり声をもらした。まるで、エクスクイジットがレースをしている間にアーボレータムから投《な》げ捨《す》ててやろうかといわんばかりのおそろしい目で、三匹《びき》のナマケモノたちをにらみつける。

「がんばってね。ぜったい勝って」グローリーがジャンブーに言った。

「もちろんそのつもりさ」彼《かれ》は楽しげにそう答えると、ハンサムとエクスクイジットを追ってこずえに舞いあがり、一度足場におりたってから顔だけのぞかせ、アーボレータムを取り囲んでいる観客《かんきゃく》たちに手をふってみせた。サニーと何頭かが手をふり返す。グローリーは、みんなはどちらを応援《おうえん》しているのだろうと思った。自分に勝ってほしいと思っているドラゴンなど、果たしているのだろうか？　レインウイングたちは、彼女の勝利がなにを意味するのか、そして彼女がこの熱帯雨林のなにをどう変えたいと思っているのか、わかっているのだろうか？

彼女の目がレインウイングたちを――もうすぐ自分が治《おさ》めることになるドラゴンの種族《しゆぞく》を――見回す。体の色から感情《かんじよう》を読み取ろうとしてみたが、今日はだれもがパーティーに来たかのようによそいきの色をまとっているようだった。目につく感情の色はただひとつ、興奮のはげしい黄色をまとったドラゴンが何頭か、ぽつりぽつりと見えるだけだ。きっと、なにか新しいことが起きるのが楽しみでしかたないドラゴンたちなのだと、グローリーは直感した。

まるでとぐろをまくドラゴンのしっぽのような形の枝にハンサムがのぼり、翼を広げた。

「オオハシの鳴き声がひびいたらスタートだ」と、ジャンブーとエクスクイジットに声をかける。「ルールを忘れるなよ。用意はいいか？　用意……**カー！**」

彼ののどから放たれた音にびっくりして、グローリーはスタートを見のがしてしまった。あのオオクチバシの鳥の鳴き声ならば聞きなれているが、ハンサムのモノマネは完璧《かんぺき》だ。これもレインウイングが持つ能力なのだとしたら、今までグローリーがやってみようとすら思ったことのないことの能力だった。

エクスクイジットはさっとジャンブーの前に飛びだし、枝からツタへ、ツタから枝へとスイスイ飛びうつりながらぐんぐん引きはなした。彼女のしっぽはジャンブーのしっぽより長く、枝にまきつければ彼より遠くまでブランコのように移動《いどう》できるし、ずっと遠くまでとどくのだ。だがジャンブーは翼のはばが彼女よりも小さく、そのおかげで枝がからまりあってエクスクイジットが回り道しなくてはならないようなところでも、くぐりぬけていくことができた。一周目を終えて足場にもどってくるころには、ジャンブーの鼻が今にもエクスクイジットのしっぽにふれそうなほどに迫《せま》っていた。

「ジャンブー行けー！」サニーが歩道から声をはりあげた。「勝てるよ！　ジャンブーは熱帯雨林最速《さいそく》なんだもの！　行け行けー！」

キンカジューがとなりのタマリンをつっつき、サニーといっしょに声をかぎりに歓声《かんせい》をあげ始めた。

グローリーは、こんな大さわぎをしてはジャンブーがイライラして気が散ってしまうのではないかとハラハラしたが、どうやら逆《ぎゃく》に、追い風になったようだ。ジャンブーは体をかたむけて木のみきをよけ、ハイビスカスの花におおわれたツタの輪《わ》をくぐりぬけ、猛《もう》スピードで外側からエクスクイジットを追いぬいてしまったのだ。

なるほど、効果《こうか》があるのなら……！　グローリーは心の中でつぶやいた。「すごいすごい！　ジャンブー最高《さいこう》！　森林滑空の天才だよ！　ええと……こういうときなんて言うんだろ……超《ちょう》すごい！　がんばれがんばれ！」

ふと、ツナミが今にもふきだしそうな顔で自分を見つめているのに気づき、グローリーはにらみつけながら舌《した》をだしてみせた。

ジャンブーは二周目もかぎ爪《づめ》で足場にふれ、また飛び去っていった。少し間を置いて、今度はエクスクイジットがドスンと音をたてておりてくると、またジャンブーを追いかけ始めた。バサバサと必死《ひっし》に羽ばたき、怒《いか》りに顔をゆがめている。

グローリーは心臓《しんぞう》をバクバクさせながら、木々の間をぬうようにして競《きそ》い合《あ》うふたりを見守った。あと一周――あと少しだけジャンブーがリードをたもてれば、それで勝ちだ。**そのままがんばって！**　足元のツタに、知らず知らずかぎ爪を食いこませる。自分もあそこにいって、彼のスピードをぐんぐんあげてやれたらいいのに。

ジャンブーが木のみきをけって向きを変え、からみ合う枝にあいたあなをくぐる。だが最後のカーブをまがったその瞬間《しゅんかん》、とつぜん彼がいきおいを止めようと思いきり翼を広げた。すぐにもがき始めた彼の首に、ツタが一本まきついているのにグローリーは気がついた。空気をもとめてあえぎながら、ジャンブーが横向きに大きくぐらついた。

心臓をわしづかみにされたような感覚《かんかく》を覚えながら、グローリーはジャンブーがまっさかさまになって、木で囲まれた輪の中へとたおれこんでいくのを見つめた。その瞬間エクスクイジットが彼の真横をぬけ、足場にきれいな着地を決めた。彼女が翼を広げ、勝ちほこったようにくるりと回ってみせた。その体には、青むらさき色の波がたっていた。

だが、グローリーに見えたのはそれだけではなかった。

あのツタはいきなり出現《しゅつげん》したのではない。ジャンブーがちっそく死しかけた場所から、なにかがにげていく姿が見えたのだ。

いや、ぼさぼさの銀色の毛を持った、いくつかのかげが――。

31

「わたしたちがずるをしたかなんて、よくそんな質問《しつもん》ができるわね」マグニフィセントは声をあららげた。

「なんなら、どうやってずるをしたのかに質問を変《か》えようか？」グローリーも声をあららげ返す。

「エクスクイジットのナマケモノは、レースの間じゅうどれもずっとここにいたわ」女王が言った。

「あの三匹《びき》だけはね」グローリーは、エクスクイジットの肩《かた》によじのぼろうとしている毛むくじゃらのけものたちを指さした。「他にも何匹《なんびき》か飼《か》ってるのはわかってるわ。もし負けそうになったらじゃまをさせるために、森にそいつらをかくしておいたってこともね」

「むむう」グランジャーが目を細め、うなった。レースの間はずっとたいくつそうな顔でぴくりとも動かず、えらそうにしていた。

「バカバカしい」エクスクイジットは、ふんと鼻で笑《わら》った。

「彼女《かのじょ》のナマケモノは、そんなことができるかしこい子たちじゃないわ」マグニフィセントが言った。

「そのくらいできるわよ！」エクスクイジットは耳のヒレを広げ、大声でわめいた。またグローリーのほうを向き、ゆっくりと耳のヒレをたたみ直す。「けれど、そんなことをする子たちじゃないわ」

「あんたの言うことだったらなんでも聞くでしょ！」キンカジューがさけんだ。怒《いか》りのオレンジ色の波をしっぽに走らせ、すぐ近くにいるナマケモノに牙《きば》をむく。するとナマケモノも負けじと、するどいさけび声をあげて彼女をにらみ返してきた。

「もうやめんか」ハンサムが言った。「ジャンブー、なにか見ていないか？」

ジャンブーは、グローリーにも自分の兄だと見分けがつかないほど、絶望的《ぜつぼうてき》な青灰色《せいかいしょく》に変わってしまっていた。すっかり落ちこみ、がっくりと肩を落としている。「わからないよ。あっというまだったからな。飛《と》んでたと思ったら、いきなり首をしめられたんだ。森にナマケモノの姿《すがた》が見えたけど、でも……」

「それがエクスクイジットのナマケモノだったのかも、自分の首をしめたツタと関係《かんけい》があるのかも、はっきりわからないわけね」マグニフィセントが言った。

ジャンブーが悲しげにグローリーを見る。

「だいじょうぶよ、ジャンブー」彼女が言った。「不正《ふせい》がなかったらあなたが勝ってたの、ちゃんとわかってるから」と、観客《かんきやく》のレインウイングたちにもちゃんと聞こえるよう、声を大きくする。マグニフィセントはふんと鼻を鳴らし、〈こずえレース〉のナッツをテーブルからつまみあげた。ぱっとしっぽをふり、自分のそばに置《お》かれた、中身をくりぬいたココナッツの中にそれを放りこむ。

「次のステージに進むとしよう」ハンサムはそう言い、ひとつせきばらいをした。「〈花さがし〉ではどうかな？」

タマリンが前に歩みでた。翼《つばさ》がふるえ、体にはまたうすい緑色のさざなみがたっている。グローリーは、自分の感情《かんじょう》が色となってあらわれているのに彼女が気づいているのだろうかと思った。

と、別《べつ》の疑問《ぎもん》が頭によぎった。「体の色は変えられるの？」グローリーがタマリンに聞く。「だって、色をあわせるものが見えないんでしょう？」

「うん……でもちゃんとできるよ。でもどうやってるか、細かいことは聞かないで」タマリンはそう言うとまぶたを閉《と》じ、何度か深呼吸《しんこきゅう》した。そして体が深い緑色になり、そこに太陽の光とかげのまだらもようがあらわれ始めたかと思うと、彼女は床《ゆか》をおおうツタとすっかり見わけがつかなくなってしまった。

「自分でどんな色になるのかは選《えら》べないんだ」タマリンが説明《せつめい》した。「たとえば、赤くなれって言われてもそれは無理《むり》。だけどリラックスすると、周《まわ》りがどんな色でも勝手に同じ色になってくれるんだ」

「すごい」グローリーは言った。だが、それよりもっとおどろくのは、タマリンがもうまったくおびえていないように見えることだった。

フルーツ・バットが前にでてきた。首からさげている大きなランのネックレスを回し、背中《せなか》にたらす。いっしょに、妙《みょう》なにおいが辺《あた》りにただよい始めた……気分が悪くなるようなあまさがある、くさった葉っぱのようなにおいだ。ナイトウイングたちの国のにおいよりはましだったが、それでもいいにおいではなかった。

「で、このステージはどんなふうにやるの？」グローリーがたずねた。「あと、今度はちゃんと不正がないってはっきりさせられたらいいんだけど」

体が赤く変わりそうなのを必死《ひっし》にこらえているマグニフィセントを見て、グローリーはほくそえんだ。他のドラゴンをおこらせる能力《のうりょく》がピカイチなのは、自分でもわかっているのだ。少しだけふり返り、怒りをこらえているツナミを見る。今すぐにでも樹木園《アーボレータム》に突撃《とつげき》して、ひとりで五頭の女王たちの相手をしてやるといわんばかりの顔だ。

ハンサムは何度かせきばらいをしてから、あわてて口を開いた。「さて、では進めるとしよう。この第二ステージについては女王から〈花さがし〉にしたいと依頼《いらい》があった。そこでわしは今朝早く、このアーボレータムのどこかに、ある花をかくした。非常《ひじょう》にめずらしく美しい、シナモンランだ。よく見かける黄色い花ではなく、めったに見つからない赤い花だよ」

「おおおおお」観客たちがどよめいた。

「当たり前だが、最初《さいしょ》にその花を見つけた者の勝利《しょうり》だ」ハンサムが言った。

たった花ひとつ？　グローリーは思った。このめちゃくちゃ広い場所で？　どこにあるかまったくわからないし、この子は目が見えないのよ。さがし始めるだけでも大変《たいへん》じゃない。いくら花のちがいを感じ取れるっていったって、その花が赤か黄色かなんてどうやってわかるっていうの？

グローリーは初《はじ》めて、この競技会《きょうぎかい》に負けるかもしれないと感じた。もしかしたら、女王になれないかもしれない。けわしい顔でマグニフィセントを見ながら、ぱたぱたとしっぽをふる。いいわ。もしそうなったら、〈ナイトキングダム〉からレインウイングたちを助けだす別の方法《ほうほう》を考えるだけだもの。

ハンサムが翼を広げた。「さあ、開始！」

フルーツ・バットがすぐにスタートを切った。その見た目からは想像《そうぞう》もつかないような速さでアーボレータムの中で円をえがくようにかけ回り、すきまやあなを見つけては片《かた》っぱしから顔をつっこんでいく。落ち葉の山をかきわけ、からまり合うツタを持ちあげる。ふちからたれさがっているドラゴンのしっぽをおしのける。オレンジをおびた赤いきらめきが見えるたびにフルーツ・バットは、次々と飛びついていった。おどろいた鳥や虫たちが、あわててにげだしていく。

けれどタマリンのほうは、その場に立ちつくしたままだった。鼻がひくひくと動いている。深く息をすいこむたびに、翼が上下する。

しばらくそれを見ていたグローリーは、思わず口を開いた。「ちょっと……」

「シー！」キンカジューが彼女をだまらせた。「ちゃんとやってるから」

「もっとちゃんとやってるように、**ちゃんとできない**の？」グローリーがたずねた。

タマリンがまた息をすいこみ、鼻先を上に向けた。耳のヒレに、今さがしている花のような形に赤い色がうかび、炎《ほのお》のようにちらちらとおどる。

「においをさがせるの？」グローリーは、ひそひそとキンカジューにたずねた。「においで見つけようとしてるってこと？」

「あの子ならできるよ」キンカジューは力強くうなずいた。「タマリンの鼻、めっちゃすごいんだから」

「信《しん》じるからね」グローリーは答えた。「でも辺りからは数えきれないほどの花のにおいがとどいてくるはずだし、そのうえドラゴンとかサルとか、たかだか花一輪《りん》よりずっとにおいが強いものだってたくさんあるんだよ？　においでさがすなんてとても無理よ」

「タマリンの鼻を知らないから、そんなこと思うんだよ」キンカジューが言った。「今はだまって見てなって」

グローリーは腰《こし》をおろし、しっぽを体の周りにまきつけるように休めた。とにかく、今自分にできることはなにもないのだ。本当ならばフルーツ・バットのようにアーボレータムじゅうをかけ回りたいところだが、手助けはゆるされていない。

女王になるってこういうことなの？　命令《めいれい》をしたらただすわって、みんながそれを実行してくれるのを待つことしかできないの？

今までに出会ってきた女王たちのことを思いだしてみる。スカーレット女王やコーラル女王は好《この》んで手下たちによごれ仕事をさせていたが、バーンやブリスターはどちらも自ら手をくだすほうが好《す》きなようだった。だがそれはもしかしたら、ふたりともまだ本当の女王ではないからなのかもしれない……いや、それとも何年も戦争《せんそう》を味わってきて、本当に信用《しんよう》できるドラゴンは自分だけだと学んだからなのだろうか。

グローリーはもう一度、サニーとツナミのほうを見た。彼女は仲間《なかま》たちに、それぞれちがった形でほのかな信頼《しんらい》をよせている。サニーは体が小さいし自分で思うようには役に立てないけれど、少なくとも勇気《ゆうき》と正義感《せいぎかん》で行動するところは信頼できる。スターフライトは勇気も戦闘《せんとう》能力もないけれど、もしなにかわからないことがあったなら、彼《かれ》の頭脳《ずのう》をすぐに信頼するだろう。だからこそ、スカーレットのことを、他のみんなより早く彼に話してしまいたいのだ。

ツナミは、たとえどんな状況《じょうきょう》だろうとも――たとえ絶対的《ぜったいてき》に不利《ふり》な状況だろうとも――命をかけて戦《たたか》ってくれる戦士《せんし》として信頼している。そしてもちろんクレイだ。彼は仲間を助けるためならどんなことでもするだろう。

ろくに知らないレインウイングたちではなく、みんなとチームを組めばよかったと、グローリーは思った。キンカジューのことは好きだが、自分の運命にこんなにも強い無力感《むりょくかん》をいだくのは、とてもたえられない。**女王になりたいのはわたしなんだから、玉座《ぎょくざ》のために戦うのだってわたしひとりでじゃなきゃいけないんだ。**

マグニフィセントは、タマリンとフルーツ・バットをキョロキョロと見くらべ続《つづ》けていたが、やがてタマリンが一歩前にでると、するどいうなり声をもらした。競争《きょうそう》相手の様子を見ようと、フルーツ・バットがふり返る。

「タマリン」グローリーは、小さな声でよびかけた。「花がどこにあるかわかったのなら急いで。フルーツ・バットがあなたを見ているし、きっとあなたより先にそこに行こうとするはずよ」

タマリンはもう一度深呼吸すると身をかがめ、ぱっと空に舞《ま》いあがった。そして、ねらっていた場所をあやうく飛びこえかけたが、しっぽがかすめたのに気づくとさっと引き返し、ゆうがにおりたった。そこは、ジャンブーとエクスクイジットのレースでスタートとゴール地点――ピンクの花束《はなたば》がいくつもくくられた、あの足場だ。

フルーツ・バットが、すぐにその後を追いかけた。タマリンがすばやく頭をさげ、花束のかおりをかぎ始める。そして、横にはでな音をたてながらフルーツ・バットが着陸《ちゃくりく》したその瞬間《しゅんかん》、タマリンはひとつの花束をつかみ取り、それを束《たば》ねているナマケモノの毛をぬきとった。

うすいピンクの花びらが散《ち》り、中にかくれていた花が姿をあらわす。ドラゴンのかぎ爪《づめ》のような形の花びらの一枚《まい》一枚が、まるで炎の舌《した》のように光を放っている。

マグニフィセントとフルーツ・バットが、同時に怒りのさけびをあげた。

「ふふふ、どうやらまちがいなかったみたい」タマリンがほほえんだ。

「タマリン、やったあ！　見つけたんだね！」キンカジューがさけび、満面《まんめん》の笑《え》みをうかべてしっぽでグローリーをつついた。「ほら、だいじょうぶだって言ったじゃん！」

もしレインウイングが炎をはけたなら、きっとマグニフィセントの耳や鼻から今ごろけむりがもくもくとたちのぼっていたにちがいないと、グローリーは思った。

「お見事！」グローリーは、花をにぎりしめてとなりにもどってきたタマリンに声をかけた。「本当にすごかったよ！」

グローリーはゆうゆうとテーブルに歩みより、〈花さがし〉のナッツを手に取った。そして勝ちほこった目でマグニフィセントを見つめながら、それを自分のココナッツのうつわの中に落とした。一勝一敗《ぱい》。残《のこ》すステージはあと三つ。

そうしたら、女王になれるのだ。

「さあ、次はなに？」グローリーはマグニフィセントに言った。さっきまでなかった自信《じしん》が、今はみなぎっているのを感じる。「〈姿消しコンテスト〉はどう？」

マグニフィセントが牙をむく。「受けて立とうじゃないの」

「〈姿消しコンテスト〉をしたことは？」ハンサムがグローリーに質問した。

「あるとは言えないかな」グローリーは、首を横にふった。「でも、命をねらってくるドラゴンたちからかくれるために、姿を消さなくちゃいけなかったことならあるわ。だからご心配なく。プレッシャーなんてへっちゃらよ」

「いや、ルールがわかっているか知りたかっただけだよ」ハンサムは、笑いをこらえながら言った。「まあ、複雑《ふくざつ》なルールではないよ。まず片方《かたほう》が姿を消し、ここから見えるところに身をかくす。そうしたらもう片方がさがしだし、それから攻守《こうしゅ》交代だ。どちらがより早く相手を見つけたかは、わしが判断《はんだん》する。もし甲乙《こうおつ》がつけられない場合は、もう一度同じことをおこなう」

「了解《りょうかい》よ」グローリーがうなずいた。

「覚《おぼ》えているかね――？」ハンサムは、グランジャーのほうを向いた。グローリーは、どちらが年上なんだろうと思った。ふたりとも、まるで〈雲の爪《つめ》山みゃく〉と同じくらいに年よりに見える。

「もちろん覚えているわ」グランジャーはきつい声で返した。首をもたげて観客たちをいかくし、自分の話が聞こえるようだまらせる。「なにもかもちゃんと覚えてるわ。侵略《しんりゃく》してくるドラゴンどもから身を守るため、姿をかくさなくては**いけなかった**時代をね。当時はお遊びなんかじゃなかったわ。生きのびるためには、姿を消すしかなかったんだもの」

「たいくつな昔話なんて、もうおやめなさいな」マグニフィセントが命令するように言い、またグランジャーににらみつけられた。「グランジャー、自分の番が来るまでだまってなさい。わたしが最初にかくれるわ」

ハンサムが、長くてはばの広い葉っぱをグローリーの頭にまきつけて目かくしをした。視界《しかい》がまっ暗になるとグローリーは、タマリンはずっとこんな世界にいるのだと感じた。まき物の中にも目の見えないドラゴンの物語はひとつしかなかったが、それも焦土時代《スコーチング》よりも前の、ずっと昔の話だ。

しばらくして、目かくしがはずされた。何百というレインウイングたちが、興味津々《きょうみしんしん》で自分に視線《しせん》をそそいでいるのが見えた。

「どうぞ、始めたまえ」老《ろう》レインウイングがうなずいた。

グローリーは目をこらし、ぐるぐると円をえがくように歩きながら辺りに手がかりをさがした。

マグニフィセントは、すっかり姿を消してしまっている。白い花輪《はなわ》のかんむりはツタの上に置《お》き去《ざ》りにされていた。金のふちどりのされたむらさき色のうろこはどこにも見えないし、競技場の周りにつられたハンモックにも、不自然《ふしぜん》にふくらんでいるものはひとつもない。

どこにいるんだろう？

もし自分が物忘《ものわす》れがひどくて、とんでもないなまけ者のレインウイングだったら、いったいどこにかくれる？

マグニフィセントは、気持ちよく寝転《ねころ》がっていられる場所がいくらでもあるのに、わざわざ木にのぼったり、しっぽで枝《えだ》からぶらさがったりするようなタイプには思えない。それに足場や歩道はほとんどどこも見物のドラゴンたちでこみあっていて、彼女もそうかんたんに入りこむことはできないだろう。

そこまで考えて、グローリーはふとあることを思いついた。観客たちのほうを向き、じっと観察《かんさつ》し始める。観客の中には、マグニフィセントがどこにかくれたか目にした者たちがいるはずだ。それに、みんな生まれてからずっと、こういうかくれんぼをして遊んできたのだ。自分がいちばんに見つけてやろうと、辺りに目を走らせているにちがいない。

と、エクスクイジットとフルーツ・バットが、そばに立つふわふわしたコケにおおわれた木を見あげているのに、グローリーは気がついた。まるで彼女に気づかれるのを待っているかのように、やや**熱心《ねっしん》すぎる**ほど視線をそそいでいる。フルーツ・バットがグランジャーをこづく。威厳《いげん》たっぷりの老ドラゴンが、むっとした顔で彼女をにらみつける。その瞬間、グローリーはレインウイングが何頭か、競技場のおくにある果物《くだもの》屋台のほうをちらりと見たのに気がついた。屋台に目をこらし、それから顔を近づけてささやきあう。

調べてみたほうがいいわね。グローリーは心の中で言った。

宙《ちゅう》に飛びたって競技場をつっきり、果物屋台に向かう。板ばりの足場をテーブルとしても使える低《ひく》い壁《かべ》が囲《かこ》んでおり、その上にマンゴー、パイナップル、あの赤くてネバネバした丸い果物、そして星の形をした緑色の果物が、ところせましとならべられていた。真上の枝からは、ふさをいっぱいにつけたバナナがぶらさがっている。

グローリーは足場のゆかにしっぽをすべらせ、それからテーブルを観察してみたが、どこかにドラゴンがかくれている気配はちらりとも見つからなかった。頭上を見あげ、ぶらさがっているバナナのふさをつついてみる。そして最後《さいご》には壁をひとつ飛びこえ、バナナの上に舞いあがってみた。いくつかのふさのぶらさがりかたが、どうも奇妙《きみょう》なようだ――まるでなにかずっしりと重いものが、上に横たわっているみたいなのだ。

なんともぶきみだった。見えているのはかげと光、そして緑の葉っぱとあざやかな黄色のバナナだけだ。けれどグローリーが手をのばしてみると、ドラゴンのうろこにふれた。その瞬間、おこったようなするどい息づかいが聞こえ、グローリーは目当てのものを見つけたと確信《かくしん》した。

「女王陛下《へいか》」彼女はうやうやしくおじぎしてみせると、「とても見事にかくれておいでです」と正直な気持ちをつけ足した。

「さ、お手なみ拝見《はいけん》といきましょうか」マグニフィセントはふきげんそうに答えた。体が元どおりのむらさき色に変わりだしている。

ふたりは観客たちの嵐《あらし》のような拍手《はくしゅ》を浴《あ》びながら、競技場のまん中へと引き返していった。グローリーはしばらく、その拍手が自分に送られているのだということにも気づかなかった。もしかしたら自分はけっこう早く女王を見つけだしたのかもしれないと、期待が高まる。あとは、マグニフィセントよりもうまくかくれればいいだけだ。

ハンサムが歩みでて、マグニフィセントに目かくしをした。

グローリーは、足元のツタと同じ緑色に体を変えた。どこかにかくれに行くのを、だれにも――特《とく》に他の女王たちには――見られたくない。

最初に思いついたのは、そのまま上昇《じょうしょう》して頭上の空にとけこんでしまうことだったが、そうなると羽ばたき続けていなくてはならないし、もしかしたらマグニフィセントに風を感じ取られてしまうかもしれない。

そこで彼女は、エクスクイジットとフルーツ・バットがずっと見あげていた、あの木に向かうことにした。両手の下で、あのふわふわしたコケがつぶれるのを感じながら、木をのぼっていく。体はあっというまに暗い茶色と、みきをおおうコケと同じ黄緑色に変わっていた。じゅうぶんに高くまでのぼって満足《まんぞく》すると、彼女は下の競技場が見わたせるようにしながら、体を木にまきつけた。それからべったりと木のみきにはりついて意識《いしき》を集中させ、念《ねん》には念を入れて背中に小さな青いアマガエルをうかびあがらせる。マングローブから教えてもらった技《わざ》だ。

さがし始めるよう女王に告《つ》げるハンサムの声が、下からひびいてきた。まぶたを開いた女王が、すぐに他の女王たちのほうに向き直る。エクスクイジットとフルーツ・バットが、まごついた顔で翼をあげた。グランジャーが興味《きょうみ》なさそうにあくびをした。

マグニフィセントは、なにも見のがすまいと目を光らせながら、その場でぐるりと一回転した。不満《ふまん》げに小さくうめき、翼をたたむ。そしていきなり牙をむくと、彼女は丸い競技場のはしに立っているサニーのほうに突進《とっしん》していった。

だいじょうぶ。サニーを攻撃《こうげき》したりなんか、するはずない! グローリーは自分にそう言い聞かせたが、サニーがとびのくのを見てびくりとした。その瞬間、シルバーがさけび声をあげてサニーの背中から飛びおりると、グローリーがかくれている木をめがけて走ってきた。

マグニフィセントはシルバーが走っていく方向を見るとものすごい速さで追いこし、木のみきに体当たりした。グローリーがあやうく木から落ちそうになる。女王はそのままものすごいいきおいで木をのぼり、グローリーの翼をふみつけた。そして勝利のおたけびをあげながら後ろ足で立ちあがり、彼女の鼻すじをつついてみせたのだった。

「見つけたわ！」と、女王が声をはりあげた。

シルバーがようやくのぼってきて、ガタガタとふるえながらグローリーの腕《うで》の中にとびこんだ。グローリーは枝の上に飛《と》び乗《の》り、ナマケモノを胸《むね》にだきしめるとやさしくなでてやった。

「さっきの、笑えると思ったの？」グローリーはマグニフィセントに言った。「おとなしいナマケモノをおびえさせるだなんて」

下に集まっている観客たちのざわめきやショックを受けた顔から察《さっ》するに、レインウイングにとって大事なペットであるナマケモノをこんな目にあわせるなど、そうそうあることではないだろう。

「死にはしないわ」マグニフィセントが答えた。「それに重要《じゅうよう》なのは、わたしが勝ったっていうことよ」

グローリーは、暗い気持ちでハンサムを見おろした。ハンサムは、「わしにどうしろと？」と言わんばかりに肩をすくめている。

「女王の言うとおりだよ」彼が言った。「このステージは、マグニフィセントの勝ちだ」

32

「まあ、あれを見て！」マグニフィセントは、太陽の光を浴《あ》びて木々の間できらめく翼《つばさ》をうれしそうに指さした。「〈果物《くだもの》集め〉が終わったんだわ」そう言って樹木園《アーボレータム》のまん中に飛《と》んでいき、マホガニーのテーブルに置《お》かれたナッツをひとつ、さっと手に取る。

二対一。

「今のはずるじゃないの？」サニーが、みんなのところに帰ってきたグローリーに声をかけた。キンカジューは、グローリーと同じ赤いストライプを体にうかべていた。ジャンブーのほうは、また青灰色《せいかいしょく》にもどってしまっている。グローリーは、もしかして兄はふたつしか気分を感じないのではないかと首をひねった。

「完全《かんぜん》にずるじゃないか！」ツナミがどなった。「あんなの許《ゆる》しておいちゃダメだよ！ふざけるな！」

「あいつらをだまらせて」マグニフィセントは、けわしい顔でハンサムに命令《めいれい》した。彼《かれ》が翼を広げ、せきばらいをする。

「女王のしたことは、すべてルール違反《いはん》ではない。女王の勝ちだ。ほめられたものかどうかはともかく、公式にはな」

マグニフィセントは、ぎろりとハンサムをにらみつけた。マングローブとダズリングが森をぬけ、舞《ま》いおりてくる。

グローリーはあまりのショックに、口をはさむことすらできなかった。いくらみんながずるだと言おうとも、グローリーにはマグニフィセントが、彼女《かのじょ》のかくれ場所をあばくために策略《さくりやく》をしかけたにすぎないのがわかっていた。自分が観客《かんきやく》たちを利用《りよう》してヒントを見つけたのと、なにも変《か》わらない。

つまりグローリーは負けたのだ。まぎれもなく**負け**てしまったのだ。

ぼうぜんとしている彼女をしりめに、マングローブとダズリングは、集めてきた形も大きさもさまざまな果物をツタの上に広げ、整理しながら数えていった。ハンサムはその果物を手に取っては、なにかぶつぶつとつぶやいてから山につみあげていった。

ひとりで戦《たたか》ってたら、もう負けちゃってたんだ……。グローリーはふと気がついた。マグニフィセントとの直接《ちよくせつ》対決にやぶれ、玉座《ぎよくざ》を失《うしな》っていたのだと。もし彼女が玉座を勝ち取ることができたとしても、それは他のレインウイングたちのおかげでしかないのだ。彼女がほとんど知らないタマリンと、マングローブと、そしてキンカジュー。みんなが勝ってくれたらの話だが。

キンカジューは、マングローブがつみあげた果物の山にくぎづけになっていた。しっぽをもぞもぞといじり回しながら、小さな声で果物を数えている。

ハンサムが、最後《さいご》に残《のこ》った深い青の果物を調べた。とげとげのついた丸いその果物を彼がつつくと、あざやかな緑色のしるがにじみでてきた。彼がこくりとうなずき、マングローブの山にその果物をのせる。キンカジューはぱっと顔をかがやかせ、グローリーの顔を見た。

「十七対十六」ハンサムが大きな声で言った。「マングローブの勝ちだ！」

「なんですって？」マグニフィセントが金切り声をあげた。ぱっとふり返り、ダズリングをにらみつける。ダズリングの口の周《まわ》りには黄色い液体《えきたい》が点々とつき、胸《むね》には緑色の果汁《かじゅう》がたれている。「いくつか食ったね！　さっき見たときはたしかに十九個《こ》あった――」そこまで言いかけ、マグニフィセントはあわてたように言葉を止めた。

「ごめんなさい……」ダズリングは、弱々しい声で言った。「十六個でじゅうぶんだと思って……」

「とんだかんちがいだったわね」マグニフィセントがうなった。

「失礼《しつれい》」ハンサムが口をはさんだ。「今**十九個あった**と言ったのかね？」

ふたりの女王がにらみ合いを続《つづ》け、辺《あた》りには気まずい沈黙《ちんもく》が流れた。マグニフィセントはしっぽをふりながら、さげすむようにハンサムを見た。

「わたしがなにかおかしいとでも？」いてつくような声で聞く。

「そうだよ！」キンカジューがさけんだ。「前もって果物を集めて、どっかにかくしておいたんだろう！」

「バカなことを」女王は鼻で笑《わら》った。翼の赤いちらつきが、ぴたりと消える。「それに、証明《しょうめい》なんてできやしないわ」

グローリーは、思わずはっとした。今日のマグニフィセントがむらさき色をまとっているのは、体にうかびあがった罪悪感《ざいあくかん》のきらめきをだれにも見られないようにするためにちがいない。**なかなか頭いいじゃない**。グローリーはそう思い、自分の体を見おろしてみた。黄色が少しうすくなり、灰色をした小さな雲がいくつか、翼のつけねや先の辺りに集まってきている。

「どうでもいいでしょう？　あなたたちが勝ったのだから」ダズリングがキンカジューに言った。

キンカジューがしっぽでグローリーをこづいた。グローリーがはっとわれに返る。まだ勝ち目はある。二対二の同点になり、残すステージはあとひとつだ。

「また不正《ふせい》をくわだててるとしたら、どうでもいいわけがないわ」グローリーは強い声で言い返した。

「そんなことする必要《ひつよう》はないわ」グランジャーがグローリーとマグニフィセントの間に、ゆうゆうと舞いおりてきた。翼がたてる風に木の葉がざわざわとゆれる。彼女の骨《ほね》が太古の森のようにきしみをたて、うろこに反射《はんしゃ》する銀色の光は太陽よりもむしろ月明かりのようだ。彼女は、他の女王たちとはまったくちがった。その姿《すがた》も、動きも、そして声も、レインウイングの女王にふさわしいのはグランジャーだけなのかもしれないと、グローリーは思った。

彼女が首をのばし、キンカジューを見おろす。「こんな小娘《こむすめ》など、わたしひとりでもたやすくふみつぶしてしまえるぞ」

「やってごらんよ」キンカジューは勇《いさ》ましく言い返したが、その耳のヒレには不安《ふあん》の緑色がちらついていた。**この子には荷が重すぎるわ。**グローリーは不安になった。キンカジューはグランジャーのせいぜい半分ほどの大きさしかないし、訓練《くんれん》だってほとんど受けたことがないのだ。ナイトウイングたちも彼女の毒液《どくえき》などおそるるに足りないと思い、口をしばろうともしなかったのだ。勝ち目など、とてもあるようには思えない。

ハンサムは、グランジャーとキンカジューをアーボレータムのまん中に手まねきした。

「いつもの〈毒液当て〉のルールで競技《きょうぎ》をおこなう。生きものに当たらないよう、くれぐれも気をつけることだ。審査《しんさ》は、飛距離《ひきょり》と命中率《めいちゅうりつ》だ。だれから始めるね？」

「わたしが行こう」グランジャーが言った。ハンサムと二頭の助手たちが、よくみがかれた木の板をツタの上にだしてくるのを、彼女はじっと見つめた。板ははばがドラゴンの手五つ分くらいで、長さはその四倍ほどだった。全体に、小さな目もりのマークがきざまれている。

板の片《かた》はしが、グランジャーの前足の前でぴたりと止まった。まるでレッドカーペットのように目の前にしかれた板を見ながら首をのばし、板を置いたレインウイングたちが急いで横にどくのを見る。

「用意ができたら――」ハンサムが言いかけたその瞬間《しゅんかん》、グランジャーが口をがばっと開けて黒い毒液を噴射《ふんしゃ》した。黒いしぶきが板の遠いはしにまで飛《と》び散《ち》り、じゅうじゅうと音をたてながら小さなあなを開けていく。見物のドラゴンたちが目を丸くし、どよめいた。

「今の、かなりすごいっていうこと？」グローリーがマングローブに言った。

彼がため息をつく。答えは聞くまでもない。

グランジャーは横にどくと、ていねいなしぐさでキンカジューを板の前に手まねきした。小さなキンカジューは緊張《きんちょう》した足取りで板の前につくとできるだけ大きく口を開け、板に向けて毒液を放った。量《りょう》が少ない。

彼女の毒液はグランジャーにくらべ、せいぜい四分の一ほどしか飛ばなかった。

グローリーの心がしずんだ。マングローブが両手に顔をうずめてうめき声をもらす。キンカジューは絶望《ぜつぼう》を顔にうかべ、グローリーのほうをふり返った。

「まだ命中率の勝負があるさ」ジャンブーははげますように、キンカジューの背中《せなか》を軽くたたいた。助手たちは早くも、三つの円――黄色がひとつ、白がひとつだ――がえがかれた的《まと》を引っぱりだしてきている。

「失敗《しっぱい》しちゃったらどうしよう？」キンカジューがグローリーを見あげ、目をうるませた。「つかまってるみんなと……もしみんなと二度と会えなくなっちゃったら、全部ウチのせいだよ。グローリーが女王様になれなかったら、ウチのせいだよ」

「そんなこと言っちゃだめだよ」グローリーは手を差《さ》しだし、キンカジューの手に重ねた。「わたしだって自分の番に負けちゃったんだからさ。だれよりも、わたしのせいなんだ。でもいつか女王に**なって**みせる。でも今は――」マングローブの目を見て、ちゃんと聞いているのをたしかめる。「どんなことをしてでも、オーキッドや他のレインウイングたちを連《つ》れもどしてみせるよ。救助隊《きゅうじょたい》を作ることはできないけど、わたしの仲間《なかま》たちや、いっしょに行きたいみんなを連れてね。

だから、今はそんなこと考えちゃだめだからね。とにかく今は、ベストをつくしてほしいんだ……こんなこと言う必要ないの、わかっているけどさ。だってキンカジューは、いつだってベストをつくす子なんだから」

「うん、そうだね。ウチ、**そういう**タイプだよ」キンカジューがうなずき、たのもしく胸をはった。「がんばってみる。それこそ、ウチがやらなきゃいけないことだもんね」

顔をあげたグローリーは、グランジャーもずっと聞いていたのに気がついた。老女王《ろうじょおう》が的のほうを向き、なんでもないような顔をして、的のえがかれた板に毒液をはく。毒液は、最初《さいしょ》の的のまん中にぴたりと命中した。

マグニフィセントがグローリーを見て、勝ちほこった笑《え》みをうかべる。**その笑いを消してやったら、さぞかし見ものでしょうね。いつか、必《かなら》ず消してやる。レインウイングの女王になってみせる。それがわたしの運命なんだ。そうに決まってる。**

キンカジューがグランジャーのとなりに歩みでてきた。口を開き、円をめがけて毒液を噴射する。毒液は、グランジャーのはいた毒にぴったり重なるように命中すると、じゅうじゅうと音をたてながら板をさらに少しとかした。

老女王は感心したように声をもらし、キンカジューの頭を軽くたたいた。そして少しだけ首をもたげると、ふたつめの輪《わ》のぴったりまん中に黒い毒液をはいた。

キンカジューが深呼吸《しんこきゅう》し、また同じことをした。じゅうじゅうと板をやく音が大きくなり、けむりがたちのぼる。

興奮《こうふん》しちゃだめだ。グローリーは自分に言い聞かせたが、キンカジューの力にすっかりおどろかされていた。あんなに正確《せいかく》に飛ばすだなんて、自分にはとてもできない。だが、ここでの勝負が引き分けに終われば、飛距離で勝ったグランジャーが勝利《しょうり》することになってしまう。負けてもいさぎよくしていよう。そして、また挑戦《ちょうせん》できるときのために勉強するんだ。次の挑戦まで、どれだけ待たなくちゃいけないかはわからないけれど。

グランジャーが口を開けた。

そのとき一匹《ぴき》のナマケモノが森からとびだし、板の前に転がってきた。ナマケモノを毒液の進路からどかそうと、キンカジューがとびだす。

とつぜん、時間がゆっくり流れ始めたように感じた。グローリーの目の前で毒液がゆっくりと宙《ちゅう》を飛び、ぴちゃり、ぴちゃり、ぴちゃり、と音をたてながら、キンカジューの翼に落ちていった。

33

樹《アーボ》木園《レータム》の周《まわ》りから、レインウイングたちの悲鳴がまき起こった。キンカジューが体を丸めてたおれた。黒い毒液《どくえき》が命中した三か所をのぞき、あまりの痛《いた》みに体じゅうが白くなってしまっている。

グローリーは彼女《かのじょ》のそばにかけつけると、自分と向き合うようにしてキンカジューの手をにぎっているグランジャーに気がついた。女王の顔が恐怖《きょうふ》でふるえている。

「この子を助けて！」グローリーがさけんだ。血のつながったドラゴンの毒《どく》があれば毒を中和できるという、ジャンブーの話を思いだす。「あなたの一族のドラゴンはだれ？　今すぐここによんで！」

「わからないの」グランジャーは、ぼうぜんとした顔で答えた。「もう卵《たまご》なんて何十年も産《う》んでいないし。最後《さいご》にだれかと毒を合わせてみたのなんて、もう思いだせないほど昔のことよ。もうわたしに親族などいないのではないかしらね……」

「なにやってるのよ！」グローリーがどなりつけた。「どうしてレインウイングって、だれがだれの子かもわからないままにしとくのよ！　あなたもいつか子どもを産んだはずだし、その子どもがまたいつか子どもを産んだはずだし……」

「かもしれないけれど、だれも——」

キンカジューが苦しみのあまり、甲高《かんだか》い悲鳴をあげた。

「じゃあ今すぐやって！　だれでもいいからやってみてよ。わたしとか！」グローリーは的《まと》をつかむと、すみっこに毒液をはきかけた。木がじゅうじゅう音をたて、内側《うちがわ》からもえているかのようにとけていく。

グランジャーはためらわなかった。グローリーの毒に重ねるように、自分も毒液をはく。

すると、とけるのが止まった。

グランジャーがあぜんとしたが、グローリーには気にしているよゆうなどありはしなかった。キンカジューのほうを向く。グランジャーの毒液が命中した三か所をぴったりねらうのは、あまりにも危険《きけん》すぎる。むしろ、さらにひどいけがを負わせてしまうかもしれないからだ。彼女は地面のツタについた葉っぱをさっと三枚《まい》むしり取り、自分がさっきはいた毒液にひたすと、キンカジューのきずにそれをはりつけた。

蒸発《じょうはつ》するような音がやみ、広がり続《つづ》けていた黒ずみが止まる。

「だいじょうぶだよ。すぐ元気になれるからね」グローリーは声をかけ、キンカジューの頭を両手でそっと持ちあげた。そして、彼女が気を失《うしな》ってしまっているのに気がついた。

グランジャーも、まるで信《しん》じられないものでも見たかのような顔で、まじまじとグローリーを見つめていた。

「どうしたの？」グローリーが顔をあげた。「つまりわたし、あなたの孫《まご》とかひ孫とか、そんな感じなんだね。この辺《あた》りには、そんなこと気にするドラゴンなんていないんだろうけど。でしょう？」

「わたしは気にするわ」グランジャーが答えた。「だってそれは、あなたがレインウイングの女王の正統《せいとう》な血を引くドラゴンだということだもの。そして、玉座《ぎょくざ》にふさわしいレインウイングがわたしで最後じゃないということなのだもの」

グローリーは、きょとんとした。「王族の血すじなんて気にする人が、ここにいるの？」

「わたしの他にはいやしないわ」グランジャーが答えた。「昔は王族の卵はどれも記録《きろく》がつけられていたのだけれど、わたしの娘《むすめ》たちときたらとんだ役立たずぞろいでね。だから、血すじなんて関係《かんけい》なく女王にふさわしい心の持ち主を後継者《こうけいしゃ》にしようと、種族《しゅぞく》の卵も王族の卵もいっしょにしてしまったのよ。玉座にいどみさえすればすばらしい女王になったはずの者も何頭かはいたけれど、正直に言うと、女王になりたいという気持ちと女王としての資質《ししつ》をどちらも持っている子には一度たりとも会ったことがなかった。今まではね」

グランジャーは立ちあがり、まるで巨大《きょだい》なかみなり雲のようにマグニフィセントと向きあった。「降参《こうさん》するわ。キンカジューの勝ちよ」

「はあ？」マグニフィセントがさけんだ。

「今の聞いた？」グローリーはキンカジューに言った。「あなたが勝ったんだよ」

キンカジューは弱々しくまぶたを開き、かすかに笑《わら》った。「ちょ……**超《ちょう》すごい**」小さな声で、彼女が言う。タマリンがとなりに来て、キンカジューの頭の下に翼《つばさ》をさしこみささえてくれた。グローリーが、グランジャーのとなりに立ちあがる。あまりにも信じられなくて、くらくらする。

「この玉座は、わたしのものだ」グランジャーがマグニフィセントに言った。「がまんしてあなたたちにすわらせていたのは、経験《けいけん》をつめば玉座にふさわしい女王になってくれるのではないかと思っていたからでしかないわ」ダズリング、エクスクイジット、フルーツ・バットに軽蔑《けいべつ》の視線《しせん》を向ける。「そんなことをしてもむだだとわかったけれどね」

「この小娘《こむすめ》のことなど、なにも知らないでしょうに！」マグニフィセントがグローリーを指さしてほえた。

「あなたたちよりいい女王になるのはわかっているわ」グランジャーはそう答えると、両《りょう》腕《うで》を大きく広げて集まった群衆《ぐんしゅう》のほうを向いた。「見よ！　そなたたちの新しい女王を！レインウイング女王、クイーン・グローリーを！」

レインウイングたちが歓声《かんせい》をあげた。

グローリーはめまいを感じながら後ずさった。まるで種族の全員が空に舞《ま》いあがって羽ばたきながら、よろこびの歌を歌っているかのようだ。あらゆる色のドラゴンたちが飛《と》び回《まわ》る様子はまるでにじがほとばしるようだったが、ドラゴンたちが興奮《こうふん》するにつれて、辺りはヒマワリのような金色にのまれていった。グローリーはそれを見ながら、心の中で言った。

すごい。レインウイングのグローリー女王。わたし、歴史《れきし》のまき物にその名前でのるんだ……できそこないのグローリーでも、なまけ者レインウイングのグローリーでも、六年前に死んだ無名《むめい》のスカイウイングにもおとるグローリーでもなくって。

今からわたし、このレインウイングたち全員を治《おさ》めるんだわ。とらわれたレインウイングたちをすくいだし、もう二度と子どもたちが消えたりしないようにできるんだ。スターフライトに手伝《てつだ》ってもらって、子どもたちに読み書きを教えよう。みんな守ってみせる。みんなをみちびいてみせる。みんなを……わたしたちを……ほこりに思える種族にしてみせる。

自分の運命を選《えら》び、民《たみ》を守り、レインウイングをこのピリアで最《もっと》も偉大《いだい》な種族に変《か》えた女王、グローリー！

「スピーチだ！」ジャンブーが彼女にかけよってきた。目が痛くてとても見ていられないほどきょうれつなピンクに体をそめている。

「やめてってば。幸いこのさわぎじゃあ、わたしがなに言ったってだれにも聞こえないしね」グローリーは歓喜《かんき》にわくレインウイングたちに手をふりながら言った。愛情《あいじょう》をこめて兄をこづく。ジャンブーが一瞬《いっしゅん》だけ自分のしっぽを彼女のしっぽにからませたが、グローリーはなにも気にならなかった。ジャンブーがほかのだれかのところへ立ち去っていくと、彼女は翼になにかふれるのを感じた。きっとキンカジューだと思ってふり向いてみると、そこにいたのはサニーだった。金色のうろこの上で太陽の光をおどらせながら、小さなサンドウイングはにっこり笑ってグローリーを見つめていた。

「やったじゃない」サニーが言った。

「わたしの力だけじゃないよ」グローリーが答えた。「ここのみんなの力がなきゃ、とても無理《むり》だったわ」ジャンブーとマングローブをだきしめようと翼を広げたが、ふたりともうれしくて飛び回っていた。タマリンはキンカジューをハグしていたが、キンカジューもケガをしているというのにうれしくてピンク色になっていた。

「こんなのひどいよ」ツナミがみんなのところにおりてきて、大げさにため息をついてみせた。「女王様になるのなんて、**あたし**の物語だったはずなのに。もうちゃんとした女王がいるなんて、バカなシーウイングめ」

「でも、ツナミだっていつかきっとシーウイングの女王になれるよ」グローリーが言った。

「そのときには、どうやって威厳《いげん》のあるすばらしい女王様になるのか、ちゃんとコツを教えてあげるから」

ふたりは、ほほえみをかわしあった。

「これで、あたしがいつも言ってたことが正しいってわかったでしょ」ツナミがとくいげに言った。「ものすごい運命を切り開くのに、予言なんていらないってさ」

「ほんとだね」グローリーが言った。「予言なんて、ざまあみろよ。わたしは予言に関係ないって？　こっちこそあんたなんて関係ないわ」

サニーはまるで、羽を休めようとしているチョウのように軽く羽ばたいた。「でも、わたしたちにはまだグローリーが必要《ひつよう》だよ。まだわたしたちの仲間《なかま》なんだからね。たとえだれがどう言ったって、ぜったいにそれは変わらないから」

グローリーは翼でサニーの翼にふれた。今感じている温《ぬく》もりは、サンドウイングの体の温もりとはちがう。「まず最初《さいしょ》に、とらわれたレインウイングたちを〈ナイトキングダム〉から取りもどさなくちゃいけないわ。だから、できるだけ早くここのドラゴンたちで軍《ぐん》を作らなくちゃ。ツナミが手伝ってくれると思う」

「もちろんだよ」ツナミがかぎ爪《づめ》を開いてみせた。

「ええと、実は……。ちょっと他の方法《ほうほう》をね……」サニーが言った。

頭の上で枝《えだ》がざわめく音が聞こえ、グローリーはぱっと見あげた。クレイが折《お》れた枝を引きずり、じゃまなツタをどかしながら木々の間をぬけてくる。そして、よろこびにわくレインウイングたちをきょろきょろと見回してからグローリーを見つけると、まるで墜落《ついらく》するように彼女の目の前に落ちてきた。

「クレイ！」サニーがさけんだ。「どうしたの？　なにがあったの？」

グローリーの頭の中に、おそろしい映像《えいぞう》がうかんだ――きずついた仲間と、熱帯雨林《レインフォレスト》を侵略《しんりゃく》しようとトンネルをぬけてくるナイトウイングの軍勢《ぐんぜい》の姿《すがた》だ……。

「スターフライトがいなくなったんだ」クレイは、不安《ふあん》げな目でグローリーの顔を見た。

彼女は、最後に会ったときスターフライトと言い合いになったことを思いだした。まさかスターフライトは……。

「グローリー、ごめんよ」クレイが言った。「でもあいつ、ナイトウイングに警告《けいこく》しに行ったんだと思う」

エピローグ

「まったく。いやなところだぜ」スカイウイングのフレイムは、爪《つめ》のすきまに入りこんだ黒い岩粉《がんぷん》を見ながら顔をしかめた。「最悪《さいあく》だ。最悪だ。最悪だ」

「ぼくなんて、もっときらいだよ」シーウイングのスクイッドがぼやき、どんよりした顔でせきこんだ。「うろこがもうカピカピにかわいちゃったよ。手も足も痛《いた》いしさ。そのうえおなかだってぺこぺこなんだ」

「あのでかぶつの老《お》いぼれナイトウイングめ」サンドウイングのヴァイパーがいまいましげに言った。

「パパがあんなやつにぼくをわたすだなんて、ほんと信《しん》じられないな」スクイッドはどうくつの入り口に近づくと、まるでノーチラスが今すぐ助けに飛《と》んできてくれないかと祈《いの》るような気持ちで、けむりのただよう空を見あげた。

「やめときなって。そんなに悪いとこじゃないじゃん」フェイトスピーカーは、しっぽをぴょこぴょことふった。

実際《じっさい》には本当にひどい場所だったのだが、彼女《かのじょ》はそれを他の四頭にぜったい認《みと》めさせたくなかった。まさか〈ナイトキングダム〉が——**自分**の国が——こんなに暗くて、くさくて、**気が短い**ドラゴンばかりが住んでいる場所だなどとは、想像《そうぞう》もしていなかったのだ。

それでもここはフェイトスピーカーのふるさとだし、モロウシーアの話によると彼女は〈運命のドラゴンの子〉らしい、だとすればただのナイトウイングよりも、ずっとすごい。ならば、不満《ふまん》をこぼすようなことなど、なにがあるだろう？

「もう死んじまいたいよ」オーカーがうなった。モロウシーアにここに放りこまれてからというもの、マドウイングの子、オーカーは一日じゅうずっとどうくつのゆかに寝転《ねころ》がり続《つづ》けていた。

「おまえが死んでくれたら、おれもうれしいよ」フレイムが言った。

「ほんっとくさいしね、あんた」とヴァイパーも続く。

「あんな死体なんて食べたりするからさ」オーカーがぶつぶつ言うと、少し間を置《お》いてから「まあ、死体を食べたのはみんなも同じだけどな」

「**ぼく**は食べる気なんてなかったよ」スクイッドはえらそうに言ってみせた。「なんたって、ここは島なんだ。ぼくの父さんがだれなのかを、そしてぼくが〈運命のドラゴンの子〉だってことを知ったら、**だれか**しんせんな魚くらい持ってきてくれるはずだよ。本気だぞ」

　フェイトスピーカーは、居心地《いごこち》悪そうに手足をもじもじさせた。きげんの悪そうなナイトウイングたちが持ってきた**食べもの**の見た目が、まったく気に入らない。どうしてどれもこれもひどくくさっていて、ひどいにおいがするのだろうか？　**幻視《ビジョン》をしよう。そしたら、ちょっとはましな気分になるはず。**フェイトスピーカーは声にださずに言った。

　まぶたを閉《と》じ、ひたいにしわをよせ、せいいっぱい集中する。

「見える……」なにかが乗りうつったような声で、彼女が言った。

「やめて！」ヴァイパーが悲鳴をあげた。

「助けて！」スクイッドがさけぶ。

「ああああああ！」オーカーが声をもらした。

「よし、**ふたりとも死んでくれ！**」フレイムが続く。

「ちょっと、静《しず》かにしてよ」フェイトスピーカーは、まぶたを閉じたまま言った。「今、あたいの**力**を使ってるんだからさ。きた！　見える……セイウチだ！　あたいらの未来《みらい》に、一頭のセイウチが見えるよ！　まるごと一頭、セイウチが食べられるんだよ！」

「なんでぼくを苦しめるんだよ？」オーカーが情《なさ》けない声をあげた。

「海辺《うみべ》に住んでたときだって、セイウチなんてろくに食べたことなかったじゃん」スクイッドが言った。

「あんた毎週のように、セイウチを食べる予言はしてたけどね」ヴァイパーが小バカにしたように言った。

「あたいの幻視は、いつも**正確**《せいかく》にでるとはかぎらないんだよ」フェイトスピーカーは、なにも気にしていないように言った。「セイウチが**いつ**とどくかなんて、幻視にはでないの。ただ、とどいて、あたいらがありつけるってことだけさ。そしたら、またなにもかも最高《さいこう》になるのよ」

「これまで最高だったことなんてあったか？」フレイムが鼻で笑《わら》った。

「たのむから、そのアホな能力《のうりょく》にあたしたちまでまきこむのやめてよね」ヴァイパーがむっとした顔で言った。

まったく、短気で恩知《おんし》らずのトカゲどもめ。フェイトスピーカーはどうくつの入り口にすわりこむと、みんなを無視《むし》してつんと鼻を上に向けた。せっかくさずけてあげるおくり物をめいわくがるのなら、**もうそれでいい。**幻視はもうだれにも言わず、自分の中に取っておくことにしよう。とりあえず、次にすごい幻視がおこるまでは。

彼女は〈ナイトキングダム〉の火山を見おろした。黒くてごつごつとしていて、ナイトウイングたちがたくさんうろついている。けれど、彼女が思っていたほどの数ではなかった。国というよりも、むしろ〈平和のタロン〉の野営《やえい》くらいのものだ。とはいえ、みんなは国じゅうを案内《あんない》してもらったわけではない。女王がいると思われるあの巨大《きょだい》なとりでにも連《つ》れていってもらっておらず、女王に紹介《しょうかい》さえしてもらっていないのだ。いや、だれにも紹介などされていない。モロウシーアは、はるか高いところにあるこのどうくつにみんなを放りこむと、さっさと立ち去ってしまったのだから。

フェイトスピーカーは、遠くに見える黒い砂浜《すなはま》に目をこらした。浜辺《はまべ》のがけにどうくつがひとつ口を開けており、さっきは何頭かのドラゴンがそこに入っていくのが見えた。それが今、また表にでてきたのにフェイトスピーカーは気づいた。ナイトウイングの子を一頭、両側《りょうがわ》からつかんでいる。

小さなオスのナイトウイングはフェイトスピーカーと同い年くらいに見えたが、気絶《きぜつ》していた。翼《つばさ》がたれさがり、砂地《すなじ》にかぎ爪《づめ》を引きずっている。彼女は、うろこからチリチリとした感覚《かんかく》が伝《つた》わってくるのを感じた。宇宙《うちゅう》からの信号《しんごう》にちがいない。

なぜかはわからないが、あの小さなナイトウイングはとても重要《じゅうよう》だ。

「**また幻視がきたよ！**」フェイトスピーカーは大声で伝えた。

スクイッドが、オーカーの食《た》べ残《のこ》しの骨《ほね》を投げたが、骨はフェイトスピーカーのすぐとなりの岩だなにぶつかり、音をたててくだけた。

「言っておくけど、**あんたたちにはぜったい教えてあげないから**」彼女が大きな声で言った。「**超重要**《ちょうじゅうよう》なことだって自信《じしん》あるけどね！」

みんなはいつものように、彼女を無視した。

だが、そんなことはどうでもよかった。

彼女は今、同じ種族《しゅぞく》の住むふるさとにいるのだ。したがうべき運命があるのだ。そしてフェイトスピーカーにはわかっていた。気絶したままとりでに運ばれていくあの小さなナイトウイングは、その運命の登場人物なのだと。

トゥイ・タマラ・サザーランド
TUI T. SUTHERLAND

1978年ベネズエラ・カラカス生まれ。アメリカの児童文学作家。マサチューセッツ州のウィリアムズ大学を卒業後、出版社の編集者として働き、その後複数のペンネームで50冊以上の本を執筆。本書〈ウイングス・オブ・ファイア〉シリーズは20か国で翻訳出版され1500万部を販売、『ニューヨーク・タイムズ』のベストセラーリストに200週以上ランクインした。現在、ボストンですばらしい夫とかわいらしい二人の息子とガマン強い犬と住んでいる。

田内志文
SIMON TAUCHI

文筆家、スヌーカー・プレイヤー、シーランド公国男爵。訳書に『Good Luck』(ポプラ社)、『こうしてイギリスから熊がいなくなりました』『失われたものたちの本』(東京創元社)、『1984』(角川文庫)、〈ザ・ランド・オブ・ストーリーズ〉シリーズ全8巻、〈ア・テイル・オブ・マジック〉シリーズ全6巻(平凡社)などがあるほか、『辞書、のような物語。』(大修館書店)に短編小説を寄稿。スヌーカーではアジア選手権、チーム戦世界選手権の出場歴も持つ。

山村れぇ
LÊ YAMAMURA

クリーチャーデザイナー、イラストレーター。京都芸術大学講師。ゲーム会社に勤務後、2017年よりフリーランスに。国内外のゲーム、書籍、CM、映像作品などのクリーチャーデザインを手がける。生物としての説得力、面白みのある色と形の両立をテーマに日々クリーチャーを制作している。作品集に『CREATURES』(KADOKAWA)がある。

WINGS OF FIRE

ウイングス・オブ・ファイア

3

かくされた王国

雨の翼のグローリー

2025年3月19日　初版第1刷発行

著者　トゥイ・タマラ・サザーランド

訳者　田内志文

イラスト　山村れぇ

企画・編集　Ikaring Netherlands

発行者　下中順平

発行所　株式会社平凡社
〒101-0051 東京都千代田区神田神保町3-29
電話 03-3230-6573（営業）

装幀　アルビレオ

印刷　株式会社東京印書館

製本　大口製本印刷株式会社

　ISBN 978-4-582-31533-2
平凡社ホームページ https://www.heibonsha.co.jp/

［お問い合わせ］
本書の内容に関するお問い合わせは
弊社お問い合わせフォームをご利用ください。
https://www.heibonsha.co.jp/contact/